자매애, 용기, 충격에서  ...기. _피플 매거진

시선을 뗄 수 없는 이 ... 력을 어떻게 견뎌냈는지 기록하는 동시에 가족이 ... 었는지를 증언하고 있다. (…) 독자들로 하여금 알고 ... 품게 할 것이다. _퍼블리셔스 위클리

단문의 직설적인 문체로 풀어내 원하는 효과를 얻었다. 그 결과는 오싹하다. _북리스트

엄마의 상상할 수 없는 학대와 고문을 견뎌낸 세 자매의 충격적인 이야기이다. (…) 엄마의 가학적 성향에 저항하며 생존하기 위해 형성한 강력한 유대감이 감동적이다. _버즈피드

이 책은 의도한 바를 성취하고 있다. 그 결과, 눈을 뗄 수 없는 공포의 초상화와 생존하고자 하는 정직한 모습이 절박하게 드러난다. _북 리포터

실화 범죄물의 역작. _스티브 잭슨, 작가

범죄물의 거장이 독하게 귀환했다. 10년 동안 소설로 우회한 후, 그렉 올슨은 불이 꺼진 지 오래도록 독자들을 잠 못 들게 할 태평양 북서부 연안의 무시무시한 논픽션으로 돌아왔다. 이 책의 중심에 있는 괴물은 전형적인 유령도 아니고, 떠돌이 방랑자나 차에 탄 이방인도 아니다. 그렇다. 실제로 그들은 그녀를… 엄마라고 불렀다. 하지만 그럼에도 이 이야기는 악에 맞서 싸우며 새로운 희망을 품고 최악의 상황에서 살아남은 세 자매가 어떻게 세상에서 선성(善性)을 찾을 수 있는지를 전하고 있다. 트루먼 카포트의 『인 콜드 블러드』와 앤 룰의 『내 곁의 이방인』의 전통을 잇는 고전적인 실화 범죄물. _제임스 레너, 작가

오늘날 범죄물 거장 중 한 명인 그렉 올슨의 믿을 수 없을 정도로 위험한 가족에 대한 서스펜스 넘치고 끔찍하면서도 흥미진진한 인물 탐구. _케이틀린 로더, 작가

아무리 범죄물 애독자라 할지라도 그렉 올슨이 이 책에서 기록한 상상도 안 되는 광기 어린 공포의 만행에 충격받을 것이다. 독자들은 소름끼치는 살인마 듀오를 보면서 머리가 핑 돌아버릴지도 모른다. 이 책을 손에서 내려놓을 수가 없었다! _아프로디테 존스, 작가

말로 형언할 수 없는 학대, 괴상망측한 고문, 끔찍한 연쇄살인에 대해 이토록 오싹해지는 사이코패스적 이야기를 우아하고 감수성 넘치며 급이 다르게 표현하는 작가는 단 한 명뿐이다. (…) 매혹적이고 팽팽한 긴장감을 유지하는 서스펜스 스릴러. 눈을 뗄 수 없는 독창적인 이 책은 단숨에 실화 범죄물 고전의 반열에 오를 것이다. _M. 윌리엄 펠프스, 작가

우리는 모두 원대한 희망을 품고 인생을 시작하지만 처음에는, 좋든 나쁘든, 누가 궁극적으로 우리 삶에 가장 큰 영향을 미칠지 알 수 없다. 전설적인 범죄물 작가 잭 올슨과 앤 룰의 후계자인 그렉 올슨은 소름끼치지만 동시에 가슴 아픈 사연을 통해 그 질문의 어두운 면을 탐구한다. 범죄물의 거장이 들려주는 탁월하고 섬뜩한 스토리텔링. _론 프랜셀, 작가

두 발로 걸어 다니는 악몽. 희생자 중 일부는 그녀를 엄마라고 불렀다. 그렉 올슨은 셸리 노텍이 가족 모두에게 가한 끔찍한 정신적, 육체적 고문을 기록한다. 오랫동안 뇌리를 떠나지 않을 잔혹함에 대한 강력한 이야기. _다이앤 패닝, 작가

첫 페이지부터 흥미진진하고 긴장감이 넘쳐흐른다. 냉혹하게 계산된 살인마의 거미줄에 걸려든 아이들의 모습을 대가답게 매혹적으로 그려냈다. 너무나 충격적이라 밤늦게까지 잠을 이루지 못했다. 이 책은 미국의 작은 시골 마을에서 조용히 살았던 놀라운 악마를 폭로하고 있다. 이 이야기가 소설이 아니라 "실화"라는 게 두렵다. _캐스린 케이지, 작가

이 책을 읽어나가는 게 힘들다고 말하는 것은 대단히 절제된 표현이다. 나는 많은 실화 범죄물을 읽었지만 이 책은 특히나 괴롭다. 충격적이고, 끔찍하고, 비극적이며, 차마 믿기 어렵다. 어떻게 아무도 눈치채지 못한 채 수십 년 동안 이러한 일이 벌어질 수 있을까? 이 책은 매력적인 내러티브와 함께 마치 스릴러처럼 쓰여졌다. 소설이었다면 나는 작가가 줄거리를 지나칠 정도로 과하게 만들어냈다고 비난했을 것이다. 불행히도, 이 이야기는 모두 사실이다. 실화 범죄물 팬이라면 이 책을 강력히 추천한다. 단, 읽는 동안 여러 불편한 감정에 대비하시기를. _다르시아 헬레, 작가

광기와 공포의 집에서
용감하게 탈출한 세 자매 이야기

엄마에게서
살아남았습니다

그렉 올슨

지은현 옮김

꾸리에

IF YOU TELL © Gregg Olsen

니키, 사미, 토리를 위하여

작가의 말

함께 나눈 기억은 들쭉날쭉한 퍼즐 조각과 같다. 때때로 그 기억들은 정확하게 꼭 들어맞지는 않는다. 나는 이 복잡한 이야기의 모든 조각들을 가능한 한 가장 정확한 순서대로 배치하고자 최선을 다했다. 이 이야기에 포함된 대화의 경우, 2년 넘게 인터뷰를 진행하면서 조사하고 기록한 자료를 바탕으로 했다. 마지막으로, 사생활과 관련된 이유로 라라 왓슨이라는 이름은 가명을 썼음을 밝혀둔다.

제 5 부 희생양 — 론

제 6 부 기회 — 맥

제 7 부 진실 — 셰인

세 자매가 있다.

이제 성인 여성들이다.

모두 태평양 연안 북서부에 살고 있다.

장녀인 니키는 시애틀의 부유한 교외 지역에 반질반질 윤기 나는 목재와 최고급 가구를 갖춘 호화주택에 살고 있다. 사십 대 초반으로 결혼했으며 집안 가득 어여쁜 자녀들이 있다. 거실에 있는 가족사진 액자들을 쭉 훑어보면 그녀와 남편이 사업적으로 성공했으며, 항상 올바른 방향을 가리켜 온 도덕적 나침반으로 스스로 행복한 삶을 일궈냈다는 것을 말해준다.

그녀를 생각하기도 싫은 것으로 되돌리는 데는 단 한마디만 언급하면 된다.

"엄마."

때때로 그녀는 그 말을 들으면 정말 말 그대로 몸서리친다. 독수리의 발톱처럼 그녀를 후벼파서 피가 날 때까지 살갗을 잘근잘근 잘라내는 그 말에 대한 본능적인 반응이다.

그녀를 보고 있노라면 누구도 그녀가 어떤 일을 겪으며 살아남았는지 알 수 없을 것이다. 그리고 그녀의 직계가족 외에는 정말로 아무도 모른다. 그것은 과거를 가리려고 쓰는 가면이 아니라 눈에 보이지 않는 무공훈장이다. 니키에게 일어난 일은 그녀를 더욱 강하게 만들었다. 그녀를 오늘날의 놀라운 여성이 되도록 했다.

둘째 딸 사미는 결국 그 모든 일이 벌어졌던 워싱턴 연안의 소도시인 고향에서 살려고 돌아왔다. 이제 막 마흔 살이 되었고, 동네 초등학교에서 아이들을 가르치고 있다. 머리를 꼬불꼬불하게 파마한 그녀는 뛰어난 유머 감각을 갖고 있다. 유머는 그녀의 갑옷이다. 언제나 그래왔다. 언니의 자녀들과 마찬가지로, 사미의 자녀들은 모든 엄마가 꿈꾸는 자녀들이다. 똑똑하다. 모험심이 강하다. 사랑받는다.

사미는 아침에 아이들을 학교에 보낼 준비를 마치고 교실로 향하기 전에 샤워기를 틀고서는 따뜻한 물이 나올 때까지 한순간도 기다리지 않는다. 곧장 샤워기로 가 차가운 물이 온몸을 찌르도록 내버려둔다. 니키와 마찬가지로 사미도 과거의 것들에 얽매여 있다. 떨쳐버릴 수 없는 것들이다.

잊을 수 없는 것들이다.

막내도 언니들처럼 미인이다. 토리는 갓 삼십 대로 금발머리에 거리낌 없는 성격의 멋진 여성이다. 좀 멀리 떨어진 오리건주 중부에 집이 있지만 언니들과 자주 연락하며 지내고 있다. 역경과 용기는 자매들 사이에 꿰뚫고 들어갈 수 없는 강력한 유대를 구축했다. 이 젊은 여성은 서비스업계의 주요 업체를 위한 소셜 미디어를 개발하면서 굉장한 성공을 거두었다. 일과 사생활을 올린 게시물을 보면 절로 미소가 지어지거나 큰 소리로 웃음이 터져 나온다.

당연히 혼자 힘으로 그 모든 것을 이루어냈지만 언니들이 없었다면 해낼 수 없었을 거라고 말한다.

동네 식료품점의 청소용품 코너에 늘어서 있는 표백제에 시선이 닿을 때마다 그녀는 고개를 돌린다. 거의 질겁한다. 그녀는 표백제를 똑바로 바라볼 수 없다. 당연히 냄새도 맡을 수 없다. 언니들과 마찬가지로, 엄마가 저지른 여러 일에 대해 영원히 비밀을 지킬 것을 맹세했던 시간과 장소로 돌아가게 하는 것은 강력 접착테이프라든가 진통제, 잔디 깎는 기계의 소리처럼 사소한 것들이다.

엄마를 견뎌내는 것이 그들을 하나로 결속시킨 것이었다. 셋 다 아빠들은 서로 달랐을지 모르지만 그들은 언제나 완전한 자매였다. 결코 이부자매가 아니었다. 노텍 집안 딸들이 서로 의지할 수 있는 유일한 것은 바로 자매애였으며, 정말로, 엄마가 빼앗을 수 없는 유일한 것이었다.

그들을 살아남게 한 원동력이었다.

셀리

1장

일부 소도시들은 피비린내 나는 갈등과 배신의 땅 위에 지어졌다. 밴쿠버에서 북동쪽으로 약 20킬로미터 떨어진 오리건주 경계선 부근에 있는 워싱턴주의 배틀 그라운드가 그런 곳 중 하나이다. 도시 이름은 클리키타트 부족과 미군 간의 대치 상황과 관련된 사건의 이름을 따서 명명되었다. 원주민들은 갇혀 있던 막사에서 탈출했는데, 이후 항복 협상이 진행되는 동안 총성이 한 발 울리며 클리키타트의 족장 엄터치를 죽였다.

'미셸(셸리) 린 왓슨 리바도 롱 노텍'의 고향이 첨예한 갈등과 거짓 약속의 땅으로 잘 알려진 것은 썩 잘 어울려 보인다.

나중에 밝혀진 것처럼, 그것은 셸리가 삶을 살아온 방식과 상당히 닮아 있다.

1950년대에 그곳에 살았던 사람들에게 배틀 그라운드는 좋은 학교와 서로를 배려하는 이웃, 매주 금요일과 토요일 밤마다 볼링게임을 벌이는 전형적인 미국의 소도시였다. 아빠들은 새 차와 좋은 집을 사려고 열심히 일했다. 대부분의 엄마들은 자식들을 돌보며 집에 있었는데 아마 당시의 관습과 결혼으로 인해 좌절되었다가 나중에 다시 노동인력으로 돌아간다든지 클라크 대학에서 수강한다든지 하는 꿈을 계속 꾸었을 것이다.

배틀 그라운드에 미스터 빅샷(영향력이 있거나 중요한 사람-옮긴이)과 같은 사람이 있었다면 그건 바로 셸리의 아버지였다.

188센티미터의 키에 어깨가 딱 벌어진 레스 왓슨은 전 배틀 그라운드 고등학교 육상선수이자 축구 스타로 소도시 인근에서는 대단한 인물이었다. 모두가 그를 알고 있었다. 순발력이 뛰어나 화려한 언변으로 사람들을 혹하게 하는 "순 구라쟁이"였다. 잘생기기도 했다. 소도시의 소녀들은 모두 그를 결혼 상대로 탐나는 인물이라고 여겼다. 그와 그의 어머니는 양로원을 소유하고 운영하고 있는 데다가, 그는 12석의 간이식당이 완비된 10레인 볼링장인 타이거 보울도 소유하고 있었다.

그곳이 바로 1958년에 라라 스톨링스가 일한 곳이었다. 그녀는 포트 밴쿠버 고등학교를 막 졸업하고 대학 학자금을 저축하려고 햄버거를 팔고 있었다. 금발의 곱슬머리인 라라는 주문을 받을 때면 한 가닥으로 묶은 머리가 앞뒤로 찰랑거렸다. 반짝이는 푸른 눈동자는 더할 나위 없이 아름다웠다. 똑똑하기도 했다. 훗날, 그녀는 데이트하기로 동의했을 때 머리가 어떻게 됐었다고 한탄하며 결국엔 레스 왓슨과 결혼에 이르렀다고 했다.

레스는 열 살 더 많았는데도 십 대 나이의 신부에게 겨우 네 살 위라고 거짓말했다.

세월이 지난 후, 라라는 자신이 한 선택을 개탄했다. "그가 워낙에 설레발을 쳐서 말려들었죠. 완전히 낚였어요. 그리 훌륭한 남자가 아니었어요."

라라의 충격은 1960년에 그녀의 고향인 밴쿠버에서—히치콕의 고전 영화 「새」의 주인공 티피 헤드런처럼—머리를 뒤로 묶어 둥글게 말아 올리고 간소하게 법적 결혼식을 올린 다음 날 현실로 다가왔다. 라라의 부모님은 결혼에 반대하긴 했지만 어찌 된 일인지 그녀의 가족만 참석했다. 레스가 자기 가족을 초대하지 않은 데는 그럴만한 이유가 있었다.

그의 가족들은 앞으로 무슨 일이 닥칠지 알고 있었다.

다음 날 아침 일찍 전화벨이 울리자 라라가 받았다. 캘리포니아에서 걸려온 레스의 첫 부인이었다.

"이 애새끼들 언제 데리러 올 거야?" 샤론 토드 왓슨이 전화기에 대고 소리질렀다.

라라는 당최 무슨 말을 하고 있는지 어리둥절했다. "네?"

레스는 샤론과의 사이에서 낳은 아이들을 키우겠다고 약속했던 것을 라라에게 전혀 언급한 적이 없었다. 아이들은 셸리, 척, 폴이었다. 그러한 세 부사항을 빠트리는 것은 레스의 특기였다. 그때는 상황을 바로잡을 수도 없는 데다 부모님의 우려가 옳다는 게 입증되었다는 것을 알았으나 이미 늦었다.

이른 아침의 통화 후에, 레스는 라라에게 전처인 샤론이 아이들을 키울 수 있는 형편이 아니라고 했다. 우울증에 알코올 중독자라고 했다. 라라는 심호흡을 하고 동의했다. 달리 어떻게 할 수 있겠는가? 어쨌든 남편의 자식들이었으며, 정신 붙들고 기운을 차릴 수밖에 없다는 것을 알았다.

그것은 엄청난 요구임이 밝혀졌다. 아이들이 집으로 들어왔을 때 셸리는 여섯 살이었고 척은 세 살이었다. 라라는 계모 역할을 맡았다. 막내아들인 폴은 당시 아기라 샤론이 데리고 있었다. 셸리는 동그란 눈에 숱이 많고 곱슬곱슬한 적갈색 머리칼을 지닌 아름다운 소녀였다. 그런데 라라는 셸리와 남동생 사이의 이상한 역학관계를 눈치챘다. 척은 한마디도 하지 않았다. 셸리 혼자서만 내내 얘기했다. 꼭 동생을 통제하는 것처럼 보였다.

셸리는 새로운 환경에 점점 더 익숙해지면서 불평이나 모진 말들을 내뱉는 일들이 잦았다.

"셸리는 하루도 빠지지 않고 내게 미워 죽겠다고 말했어요"라고 라라는 회상했다. "농담 아니에요. 정말로 매일 그랬어요."

#

샤론 왓슨은 1960년 가을에 라라와 레스에게 두 아이를 내려준 뒤 캘리포니아의 앨러미다에 있는 집으로 돌아갔다. 샤론은 일단 가고 나자 마치 존재하지 않는 것 같았다. 셀리나 척에게 전화를 걸거나 생일 카드도 보내지 않았다. 크리스마스 선물도 없었다. 자녀를 키우는 데 있어 "눈에서 멀어지면 마음도 멀어진다"는 이러한 접근법은 변명의 여지가 없긴 하지만, 나중에 라라는 셀리의 친모가 레스 왓슨과 이혼하기 훨씬 전부터 그런 식으로 했던 것은 아니었을까 하는 의구심이 들었다.

"샤론은 문제가 아주 많은 가정에서 태어났어요." 라라는 레스의 전처에 대해 들은 얘기를 전했다. "그녀의 어머니는 다섯 번인가 여섯 번인가 일곱 번인가 결혼했고 그녀는 외동딸이었죠. 태어날 때 쌍둥이 한 명은 죽었다고 알고 있어요. 사실인지 아닌지는 모르겠지만 아무튼 들은 이야기로는 그래요."

무엇이 그 지경까지 이르게 했든 상관없이, 알코올 중독 문제도 심각했지만 그녀를 더욱 망가뜨리는 문제가 있었다. 그녀는 위험한 생활방식에 휘말려 있었다. 식구들은 그녀가 매춘부일지도 모른다고 추측했다.

마침내, 1967년 봄, 로스앤젤레스 카운티 보안관 부서에서 배틀 그라운드에 있는 왓슨의 집으로 전화가 왔다. 한 강력계 형사가 샤론이 누추한 모텔 방에서 살해당했는데 검시관이 그녀의 시신을 확인할 사람을 필요로 한다고 했다. 거기다 어린 아들인 폴을 데려갈 사람도 필요하다고 했다.

레스는 행동장애를 무수히 보인 아들을 데려오고 싶어 하지 않았지만 라라가 고집했다. 그건 당연히 해야 할 일이었다. 어쩔 수 없이 그들은 샤론의 시신을 확인하고 아들을 데려오기 위해 캘리포니아로 여정을 떠났다.

레스는 라라에게 경찰과 검시관을 통해 알게 된 얘기를 전했다.

"그녀는 원주민과 살고 있었지만 노숙자였대. 술고래였다더라고. 스키드 로드(로스앤젤레스 다운타운의 한 동네. 미국에서 가장 큰 노숙자 인구 지역 중 하나—옮긴이)에서 살았대. 맞아 죽었다는군."

나중에 샤론의 유골을 워싱턴으로 보내자 그녀의 어머니는 유골을 수취하기를 거부했다. 누구도 그녀를 위해 추도식을 열지 않았다. 비극적이었지만 그녀의 생애와 잘 어울렸다. 너덜너덜해진 오래된 가족 앨범에서 골라 모은 사진에서 샤론의 사진은 몇 장밖에 없었는데 거의 웃지 않고 있었다. 어떠한 희망이나 열정도 없이 내내 불행하게 살았던 삶은 흑백사진으로 영원히 보존되었다.

셸리가 친모에게 무슨 일이 일어났는지 들었을 때는 열세 살이었는데 조금도 관심이 없는 것 같았다. 거의 반응하지 않았다. 라라는 이상하다고 생각했다. 셸리와 샤론 사이에 진실된 관계가 전혀 없었던 것 같았다.

"셸리는 한번도 엄마에 관해 물어본 적이 없어요." 라라는 회상했다.

2장

최근 새로이 왔슨 식구가 된 아이들은 배틀 그라운드에 수많은 문제를 야기했다. 폴은 충동조절 능력이 전혀 없었고 사회성도 도통 없었다. 저녁 식사 때 식탁에 앉는 법도 몰랐다. 집에 온 첫날인가 둘째 날인가에 라라는 부엌 조리대에서 음식을 찾아 쿵쾅거리며 돌아다니는 폴을 붙잡았다. 폴은 찬장을 열어 마음에 들지 않는 것을 죄다 밖으로 내던지고 있었다.

"폴은 거칠었어요." 그녀는 인정했다. "동물 같았죠. 심지어 날이 튀어나오는 칼까지 갖고 다녔어요. 정말로요. 농담 아니에요. 그랬어요."

라라는 할 수 있는 것은 다 해봤지만, 그때마다 감당하기 힘든 일을 하고 있다는 것을 깨달았다. 레스는 사업 때문에 바빴다. 라라는 아이들을 위해 시간을 많이 내지 않는다며 그를 나무라지는 않았지만 다루기 힘든 세 아이의 계모로서 어쨌든 할 수 있는 모든 일을 하고 있었다. 셸리는 고집쟁이였고 폴은 거칠었으며 척은 말이 없었다. 척이 하지도 않은 말을 셸리가 지어내지 않는 한, 척은 말을 하지 않는 외톨이였다. 생모를 아는 사람들은 척의 장애가 아동 학대 같은 것에서 비롯되었을 거라고 의심했지만 1960년대에는 실제로 아동 학대라는 말을 거의 입 밖에 내지 않았다.

라라가 말했다. "한 이웃이 한번은 내게 척이 방에 서서 울고 있는 모습을 사람들이 봤다는 말을 전하더군요. 창문이 열려 있어서 볼 수 있었대요. 척은 항상 그런 식이었죠."

폴과 척도 무척이나 다루기 힘들었지만 라라에게 가장 큰 어려움을 자아낸 아이는 셸리였다.

왓슨 부부는 주말마다 최대한 가족과 시간을 보내며 다른 모든 잡생각을 떨쳐버리고 아이들에게 집중하는 데 각별히 역점을 두었는데, 그때쯤에는 라라와 레스 사이에서 낳은 딸과 아들도 포함되어 있었다. 여름철에는 배를 타려고 오리건이나 워싱턴 연안으로 정기적으로 여행을 갔으며, 겨울철에는 후드산 스키장에서 스키를 탔다. 셸리만 아니었더라면 멋지고 행복한 삶이었을 것이다.

셸리는 성질을 부리고 시비를 걸기 시작하며 완강하게 가는 것을 거부했다. 셸리의 기분이 내키지 않으면 애초부터 가망이 없었다. 셸리는 자기 마음대로 되지 않을 때마다 적절한 해결책을 찾을 정도로 교활했다. 대개는 거짓말을 했다. 그 변명은 모호하고 터무니없기 일쑤였다. 예를 들어, 숙제하는 것을 싫어했다. 그래서 기껏 힘들여 한 숙제를 어린 동생들이 다 망쳐놓았다고 불평했다. 그 술책이 더 이상 통하지 않을 때는 그냥 학교 가는 것을 거부했다.

라라는 회상했다. "아침에 셸리에게 (여러 일을) 더 수월하게 처리할 수 있는 방법을 찾아주려고 했어요. 셸리가 입을 옷을 밤에 준비해 놓으면 어떤 옷을 입을까 막판에 고민할 필요가 없잖아요. 시리얼과 과일도 식탁에 차려놓았어요. 학교 갈 모든 준비를 다 해놓은 거죠. 아침을 좀 더 순조롭게 만들 수 있는 거라면 어떤 것이든 했어요. 하지만 그런 건 중요하지 않았죠. 셸리는 내키지 않는 것은 절대 하지 않았어요."

매일 아침, 뚱한 표정으로 걸핏하면 화를 내는 셸리가 학교로 향하면 아침 전투가 끝나곤 했다.

적어도 그 당시 라라는 그렇게 믿었다.

"한번은 학교 가는 길에 있는 스탠더드 주유소에서 전화가 걸려왔어요. 그 사람들이 그러더군요. "이거 완전히 미친 거 아니에요? 어린 여자애가 화장실을 쓰려고 드나드는 걸 봤는데, 옷을 한 보따리 가져온 다음 나가더라고요. 여기 옷을 한 무더기 쌓아 놓았어요. 그런데 나갈 때는 다른 옷을 입고 있었어요. 청바지예요.""

라라는 차를 몰고 스탠더드 주유소로 갔다. 그리고는 자신이 발견한 것에 깜짝 놀랐다.

셸리가 정말로 옷들을 한 무더기 두고 간 것이었다. "원피스와 치마 네댓 벌이 감춰져 있었던 거 같아요. 학교에 갈 때 입고 싶지 않아 했던 예쁜 새 옷들이었죠."

옷으로 인한 난관은 셸리와 라라 사이의 불화의 일부에 불과했지만 라라는 의붓딸을 올바른 길로 인도하는 방법을 찾으려고 계속 노력했다. 셸리가 조금 더 나이가 들자 라라는 댄스 강습에 데리고 갔지만 대부분의 시간을 강습소 안에 들어가기 거부하는 데 썼다. 댄스 발표회도 빼먹었다.

"셸리와는 모든 게 한 편의 드라마였어요. 아주 사소한 것까지도요. 셸리는 우리가 어디를 가든 무엇을 하든 언제나 속이 뒤틀리고 흥분해서 제정신이 아닌 것처럼 보였죠. 그게 뭐였든 간에 그랬어요. 그 아이에게 선물을 주는 것과 같은 좋은 일을 하는 것조차 분노를 불러일으켰죠. 한번은 물어봤어요. "뭐 때문에 그렇게 화가 난 거야?" 대답은 안 했지만 그 아이의 행동방식을 보고는 뭘 해도 불만이라는 것을 알았죠. 정말 그랬어요. 그 아이를 만족시키는 건 아무것도 없었어요."

시간이 흐르면서 셸리의 행동이 단순히 지장을 주거나 고마워할 줄 모르는 것에서 음흉하고 복수심에 불타는 것으로 바뀌기 시작했다. 그녀는 특히 동생들에게 분개했다. 다른 사람에게 관심을 기울이는 것 하나하나가 자신에게 빚졌다고 느끼는 마음이 부족하다는 것을 의미했다. 그 부족분이 지불되지 않을 때마다 복수하려 들었다. 그 전술은 잔인했고 가학적인 경우가 잦았다. 식구들에 대한 거짓말이라든가 돈을 훔쳐 간다든가 심지어는 집에 불을 지르려 한다든가 하는 식이었다.

세월이 지난 뒤, 라라는 심호흡을 하면서 이렇게 회상했다. "그 아이는 유리를 잘근잘근 깨서 (다른 아이들의) 부츠와 신발 바닥에 넣곤 했어요. 도대체 어떤 사람이 그런 짓을 할 수가 있죠?"

라라는 굳이 멀리서 본보기를 찾을 필요도 없었다.

셸리의 친할머니인 애너 할머니가 바로 그런 사람이었다.

3장

라라에게 시어머니인 애너 왓슨을 보는 것은 등줄기에 소름이 쫙 돋는다는 것을 의미했다. 라라는 시어머니가 상어 같은 눈초리를 자신 쪽으로 던지지 않기를 바랐다. 애너가 그냥 지나가면 안도감에 몸서리쳤다. 그때서야 라라는 숨을 돌릴 수 있었다. 아주 깊은 안도의 한숨이었다. 적어도 셸리의 계모는 애너 왓슨이라는 유례없는 공포의 대상을 마주할 때마다 그렇게 느꼈다.

노스다코타주 파고에서 태어나 십 대 때 클라크 카운티로 이주한 셸리 왓슨의 친할머니는 키가 크고 몸집도 컸으며, 투포환 던지기 선수와도 같은 근육질 어깨에다 아무 무늬 없는 푸른색 블라우스 깃 속의 목덜미에는 굵은 힘줄들이 불거져 나와 있었다. 애너는 110킬로그램이 넘는 체중으로 왼발을 질질 끌며 걸었기에 사람들은 그녀가 언제 오가는지 마룻바닥이 삐걱거리는 소리로 알 수 있었다. 몸집처럼 자신감도 어마어마했다. 그녀가 모두 다 전적으로 옳았기에 아무도 감히 입도 뻥긋할 수 없었다. 레스도 그랬고, 당연히 그의 젊은 아내 라라도 그랬다. 애너는 왓슨 집안의 양로원 중 하나를 운영했는데 모든 것을 한 치의 오차도 없이 자신이 원하는 방식대로 해야 했다. 애너 왓슨의 스타일을 떠올리는 사람들은 "무자비한"이란 말을 수시로 입에 오르내렸다.

애너의 남편인 조지 왓슨은 아내와 정반대였다. 그는 친절했다. 상냥했다. 정답기까지 했다. 애너보다 10센티미터 더 작았으며, 아내가 시키는 거라면 무엇이든 했다. 라라는 조지가 20년 넘게 부엌 뒷문 바로 바깥에 있는 가로세로 2미터의 작은 헛간에서 잤다고 회상했다. 집 안에서 잠을 잔 적이 없었다. 애너가 헛간에서 지내라고 우겼기 때문이다.

레스와 라라가 결혼하고 나서 얼마 후에 타코마 근처의 웨스턴 주립병원에서 일하던 여자 둘이 배틀 그라운드에 있는 가족 소유의 양로원 중 한 곳에서 애너를 위해 일하게 되었다. 메리와 필리가 그들의 이름이었지만 라라는 애너가 "머저리들"이라고 부르는 소리만 들었을 뿐이다. 애너는 잔인한 여왕이 노예들에게 이래라저래라 명령하듯 그들 위에 군림했다. 그런 일이 비일비재한 요양시설에서 간병일을 하는 여자들에게 천한 일이란 없었다.

라라가 보기에 그 여자들은 거의 애너의 노예나 다름없었다. 애너는 집을 청소하고 설거지를 하고 마룻바닥을 닦도록 하는 등 집안일까지 시켰다. 자신의 발을 씻기고 머리를 감기게 하려고 그들이 무슨 일을 하고 있든지 당장 그만두고 달려오라고 명령했다. 그 여자들의 행동이 굼뜨면 주먹으로 치거나 발로 걷어차거나 머리채를 휘어잡았다.

한번은 라라가 셸리를 데리러 애너의 집으로 건너갔을 때 메리가 무슨 일 때문에 몹시 속상해하고 있다는 것을 알아차렸다. 필리는 젖은 머리칼을 수건으로 감싸고 있었다. 메리에게 무슨 일이냐고 묻자 애너가 셸리를 데리고 문을 박차고 나갔다고 털어놓았다. 뭔가에 부글부글 끓은 나머지 필리의 머리채를 휘어잡아 변기에 처박더니 계속해서 물을 내렸다고 했다.

라라는 너무 놀라 말문이 막혔다. 그런 얘기를 들어본 적이 없었다.

메리에게 물었다. "시어머니가 왜 그랬을까요?"

"부아가 치밀면 항상 그래요."

라라는 훗날 말했다. "그분들은 늘 시어머니를 두려워했어요."

모두가 그랬다.

모두가 두려워했지만 셸리는 별로 두려워하지 않는 것 같아 보였다.

레스와 전처의 자식들이 배틀 그라운드에서 살게 된 직후 라라는 양로원 사무실에서 일하기 시작했다. 대학에 가고 싶었지만 그 계획은 엄마가 되면서 즉시 가로막혔다. 셸리의 학교가 양로원 옆에 있었기에 셸리는 방과 후에 버스를 타고 집으로 오는 대신 애나 할머니의 양로원으로 가기 일쑤였다. 셸리가 그곳에 있는지 알아보려고 전화를 걸면 애너는 손녀가 방치되고 있다며 자기가 데리고 있으면서 "제대로 된" 밥을 먹이고 제대로 목욕시켜야겠다고 난리를 쳤다.

"어머니, 머리 감길 필요 없어요."

"네가 제대로 감기지 않았잖아. 아주 더럽기 짝이 없어."

애너는 셸리에게 무엇이 최상인지 알고 있었다.

실제로 그녀는 모든 사람들에게 무엇이 최상인지 알고 있었다.

라라는 시간이 흐르면서 잠자코 있는 법을 통달하게 되었다.

또 한번은 라라가 셸리를 데리러 갔을 때인데 셸리의 아름다운 붉은 머리칼이 싹둑 잘린 것을 보게 되었다. 애너 할머니는 가위를 들고 썩은 미소를 지으며 손녀 곁에 서 있었다.

라라는 충격을 받았다. "어떻게 된 거예요?"

애너 할머니가 쏘아붙였다. "네가 애 머리를 제대로 빗겨주지 않아서 잘랐어!"

무자비하고 거칠게 싹둑싹둑 잘라낸 것이었다. 끔찍해 보였다. 셸리는 의기소침해 보였다.

라라는 할머니가 한 일에 대해 자신을 비난하리라는 것을 익히 알고 있었다. "셸리는 숱이 아주 많아요." 빗이 가까이 다가올 때마다 비명을 지르는 셸리를 재빠르게 힐끗 보며 주장했다. "제가 매일 빗겨준다고요."

애너 할머니는 가소롭다는 표정을 지으며 돌아서서는 반들반들하게 닦은 마룻바닥으로 장딴지를 쭉 벌렸다.

그녀는 하고 싶었던 일을 정확히 해냈다.

사람들을 불행하게 만드는 것이 그녀가 즐기는 방식이었다.

라라는 그때 그 순간에도 알 수 있었다. 셸리와 애너 할머니는 떼려야 뗄 수 없는 영원한 동반자였다. 셸리는 때때로 할머니의 희생자가 되는 한편, 주로 할머니의 삶에서 제자 역할을 했다. 애너 할머니가 특히 좋아하는 거라면 그림자처럼 따라다니고 흉내내며 무엇이든 세심한 주의를 기울이고 있었다.

때가 되면 셸리는 자신이 얼마나 훌륭한 학생이었는지 드러낼 터였다.

4장

___

셸리의 첫 번째 실제 공습은 거의 열다섯 살 때였다. 잠행 공격으로, 불화의 견습생이 배우는 그러한 종류의 전술은 가장 효과적으로 피해를 입히는 수단이다.

1969년 3월 방과 후, 셸리는 모습을 드러내지 않았다. 전에도 늦게 온 적은 있었지만 이번에는 조금 다르게 느껴졌다. 평소보다 더 늦었다. 라라는 티끌 하나 없이 깨끗한 부엌에서 시계를 쳐다보았다. 손끝으로 탁자를 계속 톡톡 쳤다.

'셸리, 어디 있니?'

'지금 뭐 하고 있어?'

'누구랑 같이 있는 거야?'

점점 불안해진 셸리의 계모는 결국 교장실로 전화 걸었고, 기가 차서 말도 안 나오는 소리를 들었다. 밴쿠버에 있는 청소년 보호시설로 갔기 때문에 집에 오지 않은 것이었다. 열다섯 살 생일을 한 달 앞둔 셸리는 상담교사에게 집에서 어떤 일이 벌어지고 있는데 더는 감당할 수 없다고 말했다고 했다.

"무슨 소리 하는 거예요?" 라라는 좀 자세히 말해달라며 교직원을 다그쳤다. "도대체 우리 집에 무슨 일이 벌어지고 있다는 건지 말해주세요."

"더는 말씀드릴 수 없습니다." 전화선 너머의 여자가 말했다. 냉랭한 말투였다. 그게 라라는 더욱 불안했다.

라라는 전화를 끊고 즉시 양로원에 있는 남편 레스에게 전화해 집으로 들어오라고 했다. 날카롭게 단도직입적으로 말했다.

"지금 셸리에게 무슨 일이 벌어지고 있어."

제정신이 아닌 상태에서 보호시설에 다시 한번 전화를 건 뒤, 왓슨 부부는 그날 오후 학교에서 무슨 일이 일어났었는지 알아보려고 갔다.

훗날 라라는 셸리의 어린 시절과 십 대 시절 사진들을 보며 말했다. "아무도 우리에게 어떤 것도 말하지 않았어요." 셸리는 빼어난 미모였다. 코에 주근깨가 난 얼굴을 붉은 머리칼이 감싸고 있었으며, 푸른 눈동자의 속눈썹은 물결치는 말미잘 촉수처럼 길고 풍성했다. 하지만 라라에게 셸리의 그러한 아름다움은 유독식물인 까마종이 열매와 같은 것이었다. 맛있어 보이지만 실제로는 위험하다.

'순진무구하고. 사랑스러운. 가면.'

라라는 미칠 지경이었다.

"교장선생님네 집으로까지 전화했지만 그분도 어떤 말도 하려 들지 않았어요. 처음에는 셸리가 내 물건을 훔치고 내 지갑에서 돈을 꺼내 가곤 했기 때문에 그냥 뭘 훔쳤나 보다 생각하고 있었어요. 어쩌면 다른 애의 지갑 같은 걸 훔쳐간 게 아닐까 했죠. 그런데 아무리 생각해도 이번에는 무슨 짓을 했는지 모르겠더라고요."

답답했다. 괴로웠다. 뭔가 아주, 아주 나쁜 일임이 틀림없었다.

왓슨 부부는 밴쿠버의 보호시설에 도착해 당장 딸을 만나게 해달라고 요청했으나 시설 감독관이 요청을 거절했다.

"지금 조사 중입니다."

"무슨 조사요?" 레스가 물었다.

"셸리가 당신이 강간했다고 고발했어요." 남자가 엄혹한 얼굴로 말했다.

순간 레스의 눈에서는 눈알이 튀어나올 지경이었으며, 얼굴은 분노로 새빨개졌다. 그가 즉시 받아쳤다.

"이런, 맙소사! 도대체 셸리가 왜 그런 말을 하는 거죠?"

그곳에 서 있던 라라는 속이 메스꺼웠다. 그 고발은 평생 들어본 것 중 가장 역겨운 것이었다. 셸리는 소문난 거짓말쟁이였지만 이건 해도 해도 너무했다. 셸리 자신에게조차도 너무 한 것이었다. 라라가 알듯, 사람들이 남편을 부를 수 있는 말들은 많이 있었지만 "강간범"은 목록에 없었다.

"아마 셸리는 그게 무슨 뜻인지도 모를 거야." 라라가 마침내 남편을 진정시키려고 손을 내밀며 말했다.

"지금 당장 셸리를 만나야 해요." 레스가 주장했다.

"절대 안 됩니다." 감독관이 딱 잘라 말했다. "그럴 수 없어요. 우리는 지금 범죄를 조사하고 있습니다."

레스가 양손을 위로 들어 올렸다. "좋아요. 의사를 부를게요. 의사한테 셸리를 검사해보라고 요구할 겁니다. 지금 당장."

주치의 폴 터너는 셸리를 밴쿠버에 있는 세인트 조지프 병원에 보내라고 지시했으며, 왓슨 부부는 배틀 그라운드로 돌아왔다.

그날 밤, 라라는 의붓딸의 침실로 들어갔다. 자신이 무엇을 찾고 있는지도 모르는 상태였다. 어쩌면 답을 찾지 않을까? 진실이라는 답. **뭔가 중요한 것**. 평소대로 셸리의 방은 온통 옷들과 더러운 접시들로 난장판이었다. 종이들도 어질러져 있었다. 공책에 낙서가 휘갈겨져 있었다. 셸리는 자신을 시인이라 생각하며 항상 뭔가를 끄적거리고 있었지만, 라라가 그 난장판 사이에서 이거저거 헤집는 동안 단서를 제공할 만한 것은 아무것도 보지 못했다. 잠시 후, 뭐라도 찾을 수 있는지 보려고 침대 주위를 샅샅이 뒤졌다. 몸을 숙여 매트리스와 스프링 받침대 사이로 손을 뻗었다. 손끝이 잡지 가장자리를 스치자 잡지를 빼냈다.

온몸에서 기가 쭉 빠져나가는 느낌이었다.

「트루 컨페션스」 잡지로 한 페이지의 모서리가 접혀 있었다.

표지의 굵은 활자가 다음과 같이 비명을 지르고 있었다. **나는 열다섯 살에 아빠한테 강간당했어요!**

라라는 혈압이 확 올랐다. 셀리가 그러한 고발을 할 수 있었다는 게 도저히 가늠조차 할 수 없었는데 알고 보니 잡지를 그대로 따라 하고 있던 것이었다.

"이거 좀 봐." 자신이 발견한 것을 레스에게 보여주며 말했다.

레스는 혐오감과 불신감으로 고개를 절레절레 저었다. 그는 고발로 만신창이가 되었지만 더욱 골머리를 앓은 것은 딸의 행동이었다.

"대체 왜 그러지?" 레스가 물었다.

라라는 알지 못했다. 누군가가 그토록 무시무시한 이야기를 꾸며낸다는 말을 들어본 적이 없었다. 말도 안 되었다.

다음 날 아침, 터너 박사가 검사를 실시하기 위해 병원에 도착했을 때 라라는 잡지를 쥐고 흔들었다.

"셀리가 다 지어낸 거예요." 라라가 말했다.

왓슨 부부의 견해에 따르면, 그 잡지는 실제로는 아무 일도 일어나지 않았다는 증거로서 단지 셀리가 잡지에서 영감을 받아 끔찍한 이야기를 지어냈을 뿐이라는 것이었다. 하지만 그것은 지금까지 셀리가 파괴적이고 충격적인 행동으로 만들어낸 드라마와는 또 다른 차원이었다. 레스와 라라는 셀리에게 완전히 질려버렸다. 그들은 고려해야 할 다른 아이들이 있었다. 레스의 직업적 이력도 고려해야 했다. 그는 상공회의소 회장이었다.

셸리의 거짓말이 조금이라도 소문나면 추문이 그를 망가뜨릴 터였다.

셸리의 병실 밖에서 기다리는 동안 레스가 말했다. "정말 큰일이야, 라라."

라라는 한숨을 푹 쉬었다. "셸리다워. 셸리가 그렇지."

잠시 후, 터너 박사가 검사 결과를 가지고 나타났다.

"이 아이는 전혀 손상되지 않았습니다. 타박상도 없습니다. 아무것도 없어요. 손도 대지 않은 상태입니다."

셸리는 그날 밤 늦게 한 가지 조건을 달고 풀려났다.

보호시설 감독관이 말했다. "여러분 따님은 심각한 상담을 요합니다. 정신과 의사가 필요해요."

#

불행하게도, 가족 치료요법과 정신과 의사와의 일대일 상담은 전혀 도움이 되지 못한 것으로 판명났다. 셸리는 고쳐야 할 문제가 있을 수 있다는 생각을 받아들이지 않았다. 진실에 직면했음에도 자신의 잘못은 없다고 계속 우겼다. **지금까지** 잘못한 게 하나도 없다고 했다. 라라와 레스는 60년대 후반과 70년대에는 거의 이해하지 못하던 것을 알게 되었다. 즉, 도움이 필요하다고 생각하지 않는 문제아는 아무도 도와줄 수 없다는 것이 그것이었다. 실제로 셸리는 강간 이야기를 날조한 사실을 인정조차 하지 않았다. 아버지에게 한 짓이 얼마나 큰일인지조차 파악하지 못하는 것 같았다.

도리어 식구에게 수류탄을 던지고는 그 때문에 갈망했던 관심을 받게 된 것이 행복하다는 듯 보였다.

셸리는 배틀 그라운드 고등학교로 돌아가고 싶어 했지만 학교 측은 복귀하는 것을 정중히 사양했다.

"넌 돌아올 수 없는 강을 건넜어." 교장이 말했다. 레스와 라라가 지켜보는 동안 셀리는 교장실에서 멍하니 앉아 있었다. "우리는 네가 여기서 수업 듣는 것을 원하지 않아. 더 이상 문제가 생기는 걸 바라지 않는다고."

그 말을 듣자 왓슨 부부는 제정신이 아니었다. 셀리는 이제 겨우 열다섯 살이었다. 학교에 **다녀야만** 했다. 라라는 즉시 타코마에 있는 값비싼 명문 기숙학교인 애니 라이트에 입학시키려 했지만 그곳도 출입금지였다.

훗날 라라는 회상했다. "그 학교에서 아이를 조사했더라고요. 단칼에 거절하더군요."

왓슨 부부는 수입이 상당하긴 했지만, 사실은 셀리를 배틀 그라운드에서 내보내 어디 다른 곳에 있는 학교로 들어가게 하기 위해서라면 돈이 얼마가 들더라도 상관없었다. 그 어디라도 좋았다. 결국, 그들은 워싱턴주 후드스포트에 셀리가 들어갈 학교를 찾았다. 라라의 부모님과 함께 살게 되었는데, 그분들은 십 대의 눈치를 살살 살펴야 하는 법을 재빨리 배웠다. 아무도 셀리를 폭발하게 하고 싶지 않아 했다. 다음에 또 무슨 짓을 벌일지 전혀 알 수가 없었다. 그녀는 변덕스럽고 예측할 수 없었다. 이따금 누군가나 무언가를 배려하는 척 가장하는 모습 뒤에는 숨겨진 야비한 면이 있었다. 예를 들어, 외할머니에게 설거지를 돕겠다고 자청하지만 씻지 않은 수저나 그릇, 심지어 냄비나 프라이팬까지 쓰레기통에 던져버리는 식이었다. 좀 생산적인 일을 해야겠다는 기분이 날 때는 접시를 씻는 대신 천으로 "깨끗이" 닦곤 했다.

셀리는 아이들을 무척 좋아한다며 이웃들을 위해 아이들을 돌봐주고 싶다고 했다. 더욱이 아이를 돌보는 게 너무나 좋아서 자원봉사를 하겠다고 나섰다. 인정 많고 자상한 소녀로 보이는 것을 즐기는 것 같았다. 그것은 오래 지속되지 않는 가식이었다. 부모가 밤에 외출했다가 집으로 돌아오면 잠옷으로 갈아입지도 않은 채 침대에 누워있는 아이들을 발견했고, 아이들은 셸리가 어떻게 무거운 가구로 방문을 막아놓았는지에 대해 이야기했다.

불과 몇 주가 지나자 신세지고 있는 조부모에게 대들기도 했다.

셸리가 배틀 그라운드로 돌아온 후의 세월을 돌아보며 라라가 말했다. "우리 부모님은 그간 손자들과 아무런 문제가 없었어요. 나중에서야 셸리가 드디어 학교를 마치고 집으로 보낼 수 있게 되어 부모님이 무척 기뻐했다는 것을 알았죠." 셸리는 외할아버지 또한 자신을 학대했다고 공공연히 비난했다. "실제로 셸리가 이웃들에게 할아버지가 자신에게 손찌검을 했다고 말했다는 사실을 알게 되었어요. 이웃들은 즉시 어머니에게 그 사실을 알렸죠." 라라로서는 몹시 당혹스러운 일이었다. "셸리가 왜 그렇게 끊임없이 사람들의 삶을 망치려 드는지 이해할 수 없어요."

5장

라라 왓슨은 때때로 셸리가 이번에도 또 무슨 일을 저질러서 전화가 걸려오는 것은 아닐까 두려워하며 신경이 거슬리는 전화벨 소리에 마음을 다잡았다. '모쪼록 잘 풀리게 하려면 또 어떻게 해야 하나'라며 라라의 결의를 새로이 시험하는 식이었다. 라라는 유능했다. 사람들과 잘 어울렸다. 긍정적인 성격이었다. 그러나 셸리가 집에 없을 때조차도 왓슨 부부의 결혼 생활은 견딜 수 없는 압박을 받고 있었다. 가족 사업체는 당연히 지속적인 관심을 요했으며, 레스는 늘 도전할 준비가 되어 있었다. 아마 그게 그가 가장 잘하는 일이었을 것이다. 라라 입장에서는 레스와의 사이에서 낳은 두 아이와 전처인 샤론과 레스가 낳은 세 아이를 키우며 헤어나기 힘든 수렁에 빠져 있었다. 나이가 좀 든 아이들은 셸리가 했던 정도까지는 아니었지만 집안을 계속 아수라장으로 만들었다. 척은 대부분 조용했다. 소심하기까지 했다. 라라는 척을 무릎에 앉혀놓고 책을 읽어주는 동안 척이 그녀에게 읽어주는 시늉을 하는 것을 듣곤 했다. 척이 말을 하려고 할 때마다 셸리는 곧장 대답했다. 척에게는 학교도 곤혹스러웠다. 폴은 누나와 마찬가지로 상습적인 거짓말쟁이였다. 셸리는 폴을 통제하는 한편, 폴은 결과적으로 누나 흉내를 내며 척을 통제하려고 했다. 마치 모든 아이들이 패거리로 똘똘 뭉친 것 같았고, 셸리는 그들의 궁극적인 대장이었다.

여왕벌이었다.

항상 뭐가 최상인지 아는 아이였다.

'꼭 애너 할머니 같이.'

셸리는 항상 분열과 혼란을 일으키는 데 달인이었다. 배틀 그라운드에서 추방된 후 다시 그곳에서 섞이도록 하는 게 잘되지 않으리라는 것은 기정사실이었다. 라라는 그해 여름의 절반을 가을에 셸리를 입학시킬 학교를 찾느라 전화통을 붙들고 살았다. 전화 거는 곳마다 퇴짜맞았다. 거의 한계에 달해 어쩔 줄 몰라 하고 있을 때 드디어 배틀 그라운드에서 남쪽으로 약 40분 거리의 오리건주 비버튼에 있는 세인트 메리 오브 더 밸리에서 허가를 받았다. 라라가 바라던 만큼 멀리 떨어져 있지는 않았을지 모르지만, 그곳은 적당한 후보 선택지 중 최고였다.

그녀는 훗날 셸리가 기숙학교에 가는 데 알려야 하는 여러 문제점에 대해 말하지 않았다는 것을 인정했다. 그만큼 필사적이었기 때문이다. 또한 허튼짓을 용납 않는 수녀들이 셸리가 사람들을 교묘하게 조종하는 것을 제대로 간파하여 이제 그만 멈추게 할 거라고 기대했다.

몇 주 후, 수녀들은 왓슨네 집으로 전화를 걸어와 주말에 와서 셸리를 데려갈 수 있는지 물어보기 시작했다.

"우리는 금요일 저녁이면 그 아이를 태우고 산장으로 올라가서 스키를 탔어요. 솔직히 힘들긴 했지만 주말마다 그렇게 하려고 애썼죠. 주말만 되면 나는 이를 악물었어요. 그 아이가 없는 시간은 너무나 평화로웠습니다. 큰 문제를 갖고 있던 아들들까지도 나아지고 있었거든요."

누군가가 셸리를 위해 더욱 많이 해줄수록 더욱 많이 받기를 바라는 것 같았다.

원하는 것을 얻지 못하면 노발대발 성질부렸다.

"수녀님들은 이듬해에 그 아이가 돌아오는 것을 원하지 않았어요. 행동장애가 있다고 하더군요."

행동장애 문제는 익숙한 것이었다.

수녀들에 따르면 셸리는 한밤중에 비명을 지르며 깨어나는 일이 잦았다고 했다. 다른 여학생의 숙제를 훔쳐서 망쳐놓았다고 했다. 다른 여학생들의 물건을 훔치다 붙잡혔다고 했다. 심지어는 예전부터 특히 좋아하던 게릴라 전술을 부활시키기도 했다. 깨진 유리 조각을 반 친구의 신발 속에 몰래 집어넣은 것이었다.

학년이 끝날 무렵, 세인트 메리 오브 더 밸리 학교 측은 레스와 라라에게 셸리를 재학생으로 받아들이지 않겠다고 통보했다.

라라가 말했다. "우리는 그 아이를 그 학교에서 지내도록 하기 위해서라면 비용이 얼마가 들든 기꺼이 지불할 의향이 있었어요. 어림도 없었죠. 수녀님들은 단호했습니다."

여름에 셸리는 배틀 그라운드에서 살면서 초토화작전 접근법을 취했다. 그녀는 날마다 라라에게 얼마나 증오하는지, 얼마나 라라가 그 자리에서 쓰러져 죽기를 바라는지에 대해 떠들어대며 시간을 보냈다. 참는 데 지친 라라는 셸리에게 너도 상 받을 만큼 좋은 애는 아니라고 여러 차례 말했다.

"대체 왜 그래? 넌 어떤 것도 전혀 행복해하거나 감사해하지 않아."

그건 사실이었다. 라라는 멀리서 이유를 찾을 필요도 없었다. 남편은 지금까지 셸리가 원하는 모든 것을 주었다. 셸리가 그에게 저지른 모든 일에도 불구하고, 그야말로 그의 이름을 더럽혔지만, 셸리를 어린 공주처럼 대했다.

셸리 공주는 배틀 그라운드에 머물 수 없었다.

레스 왓슨의 여동생 케이티는 왓슨 부부 쪽으로 자신도 모르게 구명밧줄을 던진 선의의 인물이었다. 셸리는 사람들이 자기를 불쌍히 여겨 나머지 세상에 맞서 자기편을 들게 할 수 있는 방법을 갖고 있었다. '엄마는 살해당했어요. 아빠는 학대했어요. 계모는 못되게 굴었어요.' 셸리가 식구, 그중에서도 특히 라라가 자신에게 얼마나 못되게 굴었는지 케이티에게 불평하자 케이티는 셸리에게 여름 동안 자신과 함께 지내는 게 어떻겠냐고 제안했다.

라라는 일부 대화를 우연히 들었다. 셸리는 절대 감정을 숨기는 아이가 아니었다. 모든 사람이 확실히 들을 수 있도록 큰 소리로 말했다.

라라는 이렇게 회상했다. "그 아이는 케이티에게 전화로 내가 얼마나 나쁜지, 얼마나 비열하고 얼마나 학대했는지 말하고 있었어요. 어떻게 내가 아무것도 갖지 못하게 하는지, 또 아무것도 사주지 않는지 말하고 있었죠. 내가 자기한테 욕도 한다고 했어요."

셸리의 신세 한탄 시간은 대성공을 거두었다.

왓슨 가족은 캠핑용 차를 갖고 있어서 그해 여름 디즈니랜드에 갈 계획을 세웠다. 온 가족이 짐을 싸고 셸리를 비행기에 태우고는 셸리가 없는 즐거운 시간을 보냈다.

몇 주 후, 케이티가 전화를 걸어와 셸리가 자신에게 모든 것을 털어놓았다고 했다. 그녀와 남편 프랭크는 대서양 연안에 있는 자기 집에서 남은 학년 동안 "그 불쌍한 아이"와 함께 지내기로 결정했다고 했다. 프랭크는 그곳에서 광산 기술자이자 석탄 회사 사장으로 있었다.

라라는 행운을 믿을 수 없었다. 셸리가 배틀 그라운드의 상황에 대해 새빨간 거짓말을 하고 있다는 것을 잘 알고 있었다. 그래도 좋았다.

'오, 주여! 하나님이 내 기도에 이렇게 잘 응답해 주시다니!'

결과적으로, 대서양 연안은 셀리가 이 학교 저 학교로, 이 식구 저 식구로 옮겨 다녔던 고등학교 교육 여정의 종착지였다.

"정말 끔찍했어요." 라라는 셀리가 친척들에게 스트레스를 준 2년에 대해 그렇게 말했다. 라라 생각으로는 "케이티와 프랭크 사이에 (셀리가) 야기한 문제들이 너무 심각해서 기어이 이혼까지 이르게 된 것 같아요"라고 했다.

셀리는 그 드라마에 전혀 개의치 않는 것 같았다. 그녀는 다음 행보를 이어가고 있었다. 아직 열여덟 살도 되지 않았는데 벌써 미래의 남편을 만난 것이었다.

6장

모든 이들이 그가 그 소녀를 만난 순간을 알고 있다. **운명의 남자.** 팽이를 재빨리 빙글빙글 돌아가게 쳐서 필요한 모든 것을 제공하도록 한 남자. 랜디 리바도는 1971년 여름에 셸리 왓슨을 처음 보았다. 그녀가 열일곱 살 때였다. 그 새로운 소녀가 한눈에 보자마자 반할 정도의 미모라는 것은 부정할 수 없었다. 펜실베이니아주 머리스빌에 있는 고모네 집에서 지내며 프랭클린 고등학교에 다니고 있을 때 셸리는 현지 남학생들의 관심을 듬뿍 받았다. 셸리와 랜디는 데이트를 시작하다가 셸리가 고등학교 3학년 때 정식으로 사귀었다. 둘은 시선을 확 사로잡는 커플이었다. 셸리는 붉은 머리칼에 백옥 같은 피부를 가졌고 랜디는 이탈리아인의 피를 물려받아 검은 눈동자에 검은 머리칼이었다. 하지만 그것은 그저 지나가는 환상과 행복한 추억으로 운명짓게 될 뿐인 십 대 때의 로맨스였다. 1972년 고등학교 졸업 후 그들은 각자의 길을 갔다. 랜디는 대학 학비를 벌려고 펜실베이니아에 머물렀고, 셸리는 결국 워싱턴으로 돌아와 아버지의 양로원에 간호조무사로 취직했다.

그런데 그해 여름이 끝날 무렵 랜디의 옛 애인에게서 전화가 왔다. 셸리는 그를 그리워했을 뿐만 아니라 좋은 기회에 대해서도 알고 있었다. 그녀의 아버지가 랜디에게 일자리를 제안했다.

"배틀 그라운드로 오지 않을래? 우리 아빠가 너를 시설 정비원으로 고용할 거야."

랜디는 확신이 서지 않았다. 좋은 제안이었지만 정말 뜬금없었다.

셸리가 더욱 구미를 당기게 했다.

"아빠가 임대료 없는 아파트에 묵게 해줄 거야. 그럼 대학 학비를 더 빨리 저축할 수 있잖아."

그 생각은 솔깃했다. 그 일은 시간당 5달러밖에 받지 못하지만, 밴쿠버에 있는 클라크 대학의 학비를 알아본 후 랜디는 결심을 굳혔다. 배틀 그라운드로 차를 몰고 갔다. 셸리가 두 팔을 활짝 벌려 환영했다.

파리지옥풀처럼 활짝 벌리고 있었다.

도착한 지 얼마 되지 않아 왓슨 가족이 랜디를 단순한 정비원 이상의 존재로 염두에 두고 있다는 것이 분명해졌다. 그들은 셸리의 남편을 원했다. 실상, 그의 차가 배틀 그라운드에 도착했을 즈음에는 이미 결혼 계획이 진행 중이었을 공산이 컸다. 낚싯줄을 감아올리는 데는 오랜 시간이 걸리지 않았다. 셸리는 모두에게 랜디를 얼마나 사랑하는지 말했다. 레스는 랜디를 오래전 잃어버린 아들처럼 대했다. 필요한 것은 무엇이든 다 주겠다고 했다. 레스는 그걸 제안하려고 그 자리에 있었다.

그렇지만 랜디는 뭔가 다른 일이 진행되고 있다는 것을 눈치챘다. 셸리의 아버지는 딸을 다른 남자에게 떠넘기는 데 급급한 것으로 보였다.

"그들이 얼마나 결혼을 서둘렀는지 레스는 내가 그 지역에 친구나 가족이 없다는 이유로 신랑 들러리까지 골랐다니까요. 그렇게 후다닥 해치웠죠"라고 랜디는 이야기했다. 랜디는 소극적인 남자는 아니었지만 입을 꾹 다물고 있었다. "난 가만히 앉아서 모든 일이 일어나도록 내버려 뒀어요."

랜디의 친척이나 친구들 아무도 결혼식에 참석하지 않았다.

나중에 한 식구가 그 이유를 발견했다. 셸리가 초대장을 부치지 않았던 것이었다.

#

셸리와 랜디는 1973년 2월 밴쿠버에 있는 감리교회에서 결혼식을 올렸다. 둘 다 열아홉 살이었다. 셸리는 1968년 영화 「로미오와 줄리엣」에서 여배우 올리비아 핫세가 입었던 옷을 의도적으로 상기시키는 높은 깃이 달린 긴 흰색 드레스를 입었다. 신랑은 셸리가 그 행사를 위해 선택한 분홍색 턱시도를 입었다. 리지필드 근처의 유서 깊은 서밋 그로브 로지에서 피로연이 이어졌다. 모두들 셸리가 평생 꿈꿔왔던 아름다운 결혼식이라는 데 입을 모았다. 부부는 어렸지만 사랑에 푹 빠졌다. 적어도 랜디는 그렇게 생각했다.

부부는 셸리가 십 대 때 혐오했던 곳인 오리건주 거번먼트 캠프에 있는 왓슨네 오두막집으로 신혼여행을 갔고, 이후 왓슨 부부가 소유한 40피트짜리 이동주택에서 임대료 없이 살았다. 셸리는 집이 초라하다며 불평했지만 라라는 랜디와의 삶의 출발점일 뿐이라고 지적했다. 어쨌든 그들은 집을 살 만한 수입이 없었다.

"하지만 난 이 이동주택에서 살고 싶지 않다고요!" 셸리는 몇 번이고 되풀이했다.

결혼식 직후, 셸리는 생리통이 심하다고 투덜대기 시작하더니 양로원 일을 빼먹기 시작했다. 그녀가 부른 대로 "골칫거리"는 한 달 내내 쓰나미처럼 지속되었다. 일하러 가서는 자리를 비우는 일이 내내 반복되었다. 마침내 레스 왓슨은 어려운 결정을 내렸다. 딸을 해고했다.

랜디는 나중에 어린 신부에 대해 말했다. "열심히 일하는 것과 믿을 수 있는 것, 이 두 가지는 전혀 그녀의 강점이 아니었습니다."

그 후 셸리는 다른 친척의 양로원으로 일하러 갔다.

하지만 연속적으로 결근하는 행태는 거기서도 반복되었고, 결국 해고 당했다.

랜디가 말했다. "그러면 다시 아버지의 양로원으로 돌아가곤 했어요, 탁구공 같았죠."

결국 영구히 해고되자 집에 틀어박히게 되었지만 새 가정에 아무 이득도 되지 않았다. 그녀는 요리를 하지 않았다. 청소도 하지 않았다. 그녀가 하고 싶어 하는 것은 그냥 빈둥거리며 누워서 자신이 마땅히 받아야 할 것을 다른 사람들에게 말하는 것과, 또 자신이 원하는 것이라면 무엇이든 얻을 수 있도록 다른 사람들이 어떻게 도와야 하는지에 대해 모두 다 들을 수 있는 거리 내에서 대놓고 뻔뻔하게 떠드는 것이었다.

그런 면에서 애너 할머니와 매우 흡사했다.

#

새 차를 살 궁리를 하던 셸리는 늘 하는 방식대로 했다. 곧장 아빠에게로 간 것이었다. 당국에 강간했다고 주장함으로써 아빠의 명예를 실추시킬 뻔하게 하는 등의 나쁜 일을 저지른 것은 하나도 중요하지 않았다. 그건 이미 다 지나간 일인 것으로 여기는 듯했다. 실제로 왓슨 부부는 셸리와 또 그녀가 저지를지 모르는 일을 두려워했다. 원하는 모든 것을 주는 편이 더 쉬웠다. 그냥 계속 기쁘게 해서 문제의 발생을 방지하려는 것이었다. 셸리가 극장이나 콘서트, 또는 시내 외곽 어딘가에서 열리는 행사에 가고 싶다고 하면 그들은 내키지 않아도 즉시 현금을 내주었다.

당연히 왓슨 부부도 한계가 있었다. 레스의 사업이 성공하기는 했지만 대단한 갑부는 아니었다.

새 차를 요구하면서 셸리는 아빠와 계모에게 원하는 것을 얻기 위해 얼마나 막 나갈 수 있는지 다시 한번 보여주었다.

셸리는 폭스바겐 비틀을 고집했다.

"아빠, 난 그 차를 갖고 싶어요! 그 차를 가져야만 한다고요!"

레스는 동의했고 차를 구할 수 있는지 보려고 밴쿠버로 갔다. 그렇지만 폭스바겐 비틀을 타고 집에 오지 않았다. 대신, 훨씬 더 낫다고 생각하는 차를 타고 배틀 그라운드로 돌아왔다. 거의 새 차나 다름없는 연분홍색의 뷰익 컨버터블이었다.

셸리의 양미간이 찌푸려졌고, 얼굴은 새 차보다 10단계는 더 어두워졌다. 발을 쿵쾅거리며 돌아다녔다. 얼마나 버럭버럭 성질을 내는지 집 창문이 덜컹거릴 정도였다. 아빠에게 "끔찍한 노처녀 차"를 사주었다고 꽥꽥 소리질렀다.

레스는 두 손 두 발 다 들었다. 딸에 대해 더 잘 알았어야 했지만 그 지경일 줄은 몰랐다.

랜디는 차가 좋다고 생각했지만 아내를 진정시킬 수는 없었다. 셸리는 위안이 될 턱이 없었다.

그다음에 일어난 일은 모두를 혼이 나가게 했다.

그날 밤, 셸리는 언뜻 보기에는 술과 수면제를 과다복용해 인사불성으로 쓰러진 게 분명했다. 그녀를 살릴 수 없던 랜디는 놀란 나머지 허둥대며 왓슨 부부를 불렀고 그들은 즉시 밴쿠버 메모리얼 병원으로 급히 갔다. 모두들 그녀가 깨어나지 못할까 봐 걱정했다. 근무 중인 응급실 의사가 위세척을 하고는 자신이 발견한 것을 가족에게 알렸다.

라라는 세월이 지난 후 그때를 떠올렸다. "우리는 그 아이가 하필이면 아스피린을 먹었다는 것을 알았어요. 그것도 아주 소량이었죠. 수면제는 없었습니다."

#

랜디가 클라크 대학에서 수업을 마치고 돌아온 어느 날, 이동주택이 완전히 쑥대밭이 되고 아내의 얼굴이 피투성이가 되어 있는 것을 발견했다.

그는 그녀에게 달려갔다. "어떻게 된 거야?"

"한 남자가 들어왔어." 셸리가 흐느꼈다. "들어와서는 나를 공격했어. 나를 강간했어." 그녀는 얼굴에 긁힌 자국들을 가리켰다. "그가 당신 총을 들고 밖으로 뛰쳐나갔어."

랜디는 장인뿐만 아니라 클라크 카운티 보안관에게도 전화를 걸었다. 둘 다 몇 분도 안 되어 도착했다. 보안관이 이동주택에서 셸리를 조사하는 동안 랜디와 레스는 밖에 있었다.

잠시 후 보안관이 나타나더니 엄숙한 표정으로 셸리의 상처는 자해한 것이라고 했다. 침입자는 없었다는 것이었다. 그는 레스와 랜드의 눈치를 살핀 뒤 셸리를 고소하지는 않겠다고 했다.

보안관이 떠나자 셸리는 다시 말을 바꾸었다.

랜디는 훗날 말했다. "그녀는 강간당했다고 주장하는 얘기로 대응했어요. 보안관이 강요했기 때문에 강간당했다고 털어놓는 것을 포기했을 뿐이라고 하더군요. 그러더니 습격자가 집에서 멀지 않은 곳에 총을 묻는 것을 지켜봤다고 했어요."

셸리는 자신의 이야기를 증명하기 위해 남편과 아빠를 총을 묻어둔 곳으로 이끌었다.

"바로 여기예요. 이곳에다 총을 숨겨두었어요."

랜디는 그 이야기를 믿을 정도로 어리석지는 않았다. 장인 역시 그랬을 거라고 짐작했다. 셸리의 계모는 확실히 그랬다.

셸리는 그저 이동주택에서 더는 살고 싶지 않았을 뿐이었다. 그걸로는 성에 안 찼다. 그녀는 어떻든 레스 왓슨의 딸이었다. 더 나은 곳에서 살 자격이 있다고 여겼다.

세월이 흐른 뒤 라라는 어처구니없다는 듯 눈동자를 위로 굴리며 말했다. "그 아이는 그곳에 사는 게 너무 위험하다고 말했죠. 그곳이 아니라 대신 시내에 있는 작고 예쁜 집에서 살고 싶어 했어요."

#

셸리는 원하는 건 무엇이든 다 가졌다. 마치 배틀 그라운드를 소유한 것처럼 행동했다. 주유소와 식료품점에 외상값을 남겼다. 부도수표를 남발했다. 시간이 흐르면서 일부 상점 주인들이 랜디에게 외상값을 갚으라고 닦달해야겠다고 생각할 정도로 청구서가 점점 쌓여갔다. 랜디는 그들에게 셸리가 다시는 한푼도 외상으로 달아놓지 못하게 하라고 했고, 그들도 동의했다. 그런 다음에도 그들은 언제나 청구서를 내밀었다.

이제 랜디는 레스가 왜 그렇게 빨리 자신을 가족으로 맞이했는지 알게 되었다. 그것은 딸을 떠밀어 시집보내는 것 이상의 것이었다. 그는 엄청난 골칫거리를 떠안고 있었다.

셸리가 1974년 여름에 임신했다고 발표하자 모두들 숨을 크게 들이쉬었다.

'그러면 좀 도움이 될까?'

#

랜디의 부모는 아기 선물도 가져올 겸 새로운 식구가 생길 거라는 기대감에 흥분하여 펜실베이니아에서 워싱턴으로 여행을 오고 싶다고 알려왔다.

그렇지만 셀리는 랜디에게 시부모가 오는 것을 원하지 않는다고 했다. 그는 그 말을 묵살했다. 그들이 이미 오고 있다는 게 이유의 다였다. 드디어 시부모가 도착했을 때 셀리는 방에 틀어박혀 꼼짝도 하지 않았다. 시부모가 그곳에 있는 동안 한번도 나오지 않았다. 랜디는 어쩔 줄 몰라 쩔쩔맸지만 의연한 척하며 그녀 없이 부모와 함께 즐거운 시간을 보냈다.

결과적으로 그 사실이 그녀를 더욱 화나게 했다.

그 여파는 나중에 왔다. 랜디의 남동생이 새 아기에게 선물로 가져다준 책들이 없어졌다. 랜디는 그 책들을 어디에서도 찾을 수 없었다. 셀리도 책들이 어디 갔는지 도통 모르겠다고 했다. 온 사방을 샅샅이 살펴본 후 그들은 포기했다.

가족이 떠난 뒤, 랜디는 할아버지가 선물로 보내준 손수 만든 과자를 꺼내 맛보았다. 할아버지는 그 과자를 수도 없이 만들었더랬다. 랜디는 한입 베어 물고는 뱉어내야 했다. 짠맛밖에 나지 않았다. 그는 할아버지에게 전화 걸어 최근 만든 과자의 실수에 대해 이야기했다. 할아버지는 무엇이 잘못되었는지 이해할 수 없었다. 다른 식구 모두는 맛있는 마시멜로만을 맛보았을 뿐이었다.

배틀 그라운드에 배달된 상자만이 불량품이었다.

랜디의 누나가 새 옷을 두고 간 것이 발견되었을 때 셀리는 그 물건들을 우편으로 돌려보내겠다고 했다.

소포는 완벽한 상태로 도착했다. 내용물은 그렇지 않았다. 누군가가 가위로 갈기갈기 찢어놓은 상태였다.

셸리는 랜디에게 어떻게 그런 일이 일어날 수 있는지 이해가 안 된다고 했다.

그녀가 말했다. "우체국에서 누군가가 그런 게 틀림없어."

제 2 부

니키와 사미

7장

캡틴 앤 테닐의 "사랑이 있는 한"과 비지스의 "자이브 토킨"이 셸리 리바도의 카세트 플레이어에서 반복 재생될 때인 1975년 2월에 딸 니키가 태어났다. 한순간이라도 늦었으면 큰일 날 뻔했다. 셸리는 여러 주 동안 임신에 대해 불평했으며, 몸매를 망칠 게 뻔하다고 불만을 토로했기 때문이다.

엄마의 머리칼과 피부색과 이목구비를 쏙 빼닮은 니키는 그보다 더 예쁜 아기가 나올 수 없을 정도였다. 모두들 그렇게 말했고, 딸을 자신의 완벽한 연장선으로 본 셸리까지도 그렇게 말했다. 그녀는 모두에게 엄마가 되는 것이 얼마나 흥분되는지 말했다. 평생 얼마나 딸을 갖고 싶었는지 모른다고 했다. 셸리를 아는 사람들은 회의적이긴 했지만 아기를 낳으면 자기 자신에게서 아기에게로 관심이 옮겨갈 거라는 희망을 품었다.

셸리는 갓난아기를 배틀 그라운드로 데려가는 대신, 밴쿠버에 있는 튜더 양식의 부모님 집에서 돌보는 것이 최선이라고 결정했다. 라라는 셸리가 아기를 돌보는 데 관심이나 있는지 또는 걱정하는지 알 수 없었다. 후드스포트에서 조부모의 이웃의 아기를 처참하게 돌보았던 기간을 제외하면 셸리는 아기를 돌본 경험이 전혀 없었다.

훗날 라라는 말했다. "셸리는 평생 아기를 안아본 적이 없을 거예요."

라라는 그 반대였다. 그녀는 천상 엄마로, 할머니가 되는 게 기뻤다. 셸리의 배에서 니키의 발길질을 처음 느꼈을 때 라라는 「밤비」에 나오는 토끼의 이름을 따서 태명을 썸퍼라고 지었다. 그녀는 꼼지락꼼지락 발차기를 하는 아기가 너무나 어여뻤다.

라라가 며칠 동안 머무를 거라고 생각했던 기간이 석 달째로 접어들자 급기야 랜디가 단호한 태도를 취하여 셋은 배틀 그라운드로 돌아올 수 있었다.

라라는 매일 아기를 보려고 차를 몰고 갔다.

"그 아이를 믿지 못했어요." 라라가 셸리에 대해 인정했다.

랜디도 마찬가지였다. 리바도 부부의 결혼 생활은 상황이 점점 악화되고 있었다. 아내는 밤에 그가 집에 들어오지 못하도록 문을 잠가 놓았다. 그가 돈을 얼마를 가져오든 셸리는 가족이 필요로 하는 것을 전혀 고려하지 않고 다 써버렸다.

그는 라라가 십여 년 넘게 계속해왔던 생각에 대해 말했다.

"셸리는 주위에 다른 사람들이 있을 때만 내게 잘해줘요."

랜디는 차에서 잠을 자기 시작했는데 이윽고 밤마다 일어나는 일이 되었다. 셸리는 그의 급료만을 원했으며 금요일마다 넘겨달라고 고집부렸다. 수표는 대단한 액수는 아니었다. 셸리에게는 어림도 없었다. 괜찮은 일자리에 집세를 내지 않는데도 불구하고 살림살이는 빡빡했다. 셸리는 모든 것을 더 많이 얻어내는 데 익숙했다. 아빠에게 불평하자 랜디의 급료를 셸리에게 곧장 넘기도록 조치를 취했다.

랜디는 훗날 말했다. "그래서 꼭 집에 가야 했어요."

랜디가 더 이상 참을 수 없다고 결정하는 데는 그리 오랜 시간이 걸리지 않았다. 니키를 얼마나 사랑했건 간에, 금방이라도 허물어질 것 같은 허약한 토대 위에서 시작했던 결혼 생활이 이제 와르르 무너지고 있는 것을 더는 묵과할 수 없었다.

라라는 랜디가 셸리를 떠나거나 가족을 떠나는 것에 대해 비난하지 않았다. 아무도 비난하지 않았다. 셸리만 빼고는.

그는 부모에게서 비행기 삯을 받고 최대한 빨리 워싱턴—과 셸리—를 떠났다. "내겐 새 출발이 필요했어요." 그런데 2주 후 셸리가 그의 부모님 집으로 전화를 걸어와 진심으로 결혼 생활을 바로잡고 싶다고 고백하자 랜디는 썩 내키지는 않았지만 그녀와 딸이 부모님 집으로 와 함께 지내는 데 동의했다. 딸이 보고 싶은 데다 셸리에 대한 감정이 어떻든 딸을 아끼는 마음이 더 컸기 때문이다.

재결합은 단 2주 동안만 지속될 정도로 오래가지 못했다.

"조부모님까지도 그녀의 행동에 골치 썩었죠. 얼마나 소동을 피웠는지 결국 이혼소송을 제기할 수밖에 없었습니다."

셸리는 즉시 눈에 보이는 것을 닥치는 대로 사고 랜디에게 점점 쌓여가는 청구서를 안겨주면서 보복했다. 이로 인해 전 남편은 점점 더 빚더미에 올라앉게 되었다. 셸리는 신경도 안 썼다. 랜디는 부서가 필요한 소득세 환급 수표를 보냈다. 그러면서 자신을 집요하게 추적하는 징수원들이 끝내 그 돈을 찾아낼 거라고 말했다.

그렇게 운이 좋을 리가 없었다. 셸리는 랜디를 배신하고 다른 남자에게 그의 서명을 위조하도록 했다.

그녀는 정부수표를 현금화하고는 돈을 챙겼다.

그런 다음 갑자기 정말로 시야에서 사라졌다. 라라는 갖고 있는 모든 전화번호를 보며 전화 걸었다. 친구들, 친척들, 누구에게든 다 했다. 그녀는 아기가 걱정되었다.

"계속 전화를 걸었어요. 받지 않더라고요. 셸리를 붙잡으려고 미친 듯이 애썼죠. 직접 만나보려고 하면 집에 없거나 전화를 받지 않았어요. 그 아이는 엄마가 되는 걸 그만뒀어요. 밴쿠버의 메인 스트리트에 있는 바에 웨이트리스로 취직했는데 그걸로 족한 것 같았습니다."

그 상황은 한동안 계속되었다. 어느 순간, 배틀 그라운드에 사는 친척이 라라에게 자기가 니키를 돌보고 있다며 와서 데려가는 게 좋겠다고 했다.

"셸리가 가버렸어요."

"어디로요?" 라라가 물었다.

"모르겠어요."

"언제 돌아온다고 했어요?"

"그것도 모르겠어요."

#

셸리는 떠나가고 없었다. 무엇을 하고 있었고 누구와 함께 있었는지는 약간 수수께끼였지만 솔직히 말해 셸리가 떠나간 것은 매우 좋은 일이었다. 이젠 극적인 사건이 없었다. 걱정거리도 없었다. 매사에 속이 뒤집어지는 일도 없었다.

셸리가 라라에게서 딸을 데리러 돌아오기까지는 거의 1년이 걸렸다. 셸리의 부재는 해명조차 되지 않았다. 그냥 다시 불쑥 나타나더니 니키를 데려갔다. 라라는 니키를 깊이 사랑했다. 니키를 지키고 싶었다. 셸리에게 버림받았다고 신고하고는 입양해서 자기 딸로 키우고 싶었다.

라라는 손녀와 가까이 지내기 위해 할 수 있는 일이라면 무엇이든 하겠다고 다짐했다.

1978년, 니키가 막 세 살이 되었을 때, 셸리는 첫 아이에게 느끼는 애틋한 감정을 썼다.

셸리는 니키에 대한 애정이 얼마나 깊은지를 강조하려고 말줄임표까지 꼼꼼하게 공들이며 감탄부호도 썼다. 니키의 얼굴을 보는 것이 어떻게 고된 일을 마친 긴 하루에 활기를 찾아주는지를 운문으로 표현했다.

"더할 나위 없이 사랑스러운 얼굴, 까르르 웃는 웃음은… 졸졸졸 흐르는 시냇물… 방긋 미소 지으면 앙증맞은 조그만 턱에 보조개가 쏙 들어가네… 황금빛 머리칼에 둘러싸인 얼굴… 커다란 갈색 눈동자는… 웃음으로 반짝거리네."

현실을 유쾌하게 사랑 편지에 녹이기도 했다.

"… 그녀는 나의 보석함! 나의 지갑! 나의 립스틱! 뜻밖에 짓궂은 장난이 성공한 걸까!"

그리고는 운을 맞추며 끝맺었다.

"오 니키, 울화가 치밀지라도 너에 대한 우리의 사랑은 영원히 그치지 않으리!"

한동안 셸리는 "세상에 맞서는 너와 나" 식의 줄거리를 끊임없이 계속했다. 니키에게 아빠가 그들을 버렸으며 친조부모는 니키를 사랑하지 않는다고 말했다. 슬픈 눈길로 니키를 감싸 안으며 그러한 말을 했지만 자기가 그만큼 더 사랑하니까 다 괜찮다고 덧붙였다.

아니나 다를까, 그것은 세심하게 구성된 소설로 밝혀졌다. 세월이 지난 후, 니키는 아빠와 친가로부터 온 편지 꾸러미를 찾아냈으며, 친가 쪽 식구들이 그녀가 자랄 때 생일 선물과 크리스마스 선물들을 보낸 것을 발견했다. 셸리는 그 선물들에 붙은 꼬리표를 잘라내고 대신 거기에 자기 이름을 붙여 놓았다.

#

라라와 레스는 셸리가 니키를 혼자 남겨두고 외출하는 것이 걱정되어 밴쿠버에 있는 그녀의 아파트로 니키가 잘 있는지 확인하러 갔다. 그곳에서 그들은 셸리네 맞은편에 살고 있는 대니 롱을 만났다. 라라는 대니의 어머니와 알고 지내는 사이였다. 타이거 레인즈 볼링장에서 볼링을 쳤기 때문이다. 대니는 약간 긴 검은 머리에 유쾌한 미소를 짓는 마른 남자였다. 그는 이웃집 아파트의 열쇠를 갖고 있다고 했다.

"열쇠를 갖고 있을 정도면 내 딸을 꽤 잘 알고 있겠군요." 레스가 말했다.

대니는 뭐라고 중얼거리더니 그들을 들여보냈다.

셸리와 니키는 없었지만 왓슨 부부는 후드산 오두막집에서 훔친 물건들로 가득 찬 상자를 발견했다. 게다가 집의 열쇠 꾸러미들, 차 열쇠들, 그리고 당연히 오두막집 열쇠까지 한가득이었다. 그 열쇠들은 몇 주 동안 라라의 지갑에서 분실된 상태였다.

얼마 지나지 않아 셸리와 대니는 애너 할머니가 제일 아끼는 손주의 집이 될 거라고 늘 약속했던 배틀 그라운드의 집으로 이사했다. 얼마 안 가 셸리는 둘째 아기를 가졌다. 그 커플은 1978년 6월 2일 밴쿠버 법원 근처에 있는 작은 교회에서 결혼식을 올렸다. 셸리는 스물네 살 때 두 번째 결혼을 했다. 두어 달 후인 1978년 8월, 서맨서가 태어났다. 금발에 표정이 풍부한 커다란 눈동자를 가진 예쁜 아기였다.

대니는 딸들에게는 좋은 사람이었지만 셸리가 그때까지 경험해왔던 어떤 남자보다 더 반발이 심했다. 둘은 끊임없이 물리적으로 치열하게 싸웠다. 그릇들이 박살났다. 고함을 꽥꽥 질렀다. 문밖으로 달려나갔다. 온갖 드라마를 찍었다. 라라의 방문은 드물게 허용되었는데, 언젠가 한번 방문했을 때 석고보드 벽에 구멍이 뚫린 것을 알아차렸다. 전문가들이 보기에는 대니가 한 짓일 수 있었지만 사실 라라는 둘 중 누가 벽에 주먹을 날렸는지 확신할 수 없었다.

실제로 셸리와 대니의 결혼 생활은 랜디와의 결혼 생활과 마찬가지로 매우 격렬했으며 똑같이 끝났다. 옥신각신 입씨름이 끝난 후 대니가 마음을 진정시키거나 뛰쳐나가려고 집을 나가면 셸리는 아이들을 차에 태우고 그를 찾아 나섰다.

나중에 셸리의 가족은 그녀가 늘 추적하는 것을 즐겼다고 했다.

새로운 남자친구가 생길 때마다 셸리는 니키에게 딱 한 가지를 지시했다. "아빠라고 불러야 해."

니키는 시키는 대로 했다. 학교에 입학할 때면 셸리는 새 남자의 성으로 니키를 등록시키곤 했다. 법률상의 절차 따위는 전혀 없었다. 새 가정을 꾸렸다는 주장과 유리한 말만 하면 되었다.

그런 식이었다.

대니와 결혼한 지 5년째에 셸리는 아빠에게 전화 걸어 이혼하려는데 돈이 필요하다고 했다. 대니가 배신했다고 불평했다.

언제나처럼 레스는 어떤 질문도 하지 않았다.

셸리가 원하는 거라면 무엇이든 주었다.

1983년, 스물아홉 살에 셸리는 새로운 남자를 조종하고 있었다.

"난 대니를 아빠로 생각했어요." 세월이 흐른 뒤 니키는 회상했다. 그러나 일단 대니와 남남이 되자 셸리는 온순한 태도의 데이브 노텍을 목표로 삼았다. "엄마가 데이브를 배틀 그라운드에 있는 우리 집에 데리고 오더니 이제 새 아빠라고 말했던 게 기억나요. 나는 대니를 사랑했기 때문에 그 사람을 싫어했죠. 그리고 얼마 지나지 않아 우리는 레이몬드로 이사가려고 짐을 쌌어요."

#

니키는 지금까지도 이따금 떠오르는 기억을 붙들고 있다. 유령처럼 찾아오는 기억이다.

레이몬드로 이사하기 직전이었다. 배틀 그라운드의 양로원 뒤쪽에 있는 집에서 침대에서 잠들어 있었다. 갑작스럽게 잠에서 깨었다. 얼굴을 베개로 짓누르고 있어서 숨을 쉴 수 없었기 때문이다. 엄마를 찾으며 비명을 지르기 시작한 바로 그 순간 돌연 셸리가 나타났다.

"무슨 일이야? 아가야, 왜 그래?"

니키는 엉엉 울면서 누군가가 얼굴을 베개로 눌렀다고 했다.

"악몽을 꾼 거야." 셸리가 말했다.

그때도 니키는 그 정도로 어리석지는 않았다.

"꿈이 아니었어요, 엄마."

셸리는 어린 딸에게 시선을 고정시키고는 잘못 알고 있다고 주장했다. 셸리는 자신의 주장을 굽히지 않았다. 그럴 필요가 없었다. 항상 그랬듯이, 매사에 다 자기가 옳았기 때문이다.

우연찮게 맞닥뜨린 그때의 만남은 니키의 기억 속에 그대로 남아있다. 엄마가 반응한 속도. 엄마의 얼굴에 나타난 독특한 표정. 걱정보다는 흥미롭다는 표정이었다.

훗날 니키는 그때가 엄마가 처음으로 자신을 심리적으로 조종한 것은 아닐까, 그리고 살면서 다른 사람들에게도 똑같은 일을 한 적이 있지는 않았을까 하는 생각이 들었다.

8장

목재. 굴. 그리고 수십 년 후, 마리화나.

　짙은 잿빛의 습한 워싱턴주 퍼시픽 카운티는 언제나 자연에 크게 의존해 왔다. 1850년대에 최초의 백인 정착민들이 주 남서쪽 모퉁이의 비바람 부는 그곳에 정착한 이래, 호황인 적도 있었고 불황인 적도 있었다. 그곳에 사는 사람들을 드센 사람들이라고 부르는 것은 멸시에 가깝지만 실제로 그렇다는 점을 부정할 수는 없다. 윌라파강과 다양한 지류들이 합류하여 태평양으로 흘러드는 그곳은 풍요로움이 주어진 곳이 아니라 구해야 하는 곳이다. 행정 중심지인 사우스 벤드, 레이몬드, 올드 윌라파, 이 세 곳이 카운티의 중추를 이루고 있다. 수공식으로 건축한 거대한 주택들이 바다로 흘러드는 만 위의 언덕을 따라 줄지어 있다. 천연자원에 의존하는 곳이 늘 그렇듯, 사람들은 경제가 쇠퇴하기 전의 시절에 관해 이야기한다. 프랑스풍의 보자르 건축 디자인과 웅장한 유리예술 원형 홀을 갖춘 법원만이 여전히 호황을 누리고 있다. 그곳 별관에 복지 센터가 있다.

　윌라파강을 따라 만까지 이어지는 그 습한 지역은 대중문화에 자취를 남겼다. 어쩌면 자취라기보다는 자국에 더 가까울 수도 있다. 너바나는 원래 한 카운티 떨어진 애버딘 출신이었는데, 3천 명도 안 되는 마을인 레이몬드에서 첫 공연을 했다. 멜 토메와 함께 "크리스마스 송"을 작곡하고 「패티 듀크 쇼」라는 TV 시트콤의 주제곡을 쓴 작사가 겸 작곡가 로버트 웰스가 그곳에서 자랐다. 작가 톰 로빈스는 사우스 벤드에서 첫 소설 『길가의 또 다른 매력』을 썼다.

그렇다 하더라도 그곳에 사는 대부분의 사람들—특히 톱밥과 굴 껍데기와 함께 자란 사람들—은 유명하지 않다. 천만의 말씀이다. 그들은 주로 세상의 소금과도 같은 훌륭한 인물들과 먹고살기도 팍팍한 사람들 사이의 공간을 빽빽이 채운다.

데이브 노텍은 뼛속까지 퍼시픽 카운티 아이였다. 부모인 앨과 셜리가 엘크 크리크를 따라 레이몬드에 있는 작은 목조주택으로 거처를 옮기기 전, 인근의 리밤에서 네 살 때까지 살았다. 앨은 벌목꾼이란 직업이 있긴 했지만 숲에서의 일이란 게 띄엄띄엄 있었다. 노텍 부부가 돈이 많았던 적이 없다는 것은 절제된 표현이었다. 데이브와 형제자매는 막대기와 닭털로 활과 화살 같은 장난감을 직접 만들었다. 노텍 아이들과 같은 시골 아이들은 레이몬드의 교실에서 흔히 볼 수 있었다. 그 아이들의 옷은 더 낡았고 늘 건강 상태가 최상이었던 것은 아니었다.

데이브는 그 시절을 회상했다. "그 전 해에 입었던 옷과 똑같은 옷을 입고 새 학기를 시작한 적이 많았죠. 우리 부모님을 무시하는 게 아니에요. 그분들은 아주 열심히 일했습니다. 우린 돈만 없었을 뿐이에요."

제재소 노동자의 딸인 셜리는 꽤 오랫동안 굴 통조림공장에서 잡일을 하다가 나중에 J. C. 페니에서 일했다.

앨과 셜리의 자식 셋 중에서 데이브는 지독히 말 안 듣는 말썽꾸러기였다. 빈둥대며 돌아다니고, 아버지의 담배를 훔치고, 4학년 때는 친구와 함께 건성으로 가출까지 시도했다. 그 일로 인해 아버지에게 통상 해왔던 방식으로 벌을 받았다. 앨은 면도칼을 가는 가죽띠를 갖고 있었는데 필요한 경우 아이들에게 그것을 사용하는 것을 꺼리지 않았다. 따끔따끔했지만 맞아도 싸다는 생각이 들었다. 원래 그런 거겠거니 했다.

당시 레이몬드는 분주히 돌아갔다. 제분소들은 3교대로 운영되고 있었으며, 끝없는 목재 공급으로 온종일 목재 운반 트럭들이 도로를 오갔다. 강은 벌목한 통나무들을 운반하느라 거의 꽉 막혀 있었다.

1971년, 데이브는 레이몬드 고등학교를 졸업했다. 아버지의 뒤를 이어 벌목꾼이 되고 싶다는 생각을 했지만 아버지는 다른 일을 하라며 그를 설득시키려고 최선을 다했다.

"아버지는 내가 그런 일을 하는 것을 원치 않았어요. 너무 힘들다는 게 이유였죠. 하지만 결국 그 일을 하게 됐어요." 그는 해군에 입대하기 전에 1년 동안 벌목 일을 했다.

"아버지와 같은 벌목꾼이 되겠다는 생각은 없었어요. 하지만 아버지처럼 해군에 입대했고 중장비를 다루는 법을 배웠죠. 그게 내가 22년 동안 한 일입니다. 숲에서 불도저를 몰았어요."

군대는 데이브에게 절실히 필요한 자신감을 심어 주었다. 하와이와 알래스카에서 복무한 후 레이몬드의 집으로 돌아오자 갑자기 다들 데이브 노텍을 결혼 상대로 아주 좋은 신랑감으로 여겼다. 하와이에서 서핑을 배운지라 탄탄한 몸매의 멋진 외모였다. 친절하고 온화한 성격이었지만 술을 마시며 즐기기도 했다. 무엇보다도 좋은 직장인 거대 목재기업 웨어하우저에 다녔다. 제대와 동시에 엘크스와 이글스와 같은 공제조합의 일원이 되면서 인기가 치솟았다. 동네 아가씨 두어 명과 진지하게 사귀었지만 그 관계는 잘 풀리지 않았다.

그는 훗날 씩 미소지으며 말했다. "여자들이 나를 좀 쫓아다녔죠."

당시 그는 애먼 여자가 결국 자신을 붙잡을 거라는 사실을 알지 못했다.

#

데이브 노텍이 1982년 4월 말경 토요일에 워싱턴주의 롱비치로 차를 몰고 간 데는 특별한 이유는 없었다. 해변에 가기에 좋은 날씨도 아니었다. 최근 한 여자에게 차여 기분전환도 할 겸 맥주를 한잔 마실 곳을 찾고 있었다. 사실 레이몬드에 있는 집을 떠나 모래밭 전용 차량인 주황색 폭스바겐을 몰고 고속도로를 향했을 때, 웨스트포트로 우회전해야 할지 롱비치로 좌회전해야 할지 판단이 안 섰다. 롱비치가 이겼다. 소어 썸이라는 술집에 도착했는데 그곳은 딱히 하는 일 없는 젊은 남자들로 꽉 차 있었다.

잡담을 나누고 있었다.

포켓볼을 치고 있었다.

공을 치는 것에 대해 이야기하고 있었다.

남자들로 에워싸인 가운데 데이브가 지금까지 본 중 가장 아름다운 여자가 있었다.

셀리는 살면서 남자를 고르는 면에 있어 문제가 좀 있긴 했지만 빼어난 외모와 빛나는 눈동자와 풍성하고 긴 붉은 머리칼은 어린 소녀들이 자랄 때 꼭 닮고 싶은 모습이라는 것을 부인할 수 없었다. 굴곡진 몸매도 돋보였다. 셀리는 남자들이 관능미를 과시하는 여자를 좋아한다는 것을 이해했으며, 어렸을 때에도 그게 통하는 게 더없이 기뻤다.

데이브 노텍의 판단으로는 '셸리 왓슨 리바도 롱'은 자신이 넘볼 대상이 아니었다. 그는 단번에 알았다. 옆에서 지켜보기만 했다. 적갈색 머리칼에 끝내주는 몸매였다. 데이브는 늦게 꽃을 피운 사람이었다. 고등학교 때는 딱히 여자친구라고 할 만한 사람도 없었다. 당시 그는 수줍음을 많이 탔다. 해군 제대 후에도 여전히 수줍음이 많았다. 그는 맥주를 홀짝이며 예쁜 빨간 머리에게 춤추자고 청할 용기를 내보려고 했다.

"그녀는 꼭 옛날 영화에 나오는 영화배우처럼 보였어요. 와우. 끝내줬죠. 다른 남자들이 이리저리 수작을 걸고 있었는데 난 그냥 바라보기만 했어요. 내가 춤추자고 청할 준비가 되었을 때 그녀가 딱 내 테이블로 왔죠."

셀리는 데이브에게 어린 딸이 둘 있고, 클라크 카운티의 남쪽에 애너 할머니가 돌아가시면서 유산으로 남겨준 멋진 작은 집에서 살고 있다고 말했다.

노래 몇 곡에 맞춰 춤을 추고 난 뒤 셀리에게 물었다. "전화번호 좀 알 수 있을까요?"

"그래요." 그녀가 아무렇지도 않게 말했다.

그들은 그날 밤 늦게 헤어졌다. 데이브는 그녀를 다시 볼 거라고 기대하지 않았지만 자꾸만 생각났다. 그는 그 술집에서 그녀를 다시는 보지 못했다. 소어 썸은 그들이 만난 다음 날 밤 불이 나 잿더미가 되었다.

그는 마침내 용기 내어 셀리의 전화번호를 눌렀고 밴쿠버로 만나러 가도 되는지 물었다. 그녀는 승낙했다. 이윽고 매주 그곳으로 갔다. 그는 셀리와 어린 딸들에게 푹 빠졌다.

"착한 아이들이었어요. 정말 귀여웠죠. 아이들은 아빠가 필요했어요. 난 그걸 알 수 있었어요. 누구라도 알 수 있었죠."

그 무렵, 셀리는 구세주가 필요했다. 마음대로 써먹을 수 있는 누군가가 필요했다. 대니는 떠난 지 오래였다. 랜디도 마찬가지였다. 애너 할머니가 유산으로 남겨준 집에 문제가 생겼다. 세금과 대출금을 마련할 수 없게 되자 집은 법정관리에 들어갔다. 그녀는 부동산 소유권 포기증서를 데이브 노택에게 넘겼다.

그녀는 판사에게 탄원서를 썼다.

"데이브는 저를 위해 집을 구하려고 애쓰지만 수리를 많이 해야 합니다. 저는 아이들을 돌볼 형편도 안 됩니다. 아무래도 그 집에 대한 권리를 데이브가 갖도록 해야 할 것 같습니다."

셸리는 양로원에 인접한 그 집을 몹시 애석해했다. 3대에 걸친 집안의 유산이었다.

"할머니가 그곳에 사셨습니다. 친어머니가 돌아가시기 전에 저는 그곳에서 열두 살까지 살았습니다. 우리 가족과 친척들 사이에서는 다들 적절한 시기에 제가 그 집을 갖게 될 거라고 여겼습니다. 1981년에 저의 집이 되었죠. 그때서야 저의 집이 된 이유는 제가 아주 형편없는 결혼을 했는데 부모님이 이혼 합의금으로 그 집을 잃는 것을 원치 않으셨기 때문이었어요. 1979년에 남편과 갈라선 다음 그 집으로 들어갔습니다. 딸이 가을에 유치원에 다니기 시작했기 때문에 확실히 기억합니다…. 아이들을 위해서 우리 집을 살려주세요. 뭐라도 할 수 있는 일이 있다면 미국 금융서비스사에 적극 협조하고 싶습니다. 저는 지금까지 아무에게도 상처를 주지 않고 살았습니다. 저 자신을 위한 미래를 만들고 싶은 마음이 간절합니다."

나중에 데이브는 셸리에게 집을 꼭 되찾아주겠다고 약속했지만 시간이 지나면서 압류당해 잃고 말았다.

#

새 커플 사이가 조금씩 가까워지자, 셸리는 의사와 진료를 예약한 뒤에 알게 되었다며 자신과 딸들의 생계를 꾸려가는 것보다 더 큰 문제가 생겼다고 눈물을 글썽이며 털어놓았다.

"암에 걸렸어. 아마 서른 살까지도 살 수 없을 거야."

데이브는 넋이 나갔다. 셸리는 완전히 멀쩡해 보였다. 게다가 그때쯤 그는 그녀에게 푹 빠져 있었다. 그리고 지금, 그녀가 밝힌 사실로 인해 완전히 포로로 붙잡혔다.

세월이 지난 후 데이브가 말했다. "속으로 아마 죽겠구나 생각했습니다. 만일 그녀가 죽으면 누가 니키와 사미를 돌보지? 그 아이들에겐 정말 아무도 없었어요. 함께 사는 동안 내내 그녀는 암을 무기로 삼았어요. 그렇게 어리석으면 안 됐었는데, 그렇지 못했어요."

데이브의 원룸에서 지내고 약 한 달 뒤, 네 사람은 레이몬드의 리버뷰 지역의 파울러 스트리트에 있는 붉은 집으로 이사했다.

"아이들이 나를 필요로 했기 때문에 셸과 결혼한 건 아니었어요. 하지만 그것이 내가 셸과 결혼하고 싶어 하는 상당히 큰 이유였다는 점은 인정해야겠죠."

실제로 그들은 마침내 1987년 12월 28일 레이몬드에서 공식으로 결혼했다. 그 결혼식의 증인 중 한 명은 셸리의 미용사이자 가장 친한 친구인 캐시 로레노라는 젊은 여성이었다. 캐시가 결국엔 노텍 부부의 결혼 생활에서 누구도 상상할 수 없었던 것보다 훨씬 더 큰 역할을 하게 되리라는 것을 당시에는 아무도 알지 못했다.

#

레스 왓슨은 딸이 세 번째 결혼을 하게 된 것이 그저 기쁠 뿐이었다. 사실 더할 나위 없이 안심이 되었다. 그것은 딸이 더는 돈 때문에 들르지 않으리라는 것이라는 것을 의미했다. 그는 겉으로는 잘해주는 척하고 있었지만 강간 사건에 대해 진심으로 용서한 적은 없었다. 딸의 고발은 그를 망가뜨리지는 않았지만 마음의 상처를 남겼다.

셸리는 아빠 뒤에서는 계속 험담을 했지만 면전에서는 에둘러 사과하며 더 나은 사람이 되겠다고 약속하는 식으로 교묘하게 환심을 사려 했다. 암에 걸렸다는 주장을 라라가 아닌 본인 입으로 직접 알리고 싶어 했다. 당시 라라는 손녀들을 더욱 자주 보는 것을 두고 셸리와 전쟁을 벌이기 시작하고 있었다. 레스가 전화를 받지 않자 셸리는 편지를 썼다.

"아빠가 내 아빠라는 게 항상 자랑스러울 거예요. 나이가 들수록 아빠가 얼마나 고마운지 더욱 잘 알게 되었어요. 아빠, 전 너무 고통스러워서 이대로 그냥 세상을 떠나고 싶어요. 아빠는 그토록 오랜 세월 동안 제 인생에 대해 거의 알지 못했어요. 아마 다음 생애에는⋯ 같은 실수를 하지 않을 거예요. 저는 앞으로 몇 달을 버틸 만큼 몸이 튼튼하지 못해요. 하지만 사랑해요, 아빠, 보고 싶어요. 사랑하는 딸, 셸 드림."

9장

────────

니키가 보기에는 엄마와 계부가 독이 든 키스와 선전포고로 삶을 시작한 것 같았다. 니키를 포함한 많은 사람들에게 셸리와의 결혼은 데이브 노텍이 사람 이하의 취급을 받는 것이 명백했다. 계부가 엄마와의 결혼 생활에서 거의 제구실을 할 수 없다는 것은 분명했다.

니키는 어린 시절 눈이 휘둥그레져서 지켜보았던 사건을 하나 떠올렸다. 눈도 깜빡이지 못할 정도로 겁에 질린 사건이었다. 약간 긴 머리의 마른 체형으로 해군에 복무하고 나서 바다에 대한 사랑을 온몸에 문신으로 새겨넣은 데이브가 파울러에 있는 집 현관 앞에서 자살 자세로 엽총을 들고 있었다. 온몸을 덜덜 떨면서 울고 있었다. 엄마와 또 다투고 나서였다. 돈을 충분히 벌어오지 못했다거나 아이들을 제대로 돌보지 않았다며 또다시 무지막지한 증오와 혐오의 말을 쏟아냈기 때문이었다.

셸리는 그에게 잇따라 끔찍한 독설을 퍼부었다.

"당신은 남편 구실도 못 하는 아무짝에도 쓸모없는 사람이야!" 셸리는 마지막으로 쏘아붙이며 문을 쾅 닫아버렸다. "당신은 나나 딸들을 사랑하지 않아! 그랬다면 더 악착같이 일했겠지!"

데이브는 가만히 앉아서 심란한 마음을 가라앉혔다. 그리고는 대판 싸움이 벌어진 후 늘 그랬듯 트럭을 몰고 집을 나갔다.

그는 그런 사람이었다. 순응하는 사람이었다. 수동적인 사람이었다. 순종적인 사람이었다.

훗날 니키는 이렇게 기억했다. "그가 엄마를 때리는 걸 한 번도 본 적이 없어요. 엄마에게 욕설조차 퍼붓지 않았죠."

셸리에 대해서는 똑같이 말할 수 없다.

데이브는 이렇게 회상했다. "그녀는 폭력적이었어요. 정말 폭력적이었죠. 나를 수차례 때렸지만 나는 남자는 그래선 안 된다고 생각하기에 되받아치지 않았어요. 그녀는 나를 밀치고 떠밀고 소리질렀죠. 정말 폭력적이었어요. 나는 그런 것에 익숙하지 않았어요."

"우리 툭 터놓고 얘기 좀 해." 셸리는 그를 붙잡아두려고 여러 차례 말을 걸었다.

"난 이렇게는 당신 곁에 있을 수 없어."

셸리가 그에게 바짝 달라붙었다. "이게 정상이야. 사람들은 이런 식으로 문제를 해결한다고."

"나한텐 정상적이지 않아."

처음으로 상황이 정말 안 좋아진 것은 데이브가 웨이하우저 회사의 목재 분류장에서 열린 크리스마스 파티에서 술을 거나하게 마셨을 때였다. 동료들이 그를 집에 데려왔을 때 셸리는 화가 머리끝까지 난 채 문 앞에 있었다. 눈에는 핏대가 서 있었고 얼굴은 붉으락푸르락했다. 그를 밀치며 소리를 꽥꽥 질렀기에 결국 그는 동료들에게 가서 그날 밤을 보내게 되었다. 그런데 그 사실이 셸리를 더욱 화나게 했다. 셸리는 남편이 집에 돌아와 그녀가 수행하는 응분의 벌을 달게 받기를 원했었다. 그에게는 피난처가 없었다. 그 일이 있고 난 뒤, 그녀는 데이브를 그의 가족—나중에는 딸들—에게서 떼어놓으려고 할 수 있는 모든 일을 했다. 그들이 어디를 가든 항상 완전한 통제를 고집했다. 차에 타고 있을 때 언쟁이 벌어지면 셸리는 데이브에게 차에서 내리라고 했다.

"얼른! 당장 내려!"

시간이 흐르면서 데이브는 정상적으로 제구실을 할 수 없었다. 자신도 알지 못하는 사이에 그렇게 되어 버린 것이었다. 도대체 무슨 일이 왜 일어나는지 알 수 없었다. 잠도 잘 수 없었다. 셸리가 또 공격 태세로 돌입하지나 않을까 늘 가슴 졸였다.

'휴식이 필요해. 좀 쉬고 싶어. 그녀와 떨어져 있는 시간이 필요해.'

때때로 트럭을 타고 레이몬드 뒤편 언덕으로 올라가 야영을 했다. 어떤 때는 친구들과 같이 있기도 했다. 그는 셸리와 사는 것이 어느 누구의 결혼 생활과도 같지 않다는 것을 알고 있었다. 일을 빼먹지도 않았고 술독에 빠져 지내지도 않았다. 떨어져 있는 식으로 그녀를 상대했다.

셸리에게서 살아남는다는 것은 가능할 때마다 그녀를 피한다는 것을 의미했다. 결혼 초기에도 데이브는 그녀가 끊임없이 분노에 찬 요구를 쏟아부으면 조용히 물러나곤 했다. 그래, 다정했던 때도 있었다. 그래, 재미있던 때도 있었다. 하지만 시간이 흐르면서 그러한 시간들은 통제되지 않는 분노로 인해 뒷전으로 밀려났고, 걸핏하면 화를 내는 성격이 두려웠다. 그는 그녀가 뭔가 잘못되었다는 것을 알았다. 어딘가 이상했다. 소리를 꽥꽥 질렀다. 성질이 불같았다. 나무 액자의 경첩이 떨어지도록 문을 쾅 닫았다. 늘 그랬다. 데이브는 침낭과 베개를 들고 트럭에 앉아 하나님에게 어떻게 해야 하는지 물었다. "주님, 이건 옳지 않아요. 이건 정상이 아니에요. 이렇게 굴러가는 가족은 없어요. 나도 안다고요. 도와주세요."

"누군가가 계속해서 궁지로 몰아넣고 또 몰아넣으면 곧 더는 궁지에 몰리고 싶지 않게 마련입니다. 나중에 사람들은 내가 왜 떠나지 않았는지 묻곤 했죠. 애들을 데리고 나가버리면 되지 않았냐고. 그런데 셸리와는 그렇게 되질 않았어요. 그럴 수가 없었죠. 그렇게 하도록 내버려두질 않거든요. 끝까지 추적해서 잡았어요."

종종 한참 동안 이렇게 사는 게 맞는지 돌이켜보고 난 뒤에 집으로 돌아오면 셜리는 느닷없이 태도를 바꾸어 상냥하고 부드러운 목소리로 다정하게 대했다. 몇 주, 며칠, 또는 그저 몇 시간만 지속되는 것이었다.

그런 다음 다시 통제불능 상태의 악순환이 계속되었다.

10장

몇 년 후, 레이몬드의 파울러 스트리트에 있는 집은 화재로 잿더미가 되면서 풍경에 뻥 뚫린 흉터를 남겼다. 그 자체로 노텍 부부의 결혼 생활의 시작을 은유하는 풍경이었다. 그곳을 지나갈 때면 니키는 계부와 자신에게 지긋지긋하게 잔소리를 퍼붓던 엄마의 모습을 수시로 떠올렸다. 그녀는 좋은 기억들을 부여잡으려고 안간힘을 썼다. 드물긴 했지만 말이다. 엄마는 그녀를 사랑했다. 그건 사실이어야 했다. 엄마는 사미를 사랑했다. 그건 명백했다.

너무나 고통스러웠다.

때로는 새집으로 이사함으로써 통제불능의 상태가 되기 시작하는 삶에 일시정지 버튼을 눌러 상황을 재설정하면 좀 나아질 수도 있다.

니키는 그러기를 바랐다.

그렇게 되어야만 했다.

데이브와 셸리 노텍 가족은 올드 윌라파에 있는 커다란 수공식 임대주택으로 거처를 옮겼다. 그들은 그 집을 그 지역의 역사적인 해양산업과 연관된 집주인의 이름을 따서 늘 "라우더백 하우스"라고 불렀다. 집은 농지를 구불구불 지나 긴 사설 진입로 끝에 있었다. 도로에서 급격하게 방향을 틀어 언덕 위로 올라가면 숲 언저리에 파묻혀 있었다. 테두리와 대비되는 짙은 녹색으로 칠해진 집은 모퉁이까지 쭉 이어지는 넓은 현관을 뽐냈다. 현관에는 거실 입구로 들어가는 문과 부엌으로 들어가는 쪽문이 달려 있었다. 내부의 천장은 높이가 최소한 12피트였고, 바닥은 낡았지만 아름답고 단단한 목재였으며, 붉은 벽돌이 둘러진 커다란 벽난로는 폭이 너른 널빤지 벽으로 장식한 거실을 가득 채웠다. 거실 바로 맞은편 계단 옆에는 대형 욕조가 있는 커다란 욕실이 있었다. 현관문 오른쪽에는 앞마당 쪽으로 창문이 달린 안방이 있었다.

니키와 사미의 방은 그럴 수 있을까 싶을 정도로 가파른 나무 계단을 올라가야 했다. 두 딸은 각자 방이 있었는데, 놀이방으로 사용할 트윈 공간이 그 사이에 있었다. 니키의 방은 부엌 위에 있어서 무성한 풀밭과 숲이 우거진 언덕이 내려다보였다. 사미 방의 창문에서는 만개한 진달래와 정원용 수도꼭지가 있는 옆 마당이 시야에 들어왔다. 두 층계를 내려가 퀴퀴한 냄새가 나는 커다란 지하실에는 계절에 상관없이 디젤유 타는 냄새가 진동하는 보일러가 있었다. 셸리는 그 집을 무척 좋아했다. 그 집을 완벽하다고 생각해서 임대하는 대신 사고 싶어 했지만 그만큼의 자금은 없었다. 당시 데이브는 숲에서 일하고 있었는데 잔업까지 해가며 할 수 있는 모든 일을 하고 있었다. 셸리는 일자리를 찾을 거라고 말은 하면서도 전혀 염두에 두고 있는 것 같지 않았다.

매력적이고 안락한 멋진 집이었다.

모든 나쁜 일이 시작된 곳이기도 했다.

#

뭐든지 무기가 될 수 있었다. 아이들은 그것을 잘 알고 있었다. 데이브도 잘 알고 있었다. 부엌 서랍에서 꺼낸 주걱, 낚싯대, 전기 코드. 셸리 노텍은 딸들이 뭔가 잘못했다는 것을 감지하면 두들겨 패려고 그 모든 것—과 손에 잡히는 거라면 뭐든지—을 다 썼다. 얼마나 큰지는 상관없었다. 또 얼마나 작은지도 상관없었다. 처벌에 효과가 있겠다 싶은 것을 발견하면 훨씬 더 효과적이고 잔인하게 할 수 있는 방법을 찾아냈다. 아이들을 두들겨 패는 행위는 그녀를 자극하고 흥분시키는 것 같았다. 폭행에 따르는 아드레날린의 용솟음을 만끽하는 것 같았다.

"훈육"은 주로 밤에 이루어졌다고, 훗날 딸들은 말했다.

니키와 사미는 틀림없이 처벌이 가혹하면서도 기습적이라는 것을 알면서, 엄마가 소파에서 화가 부글부글 끓고 있다는 사실을 모른 채 위층에서 잠이 들곤 했다. 셸리는 잠행 공격자였다. 딸들은 한겨울에 엄마가 마당으로 끌고 나갈 경우에 대비해 잠자리에 들 때 여분의 옷을 더 입어야 한다는 것을 배웠다.

니키는 훗날 말했다. "가끔씩은 이유가 있었던 것 같아요. 아마 우리가 엄마의 화장품을 썼거나 머리빗을 잃어버렸나 봐요. 뭐 그런 이유들이에요. 대개는 우리가 확실히 뭘 잘못했는지 정말로 몰랐어요."

그런 식의 구타는 거의 항상 피를 흘리며 끝났다. 한번은 니키를 벽장으로 밀쳤다. 아주 세게 밀쳤다. 셸리는 고래고래 소리를 질렀다.

"이 빌어먹을 개년!"

셸리가 니키에게 달려들어 주먹으로 치고 때리기 시작하자 니키는 울부짖으며 제발 그만 때리라고 애원했다.

"잘못했어요, 엄마! 다시는 안 그럴게요!"

사실 니키는 엄마가 왜 그토록 분통을 터뜨리는지 전혀 알지 못했다.

'뭐라고 했지? 뭘 잃어버렸다고 했나? 아님 뭐 다른 이유 때문인가?'

니키는 일어나서 문 쪽으로 달려가려고 했지만 엄마가 붙잡고는 이리저리 휘두르며 벽에 밀어붙였다. 그녀는 튀어나온 못에 찧었다.

못에 머리가 박히자 그제서야 그만두었다.

레이몬드 초등학교에서 배구를 할 때, 니키는 반바지 속에 불투명한 발레용 타이츠를 입어 전화선으로 두들겨 맞아 생긴 멍과 핏자국을 감추었다. 전화선은 엄마가 분노했을 때 즐겨 쓰는 도구 중 하나였다.

니키는 나중에 "네가 달아나려고 했기 때문에 때리는 동안 자제력을 잃었다"며 엄마가 학대를 니키 탓으로 돌리는 것을 받아들이게 되었다.

니키는 자신에게 무슨 일이 일어나고 있는지 다른 사람에게 말할 기회가 많았지만 그러지 않았다. 비밀에 부쳤다. 자신에게 어떤 나쁜 일이 일어나고 있다거나 혹은 가족이 어떤 식으로든 폭력과 연관되어 있다는 사실을 다른 사람이 알게 하고 싶지 않았다.

훗날 그녀는 말했다. "말할 생각조차 하지 못했어요. 주의를 끌고 싶지 않았거든요. 사람들이 나를 이상하게 생각하길 원치 않았어요. 그리고 아무도 물어보지 않았어요. 단 한 번도요."

학대가 모두 신체적인 것만은 아니었다. 셸리는 딸들에게도 마찬가지로 일련의 심리 조작전을 썼다.

크리스마스 전 일주일 동안, 셸리는 니키를 방에 가두었다. 니키에게 아무짝에도 쓸모없고 제구실도 못 한다고 했다.

"이 빌어먹을 찌질이! 역겨워 죽겠어!"

크리스마스 날이 오자 셸리는 모든 게 완벽한 것처럼 행동했다. 딸들에게 선물 공세를 펴고, 훌륭한 특별 간식을 내왔다. 그날 하루, 그들은 세상에서 제일 행복한 가족이었다.

그리고는 그걸로 끝이었다.

엄마가 한 어떤 일들은 늘상 있는 일이었다. 며칠 안에 아이들에게 준 선물을 모두 회수해 갔다. 셀리는 아이들에게 나쁜 짓을 했다거나 감사할 줄 모르기에 자신이 준 어떤 선물도 받을 자격이 없다고 말하곤 했다.

어느 해인가 니키는 양배추 인형을 받았다. 최고로 신이 났다. 하지만 셀리는 선물로 준 직후 도로 가져가서는 옷장에 넣었다. 집을 비울 때 딸들이 무슨 일을 하는지 보려고 엄마가 덫을 설치해 놓는다는 것을 딸들은 알고 있었다. 물건들을 옷장에 가지런히 정리해 놓는다든가 누가 방문을 열고 들어왔었는지 확인하려고 문 가장자리에 조그만 테이프 조각을 붙여놓곤 했다. 니키는 최대한 조심조심하는 법을 배웠다. 특히 그 양배추 인형을 가질 때는 말이다.

"엄마가 자리를 비우기를 기다렸다가 아주 조심조심 엄마의 옷장에서 인형을 꺼내 잠시 안고 있을 수 있었어요. 가끔 걸리기도 했어요. 어떤 때는 그렇지 않고요."

또 다른 크리스마스 날, 셀리는 니키와 사미에게 양말 신은 테디베어 인형 핀을 선물로 주었다. 선물들을 잇달아 개봉하면서 포장지가 산더미처럼 쌓이기 시작하자 어찌 된 일인지 그 작은 인형 핀들이 사라졌다. 셀리는 정신이 나가더니 두 딸을 전선으로 두들겨 팼다.

"이기적이고 배은망덕한 것들 같으니!"

셀리는 아이들에게 밤새도록 핀들을 찾게 했다. 마침내 핀들을 발견했을 때—즉, 다른 크리스마스 선물 안에 끼어 있었을 때—아이들은 즉시 누가 그 핀들을 그곳에 숨겼는지 알았다.

구타로 절정에 달하는 연말연시 드라마야말로 바로 셀리가 크리스마스에 바라던 것 같았다.

#

아이들이 나이가 들면서 셸리는 아이들에게 고통을 주는 새로운 기술을 만들어내는 데 상당히 공들이고 있었다.

그녀는 뜬금없이 새집의 수원을 언급하며 "우물이 곧 말라버릴 것"이라고 했다. "샤워를 해선 안 돼. 또 화장실을 쓰기 전에는 내 허락을 받아야 해."

그것은 그녀가 두고두고 썼던 거짓말이었다. 심지어 파울러에 있는 집에서 수돗물을 쓸 때도 그랬다.

셸리가 딸들을 홀로 남겨둘 때마다 딸들은 서둘러 화장실에 들어가 최대한 빨리 샤워를 하곤 했다. 사미는 바닥과 벽, 수도꼭지의 물기를 닦았다. 니키는 축축한 수건을 감추었다. 엄마가 금지한 것을 했다는 어떠한 단서도 남기지 않았다. 깨끗이 치운 후에 사미는 샤워를 하지 않은 것처럼 보이려고 애썼다.

"몸을 씻지 않고 학교에 가는 게 창피했어요. 사람들은 깨끗하게 보이고 싶어 하고 좋은 냄새를 풍기고 싶어 하잖아요. 엄마는 모든 것을 통제하고 싶어 했죠. 우리가 언제 목욕할 수 있는지, 심지어 언제 변기를 사용할 수 있는지도 결정하고 싶어 했죠. 우리는 허락을 받아야만 했어요. 샤워처럼 아주 단순한 것까지 포함해서 모두 엄마만이 줄 수 있는 특권으로 여겨졌습니다."

#

구타가 끝난 후, 사미는 이따금 언니의 방으로 몰래 들어와 둘이 함께 침대로 기어들어 갔다. 사미와 니키는 몇 시간 동안 누워서 엉덩이가 얼마나 아픈지, 또 엄마가 자신들을 해치게 하는 것을 막기 위해 엄마한테 무엇을 할 수 있을지에 대해 생각하곤 했다.

"엄마를 축소시킬 수 있으면 좋겠어." 사미가 제안했다. "초소형으로 만들어서 새장에 넣자."

니키는 그 생각이 마음에 들었지만 함정을 발견했다.

"나와서 우리 발목을 꽉 물어버릴걸!"

그들은 그런 생각을 하며 웃음을 터뜨렸다.

"엄마가 우리를 작은 막대기 같은 거로 쿡쿡 찌르는 게 상상이 돼?" 니키가 물었다.

그들은 상상이 됐다.

아니, 엄마를 축소시키는 게 능사가 아닐 터였다. 조금도.

11장

아무도 집에 찾아오지 않을지라도 노텍 집안에서는 외양이 중요했다. 데이브는 그것을 알았다. 니키도 알았다. 훗날 사미조차도 세상이 아무리 미쳐 돌아가고 있다 하더라도 "좋아" 보이게 하는 것의 중요성을 이해했다고 말했다. 타박상에 분장하는 것이었다. 메마른 지푸라기와 잔가지들의 정원에 가짜 장미를 심어놓는 것이었다. 현관문 바로 안쪽에 있는 것들을 예뻐 보이게 할 수만 있다면 화장실에서, 방구석에서, 지하실에서, 뒷마당에서 무슨 일이 벌어지고 있든 간에 그렇게 나쁠 리는 없다는 것을 의미했다.

'정말로?'

실제로 셸리는 어디에 살든 편안한 전원을 주제로 집을 꾸몄다. 마사 스튜어트(행복한 가정의 이미지와 현모양처의 살림법으로 유명하다-옮긴이)보다는 확실히 홀리 하비(수채화 일러스트레이터. 아기자기한 자수나 소품 캐릭터로 유명하다-옮긴이) 취향이었다. 파란색을 제일 좋아했기에 새집의 짙은 떡갈나무 가구들에 물 빠진 청색 천을 씌우거나 하트와 꽃 모양으로 장식된 담요를 걸쳐 놓았다. 일부는 분홍색, 일부는 파란색으로 장식된 담요였다. 바구니들과 도일리(접시 밑에 까는 깔개-옮긴이)들도 도처에 널려 있었다. 아기자기한 소품들도 무척 좋아했다. 그중에서도 눈이 동그란 작은 도자기 인형인 프레셔스 모먼트를 가장 좋아했다. 꽃이나 나비가 장식된 찻주전자도 뿌리칠 수 없는 유혹이었다. 화사한—그러면서도 전원풍인—무언가를 놓을 공간이 있다면 그 공간에 들여놓기 위해 쇼핑몰이나 통신판매 회사를 통해 기어이 찾아내는 것 같았다. 그녀는 그런 것들을 진열하는 데서 큰 기쁨을 누리며 잠깐 감탄하고 난 뒤에는 눈독을 들이는 다음 제품들로 넘어갔다. 또한 거의 모든 방을 놀라울 정도로 가족사진들로 장식했다. 딸들 사진이나 나중에는 조카인 셰인의 사진까지 벽은 온통 사진들로 도배되어 있었다. 붉은 벽돌이 둘러진 벽난로 주위에도 수십 장의 사진이 걸려 있었다.

세월이 지난 후 사미는 말했다. "엄마는 우리 사진을 전시하는 걸 좋아했어요. 벽에 걸린 니키 언니의 웃는 얼굴을 보면 좀 기이했죠. 가슴이 미어졌어요. 그 사진들을 보고 있으면 언니가 그간 어떻게 처벌받았는지, 얼마나 학대받았는지 떠오르거든요. 생각만 해도 가슴이 아프고 지긋지긋해요."

수천 장까지는 아니더라도 수백 장의 자매들의 사진이 걸려 있었다. 사진에선 저마다 희망에 찼을 뿐만 아니라 종종 진심 어린 미소를 짓고 있었다. 세월이 지난 후에 그 사진을 본 다른 사람들은 어떻게 니키와 같은 아름다운 소녀가 카메라 앞에서 미소를 띨 수 있었는지 이해하기 어려울 것이다.

딸들은 엄마가 주방에 하트 모양을 주제로 한 띠벽지와 은은한 장미 색상의 벽판을 붙이는 것을 지켜보았다. 벽난로 선반에 등대 장식품을 놓거나 사이드 테이블에 향초 수집품들을 이리저리 배치할 때는 의견을 내기도 했다. 그럴 때는 즐거웠으며, 나중에는 엄마의 미적 감각이 별로 마음에 안 들긴 했지만, 엄마의 내면에 그런 스타일이 불러일으키는 따스함과 매력을 갈망하는 무언가가 있다는 것을 알았다. 그렇지만 또한 엄마가 삶을 살아가는 방식과 딸들을 키우는 방식이 완전히 상충된다는 것도 알았다.

물론, 진실은 멀리 있지 않았다. 엄마와 싸우는 것보다는 엄마가 요구하는 대로 하는 것이 늘 더 쉬웠다. 매일, 매번, 늘 그 광기가 끝날 거라는 희망이 있었다. 뚜렷한 이유도 없이, 소리소문도 없이, 바로 그 셸리 노텍이 그들이 꿈꾸는 엄마가 되리라는 것, 말이다.

어린 시절의 그러한 환상은 새로운 처벌에 의해 무너지고 말았다.

셀리는 그것을 "흙목욕"이라고 불렀다.

그것은 그녀가 온 가족을 지배하는 절대자라는 것을 증명하는 방식이었다. 그녀가 만들어낸 모든 최고의 처벌과 마찬가지로 흙목욕은 굴욕과 육체적 고통이 뒤섞인 것이었다. 또한 직접 때리지 않고 옆에서 구경하면서 지시할 수 있는 처벌이었다.

흙목욕은 야간 활동으로 사계절 내내 시도되었다.

주로 거의 언제나 니키에게 집중되었다.

셀리가 방의 전등을 탁 켜는 것으로 시작되었다.

"일어나! 옷 벗어! 아래층으로 내려와. 이 아무짝에도 쓸모없는 년아!"

명령에 따르는 동안 니키의 눈에서는 곧장 눈물이 주르륵 흘렀다. 엄마의 목소리에는 힘 같은 게 있었다. 걸걸한 목소리에 소리도 컸다. 그 소리를 들으면 겁이 났다. 엄마의 말속에는 니키에게 어떤 일이든 일어날 수 있고, 어떤 형태로든 이제 끝장이라는 생각이 들게 하는 분노 같은 게 있었다.

"잘못했어요!"

"주둥이 닥쳐!"

아빠가 호스로 물을 뿌리는 동안 니키는 벌거벗은 채 진흙탕에 쪼그리고 앉아 있었다. 아빠는 셀리가 시키는 대로 할 때 거의 말이 없었다. 니키가 엉엉 울면서 한 번만 기회를 달라고 애걸했다.

엄마는 아빠에게 이래라저래라 시키며 몇 미터 떨어져서 지켜보았다.

"뒹굴게 해! 저년은 돼지야, 데이브! 따끔하게 교훈을 줘!"

덜덜 떠는 니키의 몸 위로 물을 더 뿌렸다.

"뒹굴어, 니키!" 데이브가 말했다.

"잘못했어요, 아빠."

"뒹굴어!"

한번은 몸을 일으키려 하자 손끝이 얼어붙은 얼음덩이 같다고 느껴졌다. 한겨울이었다. 뒹굴고 있는 진흙탕 구덩이의 가장자리가 얼어 있었다. 그녀는 폐렴에 걸려 죽겠구나 거의 확신했다.

'죽는 게 내게 벌어지고 있는 일에서 벗어나는 유일한 길이야.'

사미는 2층 창문에서 밑에서 벌어지는 광경을 지켜보았다. 자기도 그곳에 있었으면 했다. 정확히는 언니를 구출하기 위해서가 아니라 같은 방법으로 벌을 받았으면 했다. 사미는 어떤 이유에서인지 니키가 받는 처벌이 자신에게 가하는 처벌보다 훨씬 더 심하다는 것을 절감하고 있었다. 똑같은 종류의 죄를 저질렀을 때 사미는 허리띠를 홱 풀어 때리거나 손등으로 후려치는 처벌을 받은 반면 니키만 그런 종류의 트라우마를 견뎌야 하는 것은 공평하지 않았다.

사미는 세월이 흐른 뒤 말했다. "동일하게 취급받지 않는 것이 불공평하다고 생각했던 게 기억나네요. 언니가 무슨 짓을 했건 간에 진흙탕에서 뒹구는 처벌을 받을 만한 일은 아니란 걸 알고 있었어요. 하지만 언니에겐 그런 일이 일어났죠. 부모님은 언니한테 그런 짓을 했어요."

아주 오랫동안인 것만 같은 시간이 지난 후, 셀리는 니키를 화장실로 끌고 가더니 내내 야단쳤다. 온수 수도꼭지를 틀고 욕조에 물을 채웠다. 찬물은 틀지 않았다. 뜨거운 김이 펄펄 났다. 강인한 니키였지만, 내내 울었다.

"이 돼지 같은 년. 씻고 자러 가."

니키는 그 처벌이 얼마나 오래 지속되었는지 기억하기 어려웠다. 몇 차례나 뒹굴었는지도 기억나지 않았다. '수십 번? 그보다 더 많았나?' 어떤 때는 다른 때보다 더 길었다. 20분 정도였을 수도 있다. 두 시간 정도였을 수

도 있다. 어둠 속에서 진흙탕 속을 기어 다닐 때면 덤불의 뿌리, 호스의 물
세례, 그리고 엄마의 잔인한 말이 폐부를 찌르는 것을 느끼곤 했다.

그 모든 것을 지켜보는 사미의 얼굴에는 눈물이 줄줄 흘러내렸다.

#

왜 그런지 이유도 알지 못한 채, 니키는 가족 내에서 자신의 입지가 추락
했다는 것을 알 수 있었다. 엄마의 눈에 그녀는 아무것도 아닌 존재로 전
락해 있었다. 존재감 제로였다. 니키가 짐작하기에 동생은 어떻게든 엄마가
자신에게 이롭게 대하도록 하는 방법을 용케 찾은 것으로 보였다. 사미도
학대를 당한 것은 사실이었지만 좀 덜 당하도록 구분하는 것 같았다. 사미
는 학대를 받고 나서 폭력을 행사한 사람에게 달콤한 사랑의 말을 건네는
식으로 방법을 찾아냈다. 그 특별한 능력은 사미에게 유리하게 작용했다.

"사미는 항상 자기가 왜 그랬는지 적극적으로 옹호함으로써 바라던 것
을 얻었죠. 그게 사미를 구했어요. 엄마는 사미에게는 별로 치중하지 않았
어요. 사미는 친구들이 많았기에 언젠가 엄마에 대해 털어놓을 수도 있겠
다는 생각이 뇌리를 스쳤을지도 모르죠. 내겐 사미가 가진 것, 즉 엄마에
게 아부해서 환심을 사는 능력이라든가 인간관계 연결망 같은 게 없었어
요. 내게 관심 있는 사람이 있을 거라는 생각 자체를 못 했어요."

사미는 어떤 말을 해서라도 이제 곧 벌어질 처벌에서 빠져나가기 위해
무리하게 밀어붙이지 않고 고분고분 따르는 법을 배웠다. 니키는 그런 것을
잘하지 못했다. 아니, 거부했다. 니키는 계속 싸웠다. 계속해서 저항했다.

사미는 니키가 채찍질 당하던 때를 떠올렸다. 니키가 처벌을 받아들이
지 않기 때문에 매질은 더욱 심해졌다. 그녀는 매질에 맞서 싸웠다.

"언니가 달아나면 엄마가 붙잡았어요. 걸을 수 없을 때까지 때리고 또 때렸어요. 엉덩이가 피투성이였죠."

사미는 네 살 어렸음에도 엄마에게 협조하면 폭행을 좀 피할 수 있다는 것을 알아냈다. 언니를 사랑했기에 자주 그러지는 않았지만 가끔씩 언니를 고자질했다. 니키는 사미를 완전히 신뢰하지는 않았지만 그럼에도 사미가 자신이 받는 것과 동일한 취급을 받기를 바라지는 않았다.

실제로 셸리는 편애하는 것을 대단히 즐겼다. 대부분 사미를 편애했다.

셸리는 드라마 「다이너스티」에 나오는 배우 헤더 로클리어의 극중 인물 이름을 따라 사미의 이름을 사미 조로 바꾸었다. 나중에 사미는 사실은 생부인 대니 롱으로부터 자신을 숨기려고 이름을 바꾼 건 아니었을까 생각했다. 당시 딸을 찾고 있었다는 사실을 엄마가 알게 되었기 때문인데 확실하지는 않다.

어느 날 오후 셸리가 난데없이 주장했다. "넌 사미 조로 태어났어. 지금까지는 그렇게 부르지 않았을 뿐이야. 이제부터는 원래 쓰기로 했던 그 이름을 쓸 거야."

니키는 엄마의 애정을 좀처럼 받지 못했지만, 사미—와 너구리 인형인 라쿠니—는 종종 사랑받았다. 셸리는 데이브가 그들의 삶에 새로이 들어왔을 때 사미에게 선물로 사다 준 그 봉제 인형을 위해 케이크와 선물, 여러 장식 등으로 성대한 파티를 열곤 했다. 셸리는 몇 년 동안 아이스크림 케이크를 사려고 애버딘에 있는 배스킨라빈스까지 차를 몰고 갔다 와서 남편의 운동용 양말과 낡은 팬티스타킹으로 그 봉제인형 속을 불룩하게 채우고는 사미에게 그 작은 동물이 밤에 무엇을 했는지 보여주려고 반쯤 먹은 케이크를 남겨놓는 등 사소한 장면까지 연출했다.

사미가 말했다. "엄마는 마음이 내킬 때면 다정할 수도 있었어요."

12장

니키는 엄마가 얼마나 오랫동안 자신을 라우더백 하우스의 위층 방에 가둬놓았는지 확실히 알 수 없다. 또한 왜 엄마가 그 특정한 처벌에 처하게 했는지도 기억할 수 없다. 문고리에는 잠금장치가 없었기에 셸리는 딸을 안에 가둬놓으려고 문틈에 고기 써는 칼을 꽂아두었다. 아이들이 꼼짝 말고 있기를 원할 때마다 사용하는 기술이었다.

셸리는 니키에게 못생긴 데다 아무짝에도 쓸모없다며, 왜 그렇게 막돼먹었는지 스스로 생각할 시간을 가져야 한다고 했다. 니키는 잠시 그곳에 있을 거라고 들었다.

셸리가 말했다. "시간이 얼마가 걸리든."

훗날 니키는 여름 내내 갇혀 있었을 수도 있다고 회상했다.

"날짜를 세는 걸 그만뒀거든요."

실제로 니키는 처음에는 방으로, 다음에는 옷장으로 내쫓기는 것을 별로 개의치 않았다. 옷장은 좁고 공기가 통하지 않았으며 창문도 없었다. 그렇지만 얼마 후에는 갇혀 있는 게 반갑기까지 했다. 그것은 그녀가 부모님과 떨어져 있다는 것을 의미했다.

칼이 움직이는 소리를 들었다. 문이 휙 열어젖혀졌다. 그녀는 겁을 먹어 몸을 웅크리는 대신 잽싸게 차려 자세를 취했다. 엄마의 얼굴을 결연하게 마주했다.

"이거 써." 셸리가 애버딘의 건축자재 상점인 홈 디포에서 사 온 플라스틱 양동이를 건네며 윽박질렀다.

무엇 때문인지 물어볼 필요도 없었다.

그 후 몇 주 동안 셸리는 양동이를 비울 때만 니키를 밖으로 내보냈다. 사미와 어떤 접촉도 허용되지 않았다.

셸리는 사미에게 유배한 숨겨진 이유와 접촉금지 명령의 중요성에 대해 이야기했다.

"네 언니는 나빠. 알겠어?"

"네, 엄마." 그녀는 거짓말했다.

사미는 니키가 걱정스러웠다. 본인도 방에 갇혀 있긴 했었지만 기껏해야 하루나 이틀에 불과했다.

사미는 몇 차례 니키의 변기통을 회수하기 위해 방으로 들어가는 것이 허락되었다. 엄마가 문에서 지키고 서 있는 동안 아래층 화장실에서 변기통을 비운 다음 서둘러 다시 올라가곤 했다. 엄마가 낮에 잠을 자는 동안 언니의 창문에 조그만 솔방울을 던지며 연락을 취하기도 했다.

니키는 감옥에 갇혀 있다는 것을 알았다. 하지만 감옥에도 나름 특전이 있다고 마음먹었다. 엄마의 지긋지긋한 욕설을 피할 수 있었다. 도대체 무슨 잘못을 했는지 알아내려고 눈치를 살피며 조심스럽게 행동하지 않아도 되었다. 어떤 면에서는 자유로웠다. 가장 좋았던 부분은 니키의 방에 있는 벽장에 엄마가 보관해둔 방대한 양의 책들이었다.

"그해 여름 얼마나 독서를 좋아하는지 알게 되었어요. 내가 갖고 있던 『낸시 드류』 시리즈를 모두 읽은 다음에는 엄마가 보관해 둔 존 사울과 딘 쿤츠로 넘어갔죠. 엄마는 공포물을 특히 좋아했어요. 무선제본으로 된 책을 보관한 상자들이 여럿 있었는데 한 권도 빼놓지 않고 읽었어요."

애완견 프레클즈가 새끼를 낳자 사미는 창문에 솔방울을 던져 니키에게 알렸다.

"여덟 마리야!" 사미가 조그맣게 속삭이며 외쳤다.

"보고 싶어." 니키는 말한 뒤 동생에게 손가락을 입술에 대고 조용히 하라고 상기시켰다.

사미는 고개를 끄덕였다.

프레클즈와 강아지들은 행복한 시간의 원천이었다. 니키는 탈옥 영화에서 본 것처럼 목욕용 가운 두 개를 묶어서 양동이를 내려보냈다. 사미는 양동이를 북북 문지른 다음 엄마가 보지 못할 거라고 확신했을 때 혹시 걸리지나 않을까 두려워하며 강아지 두 마리를 올려보냈다.

니키는 위험을 무릅쓰고 최대한 강아지들을 꼭 끌어안고 있다가 동생에게로 다시 내려보냈다.

#

결국엔 풀려났다. 오래지 않아 엄마가 다시 시작하긴 했지만 말이다. 셀리는 그런 식이었다. 휴면기를 가졌다. 그러다 돌연 다시 살아나 즉각 목표물을 찾아 나섰다. 그 표적은 거의 언제나 니키였다.

지붕이 덮인 현관에 있던 사미는 엄마가 집 안에서 니키를 쫓아다니다가 부엌으로 쫓아가는 것을 지켜보았다. 셀리는 니키에게 단단히 벌 받을 줄 알라며 그만 서라고 소리지르고 있었다.

"너 오늘 초상 치를 줄 알아!"

셀리는 니키를 부엌의 유리문으로 거칠게 밀쳤다. 유리 파편이 사방으로 튀자 니키가 상처 입은 동물이 내는 비명처럼 악을 썼다. 셀리는 들고 있던 허리띠를 팽개치고는 유리 조각에 수십 군데 베어 피를 흘리고 있는 딸을 도우러 부랴부랴 갔다. 뾰족뾰족한 유리 조각이 피 묻은 셔츠와 반바지에 들러붙어 있었다. 니키는 울부짖기 시작하면서도 말은 한마디도 하지 않았다. 그녀는 순간적으로 쇼크 상태에 빠졌다. 사미도 엉엉 울면서 도와주러 갔다.

사미의 눈길이 엄마의 눈길과 마주쳤다. 그 순간, 사미는 엄마가 일부러 그런 일이 일어나도록 의도하지는 않았을 거라고 믿기로 했다. 그러나 셸리의 첫 반응은 항상 그렇듯 남 탓으로 표현되는 부정이었다.

셸리가 말했다. "너 때문에 이렇게 됐잖아."

잠시 후 딸의 몸에서 피가 뚝뚝 떨어지자 돌연 말투를 바꾸었다.

마치 외국어처럼, 낯선 말이 셸리의 입에서 나왔다.

"미안하다."

사과는 그 자체로 부엌 바닥에서 화장실로 뚝뚝 흘러내리는 피만큼이나 충격적이었다.

사미와 셸리는 니키를 화장실로 데리고 갔다. 셸리가 뜨거운 물을 틀었다. 델 정도로 뜨거운 물은 아니었다. 따뜻한 목욕물이었다. 그녀는 피에 흠뻑 젖은 니키의 옷을 살살 벗기고는 욕조 안으로 들어가는 것을 도왔다.

물이 빨개졌다.

"미안하다." 그녀가 다시 말했다.

딸들은 엄마가 미안**해하기**를 바랐다. 어쩌면 결국엔 도가 지나쳤다는 걸 알 수 있지 않을까? 그러한 희망을 품은 데에는 이유가 있었다. 셸리는 실제로 그 사건 직후 니키에게 친절했다. 밖으로 데리고 나가 외식을 하고 머리를 다듬어 주려고 미용실까지 데리고 갔다.

훗날 니키는 회상했다. "저와 엄마, 단둘이서 갔어요. 전에는 그런 적이 없었어요."

그 모든 일을 목격한 사미는 어린아이이긴 했지만 언니의 온몸에 베인 상처를 보며 엄마가 병원에 데려갔어야 한다는 것을 알았다.

"하지만 그럴 수 없었어요." 사미가 논리를 폈다. "엄마는 언니의 온몸에 베인 상처들과 허리띠로 맞아 살갗이 부은 자국들과 멍들을 해명할 수 없었거든요. 우리 둘 다 갖고 있는 것들이었죠. 언니의 경우에는 늘 더 심했어요. 여러 해 동안 엄마가 우리에게 가한 학대의 흔적을 육안으로 볼 수 있을 때였어요."

그럼에도 셀리는 딸들이 의학적 치료가 필요할 때마다 의사에게 데려가는 것을 완전히 꺼리지는 않았다.

그렇지만 때때로 직접 나서서 해결하곤 했다.

그녀는 평생 간호사들 주위에 있었으며 밴쿠버에 있는 클라크 대학에서는 몇 강좌를 수강하기까지 했다. 간호학 학위를 따기 위해 학교로 돌아가고 싶다는 열망을 수시로 이야기하면서도 딸들을 키우는 것이 꿈과 야망보다 우선한다고 했다. 의학 서적과 응급처치 서적들을 집에 쌓아두고는 스티븐 킹이나 딘 쿤츠 소설을 읽지 않을 때는 의학 서적에 코를 박고 있었다.

데이브 노텍은 등에 난 커다란 낭종을 제거하는 수술을 했던 때를 기억하고 있다.

그녀는 작은 칼을 살갗에 대고 낭종을 잘라내기 전에 마취시키려고 위스킨 몇 잔을 따라주었다. 그는 통증을 느끼긴 했지만 셀리가 자신이 하는 일에 대해 잘 알고 있다고 확신했다.

"그 정도는 아무것도 아니었어요. 장인어른도 그녀의 손가락에 난 사마귀 같은 걸 그렇게 잘라내곤 했거든요. 그녀는 튀어나와 있는 낭종을 아주 잘 절개하고는 제거했습니다. 실력이 좋았어요."

#

노텍 집안에서 엄청나고 끔찍한 학대가 빈번하게 발생하고 있음에도 라라 왓슨은 손녀들이 엄마에 대해 나쁜 말을 하는 것을 들어본 적이 없었다. 손녀들은 무슨 일이 일어나고 있는지 한번도 털어놓은 적이 없었다.

"엄마는 좀 이상해요." 니키나 사미가 밝힌 것은 그 정도였다.

라라가 니키의 생일을 축하하려고 집에 찾아온 적이 있었다. 무더운 여름 저녁이었고, 그녀는 찜통이나 다름없는 2층의 니키 방에서 잠을 자기로 되어 있었다. 그러나 창문을 열려고 했을 때 못이 박혀 있는 것을 발견했다. 손녀들은 엄마가 그렇게 했다고 말했는데 어떤 이유 때문인지는 둘 다 기억해낼 수 없었다.

다음 날 아침, 라라는 손녀들 방문 바깥쪽에 걸쇠가 있다는 것을 알아차렸다.

손녀들에게 그것에 대해서도 물었지만 엄마가 한 일이라며 자기들은 왜 그러는지 모른다고 했다.

셀리는 **기이했다.**

13장

대부분의 시간을 타코마의 길거리에서 생활하고 있는 소년에게 레이몬드로 끌어당기는 것은 잡아당기는 것이라기보다는 오히려 끌어안는 것이었다. 셰인 왓슨은 셸리에게는 조카로, 남동생인 폴의 아들이었다. 폴은 구치소와 교도소를 들락날락했기에 셸리는 셰인에게 관심을 쏟았다. 표면적으로는 셰인을 견딜 수 없는 처지에서 벗어나게 도와준다는 이유였다. 몇 년 동안, 셸리와 데이브는 그 아이를 입양하는 문제에 대해 이야기를 나눴지만 데이브는 그 생각에 반대했다. 이미 셸리의 낭비벽 때문에 허리가 휘어지도록 고생하고 있었기 때문이다.

셸리는 남편을 가볍게 무시했다. 그녀가 방해하는 모든 것—과 모든 사람—을 다루는 방식이 그랬다. 그녀만이 옳았고, 그녀에게 동의하지 않으면 어리석고 비겁하고 이기적인 놈이라는 것을 의미했다.

몇 시간 거리에 떨어져 있었지만 셸리는 셰인과 연락하며 애정공세를 펼쳤다.

1985년 10월, 셰인이 열 살이었을 때 셸리는 다음과 같이 쓴 뒤 모든 사람의 이름을 서명했다.

"얼굴 본 지 그리 오래되진 않았지만 우린 네가 보고 싶어 죽겠구나. 얼른 보자. 이번 주말에는 꼭 보자. 우린 너를 너무너무 사랑해! 데이브 고모부가 "어이, 친구! 보고 싶네!"라고 전해 달라는구나."

실상 셰인은 1988년 중반 레이몬드에 도착했을 때 달리 갈 곳이 없었다. 아버지 폴 왓슨은 열다섯 살 때 한 소녀를 임신시켰다고 생각해 배틀그라운드에서 도망쳤었다. 그것은 거짓 경보였다. 그렇지만 폴은 멀리 떨어진 곳에서 범죄를 저지르는 폭주족 갱단으로 살며 모습을 감추었다가 열여덟 살에 임신한 알래스카 원주민 여자친구와 함께 잠깐 다시 나타났을 뿐이었다. 셰인은 1975년 6월에 태어났다. 지체 없이 폭력을 행사하는 일당에 둘러싸여 고된 떠돌이 생활을 하며 살았다. 아버지는 계속 이리저리 떠돌아다녔고 어머니는 심각한 약물 남용을 포함하여 치명적인 문제를 여럿 갖고 있었지만 셰인은 어떻게든 혼자서 대처해 나갔다.

연기였을 수도 있고 진짜였을 수도 있지만 셰인은 노텍 집안에 희망적이고 낙관적인 태도를 가져왔다. 길거리 삶을 살았다고 해서 주눅들어 있지도 않았다. 확실히 노텍 소녀들보다 세상물정에 밝았지만 다정하기도 했다. 니키는 열네 살이었고 사미는 열 살, 셰인은 열세 살이었다.

셰인은 레이몬드에 사는 많은 아이들과 비슷했다. 헤비메탈과 본 조비에 열광했다. 검은 눈동자와 검은 머리칼은 조상이 원주민임을 암시했다. 자매는 그가 새로운 남자아이여서만이 아니라 모두가 친구로 삼고 싶은 재미있고 엉뚱한 성격 때문에도 멋지다고 생각했다. 자매는 단박에 그를 따랐다. 자매에게는 사촌 이상으로, 남매에 더 가까웠다. 항상 웃고 있었다. 항상 농담을 던졌다. 셸리는 그를 돌보기 위해 건강사회국에 복지혜택을 신청했다. 학교에 입고 갈 새 옷을 사주었고, 새 침구를 완비해 지하실에 아늑한 방을 마련해 주었으며, 집처럼 편안하게 느끼게 하려고 갖고 온 몇 가지 물건들을 진열하는 것을 도와주었다.

거의 즉시, 그는 셸리와 데이브를 "엄마, 아빠"라고 부르기 시작했다.

셰인은 정다운 아이였지만 거친 동네 출신의 도시 소년이기도 했다. 레이몬드에서 살기 이전의 삶이 어땠는지에 대한 말을 거의 하지 않았다. 가족이 여행갔을 때 셰인과 자매가 트럭 뒤의 침낭에서 잔 적이 있었다. 그때가 바로 사촌이 정말로 마음을 열고 폭주족 아빠와 마약 중독자 엄마와 함께 살았던 시절에 대해 유일하게 말했을 때였다. 그는 타코마 시절에 일어났던 일과 노텍 집안으로 들어올 때까지 이리저리 떠돌아다닌 것에 대해 분개했다. 레이몬드에서 살게 된 이후로, 외할아버지와 외할머니인 라라 외의 가족들로부터는 거의 소식을 듣지 못했다.

니키가 말했다. "셰인은 그의 가족과는 전혀 달랐어요. 마약 중독과 같은 문제로 경찰과 문제를 일으키려 하지 않았죠. 절대로요. 난 그가 그의 부모님과 같은 덫에 빠질까 봐 걱정한 적이 없었어요. 셰인은 착했어요."

조카가 도착한 직후, 셸리는 그에게 절대 줄어들 것 같지 않은 일을 엄청나게 시켰다.

세월이 지난 후 니키가 말했다. "엄마는 셰인을 뼈 빠지게 일 시켰어요. 온갖 일을 했죠. 처음에는 마지못해 했지만 결국엔 엄마가 시키는 거라면 뭐든 다 했어요."

셰인은 대부분의 시간을 허드렛일을 하며 보냈다. 간혹 시간이 나면 비포장도로용 오토바이를 타고 숲으로 갔다. 어떤 때는 사미를 태우고 가기도 했지만 주로 겨우 몇 달 빨리 태어난 절친한 니키를 태우고 갔다. 니키는 학교에서도 집에서도 외부인인 게 어떤 심정인지 이해했다. 그리고 셰인과 마찬가지로 니키도 엄마가 그 모든 일에서 어떤 역할을 하는지 잘 알고 있었다.

셰인은 셸리를 무서워했다. 자매들과 마찬가지로, 셸리를 돌아버리지 않게 하기 위해서라면 무엇이든 했다. 셸리는 집중적으로 그에게 집이나 마당 주위에서 해야 할 일을 산더미같이 추가하기 시작했다. 그녀가 원하는 대로 일을 마치지 않으면 대가를 치렀다. 지하방에 있던 물건들이 사라지기 시작했다. 베개. 담요, 그다음엔 침대였다. 이제부터는 바닥에서 자라는 말을 들었다. 불평했지만 이의 제기는 처벌만 더욱 악화시킬 뿐이라는 것을 금방 알게 되었다.

그다음, 격주로 샤워할 수 있는 특전을 빼앗았고 학교에 입고 갈 옷을 한 벌만 주었다. 셰인은 새로 온 멋진 아이에서 고약한 냄새가 나고 머리에 기름기가 줄줄 흐르는 이상한 아이가 되었다.

#

셰인이 노텍 가족과 함께 살려고 온 직후에 라라 왓슨이 여행을 왔다. 그러한 방문은 항상 어느 정도 각오를 요했다. 가끔 선물을 갖고 도착했는데 집에 아무도 없기 때문에 선물을 죄다 문간에 두고 떠나야 했다. 조촐한 모임을 위해 마련한 것임에도 불구하고 말이다. 자매와 셸리가 집으로 돌아올 때까지 차를 주차하고 몇 시간이나 기다린 적도 있었다. 그럴 때면 셸리는 날짜를 혼동했다거나 애버딘 혹은 올림피아에서 예상치 않은 볼일이 있었다거나 하는 식으로 구차한 변명을 늘어놓았다. 그렇지만 이번에 도착했을 때는 셸리와 자매들, 셰인까지 다 집에 있었다. 셸리가 텔레비전을 보는 동안 라라는 2층에 있는 방에서 손녀들과 시간을 보냈다. 위층의 모든 것은 근사해 보였다. 니키와 사미의 방은 깨끗하고 잘 정돈되어 있어 깔끔했다. 셸리가 배틀 그라운드에서 자랄 때의 방 상태와는 정반대였다.

라라는 손자의 방도 꼭 보고 싶었다. 라라 바로 뒤에 있던 셸리가 갑자기 먼저 가파른 나무 계단을 내려가 지하실로 갔다. 반쯤 내려가자 라라는 거의 숨을 쉴 수가 없었다. 낡은 집에 난방을 틀 때 나는 디젤유 냄새가 너무 역하고 매캐했다. 냄새가 폐로 훅 들어오자 눈에 눈물이 고였다.

셸리가 말했다. "이제 막 기름 탱크를 채웠어요. 인부가 문제를 해결하려고 돌아오고 있어요."

라라는 작은 문을 지나 보일러실로 가서 지하실 앞쪽으로 갔다. 셰인이 콘크리트 바닥의 매트리스에서 자는 곳이었다.

그녀는 주변을 휙 둘러보았다. 어안이 벙벙했다. 용납되지 않는 일이었다. "침대는 어디 있어?"

셸리는 대답하지 않았다.

깜짝 놀란 라라가 속상한 얼굴로 셸리를 쳐다보았다. "셸리, 그 아이에 겐 침대가 있어야 해. 이게 뭐야 도대체? 돈이 없으면… 내가 줄게."

셸리는 그대로 가만히 서 있었다.

라라는 다시 한번 방을 재빨리 훑어보았다.

"옷장도 있어야겠구나."

셸리는 셰인을 완전히 자리 잡게 하느라 너무 바빴다는 애매한 변명을 했지만 돈은 받았다.

시간이 조금 흐른 뒤, 라라는 셸리가 드디어 셰인에게 침대를 사주었다는 소식을 들었다. 자기가 법석을 떨지 않았더라면 셸리가 침대를 사줘야 겠다는 생각이나 했을까 싶었다.

아니면, 신경이나 썼을까 싶었다.

14장

니키는 텔레비전에서 엄마들이 어떻게 행동하는지 보았다. 어떻게 다정한 손길과 말로 자식들을 다독이고 귀 기울이는지 보았다. 시내 주변에서 다른 엄마들이 자식들이나 남편들과 어떻게 상호작용하는지도 눈여겨보았다. 윽박지르거나 때리는 게 전부가 아니었다. 그 엄마들은 자식들에게 육체적 고통을 줄 뿐만 아니라 굴욕감까지 느끼게 하는 기이한 일들을 시키지 않았기에 자매는 더더욱 자신들에게 일어나는 일을 말할 수가 없었다. 니키는 엄마가 정상이 아니라는 것을 알았다. 셰인이 집으로 왔을 때, 그와 니키는 셸리가 얼마나 제정신이 아닌지 이야기하면서 시간을 보냈다.

셰인은 전혀 니키만큼 너그럽지 않았다.

"니네 엄마는 완전 재수탱이야." 그가 말했다.

"나도 알아. 하지만 어떤 때는…" 니키가 말했다.

셰인이 말을 잘랐다. "어떤 때?"

"엄마가 우리를 정말 사랑한다고 생각할 때도 있어. 내가 사랑받고 있고 그 모든 미친 짓이 다 사라졌다고 느끼게 해줘."

"잠깐, 니키. 그리곤 다시 돌아오잖아."

니키가 고개를 끄덕였다. 셰인으로서는 니키가 어떻게 그런 생각을 하는지 정말로 이해하기 힘들었을 수도 있다. 그녀는 실제로 엄마의 사랑을 받았었다. 아주 잠시였고 지금은 덧없이 사라졌지만 그 사랑이 다시 돌아오기를 간절히 바랐다.

그간 셸리가 한 모든 짓에도 불구하고.

세월이 지난 후, 니키는 어떻게 엄마 같은 학대범을 사랑할 수 있었는지에 대해 어떻게 말해야 다른 사람들을 납득시킬 수 있을까 궁리했다.

"아이라서 엄마에게 의지했던 것 같아요. 우리 엄마이기 때문에, 엄마와 함께 사는 것 외에는 다른 선택의 여지가 없다고 생각한 것 같아요. 성인이 되어서 돌아보니 그때 당시 나 스스로를 돕기 위한 무언가를 하지 않았다는 자책감이 들어요. 엄마는 마음이 내킬 때면 애정을 보여주거나 상냥한 말을 했어요… 학대하고 난 바로 다음 날 나를 안아주거나 내가 아기였을 때 어땠는지 또 나를 얼마나 사랑하는지 등등 말했죠. 그게 다른 모든 학대관계와 마찬가지로 작용한 거 같아요…. 갇혀 있고, 갈 곳이 아무데도 없다고 느끼는 사람들은… 학대당한 다음 학대범이 다시 친절을 베풀며 고삐를 죄면 학대당하는 것에 익숙해져요. 다음번에 또 두들겨 맞는다든가 하는 것들을 생각하지 않아요. 그냥 (지금은) 학대가 끝났구나 하며 안도하죠. 엄마는 시한폭탄이었어요…. 언제 폭발할지 전혀 몰랐죠. 며칠 동안은 모든 게 아주 좋다가 그다음에 쾅 터져요. 나는 선택의 여지가 있다는 것을 몰랐기 때문에 엄마를 사랑했어요. 엄마를 사랑해야만 했죠."

#

셸리가 아이들에게 시킨 어떤 것들은 황당했고, 어떤 것들은 고통스러웠다. 일부는 정말 어처구니가 없었다. 마치 어디까지 할 수 있는지 보려고 시험하는 것 같았다. 셰인은 구타당하고 진흙탕에서 뒹굴었다. 책에 나오는 온갖 추악한 이름으로 불렸다. 수용소의 병사들처럼 그와 니키는 힘을 합쳤고, 둘은 떼어놓을 수 없는 공모자가 되었다.

셸리는 비참하게도 그 한 쌍에게 굴욕감을 주는 새로운 방법을 찾는 데 예리한 능력을 지니고 있었다. 둘 다 도무지 기억할 수 없는데도 행실을 잘못했다며 거실에서 옷을 벗으라고 지시했다. 사미는 언니와 사촌이 엄마의 지시에 따라 알몸으로 느릿느릿 춤을 추는 모습을 지켜보았다.

셸리가 말했다. "끝났다고 말할 때까지 춰."

사미는 공포로 몸을 움츠린 채 그 광경을 지켜보았다. 자기가 아니라서 다행이었다. 낯을 많이 가려서 수영복 차림도 거의 감당할 수 없는 아이였다. 이것은 굴욕을 넘어서는 수준이었다.

당연히 그것이 엄마가 두 아이에게 그렇게 시킨 이유였다.

때로는 데이브도 춤추는 자리에 있었다.

사미가 말했다. "아빠는 그냥 거기 앉아만 있었어요. 언니와 셰인 오빠는 내내 울고 있었죠. 시키는 대로 해야만 했어요. 엄마를 거부할 수는 없었거든요."

세월이 지난 후, 라라 왓슨은 의붓딸이 알몸에 특이한 매력을 느낀다는 사실을 이해하거나 받아들이려고 애썼다. 그것은 실로 예상 밖이었다. 라라는 셸리의 어린 시절과 그런 행동 사이의 인과관계를 제시할 수 없었다.

라라는 말했다. "아이들 누구도 팬티와 브래지어만 입은 나를 본 적이 없었어요. 항상 가운을 입고 있었거든요. 애들 아빠도 벌거벗고 집을 돌아다니거나 알몸으로 수영한 적도 없어요. 캠핑 가면 남편은 아들들하고 같이 샤워했지 셸리하고는 절대 샤워하지 않았어요."

라라는 도대체 어디서 기인하는지 도무지 감이 잡히지 않았다.

어쩌면 셸리가 애너 할머니네 집에 갔을 때 기괴한 일이 있었을 수도 있다. 설마 그럴 리는 없겠지만, 그럴 가능성은 있었다.

14장

"그랬다면 그때 셸리가 내게 말했겠죠. 내 생각엔 그래요. 어떻게 그런 일이 생기게 되었는지 정말 모르겠어요."

샤론 왓슨이 아이들을 내려주고 캘리포니아로 돌아가기 전, 셸리와 생모와의 생활은 약간 수수께끼였다.

라라가 골똘히 생각하며 말했다. "혹시 그때 무슨 일이 있었던 걸까요? 나야 모르죠. 샤론은 알코올 중독자였어요. 그때 무슨 일이 생겼을 수도 있어요. 어쨌든 무슨 이유 때문인지 알 수 있을 것 같지는 않아요."

라라는 셸리가 자랄 때 아주 수수했다고 말했다. 방문을 닫고 옷을 입었다고 했다. 결코 노출이 심한 차림새로 배틀 그라운드 주변에서 뽐내며 돌아다니지 않았다고 했다. 전혀 그런 일이 없었다고 했다.

아이들이 본 바로는 나체는 성적이라기보다는 권력에 더 가까운 것이었다. 사미는 나체가 희생자들에게 굴욕을 주는 방법이며, 또한 도망가지 못하도록 막는 방법이라 생각했다. 강제로 벌거벗기는 것은 셸리 특유의 한 사람의 정체성을 벗겨내는 기이하고 모욕적인 방법론의 한 요소였다.

그리고 떠날 수 있는 힘도 빼앗아가는 것이었다.

15장

겨울이었고, 라우더백 하우스를 온통 뒤덮은 전나무숲 뒤로 벌써 해가 떨어졌다. 처마에 매달린 고드름들이 전나무 잎에도 주렁주렁 매달려 있었다. 발밑에선 뽀드득뽀드득 눈을 밟는 소리가 났다. 니키와 셰인이 학교에서 집으로 돌아오면 집안 공기는 음산했다. 오헨리! 초코바를 먹으며 텔레비전을 보면서 아이들에게 이런저런 대가를 치르게 할 새로운 계획을 궁리하며 앉아 있던 셸리는 거의 항상 매복 공격을 했다.

뭔가 일어나리라는 것을 감지할 수 있었다. 집 안 분위기에서 아이들의 목덜미를 단단히 움켜잡는 이상한 기운 같은 게 느껴졌다.

"옷 벗어! 당장!" 셸리가 소리질렀다.

'그것만은 제발.'

'제발 또 그러지는.'

'이유가 뭐지?'

때때로 니키와 셰인은 징벌에 맞서 싸웠다. 그것은 전혀 도움이 되질 않았다. 그럴수록 셸리의 화를 부채질하는 데다, 셸리는 분노하면 얼굴이 붉으락푸르락해지고 눈이 툭 튀어나오는 모습이 꼭 앞뒤 가리지 않고 희생자를 몰살시키는 괴물 같았다. 대부분의 경우, 그들은 마지못해 따랐다. 니키가 엄마를 그토록 화나게 한 일을 거의 기억해내지 못하는 것처럼, 자신과 사촌이 왜 온 힘을 다해 저항하지 않았는지에 대해서도 생각해 낼 수 없었다.

"그러는 데는 이유가 있어야 했어요." 니키는 나중에 자신과 셰인이 그 날 지목된 구체적인 이유를 정확히 밝혀내려고 애썼다. "정말 그게 뭐였는지 통 기억이 안 나네요."

그들은 함께 진흙탕에서 뒹굴게 될 수밖에 없을 거라 생각하며 옷을 하나둘 벗었지만 그때 데이브는 집에 없었다. 데이브는 거의 항상 뒹굴기를 시키는 지휘관이었다. 어둠 속에 서서 호스로 물을 뿌리며 아내가 시키는 구체적인 명령을 보강했다. 이번에는 새로운 처벌이 될 것으로, 둘 다 정확히 무슨 벌을 내릴지는 전혀 알 수 없었다. 셸리는 니키와 셰인에게 집 뒤 언덕의 한 지점으로 가라고 하더니 서로 등을 맞대고 앉아 있으라고 했다.

"다 끝났다고 말할 때까지 여기 있어."

그런 다음 그녀는 집 안으로 돌아와 사미와 텔레비전을 시청했다.

셰인은 엉덩이가 꽁꽁 얼었다며 몸을 덜덜 떨었다. "니키, 난 이제 이런 거 지긋지긋해."

벌거벗은 채 반쯤 얼어붙은 니키도 맞장구쳤다. "나도 그래."

셰인의 입에서 김이 모락모락 뿜어져 나왔다. "여기서 나가고 싶어."

"나도 그래." 니키가 말했다.

그들은 셸리가 호스를 갖고 나타나서 추가로 물을 뿌리지나 않을까 하며 집에 시선을 고정시켰다.

셸리는 그러고도 남을 사람이었다.

아니면 어쩌면 사미에게 시킬지도 몰랐다. 사미는 두 세계 사이를 오가며 나머지 사람들을 고자질해 비위를 맞추는 포로수용소가 총애하는 선택받은 아이였다.

살아남기 위해서였다.

니키와 셰인은 셸리가 자신들에게 한 짓에 대해 시시덕거리며 비웃을 때도 있었지만, 집 뒤 언덕에서 온몸이 꽁꽁 얼었던 그 날은 그렇지 못했다.

"이건 완전 미친 거야. 난 니네 엄마 정말 싫어." 셰인이 말했다.

"나도 그래."

니키는 셰인의 말에 맹목적으로 맞장구친 것이 아니었다. 정말로 엄마를 증오했다. 그렇지만 가슴 한켠에서는 그들을 어떻게 다루었건 간에 엄마가 아예 없는 것보다는 낫다고 믿었다. 셰인에게는 가족이 아무도 없었다. 아무도 없는 것보다는 이게 더 낫지 않을까?

셸리는 십 대들이 등을 맞대고 덜덜 떠는 동안 몇 차례 현관 난간에 기대어 주시했다. 둘 다 아무 얘기도 하지 않았다. 대화를 나누는 것은 셸리의 정신을 더욱 사납게 하여 그녀가 부가할 징계가 무엇이든 간에 강도만 높일 뿐이었다.

"미친 여자야." 셸리가 집으로 다시 들어가자 셰인이 말했다.

니키는 그 말에 토를 달 수 없었다. "그래, 나도 알아."

그곳에 앉아 있으면서 그들은 특히 좋아하는 게임을 했다. 엄마를 죽이는 게임이었다. 당연히 실제 게임은 아니었다. 단지 복수를 마음껏 꿈꿀 수 있는 공상 같은 것에 불과했다.

일종의 목욕 게임 같은 것이었다. 가운을 항상 반쯤 풀어헤친 셸리는 셰인과 니키에게 뜨거운 목욕물을 받아놓으라고 시켰었다.

"목욕물 받아 놔." 셸리는 목욕하고 싶은 기분이 들 때마다 시켰다.

아이들은 화장실로 들어가서 욕조에 물을 채우기 시작했다. 셰인이 지켜보는 동안 니키는 거품 입욕제를 넣었다. 엄마는 딱히 좋아하는 향이 없이 할인 중인 것은 무엇이든 샀다. 라벤더향. 로즈향. 재스민향. 거품이 보글보글 가득 올라오면 셸리는 욕조 가장자리에 앉아 물 온도를 확인했다. 온도가 딱 맞아야 했다.

'뜨거워야 해. 하지만 너무 뜨거워선 안 돼.'

셰인은 거품이 올라오는 것을 보고 미소 지었다.

그가 말했다. "라디오를 가져와야겠어."

니키는 항상 그가 어떤 일에 착수할지 곧바로 알았다. 그녀는 셰인을 보며 미소 지었다.

셰인이 고개를 끄덕였다. "그 여자가 들어가면 라디오를 물속에 던져."

"좋은 생각이야."

그것은 농담이었지만 꼭 그렇지만은 않았다. 니키와 셰인 사이의 유대 감을 더욱 강화시킨 것은 바로 그런 식의 상념이었다.

셸리가 돌아오면 하던 말을 멈출 터였다. 그녀는 가운을 바닥에 벗어놓고 욕조 안으로 들어갈 터였다.

감전사로 고문을 끝내려는 잠깐 동안의 덧없는 공상은 사라졌다. 그들에게 한 모든 짓에도 불구하고 그녀를 해칠 수는 없었다.

셸리가 마침내 니키와 셰인에게 언덕에서 집 안으로 들어와 몸을 녹이라고 말했을 때는 이미 캄캄해졌을 때였다.

"교훈을 얻었기를 바란다."

그들은 그녀가 왜 그토록 화가 났는지 일말의 단서도 얻지 못했지만 교훈을 얻었다고 말했다.

캐시

16장

사미가 특히 좋아하는 유년 시절의 집은 언제나 올드 윌라파에 있는 라우더백 하우스이다. 도로 끝에 호젓하게 있어 숲속에 감추어져 있는 특별한 목적지처럼 보였는데, 언젠가는 벌목꾼의 시끄럽고 요란한 전기톱 소리에 쓰러지게 될 거대한 더글러스 전나무들이 숲을 이루고 있었다.

사미는 여섯 살 때 2년 동안 반일반 유치원에 다녔다. 엄마가 ABC TV에서 방영하는 연속극을 모조리 시청하는 동안 곁에 두고 싶었기 때문이다. 엄마와 딸 사이의 유대감은 소파에 앉아 연속극을 시청하며 피클과 참치가 들어간 샌드위치를 먹는 동안 형성되었다.

반면 니키는 라우더백 하우스에서 살던 시절에 대해 그렇듯 좋은 추억을 갖고 있지 않았다.

이사 왔을 때 그녀는 아홉 살이었고, 이전에 살던 집에서 엄마에게 훈육을 받긴 했지만 그래도 일부 사람들이 그 정도는 수용할 수 있다고 여기는 범위 내였다. 라우더백 하우스로 이사 온 후 셸리가 가한 처벌은 관례를 훨씬 뛰어넘는 것이었다. 새로운 사람들이 그곳에 살러 오게 되면서 역학관계도 변했다.

먼저 셰인이 그들과 함께 살려고 왔고, 그런 다음 캐시가 왔다.

캐시 로레노는 처음에는 친구로 등장한 다음 보모가 되었다. 셸리의 미용사이자 친구로 셸리와 데이브의 결혼식에서 증인을 섰던 여자였다. 거의

180센티미터의 키에 풍채가 당당했다. 머리칼은 갈색으로 많은 미용사들이 그렇듯 거의 계절마다 색깔을 바꿨지만 긴 머리칼을 구불구불하게 늘어뜨리는 경우가 잦았다. 어떤 때는 더 길었고, 어떤 때는 조금 짧기도 했다. 둥그렇게 말 때도 있었다. 생머리처럼 곧게 펼 때도 있었다. 머리 만지는 일을 즐거워해서 자매들의 머리도 고데기로 만져줬기에 자매들 역시 새로운 스타일을 얻을 수 있었다.

보신과 안전을 위하여 항상 매사에 순응하는 사미는 즉시 캐시를 따랐다. "캐시는 대장이었어요. 셰인 오빠와 니키 언니는 그렇게 생각했죠. 그리고 실제로도 그랬어요. 하지만 난 그녀를 무척 좋아했어요. 좋은 면에서 그녀는 내게 엄마 같았죠. 우리와 함께 살기 전에도 우리 집에 와서 꼬불꼬불하게 파마를 해주곤 했어요. 내 친구들에게도 해줬죠. 미용 도구를 갖고 와서 우리 머리를 손질해줬는데 솜씨가 아주 좋았어요."

니키와 셰인은 또 한 사람이 그들의 삶을 좌지우지하자 짜증이 났다. 처음에는 캐시를 참을 수 없었다. 아무리 그녀의 잘못이 아닐지라도 말이다. 꼭 엄마 시늉을 냈다. 그들은 엄마도 보모도 더는 필요하지 않았다.

1988년 크리스마스 때, 당시 서른네 살이었던 셸리는 세 번째 아기를 임신했기에 축제 분위기가 고조에 달했다. 니키, 사미, 셰인 모두는 새 식구가 생기는 흥분을 함께 나누었다. 그들 중 누구도 셸리가 가장을 또 한 명 더 보태려는 계획을 알지 못했다.

"캐시가 우리 집으로 들어올 거야." 셸리가 발표했다.

그 말은 뜬금없이 나온 것으로 꼭 아이들을 위해서만은 아닌 것 같았다. 데이브는 셸리가 미용사와 친한 친구라는 것은 알고 있었지만, 함께 살게 될 거라니? 그에게는 깜짝 놀랄 만한 일이었다.

"왜 우리 집으로 들어오는 거지?" 그가 물었다.

"캐시의 가족이 그녀를 원하지 않아. 캐시는 살 곳이 필요해. 게다가 아기랑 나를 도와줄 거야. 산파처럼 말이야."

데이브는 따지고 싶었지만 꾹 참았다. 셰인이 집으로 들어올 때도 반발하긴 했지만 셰인의 아버지가 다시 투옥된 데다 범죄의 악순환을 끝낼 희망이 조금이라도 있다면 그 아이에게는 안정된 환경이 필요했다. 셸리가 이미 마음을 굳혔기에 좌우간 무슨 말을 해도 콧방귀도 뀌지 않으리라는 것을 알고 있었다.

셸리와 데이브는 캐시의 침대와 옷장을 2층에 있는 사미와 니키의 방 사이의 트인 공간으로 옮겼다. 그들은 캐시가 갖고 온 물건들로 벽을 장식했고 뜨개질 바구니와 같은 물건들을 진열했다. 캐시는 서른 살로 미용실에서 해고되어 실직한 상태였으며, 그렇게 좋은 친구들과 함께 있게 되는 것을 고맙게 여겼다.

아이들에게는 캐시가 더 이상 살고 싶어 하지 않는 이전의 삶에서 셸리가 구출해내는 것으로 보였으며, 캐시도 좋아하는 것 같았다. 심지어 황송해하는 것 같았다. 거처를 옮겨온 초기에 셸리는 그녀에게 일자리를 찾을 필요도 없다며 자기들이 돌봐주겠다고 했다.

"캐시, 넌 우리랑 같이 있으면 돼. 아주 재미날 거야. 게다가 난 네가 정말 필요해."

마지막 말은 올가미였다.

셸리가 캐시를 필요로 했던 것은 틀림없었다. 처음에는 병원 진료를 위해서이고, 그다음에는 새로 태어나는 아기를 위해서라고 했다. 그러고 나서는 다루기 힘든 네 아이들을 키우는 데 캐시의 훌륭한 판단과 지원이 필요하다고 했다. 캐시는 도전할 준비가 되어 있는 것 같았다.

니키는 엄마의 제일 친한 친구이자 대장 행세를 하는 미용사를 찬찬히 살펴보며 미심쩍으면서도 불안한 눈길로 침입자를 보듯 지켜보았다. 니키는 캐시와 엄마 사이에 발생하고 있는 역학관계를 볼 수 있었다. 캐시는 셀리를 숭배했다. 셀리가 하는 모든 말에 열중했다. 셀리는 마치 신처럼 다른 모든 사람들이 받들어 모시고 있었다. 캐시는 그것을 기꺼이 받아들이는 것 같았다.

캐시가 주장했다. "네 엄마보다 더 열심히 일하는 사람은 없어. 왜 너희 자매와 셰인이 엄마를 더 많이 도우려고 하지 않는지 모르겠구나."

셀리에게 무례하다고 생각되는 말을 조금이라도 듣게 되면 캐시는 그 사람을 옆으로 살짝 불러냈다.

그녀는 쉿-소리를 내며 말했다. "말이 되는 소리를 해. 그렇게 결례를 범하지 마."

엄마의 총애를 받는 위치에 있을 가능성이 있었기에, 사미는 곧바로 캐시를 흠모했다. 반면 니키와 셰인은 자신들에게 이래라저래라 말하면서 삶을 더욱 힘들게 만드는 것이 유일한 목표인 남의 일에 참견하기 좋아하는 고압적인 사람이라고 생각했다. 마치 엄마가 둘 있는 것 같았다. 셀리는 캐시에게 니키와 셰인의 문제에 대해 미리 알려둔 게 틀림없었다. 니키는 반항적이고 셰인은 구제불능이라고 말이다.

니키가 말했다. "캐시는 우리에게 못되게 굴지 않았어요. 그녀는 엄마가 우리에게 쉴새없이 소리를 지르던 집으로 들어왔어요. 그러니 우리가 정말 지긋지긋한 애들이라고 생각했겠죠. 엄마 말로는 우린 늘 무슨 문제를 일으켰으니까요. 셰인은 가끔 담배를 피웠는데 한번은 마리화나를 피우다 걸린 적이 있었어요. 그녀는 셰인을 나쁜 애라고 생각했어요."

그리고 만일 캐시가 노텍 집안의 아이들에 대해 잘 알지 못하는 면이 있었다면, 아이들은 그녀에 대해 훨씬 더 몰랐다.

17장

캐시 로레노의 어머니 케이 토머스는 짧은 결혼 생활을 하는 데 소질이 있는 굉장히 매력적인 여성이었다. 케이의 부모는 캘리포니아의 노스 할리우드에서 그녀를 키웠다. 아버지가 NBC 방송국에서 일했기 때문이다. 그녀의 어머니는 전쟁 동안 가족을 부양하기 위해 군용 항공기 제조회사인 록히드에서 일했다. 케이는 나이가 좀 들자 할리우드의 명품 화장품 매장에서 일했다. 화려한 분위기에서 고되게 일하는 삶이었다.

케이의 막내딸 켈리는 엄마를 좀처럼 웃지 않지만 열심히 일하고 독서를 좋아했던 불행한 여자로 기억한다. 1952년이 되자 그녀는 첫 자식인 아들을 낳았다. 나중에 세 아이를 더 낳았다. 딸 둘의 이름은 캐시와 켈리였다.

1958년 여름에 태어난 캐시는 커다란 푸른 구슬처럼 영롱한 푸른 눈동자로 세상에 태어났다. 머리칼도 금발이었다. 1930년대에 랑엔도르프제과 모델을 한 적이 있었던 어머니를 쏙 빼닮았었다.

남편이 여러 번 바뀌면서 가족은 여기저기로 옮겨 다녔다. 롬포크, 무어파크, 시미 밸리였다. 켈리는 캐시보다 4년 뒤에 태어났고, 그 후에 남동생이 하나 더 태어났다. 돈이 빠듯하기 일쑤였지만 캐시와 남매들은 주로 중산층 동네에서 자랐다. 아버지들이 배관공이나 인쇄업자로 일하거나 어머니들은 주부로 있는 동네였다. 아이들은 여름철에는 놀러 나가서는 저녁 먹을 때까지 집에 돌아오지 않았다. 캐시와 켈리는 언제나 방을 같이 썼다.

화장대로 분리된 트윈 베드였다. 바비인형들과 어머니가 바느질해 만든 인형옷들이 곳곳에 널려 있었다. 거의 매일 밤 잠자리에 들 때는 어머니가 어린 시절에 읽었던 책 이야기들을 들려주었다. 확실히 거기에는 드라마가 있었다. 어머니에겐 언제나 드라마가 있었다. 그러나 아이들은 행복했다.

캐시의 계부가 죽은 후, 어머니는 캠핑카를 사서 아이들을 태우고 캘리포니아를 돌아다녔다. 그것은 지울 수 없는 추억의 원천이 되었다. 캐시는 낡은 청바지로 지갑들을 만들었으며, 두 자매는 가방에 과자를 잔뜩 채우고 캠핑카 위에 올라가 몇 시간 동안 길을 구경하며 인생에 대해 이야기하곤 했다. 캐시는 길 건너에 사는 소년을 좋아했지만 우정일 뿐이었다. 그녀는 매달 발간되는 할리퀸 로맨스(로맨스 시리즈물의 대명사-옮긴이)와 실루엣 로맨스(사이먼 앤 슈스터사가 출간한 로맨스 시리즈물-옮긴이)를 읽는 재미로 살았다. 나오는 대로 모조리 사서 다음 달에 또 출간되기 한참 전에 다 읽어버렸다. 또 컨트리 뮤직에 심취하여 돌리 파튼과 개틀린 브라더스를 특히 좋아했다.

캐시가 열여덟 살쯤 되었을 때, 어머니는 자식들에게 워싱턴주 사우스벤드로 가족 휴가를 떠나겠다고 했다. 낮에는 도로에서 보내고 밤에는—아이들은 적어도 하루는 수영장을 갖춘 하워드 존슨 호텔에 묵기를 꿈꾸며—모텔6(미국의 모텔 체인-옮긴이)에서 보낸 뒤 워싱턴주의 퍼시픽 카운티에 도착했다.

켈리는 당시를 회상했다. "어둑어둑하고 흐린 여름이었어요. 전형적인 워싱턴 연안 날씨였죠."

그 휴가 여행을 다녀온 직후, 어머니는 싸우전드 오크 스테이크하우스에서 했던 요리사 일을 그만두고는 독립하지 않고 아직 집에서 지내는 세 자녀에게 중대 발표를 했다.

"워싱턴으로 이사 갈 거야!"

그 선언은 청천벽력이었다. 아무도 그 생각을 마음에 들어 하지 않았다. 그들은 시미 밸리의 커다란 자투리땅에서 월세로 살았다. 방 네 칸과 호두 나무 여섯 그루가 있었는데 크리스마스 때면 호두나무는 가족의 수입원으로 절실히 필요했다. 그곳은 모든 면에서 고향이었다. 특히 여러 아빠가 오가는 것을 지켜보았던 가족에게는 더더욱 그랬다.

그들은 앞으로 어떤 상황에 처하게 될지는 전혀 몰랐지만, 모두들 무엇을 두고 가는지는 잘 알고 있었다. 동생 켈리는 가족이 워싱턴으로 이사 가는 것을 도무지 이해할 수 없었다. 케이는 돈이 별로 없었다. 직업도 없었다. 그런데도 1977년 여름에 자식들과 친어머니를 사우스 벤드로 데리고 갔다. 열아홉 살의 캐시는 한창 미용 교육을 받다가 시미 밸리에서 애버딘에 있는 미용 학교로 학적을 옮겼다. 그들은 세기가 바뀌는 무렵에 지어진 조그만 목조주택에 자리를 잡았다. 25,000달러가 조금 넘는 돈을 지불한 집이었다.

케이는 일을 하지 않는 데다 집을 산 뒤 남은 돈이 거의 없었다.

"엄마가 무슨 생각을 하는지 이해할 수 없었어요." 켈리가 뾰로통하게 말했다. "이제 뭐 먹고 살아냐 하나 걱정이 앞섰죠."

캐시는 미용 학교에서 공부를 계속한 다음 동네 미용실에 취직했다. 그렇지만 퍼시픽 카운티 같은 곳은 고객층을 확보하는 게 힘들었다. 대부분의 고객들은 기존 미용사들과 친분을 유지했다. 그리고 그 친분은 오랜 관계의 결과였다.

그 카운티는 인구가 적었지만 어린 신참이 올라가기에는 장벽이 너무 높았다. 친절하지만 때로는 수줍어하는 성격의 캐시에게 그 장벽은 통과할 수 없는 것이었다.

#

케이 토머스의 두 딸 중에서 단연코 켈리가 더 강했다. 그녀는 인생에서 자신이 원하는 것과 원하지 않는 것에 대해 언니보다 훨씬 더 잘 이해하고 있었다. 무엇보다도 사우스 벤드를 벗어나야겠다고 생각했다. 대학에 가고 싶었다. 성취감을 느끼는 행복한 결혼 생활을 하고 싶었다.

그렇지만 캐시는 꼼짝 못 하고 갇혀 있었다. 꿈이 있었지만, 어떻게 펼쳐나가야 할지 알지 못했다.

켈리는 이렇게 회상했다. "엄마는 다른 사람의 기분을 잘 맞춰주는 언니의 성격을 이용했어요. 언니가 미용실에서 일하기 시작하자 엄마는 언니의 당좌예금 계좌를 공유했어요. 엄마도 일을 하긴 했지만 언니의 봉급으로 각종 청구서 요금을 냈죠."

스물한 살까지 운전하지 못하던 켈리가 타고 갈 차가 필요하면 그녀를 태워다 준 사람도 캐시였다. 당연히 언니가 태워다 주는 게 기뻤으면서도 왜 언니를 그토록 늘 부려먹을 수 있는지에 대해서는 생각해 본 적이 없었다. 그리고 왜 그토록 늘 친절한지에 대해서도.

캐시는 어렸을 때 한 가족이 가난하다는 것을 알고는 종종 무료로 아이를 봐주었다. 한번은 이웃에게 가족이 연말연시에 쓸 돈이 빠듯하다고 한탄하자 친절한 사람들이 선물을 들고 나타났다. 그 모습에 엄마는 민망해하긴 했지만, 실제로 그들은 궁핍**했다**. 캐시는 돈을 아끼고 아껴 엄마에게 크리스마스 선물로 반지를 사드렸다. 엄마의 마흔다섯 번째 생일을 맞아 깜짝 생일파티를 생각해 내고 계획한 사람도 캐시였다.

그녀는 무조건 주는 사람이었다.

수년 후, 캐시가 닐 다이아몬드 콘서트를 보려고 시애틀에 있는 켈리를 방문했을 때 공연장 옆의 거지를 지나가게 되었는데 캐시는 즉시 지갑에 손을 넣더니 그에게 돈을 좀 주었다.

훗날 켈리는 대도시에서의 삶에 대해 이렇게 말했다. "나는 속으로 언니가 여기서 절대 잘 살 수 없겠구나 생각했어요. 너무 착했거든요."

아버지가 텔레비전 세트장에서 업무상 재해 사고로 숨지자 캐시와 남동생은 "유족 고유의 손해배상" 소송으로 위자료를 받았다. 캐시는 무엇보다도 카마로나 트랜스 AM 같은 새 차를 사고 싶어 했지만 식구들의 재촉으로 차에 대한 꿈을 접고 대신 어머니 집에서 멀지 않은 한 집에 투자했다.

그녀는 집에서 나와 따로 살며 애버딘에 있는 미용실에서 일했다.

인생을 꾸려 가는 중이었다.

그것은 오래가지 않았다.

캐시는 아무리 열심히 노력해도 미용실 원장들이 요구하는 매출액을 달성할 수 없었다. 실직하면서 우울증이 깊어 갔다. 제대로 되는 게 하나도 없었다. 금전적으로 바닥을 치기 시작하여 집도 잃었다. 다시 어머니네 집으로 살러 가는 수밖에 없었다. 그것은 기가 막히고 슬픈 운명의 반전이었다. 어머니 집으로 거처를 옮긴 지 얼마 되지 않았을 때 집세를 내야 한다는 말을 들었다. 어머니를 위해 그토록 열심히 애썼건만 이제 상황이 역전되었다. 그녀는 돈이 한푼도 없었다. 그렇지만 아주 좋은 친구가 있었다. 결혼식 피로연까지 참석할 정도로 친한 친구였다.

그녀의 이름은 셸리 노텍이었다.

18장

자기 자식을 가진 것, 그리고 그에 따르는 모든 기대감은 데이브 노텍이 셸리와의 결혼 생활에서 진정으로 행복했던 단 한때였다. 그렇기는 하지만, 캐시와 셰인이 이미 식솔로 들어왔기 때문에 새로운 아기는 먹여 살려야 할 입이 하나 더 늘었다는 것을 의미했다. 데이브는 유일한 부양자로서의 역할에 대한 압박감을 느껴 그 어느 때보다도 열심히 일했다. 셰인은 가족이었으며, 이따금 집 안팎에서 허드렛일을 할 때 징계가 필요하긴 했지만 데이브는 대개 셰인을 착한 아이로 여겼다. 캐시는 셸리의 임신과 출산 전 병원 예약을 돕고 있을 뿐만 아니라 암 치료에도 따라가고 있었다. 당시 그는 누구에게도 아내가 암에 걸렸다는 말을 한 적이 없었지만, 임신까지 하게 되었다는 게 무척 놀랍다는 생각이 뇌리를 스쳤다. 암을 물리치기 위해 온갖 화학요법을 받고 있는데도 임신했다니. 이 새로운 아기는? 두말할 필요도 없이 기적, 그 자체였다.

셸리는 데이브에게 올림피아에 있는 병원에 갈 시간이라고 하면서 캐시가 태워다 줄 거라고 했다.

그는 그 계획을 이번에 처음으로 들었다.

"내가 태워다 주면 안 돼?" 그가 물었다.

"아니, 당신은 우리를 따라와."

데이브는 할 말을 잃었다. "뭐라고?"

셸리는 데이브가 더는 말하지 못하도록 입을 틀어막아 버렸다.

"내 말 들어, 데이브."

1989년 6월 첫 주에 토리 노텍이 태어났을 때, 아기를 먼저 품에 안은 사람은 그래도 캐시가 아니라 데이브이긴 했다. 아기는 속싸개로 꽁꽁 싸매져 있었고, 살갗이 약간 희끗희끗했지만, 지금까지 살면서 본 중 가장 작고 아름다웠다. 눈동자는 파랗고 머리칼은 솜털이 보송보송한 금발이었다.

"절대 잊지 못할 거예요. 아기가 눈을 떴을 때 처음으로 본 게 나예요."

토리는 폐 발육 부진의 미숙아라고, 셸리가 말했다. 데이브는 그때 캐시가 도움을 주려고 집에서 지내는 게 하늘이 내린 선물이라고 생각했다. 캐시보다 더 나은 도우미를 찾을 수 없을 거라 여겼다.

출산 후 집으로 돌아온 직후, 셸리는 토리가 숨을 멈추었지만 자기가 되살릴 수 있었다고 극적인 방식으로 발표했다. 다음 날, 셸리와 캐시는 토리를 다시 병원으로 데려갔고, 토리는 신생아 담당자들이 주의 깊게 지켜보는 가운데 약 일주일 동안 병원에서 지냈다.

훗날 데이브는 말했다. "셸이 토리를 구했는지 아닌지 여부는 모르겠어요. 본인 말로는 그랬다고 했어요."

그러한 극적인 사건에도 불구하고 한동안은 상황이 좀 나아 보였다. 당시 30대 중반이던 셸리는 아기가 혹시 잘못될지도 모른다는 걱정에 빠져 있는 것으로 보였다. 토리는 실제로 미숙아는 아니었지만 셸리는 니키와 사미에게 일주일 빠르게 태어났기 때문에 여동생에게 심장 질환이 있을지 모르니 주의 깊게 지켜봐야 한다고 했다. 아기는 특수한 침대와 심장 모니터 장비와 함께 집으로 왔다.

매일 밤 잠자리에 든 뒤 자매는 경보음이 울리는 소리와 뒤이어 아래층에서 당황해서 허둥지둥하는 소리에 잠이 깨곤 했다. 서둘러 내려가면 엄마가 겁에 질린 눈길로 요람에 있는 아기를 흔들어 어르는 모습을 보았다.

"괜찮아요?" 사미는 여동생이 걱정되었다.

"이제 괜찮아. 괜찮아." 셜리가 요람을 앞뒤로 흔들며 말했다. 셜리는 무섭고 혼란스러운 상태에서도 침착했고, 자매의 염려와 걱정에 흠뻑 젖어 그들을 안심시키려고 최선을 다했다.

한번은 니키가 아래층에 내려갔을 때 토리의 얼굴 위로 베개를 들고 있는 엄마를 발견했다.

셜리가 아기에게서 고개를 들더니 화들짝 놀란 얼굴로 말했다. "아기는 이제 괜찮아."

경보음은 아직 울리지 않은 상태였다.

니키가 너무 일찍 내려온 것이었다.

훗날 니키는 어렸을 때 엄마가 방에 들어왔던 순간을 떠올리곤 했다. 그때 그녀는 엄마가 베개로 얼굴을 눌렀다고 생각했다.

'우리 모두에게 그런 짓을 했을까?'

그 일 이후, 니키와 사미는 아기를 주시했다. 아무도 그들이 의심해오고 있던 것에 대해 이야기하지 않았다. 아무도 셜리에게 따지지 않았다. 그녀는 새로 태어난 아기에게 관심이 있는 것 같았지만 주변적인 면에서만 그랬다. 몇 주 지나면서 캐시와 자매들의 역할이 더욱 커졌다.

셜리는 다시 밤새도록 텔레비전을 보며 늦게까지 잠을 자지 않았다.

그렇지만 데이브는 셜리를 지금까지 알았던 최고의 엄마로 여겼다.

"그녀는 아기를 정말 잘 봤습니다. 정말 최고의 애 엄마였어요."

셜리는 딸들이 아기였을 때 목욕시키고는 예쁜 옷을 입힌 뒤 자랑스레 내보이는 것을 대단히 좋아했다. 모성애를 새로이 선보이는 것을 즐기는 것 같았다. 하지만 딸들이 나이가 들면서는 모성애 같은 것에는 별로 관심이 없어 보였다. 그녀의 관심은 큰딸에게서 다음에 태어난 딸에게로 옮아갔다가 이윽고 날마다 온종일 토리에게 집중했다.

몇 년 후, 친아빠 대니가 사미를 만나러 왔다. 그는 사미에게 셸리가 아기들을 어떻게 돌보는지에 대해 데이브 노택에게서 들었던 것과는 다른 인식을 심어주는 이야기를 들려주었다.

사미는 엄마에 대해 "나는 항상 엄마가 아이들보다는 아기들을 더 잘 돌본다고 생각했어요. 특히 우리가 나이가 들면서는 더 그랬죠"라고 말하면서 결국엔 그마저도 의심하게 되었다고 했다. "친아빠는 내게 엄마가 소파에서 벌떡 일어나더니 내가 있는 유아용 침대로 달려가는 것을 봤다고 했어요. 쭉 나를 안고 있었던 것처럼 보이고 싶었나 봐요. 하지만 실제로는 그렇지 않았죠. 아빠는 내가 온종일 침대에 누워 있었다는 것을 알 수 있었대요. 기저귀들은 더러웠고, 우유병들이 널브러져 있었대요. 기저귀 발진이 끔찍했다고 하더라고요."

항상 숨길 게 너무 많았던 사람으로서 셸리는 모든 것을 감추는 데 전문가가 되어 있었다. 그것은 가족에게 가장 흉악한 비밀을 숨기는 데 도움이 되는 기술이었다.

그리고 경찰 당국에게도.

19장

───────

아이들이 생일을 맞이한 사미 주위에 모여 있었다. 분홍색 생일 케이크 위에서는 하얀 촛불들이 깜빡거리고 있었다. 셸리는 크리스마스와 같은 특별한 날에 과시하는 것을 좋아했다. 생일은 특히 대단한 행사였다. 돈이 빠듯하다든지 아니면 아예 한푼도 없다든지 하는 것은 중요하지 않았다. 셸리는 선물을 쌓아 놓고 냉장고에 특별 간식들을 채우는 방법을 찾아냈다. 사미는 현관의 피크닉 테이블 위에 산더미처럼 쌓여있는 선물들 사이로 들어갔다. 셸리는 그해 모든 여자아이들이 갖고 싶어 했던 봉제 인형인 파플을 딸에게 주었다. 캐시는 작은 하트 펜던트가 달린 금목걸이를 주었다. 감격한 사미는 곧장 목에 걸었다. 그것은 진짜 보석이었으며, 캐시가 특별했기 때문에 목걸이도 특별했다.

　모두들 즐거운 시간을 보내고 있을 때 엄마가 질문을 던지자 분위기가 싸늘해졌다.

　"어떤 선물이 제일 마음에 들어?"

　사미는 입이 귀에 걸리도록 싱글벙글 웃으며 목걸이를 만졌다. "캐시의 선물이요. 이 목걸이가 제일 좋아요! 예쁘죠?"

　"그래, 예쁘구나." 셸리가 말했다.

　나중에, 사람들이 모두 가고 난 후, 셸리는 허리띠를 꺼내더니 생일을 맞은 아이를 때렸다.

"이 배은망덕한 애새끼! 내가 파티를 준비했어. 내가 네 친구들을 불렀다고! 이 모든 걸 다한 사람이 바로 나라고. 너한테 예쁜 것들 줬잖아. 캐시의 목걸이는 새것도 아니었어! 집에 갖고 있던 거라고!"

엄마가 때린 곳이 따가워 눈물을 흘리며 사미는 귀중한 교훈을 얻었다. 제일 마음에 드는 선물은 언제나 엄마가 준 선물이어야 한다는 것이었다.

#

라라 왓슨은 레스 왓슨의 아내로서 배틀 그라운드 시절에 물려받은 의료 분야, 그중에서도 특히 노인요양시설 전문 일을 혼자 힘으로 잘 해내고 있었다. 당시 이혼한 지 2년이 넘었던 그녀는 밴쿠버의 NW 체리 스트리트에 있는 작은 집에서 살고 있을 때 셸리 노텍의 전화를 받았다. 흥분한 나머지 제정신이 아니었지만 대단히 명확했다.

셸리가 말했다. "확진됐어요. 비호지킨 림프종이래요."

그 소식에 라라는 가슴이 철렁했다. 라라는 울기 시작했다. 힘들었다. 여러 면에서 서로 다르긴 했어도 셸리는 가족이었다. 또한 엄마이기도 했으며 그녀에게 의지하는 어린 딸들이 있었다. 가슴이 미어지는 소식이었다.

셸리는 라라에게 치료를 받고 있긴 한데 병세가 아주 위중하다고 했다.

며칠 후, 셸리가 두 번째 전화를 걸어왔다. 이번에는 의사들이 틀렸다고 했다. 림프종이 아니라 뇌하수체 암이라는 것이었다.

라라는 그런 말을 들어본 적이 없었다. 의사들이 어떻게 그런 엄청난 실수를 저지르며, 게다가 치료 계획 중에 진단을 바꿀 수 있는지 의아했다.

훗날 라라는 말했다. "정말 이해가 되지 않았어요. 나도 의료 분야에 있었잖아요."

치료는 어떻게 되어 가고 있는지 물었다.

"상당히 안 좋아요. 살날이 얼마나 남았는지 모르겠어요. 전문의한테 가 보려고요."

셸리가 완쾌되지 못하면 손녀들을 키워달라는 부탁을 받을 수도 있겠다는 생각이 라라의 머릿속을 스쳐 지나갔다. 그건 괜찮았다. 손녀들 모두를 사랑하니까.

라라는 레이몬드로 도와주러 가겠다고 했지만 셸리가 이미 도와주는 사람이 있다고 했다.

"캐시가 우리 집에 와 있어요."

"캐시가 누군데?"

"내 미용사예요. 가장 친한 친구죠. 애들과 아주 잘 지내요. 내가 치료받는 동안 애들을 봐줄 거예요."

라라는 조금 미심쩍기는 했지만 따지고 들지 않았다. 빌어먹을 암에 걸리다니. 아무도 셸리를 몰아붙일 수 없었다.

그 후 몇 주 동안 캐시는 라라에게 전화 걸어 셸리가 치료를 진행하고 있으며 애들도 잘 지내고 있다는 소식을 들려주곤 했다.

"캐시는 정말 훌륭했어요. 처음부터 그랬죠. 얼마나 훌륭했는지 몰라요. 이렇게 저렇게 할 거라고 얘기했죠. 또 내가 전화할 때마다 받았어요."

한번은 캐시가 라라에게 말했다. "셸리는 너무 지쳐 있어요. 저는 지금 저녁 식사를 준비하면서 집안일을 하고 있어요. 아이들은 숙제하고 있고요. 아무튼 전 최선을 다하고 있어요."

그렇지만 관계에 금이 갈 조짐이 보였다. 언젠가 라라가 니키와 통화하고 있을 때였는데 전화선 너머로 비명을 지르는 소리가 들렸다.

"무슨 일이야, 니키?"

"아, 엄마가 캐시한테 또 화를 냈어요."

#

셸리의 암 치료는 매우 오랫동안 지속되었다. 지나칠 정도로 길었다. 라라 왓슨은 점점 의심스러워졌다. 그녀는 종양 전문의들에게 딸의 증상과 정체 모를 의사한테 받고 있는 모호한 치료법에 대해 말했다. 그들도 당최 이해할 수 없다고 했다.

어느 날, 셸리에게서 전화가 왔을 때 라라가 정곡을 찔렀다. 전에 한 번도 써 본 적 없는 말투를 썼다.

"셸리, 그거 알아? 난 네 암 수작에 질렸어."

셸리가 소리지르기 시작했다.

"의사들과 얘기해 봤는데 너 또 거짓말하고 있는 것 같구나."

셸리는 수화기를 쾅 내려놓았다.

몇 분 뒤, 캐시에게서 전화가 왔다.

"셸을 정말 속상하게 하셨어요."

"캐시, 이건 얼토당토않은 헛소리야. 암은 그렇지 않아."

"무슨 말을 하고 있는지 모르겠네요."

"지금 속고 있는 거라고."

그다음, 데이브에게서 전화가 왔다.

"라라, 당신 엄마 맞아요? 셸은 지금 인생을 건 싸움을 하고 있어요. 어떻게 딸 걱정을 하나도 하지 않으세요?"

라라는 데이브가 아내가 말하는 모든 것을 액면 그대로 받아들인다는 것을 알고 있었다. 그에게는 증거가 필요했다.

"데이브, 자네가 직접 의사한테 데려간 적 있어?"

"네."

라라가 집요하게 계속했다. "실제로 치료실에 들어가 본 적 있어? 의사들은 그걸 고집하는 거 알잖아. 가족은 치료에서 굉장히 중요한 부분이야."

"아뇨, 셸은 자존심이 너무 세서 나보고 기다리라고 해요."

"그럼 정맥주사 치료를 하는 동안 그 자리에 있어 본 적이 없다는 말이네?"

"네, 하지만 그녀가 거짓말할 이유가 없잖아요."

라라는 꺾이지 않았다. "그럼 어디서 기다려? 차에서?"

데이브는 굳건히 버티려고 애썼다. "대기실에서요. 온종일."

"음, 온종일이라." 그녀가 되풀이했다.

"네, 여덟 시간 동안이요."

"여덟 시간이나 걸리지 않아. 그래, 보험회사에서 보낸 청구서는 받아봤고?"

데이브는 셸리가 우편물을 받아서 자신은 본 적이 없다고 했다. 하지만 그래봤자 아무 의미도 없었다. 진실은 데이브를 납득시킬 수 없다는 것이었다. 그는 통화 중에 전화를 뚝 끊어버렸다.

라라는 훗날 말했다. "그는 대기실에 앉아 있었어요. 그걸 의심하지는 않아요. 데이브는 거짓말쟁이가 아니니까. 셸리는 아마 영화를 보러 가거나 점심을 사 먹으러 뒷문으로 나갔을 거예요. 뭐, 그건 나도 확실히는 모르죠. 하지만 그럴 확률이 높아요."

20장

캐시가 함께 지내게 되면서 라우더백 하우스의 역학관계는 계속 변하고 있었다. 변화는 느렸다. 서서히 뜨거워지고 있는 냄비 속 개구리 같았다. 캐시는 셸리의 게임이 정녕 무엇을 의미하는지 전혀 파악하지 못하는 것으로 보였다. 캐시는 외로웠고, 그동안 가족과 사이가 멀어졌으며, 수중에 돈도 없었다. 체구가 큰 여자였다. 황동색의 금발이었다. 재미있는 사람이었다. 지역 연맹에서 소프트볼을 했었다. 정기적으로 교회에 나갔었다. 여자들을 모두 한데 모아 애버딘에 있는 미용실에서 머리를 손질하던 시절 이야기로 깔깔 웃게 만드는 그런 여자였다. 노텍 집안으로 들어온 후 캐시의 그런 모습이 서서히 사라지기 시작했다. 누가 봐도 그런 성격이 차츰 없어지기 시작했다. 이제 막 시름시름 앓기 시작했다.

그때쯤 캐시에게는 셸리가 원하는 것은 무엇이든 언제나 지상명령이었다.

'알았어!'

'바로 할게!'

'다시 청소할게.'

캐시는 서서히 활기를 잃어갔다. 아무리 열심히 일해도 셸리는 만족하지 않는 것 같았다. 아기를 돌보고, 집을 청소하고, 저녁 식사를 차리는 것만으로는 충분하지 않았다. 심기를 건드릴 때마다 셸리는 주방 도구, 가전

제품 코드, 커피 테이블에 놓인 책 등 손에 잡히는 것은 무엇이든 집어 들어 때렸다. 호되게 때렸다. 캐시는 울부짖기도 하고, 때로는 떠나겠다고 협박하기도 했다. 급기야 셸리는 "이게 다 네 잘못"이라고 했다.

"네가 날 이렇게 할 수밖에 없도록 하잖아. 다시는 내게 이런 짓 하게 하지 마. 믿어도 되겠지? 이러쿵저러쿵 토 달지 마. 내가 시키는 대로만 하라고."

캐시는 잘못했다고 말하며 다시는 그러지 않겠다고 약속했다.

셸리는 그녀를 안아준 다음 알약을 한 움큼 줬다.

아이들은 도대체 무슨 일인가 하며 그 모든 상황을 지켜보았다.

셰인과 니키가 그 상황에 관해 얘기했다.

셰인이 말했다. "니네 엄마는 변태고 그걸 참고 견디는 캐시는 바보야."

니키는 그 말에 맞장구쳤지만, 좋든 싫든, 캐시가 집에 있는 것이 자신에게 가하는 압력이 줄어든다는 사실 또한 알고 있었다. 그것은 그녀를 안심시키는 동시에 슬프게 했다. 어느 누구도 엄마가 캐시를 다루는 식으로 다뤄져서는 안 되었다.

학대의 패턴이 악화되었다.

한번은 캐시와 셸리가 부엌문 옆의 언덕에서 그야말로 인정사정없이 육탄전을 벌이고 있었다. 셸리는 아직 토리를 임신 중이었고 캐시가 몸집이 훨씬 더 컸지만 두들겨 맞고 있는 것은 캐시였다. 셸리가 머리채를 휘어잡자 캐시가 비명을 내질렀다. 그런 다음 캐시를 세게 밀치자 땅바닥에 쓰러졌다. 셸리가 복부를 걷어차기 시작하자 캐시는 언덕 아래로 굴러떨어졌다.

캐시는 그토록 화나게 해서 뭐든지 다 잘못했다고 외쳤다.

다시는 그러지 않겠다고 약속했다.

믿기지 않는다는 듯, 니키는 창문에서 싸움을 지켜보았다. 엄마가 캐시에게 소리지르고, 굴욕감을 주고, 심리전을 벌이는 것을 본 적은 있지만 신체적으로 폭행하는 것을 본 적은 이번이 처음이었다. 니키는 실제로 그런 일이 벌어지고 있다는 것을 믿을 수 없었다.

하지만 사실이 그랬다.

셰인과 자매는 거실에서 셸리와 캐시가 말싸움하는 것을 본 적이 있었다. 셸리가 팔짱을 끼고 고개를 절레절레 흔들고 있었다.

캐시는 결백을 주장하고 있었다. "그러지 않았어." 셸리가 트집잡는 것이 뭐든 간에 캐시는 그러지 않았다고 주장했다.

셸리는 걱정스러운 얼굴을 하며 바로잡았다. "캐시, 네가 한 짓이 기억나지 않는다는 거구나. 네 말이 그 말이잖아. 기억이 안 난다는 거."

캐시가 셸리의 눈을 똑바로 쳐다보며 말했다. "난 그러지 않았어."

셸리는 고개를 저으며 친구에게 슬픈 표정을 지어 보였다. 아이들은 셸리가 어떻게 행동에 옮기는지 수도 없이 보았었다. 그녀는 다른 사람들이 절대 사실이 아닐 거라고 믿을 때 현실을 왜곡하는 방법을 갖고 있었다.

셸리가 반복했다. "캐시, 내가 너 사랑하는 거 알잖아."

의연했던 캐시의 모습은 온데간데없이 사라지더니 울기 시작했다.

"그래, 알아. 나도 사랑해."

"그럼 내가 하는 말을 믿어야지. 넌 밤에 몽유병이 있잖아. 정말 걱정돼 죽겠다."

"하지만 난 그런 기억 없어."

"그래, 당연히 기억에 없겠지."

셸리의 이해심이 만개하였다.

"캐시, 오늘 아침 네 침대 밑에서 레몬 머랭 파이를 봤지 뭐니."

캐시는 황당한 표정이었다. "거기에 둔 적 없는데."

20장
_____

127

"그러니까 네 말은 거기에 놓아둔 게 기억나지 않는다는 거잖아. 애들이 둔 건 아니었어." 셸리는 보고 있는 아이들에게 시선을 휙 돌렸다. "니들이 그랬어?" 니키는 최악의 학대 히트작 중 하나인 가스라이팅으로 돌아갔다는 것을 알아챘다. 니키도 그 수에 당해오고 있었다.

"아뇨." 아이들이 맞장구치며 끼어들었다. 셸리의 주의를 자신들 쪽으로 돌리지 않는 편이 좋았다. 하지만 니키는 엄마가 캐시의 침대 밑으로 파이를 슬며시 밀어 넣는 것을 보았다. 셸리가 사탕 봉지를 숨기는―발견하는―것도 보았다.

셸리는 다시 가장 친한 친구에게로 시선을 돌렸다. "얘, 캐시. 넌 낮에 너무 많이 먹어서 살이 빠지지 않는 거야. 그런데 이제 보니 몽유병일 때도 똑같이 하고 있는 거 같구나."

캐시는 당혹스러웠지만 결연했다. "아니야."

셸리는 집요했고, 그 후 몇 주 동안 캐시의 침대 밑이나 니키의 방과 사미의 방 사이의 벽감 어딘가에 숨겨져 있는 반쯤 먹은 음식을 몇 차례나 계속 발견했다. 한번은 니키에게 캐시의 침대 밑에 음식을 숨겨놓으라고 시켰다. 다음 날 아침 셸리는 캐시에게 "자면서도 먹고 있었다"며 "밤에 우리 음식을 몽땅 먹어 치웠다"라고 말할 수 있었다.

"간밤에 네가 냉장고 여는 소리를 들었어." 셸리는 중재하는 척하며 또다시 대치국면에 돌입했다. "한밤중에 돼지처럼 먹었잖아. 이제 그런 짓 그만둬야 해!"

캐시가 애걸했다. "잘못했어. 노력하고 있어."

딸들과 셰인은 어리긴 했지만, 시간이 흐르면서 캐시가 셸리에 맞서 자기주장을 고수하는 능력이 흔들리는 것을 알 수 있었다. 꼭 데이브처럼. 꼭 자기들처럼.

셸리가 캐시를 마주할 때면 니키는 캐시의 눈동자가 흔들리는 것을 볼 수 있었다.

셸리가 말했다. "너 어젯밤 잠든 채 셰인의 방에서 벌거벗고 걸어 다녔어. 셰인이 내게 말해줬어."

캐시는 겁먹은 얼굴을 하고 있었다. "그러지 않았어, 셸."

"그랬어. 셰인이 너를 **봤다니까**. 네가 셰인을 원하는 건 알겠지만, 당장 그만둬야 해. 난 우리 집에서 그런 일이 일어나는 것을 원치 않아."

캐시는 어떻게 된 영문인지 잠시 생각해보려 했다. 아연실색할 만한 혐의였다. 셸리는 현재 30대 여성인 캐시가 미성년자인 10대 소년과 성관계를 갖고 싶어 한다는 것을 암시하고 있었다.

"절대 그러지 않았어. 약속해. 약속한다고. 그러지 않았어."

셸리는 동정 어린 눈길로 캐시를 바라보았다.

"캐시, 넌 네가 지금 무슨 짓을 하고 있는지 모르는구나. 정말 모르는구나. 여기 있어." 셸리는 가더니 셰인을 데려왔다.

"캐시한테 말해."

셰인은 자못 심각한 얼굴로 셸리의 이야기를 뒷받침했다.

"그랬어요. 어젯밤에, 캐시. 아줌마를 봤어요."

캐시가 울기 시작했다. 고발자들을 마주하자 어안이 벙벙한 모습이었다.

"그러지 않았어. 둘 다 틀렸어."

셰인은 확고했다. "아줌마가 그랬어요. 내가 봤어요. 다 봤다고요."

캐시는 눈물을 흘리며 방으로 달려갔다.

셰인은 나중에 니키에게 그 이야기가 거짓말이라고 했다.

20장

"캐시는 내 방에서 벌거벗은 채로 있지 않았어. 니네 엄마한테 동조해야 했어."

니키는 이해했다. 그녀도 똑같은 일을 했다. 2대 1은 셸리가 가장 좋아하는 공격 방식이었다. 보통은 셸리와 데이브가 한패였다. 가끔은 딸들도 가담시켰다. 셰인을 끌어들이는 경우도 있었다. 주로 캐시를 괴롭힐 때였다.

"니네 엄마는 뒤틀려 있어, 닉." 셰인이 말했다.

"사이코야." 니키가 맞장구쳤다.

"사람들이 모두 자신의 개소리를 실제로 믿을 정도로 멍청하다고 생각해."

"캐시는 믿잖아."

"난 니네 엄마가 콩으로 메주를 쑨다고 해도 안 믿어." 셰인이 말했다.

"나도 그래. 입만 열었다 하면 거짓말이야." 니키가 말했다.

말은 거칠게 했지만, 둘을 지지하는 사람도 상황에 대처할 만한 능력도 없었기에 대놓고 셸리를 비난할 수는 없었다. 그들도 마찬가지로 셸리가 시키는 대로 뭐든지 했다. 두 십 대 아이는 자신들이 왜 가담했는지를 알고 있었다. 그들에게는 생존 방식이었다. 엄마의 요구를 거스르는 것은 알몸으로 벗겨져 진흙탕에서 뒹굴거나 전선으로 구타당하는 것을 의미했다. 혹은 그날 막 만들어낸 다른 처벌을 받는다는 것을 뜻했다. 그들은 미지의 처벌에 대한 두려움으로 인해 고분고분 따를 수밖에 없었다.

"그래, 우린 시키는 대로는 하지만 믿지는 않아." 셰인이 말했다.

"우리가 믿지 않는다는 걸 알면 우리한테 미쳐 날뛰겠지."

#

캐시가 셸리를 열받게 하는 어떤 일을 했다. 니키는 많은 아이들이 어렸을 때 벌 받을 만한 무슨 일을 했는지 콕 집어 말할 수 없는 것과 마찬가지로 그게 무슨 일이었는지 기억할 수 없다. 니키가 기억하는 것은 셸리가 계단 꼭대기에서 캐시의 등에 발을 갖다 대더니 굴러떨어지게 했다는 것이었다. 바닥에 쓰러져 움직이지 않는 캐시를 보며 셸리는 멍청하고 꼴사납다며 욕을 퍼부었다. 아이들은 한마디도 하지 않는 법을 배운 지 오래였다. 엄마가 하는 어떤 일에든 주의를 기울이는 것은 새로운 표적이 되는 데 일조할 뿐이었다.

셸리는 캐시의 특권을 빼앗기 시작했다. "못돼먹어 가지고, 없이 사는 법을 배울 필요가 있어." 그것은 캐시가 라우더백으로 들어올 때 갖고 온 많은 물건들을 더는 가지지 못한다는 것을 뜻했다. 사진, 컨트리 뮤직 음반, 뜨개질 용품부터 시작해 개인용품들을 압수했다. 그런 다음 대부분의 옷을 없애기 시작하더니 팬티 하나, 브래지어 하나, 무무(하와이 여성의 민속 의상-옮긴이) 하나만 남겨 놓았다.

며칠 만에 무무도 없어졌다.

그 후, 속옷이 사라졌다. 캐시는 벌거벗은 채 집 안팎에서 허드렛일을 했다. 변기를 쓰려면 허락을 맡아야 한다는 말을 들었다. 사전에 승인하지 않으면 목욕도 할 수 없었다. 이윽고, 정원 호스로 바깥에서 목욕을 했다.

벌거벗은 캐시를 보면서도 그것에 대해 언급하지 않는 것은 노텍 집안의 방식이 되어버렸다. 셸리가 시키는 대로 일하는 동안 아이들은 텔레비전을 시청했다. 아이들은 고개 들어 쳐다보지도 않았으며, 당연히 어떤 말도 하지 않았다.

때로는 알 수 없는 위반을 했다며 그 벌로 캐시를 옷장에 가두었다. 사미는 안에서 몸을 움츠리고 있는 캐시에게 엄마가 문 사이로 살살 달래는 말로 속삭이는 것을 들었다.

"이젠 괜찮을 거야."

캐시가 옷장 안에서 알아들을 수 없는 말을 중얼거렸다.

"널 해치게 하는 건 옳지 않아, 캐시. 내가 아무도 널 해치지 못하게 할 거야. 사랑해, 캐시. 내가 널 안전하게 지켜줄게."

사미는 엄마가 어떻게 그렇게 캐시를 가혹하게 처벌할 수 있는지, 또 그런 다음에는 언제나 마치 무슨 피해로부터 구해주는 것처럼 구는지 의아해하며 살금살금 그곳에서 빠져나왔다.

셸리가 그들 모두에게 한 일이 바로 그런 일이었다. 그렇지만 엄마의 학대가 캐시에게 집중되면서 사미에게는 다소 안도감을 주는 면이 있었다. 사미는 형제자매 대신 벌을 받는 사람이 캐시라는 사실이 기뻤다. 마음 한켠에서는 캐시가 계속 집에서 지내는 것이 고맙기까지 했다. 그녀가 떠난다면 아이들이 또다시 엄마가 특히 좋아하는 표적이 되리란 걸 잘 알고 있었다.

사미는 캐시를 강한 여자로 보았다. 엄마보다 몸집이 컸다. 똑똑하기도 했다.

"나는 계속 캐시가 어른이라고 생각했어요. 그녀에겐 차가 있었어요. 그녀의 엄마의 차가 아니었어요. 어린애가 아니었단 말이죠. 원한다면 박차고 일어나 떠날 수 있었습니다." 사미는 세월이 지난 후 곰곰이 생각하며 말했다. "나는 모든 것을 이해하지 못했어요. 어린애였잖아요. 하지만 속으로는 '대체 왜 그러세요? 얼른 떠나야 해요!'라고 생각했어요."

마찬가지로 느낀 니키가 셰인에게 말했다. "캐시가 잘못될지도 몰라. 얼른 여기서 나가야 해."

그렇다 하더라도 니키는 이렇게 회상했다. "캐시가 함께 있는 동안에는 별로 심하게 맞지 않았어요. 나를 잠시 방치하기로 한 것 같았죠."

노텍 아이들에 대한 학대가 잠시 멈춘 것은 엄청난 대가가 따라왔다. 못 본 척하는 것은 엄마로부터는 안전하게 해주었지만, 평생 뇌리에서 떠나지 않고 괴롭힐 것들을 받아들여야 하는 세상에서 살게 했다.

#

셀리는 아무런 자비심도 보이지 않았으며, 시간이 지나면서 캐시에게 획책한 일부 처벌에 아이들을 적극적으로 가담시켰다. 니키와 사미는 엄마의 지시에 따라 캐시가 집안일을 하려고 계단을 내려가는 동안 고무줄을 딱-하고 쏘았다. 몸이 약해진 그녀는 셀리가 만족할 만큼 재빨리 움직이지 못했다.

셀리가 층계참에서 외쳤다. "캐시를 맞혀!"

엄마의 명령을 무시하기에는 너무 무서웠던 사미는 벌벌 떨며 시키는 대로 했다.

그렇지만 셀리의 명령대로 한 것은 대부분 셰인이었다.

셀리가 발길질을 하거나 주먹질을 하라고 하면 그는 시키는 대로 했다. 즐겁게 한 게 아니라 시키는 대로 하지 않으면 셀리가 얼마나 빨리 자신에게로 공격을 돌릴 수 있는지 알기에 그랬다. 만약 셀리가 원하는 것을 하지 않으면 진흙탕에서 뒹굴거나 강력 접착테이프로 알몸을 벽에 붙여 놓거나 옷이나 담요도 없이 콘크리트 바닥에서 잠을 잘 수밖에 없었다. 셰인이 그렇게 한 데는 또 다른 이유도 있었다. 자신과 주변사람들에게 한 짓에 대한 증오만큼이나 고모 셀리는 셰인에게 엄마에 가장 가까운 존재였다.

그는 셀리를 기쁘게 해서 자기편으로 만들고 싶었다. 그래서 그녀가 원할 때, 그녀가 원하는 일을 했다.

사미는 그때를 떠올렸다. "캐시는 셰인을 두려워했어요. 엄마의 명령에 따라 벌을 내리는 고통의 근원으로 여겼죠. 주먹으로 때렸어요. 발로 찼어요. 엄마가 시켰기 때문에 그렇게 한 거였죠."

셸리는 온갖 방법과 요령을 동원했다.

한번은 캐시가 셰인을 피해 달아나려고 계단을 뛰어 올라가고 있을 때, 셸리가 나타나 캐시를 보호하려고 두 팔로 감싸 안으면서 돌연 가해자가 아닌 구원자가 되었다.

또 한번은 캐시가 없어지자 집 안에 있던 사람들 모두가 그녀를 찾아 나섰다. 안팎을 다 뒤졌다.

셸리가 말했다. "어딘가에 있을 거야."

사미가 엄마의 옷장 속에서 움츠리고 있는 그녀를 찾아내기 전까지는 아무도 찾을 수 없었다.

알고 보니 그곳에 숨긴 사람은 바로 셸리였다. 사미는 엄마가 캐시에게 하는 말을 우연히 들었다.

"괜찮을 거야." 셸리가 살살 달래듯 말했다. "내가 여기서 널 지켜줄게. 나랑 있으면 안전해, 캐시. 약속해. 아무도 너를 해치지 못할 거야. 셰인도 널 해치지 못할 거야. 아무도 해치지 못할 거야."

캐시는 도와줘서 고맙다고 울며 셸리에게 매달렸다.

사미가 말했다. "엄마는 그날 내내 캐시가 어디에 있는지 모르는 것처럼 행동했어요. 하지만 알고 있었죠. 캐시를 몇 시간 동안이나 옷장에 들어가 가만히 있으라고 시켰어요. 셰인이 해치지 못하게 하려고 했다지만 실제로는 그게 아니었어요. 자기편을 드는 '엄마'처럼 느끼게 하려고 의도한 거였어요. 그게 아니었는데."

사미는 캐시를 옷장에서 벗어나게 해주었다.

그게 마지막도 아니었다.

가끔 사람들이 집에 들르면 셸리는 그들이 떠날 때까지 캐시를 옷장에 가둬두곤 했다. 얼마나 오래 걸리는지는 중요하지 않았다. 몇 시간이 걸릴 때도 있었다. 캐시는 바닥에 털썩 주저앉아 한줄기 햇살을 참을성 있게 기다렸다.

#

캐시의 체중이 줄었다. 살갗은 멍들고 여기저기 긁힌 자국이 있었다. 이가 제 기능을 하지 못하기 시작했다. 길고 탐스러웠던 머리칼은 셸리가 미친 듯이 가위질을 해서 흔적도 없이 잘려 나갔다. 니키는 아이들이 엄마에게 학대당하고 있을 때 캐시가 어떻게 바라보았는지에 대해 생각했다. 캐시가 마치 자기 일인 양 공감 어린 눈길로 **자신을** 응시했을 때 뭉클해서 목이 메었었다.

'공감.'

엄마가 상처를 입히고 굴욕감을 주는 초점이 되었던 캐시는 아이들을 공감의 눈길로 바라보았었다.

캐시는 아이들 누구에게서도 구명밧줄을 받기를 거부했다. 만약 아이들이 자신을 돕기 위해—구하려고—애쓴다면 아이들이 엄마와 아빠의 다음 희생자가 될 것임을 알고 있었기 때문이다.

한번은 이렇게 말한 적이 있었다. "너희들이 나를 도울 수 있으면 좋겠어. 하지만 그래선 안 된다는 걸 알아."

캐시가 아이들을 구하려고 자신을 희생한 것은 아니라고, 니키는 생각했다. 캐시는 현실적으로 상황이 매우 절망적이라는 것을 잘 알고 있다.

그녀 자신을 위해서였다.

세월이 흐른 뒤 니키는 말했다. "캐시가 우리한테 이래라저래라하는 것에 짜증났었어요. 가끔은 정말로 마음에 들지 않았죠. 우리 아이들에게는 눈엣가시였어요. 엄마는 그녀에게 힘을 잔뜩 실어 주면서 그녀로 하여금 필요한 사람, 중요한 사람이라고 느끼게끔 했어요. 어떤 십 대도 낯선 사람이 와서 대장 노릇하는 걸 원하지 않잖아요. 그렇지만 그녀가 공감 어린 눈길로 바라보던 바로 그때, 나는 그녀가 진짜로 어떤 사람인지 알았어요. 그녀는 정말 좋은 사람이었어요."

21장

노턱 부부가 어디 다른 곳으로 휴가를 떠날 돈이 있다고 해도 워싱턴주에서 캠핑을 하는 것보다 더 마음에 드는 활동을 하지는 못할 터였다. 데이브는 태평양 북서부의 울창한 상록수 숲과 험준한 바위투성이 해안가를 낀곳에서 성장했다. 셸리도 마찬가지였다. 퍼시픽 카운티와 그레이스 하버 카운티 주변의 숲은 녹음이 짙고 부슬비가 자주 내렸으며 잿빛 그늘로 뒤덮여 있었다. 눈부신 빛깔은 아니었지만 무척 아름다웠다. 그들은 캠핑 의자와 아이스박스, 텐트를 차곡차곡 포개 싣고 웨스트포트의 캠핑장까지 차를 몰았다.

데이브, 셸리, 셰인, 딸들이 탄 적갈색 도요타 차량에는 자리가 없었기에 캐시는 트렁크에 탔다. 설령 자리가 있더라도 캐시는 트렁크에 탔을 것이다. 셸리와 데이브가 트렁크에 타도록 했기 때문이다. 이상하게도 캐시는 트렁크에 타는 것에 대해 반기를 들지 않았다.

사미는 훗날 말했다. "그것 때문에 싸웠던 기억은 없어요. 불평하는 말을 들은 기억도 없어요. 엄마는 "캐시, 캠핑 갈 거야. 자, 트렁크에 타"라고 말했죠."

이사 온 지 1년 만에 캐시는 가족 내에서 노예처럼 굽실거리는 이상한 자리를 차지했다. 캠핑과 같은 가족 나들이에 포함되긴 했지만 온전히 포함된 것은 아니었다. 캠핑 가서 아이들이 마시멜로나 핫도그를 굽는 동안 그녀는 옆쪽으로 멀찍이 떨어져 있었다. 셀리나 데이브가 아침에 커피를 마시거나 하루가 끝날 즈음 맥주를 마실 때 함께 앉아 있지도 않았다. 그녀는 갖고 온 물품들을 꺼냈다. 텐트를 쳤다.

사미가 이야기했다. "마치 "캐시, 이거 해. 캐시, 저것도 해" 따위와 같은 것이었어요. 엄마를 위해 일하려고 거기에 있던 것이지 여행의 구성원은 아니었던 거예요. 시키는 대로 다 했어요. 근데 말이죠, 당시에는 그게 이상해 보이지 않았어요. 우린 애들이었잖아요. 그냥 원래 그런가 보다 했어요."

첫날 밤 텐트에서 다른 사람들과 자는 대신 캐시는 차 밑에서 잤다.

다음 날 밤, 셀리는 캐시의 잠자리를 위한 또 다른 계획을 갖고 있었다.

"트렁크에서 자는 것도 재미있을 거야, 캐시!" 니키는 캐시에게 트렁크 안으로 들어가는 것을 도와주겠다고 한 다음 트렁크 문을 어중간히 닫으며 엄마가 그렇게 말하던 모습을 떠올렸다.

"그러면서 엄마가 깔깔 웃었던 기억이 나요. 다음 날 아침, 캐시는 일어나면서 트렁크 밖으로 떨어졌어요. 땅바닥에 정말 세게 떨어졌어요."

#

셀리는 지독히도 게을렀다. 캐시 외에는 누구도 반박하지 못할 터였다. 누워있는 곳마다 주위에 접시가 쌓여있었다. 때로는 음식이 딱딱하게 굳어서 접시에 들러붙어 있기도 했다. 빨랫감도 마찬가지로 아무도 깨끗한 옷을 입을 수 없을 때까지 에베레스트산처럼 쌓여갔다.

한번은 셀리가 딸들에게 모두 빨래방에 가야 한다고 했다.

"캐시 데려가. 오늘은 혼자 둘 수 없어."

딸들은 더러운 옷들이 잔뜩 담긴 대형 비닐봉지들을 차에 실었고, 캐시는 트렁크에 탔다.

그때쯤 캐시의 몸은 더 약해졌는데, 사미는 캐시가 나아지지 않으리라는 걸 확실히 인지하고 있었다. 분명히 악화되고 있는데도 셸리는 캐시가 나아지고 있다고 계속 주장했다.

빨래방에 도착해서 세탁기 여섯 대를 채운 후, 사미는 캐시의 상태를 확인하려고 차를 세워둔 곳으로 갔다. 셸리가 어떤 이유로든 캐시를 내보내지 말라고 딸들에게 경고했기 때문에 트렁크 사이로 말을 걸었다.

"괜찮으세요?" 사미가 물었다.

"응, 괜찮아." 캐시가 말했다. "빨래는 어떻게 되고 있니?"

"잘되고 있어요."

"바깥 날씨는 어때?"

"좋아요. 정말 좋아요."

사미는 속이 메스꺼워서 안에 들어갔다가 잠시 후에 돌아와 캐시의 상태를 확인했다.

"지금 건조기 돌리고 있어요. 오래 걸리지 않을 거예요."

"난 괜찮아." 트렁크 문 아래에서 대답하는 캐시의 목소리는 웅얼웅얼 잘 알아들을 수 없었다. "이따 얘기하자."

대화는 그런 식이었다. 아무렇지도 않다는 듯 일상적이었고 위협적이지도 않았다. 트렁크에서 나오려고 주먹으로 쿵쿵 치지도 않았고 버둥거리지도 않았다. 후미등을 걷어차려 하지도 않았다. 내부가 어둡다거나 덥다거나 불편하다고 불평하지도 않았다. 순응했다. 조용했다. 집에 도착할 때까지 기다리고 난 뒤에야 트렁크에서 나와서 셸리를 돕는 일을 더 했다.

트렁크에 타고, 집에서 벌거벗은 채 일하고, 셸리가 건네는 약이라면 무엇이든 삼키며 그 모든 것을 참는 순간에도 셸리는 여전히 학대를 가중시킬 방법을 찾고 있었다.

그래도 된다는 이유만으로 그랬다.

딸들은 캐시가 머리에 둥근 사발을 얹고 현관에 앉아 있는 동안 셸리가 미용 가위를 휘두르며 길고 구불구불한 머리칼을 싹둑싹둑 잘라내는 모습을 공포에 떨며 지켜본 적이 있었다. 미용사인 캐시에게는 명함과도 같은 머리칼이었다. 캐시의 뺨 위로 눈물이 주르륵 흘러내렸다. 조용히. 잘려나간 머리칼이 현관에 듬성듬성 둥지를 틀고 있었다.

"얘들아!" 캐시의 머리칼을 난도질한 뒤 셸리가 불렀다. "새 머리 모양 좀 봐! 단발머리 너무 귀엽지 않니?"

진짜 생각을 얼굴에 드러내지 않고는 차마 똑바로 쳐다볼 수 없었다. 엄마가 저지른 짓에는 귀여운 면이라고는 눈곱만큼도 없었다. 니키는 여태껏 본 머리 모양 중 최악이라고 생각했다. 너무나 형편없었기에 의도적이라고 생각할 수밖에 없었다.

니키가 말했다. "아, 네. 마음에 들어요. 정말 귀여워 보여요!"

사미는 토 나올 것 같았지만 어쨌든 맞장구쳤다. "정말 귀여워요, 캐시!"

다른 말을 하면 나쁜 일이 생기리라는 걸 그들은 알고 있었다. 어쩌면 캐시에게 나쁜 일이 생길 수도 있었다. 어쩌면 그들 중 한 명에게 생길 수도 있었다. 엄마와 함께 있으면 무슨 일이 닥칠지 알 수 없었다. 어쩌면 셸리는 예전에 애너 할머니가 굴욕감을 느끼게 했던 머리 모양에서 보기 흉하게 잘라야겠다는 아이디어를 얻었을 수도 있다. 당시 애너 할머니는 셸리의 계모인 라라에게 따끔한 맛을 보게 하려고 의도한 것이었다. "네가 애 머리를 제대로 빗겨 주지 않아서 잘라버렸어!"

라라처럼 니키도 입을 꾹 다물고 있는 법을 배웠다. 모두 집 안으로 들어갔다.

"캐시는 왜 엄마가 그런 짓을 하도록 내버려 두는 걸까?" 엄마가 들리지 않는 곳에서 니키가 물었다.

사미는 알지 못했다. 그렇지만 셰인의 견해는 한결같았다.

"니네 엄마는 미쳤어. 그래서 그래. 캐시는 니네 엄마를 완전 무서워해. 우리 모두처럼 말이야."

22장
_____

약 때문이 틀림없었다. 캐시는 거처를 옮겨오기 전에는 평범한 사람이었다. 세상 돌아가는 일에 대한 견해를 갖고 있었다. 정체성이 있었다. 연타로 때려도 휘청거리는 샌드백이 아니었다.

셰인과 니키는 캐시에게 무슨 일이 일어나고 있는지 알아내려고 뒷조사를 시작했다. 엄마가 집을 비우고 캐시가 허드렛일을 하는 동안 살금살금 안방으로 들어갔다.

셰인이 말했다. "엄마가 캐시에게 뭘 먹이고 있는지 보자."

셸리는 서랍장 위와 침대 옆 탁자에 약병들을 늘어놓고 있었다. 1층에 있는 약상자에도 로라제팜, 니트로퀵, 아테놀올, 알타스, 팍실을 포함해 수십 개의 처방약들이 진열되어 있을 정도로 진짜 약국이나 다름없었다.

어리둥절할 정도로 다양했다.

대부분 전에 들어본 적도 없는 약들이었다. 퍼시픽 카운티의 의사들이 내린 처방약으로 레이먼드, 사우스 벤드, 애버딘의 여러 약국에서 조제된 약들이 가득했다.

반은 녹색 반은 흰색인 캡슐에 담긴 프로작이 제일 쉽게 알아볼 수 있는 것이었다.

니키가 말했다. "이게 늘 엄마가 캐시에게 주는 거야."

셰인이 알약 하나를 입에 털어 넣어 삼켰다.

훗날 니키가 말했다. "약을 삼키고 20분쯤 지나자 몽롱해서 제정신이 아니었던 것 같은 기억이 나네요."

캐시를 약에 취하게 하고 있던 게 분명했다.

나중에 몇몇 사람들은 셰인이나 딸들에게도 가끔 약에 취하도록 하지 않았을까 궁금해했다.

#

니키와 셰인의 유대가 깊어졌다. 그들은 함께 학대당하는 데다 반복적인 모욕과 굴욕과 고통스러운 처벌에 사미를 쏙 빼고 자신들만 지목되었다는 사실로 인해 자연스럽게 더욱 가까워졌다. 캐시가 오자 그들은 비로소 안도감을 느꼈다.

그들은 어떻게 하면 그 고통을 끝내고 셸리에게서 세상을 구원할 수 있을까 공상에 잠기며 십 대 아이들이 하는 식으로 공모했다.

셰인은 이렇게 말한 적이 있었다. "마룻바닥 밑 같은 데 있잖아. 그녀를 거기다 가두자."

니키가 말했다. "다락방은 어때? 달아날 수 없는 곳이면 어디든 좋아."

"그래. 그런데 진지하게 물어보자. 니네 엄마는 왜 그렇게 미친 거야?"

니키가 어깨를 으쓱했다. "내가 어떻게 알겠어?"

셰인이 잠시 생각했다. "그래, 하긴 그냥 미친 사람들도 있으니까. 난 여기서 도망칠 거야."

"나도."

"아니, 난 정말로 도망칠 거야."

니키는 자신도 셰인이 말한 대로 할 용기가 있으면 좋겠다고 생각했지만, 무언가가 그 집에서 꼼짝 못 하도록 하고 있었다. 그녀는 입으로만 그럴 듯하게 말했지 달아나겠다는 염원을 실행에 옮길 수는 없었다.

셰인은 그래도 몇 차례 시도는 했다.

셰인이 도망치겠다는 맹세를 행동에 옮길 때마다 니키는 엄마가 그를 찾으려고 딸들을 차에 태우고 돌아다닐지라도 그에게는 그것이 최선이고 내심 응원한다고 속으로 되뇌었다. 니키는 기어이 그가 어딘가로 도망갈 거라는 희망을 접은 적이 없었다.

셰인이 고모네 집에서 탈출하고 싶은 데는 그만한 이유가 있었다.

셸리는 항상 그를 다치게 할 새로운 방법을 생각해내는 것 같았다.

한번은 부엌 서랍에 있는 강력 접착테이프와 화장실 약상자에 있는 통증완화 크림을 찾으러 갔다. 처음에는 구타로 시작했다가 점점 더 기괴해지고 있는 최신 형벌이 구체화된 것이었다. 딸들이 지켜보는 가운데 옷을 벗으라고 하더니 발목과 손목을 묶었다. 그는 항의는 했지만 덤벼들지는 않았다. 저항하지도 않았다.

그다음, 현관 옆 구석으로 밀어 넣더니 성기에 통증완화 크림을 발랐다. 그는 따가워서 꽥꽥 비명을 질렀다.

셸리가 말했다. "다신 그러지 마."

세월이 지나도 아무도 그 십 대 아이가 도대체 무슨 일 때문에 그러한 처벌을 받았는지 기억해낼 수 없었다. 아이를 궁지로 몰아 극단으로 밀어붙이는 것은 엄마의 전매특허였다. 셰인은 굴욕감을 느끼며 화도 났지만 그렇게 하도록 내버려 두었다.

#

엄마와 언니는 가게에 가고 없었다. 어떤 일 때문에 셰인에게 몹시 화가 난 셸리는 사미에게 잘 지켜보고 있으라고 했다. 셸리는 옷을 다 벗으라고 하더니 손목과 발목에 테이프를 감고는 현관 옆 구석으로 밀쳤다.

"저대로 꼼짝 말고 있게 해." 집을 나서기 전에 사미에게 말했다.

차가 출발하는 소리를 듣자마자 사미는 엄마가 집을 나설 때마다 항상 하던 일—**모두가** 하던 일—을 했다.

사미는 화장실로 갔다.

셸리는 절대로 아이들이 허락 없이 또는 문을 활짝 열어놓지 않고서는 변기를 쓰지 못하도록 했다. 대부분의 경우, 셸리는 아이들이 볼일을 볼 때 옆에 앉아서 마치 과학 실험인 양 지켜보았다.

사미가 볼일을 마치고 거실로 돌아왔을 때 셰인은 사라지고 없었다.

당황한 사미는 집과 마당 주위를 샅샅이 살펴보았지만 셰인은 없었다. 그가 달아났다는 사실에 화가 치밀었다. 엄마가 그들 모두를 차에 태우고 온종일, 밤새도록, 수색하러 다닐 게 빤하다는 것을 알기에 화가 머리끝까지 났다. 시간이 얼마가 걸리든 상관없었다. 셸리는 그런 식으로 끈질겼다. 그녀는 사냥꾼이었다. 그 아이를 찾을 때까지 멈추지 않았다. 다음 날 학교에 가든지 말든지 사냥 여행은 새벽 세 시까지 계속되었다.

날이 어두워져서야 사미는 이웃의 장작 헛간에서 셰인을 발견했다.

"오빠, 집에 돌아와야 해. 엄마는 지금 미쳤어. 엄마가 오빠를 찾아낼 거란 거 알잖아."

셰인이 집으로 돌아왔을 때 셸리는 한마디도 하지 않았다. 그는 알몸이었고 온몸이 꽁꽁 얼어 있었다. 울고 있었다.

그녀가 잔뜩 노려보았다.

"잘못했어요, 엄마. 다신 그러지 않을게요."

마침내 셸리가 그 아이에게 무슨 생각을 하고 있는지 물으며 말을 건넸다. 말투가 갑자기 상냥해져서 마음이 놓였다. 마치 잃어버린 새끼 고양이를 발견하고는 집에 데려가려고 번쩍 들어 올리는 것 같았다.

"우린 널 사랑해, 셰인. 그렇게 깜짝 놀라게 하지 마. 왜 우리를 떠나고 싶어 하는지 모르겠구나."

노텍 가족이 타코마 북쪽에 있는 '와일드 웨이브즈 테마 워터파크'에 가고 있을 때, 셰인이 또다시 달아난 적이 있었다. 셸리는 즉시 놀러 가는 것을 중단하고 그를 추적하러 나섰다. 니키와 사미는 그렇듯 반복되는 훈련을 잘 알기에 가슴이 철렁 내려앉았다. 그들은 결국 워터파크에 갈 기회를 놓쳤고, 엄마는 사촌을 찾을 때까지 수색했다.

이틀 동안 찾아다녔다. 먼저, 레이몬드에서 함께 살려고 오기 전에 셰인이 살았던 틸리쿰 근처를 살펴보았다. 아주 작고 금방이라도 무너질 것 같은 집을 하나하나 다 뒤졌다. 황폐한 차고 뒤도 일일이 뒤졌다. 거대한 쇼핑몰인 타코마몰의 상점마다 샅샅이 뒤졌다. 셰인은 없었다.

셸리는 심지어 셰인이 어디로 갔는지 알아보려고 타코마에 있는 점쟁이에게 들르기도 했다.

니키는 뺨을 후려맞을 각오를 하며 말했다. "엄마, 셰인은 우리와 있고 싶어 하지 않아요. 그만 보내주세요."

셸리는 니키의 말을 무시하며 셰인을 찾으려고 계속 눈을 굴렸다.

그러는 내내 니키는 셰인을 찾지 못하게 해달라고 기도하고 있었다.

'하나님, 제발, 셰인이 달아나게 해주세요. 엄마는 악마예요. 셰인은 떠나야 해요. 셰인을 안전하게 지켜주세요.'

하나님은 분명 그녀의 기도를 듣지 못했다. 둘째 날 수색 몇 시간 만에 셸리는 다루기 힘든 조카를 발견하고는 다른 어떤 것보다 의미 있는 말로 살살 구슬리며 차에 태웠다.

그를 얼마나 많이 사랑하는지 말했다.

그때까지 그가 알고 있던 말들은 다 거짓이어야 했다.

"셰인, 너 때문에 놀랐잖아." 마음을 달래주는 목소리에 걱정하는 듯한 태도였다. "다신 그러지 마. 걱정돼 죽는 줄 알았어. 애들도 얼마나 걱정했는지 몰라. 우린 널 사랑해."

23장

셸리는 토리와 아기 침대를 더는 1층의 안방에 둘 수 없다는 결정을 내린 뒤, 캐시에게 니키와 사미의 방 사이에 쓰고 있는 공간을 포기하라고 했다.

"아래층에 널 위해 아늑한 방을 마련했어."

그때쯤, 캐시가 이사 올 때 갖고 온 침실 가구와 옷 같은 대부분의 개인 용품들은 사라지고 없었다. 캐시는 불평하지 않았다. 자기주장을 고수하는 방법을 잊어버린 것 같았다. 셸리에게 꽉 잡혀 살았다.

"아늑한 방"은 부적절한 명칭인 것으로 판명났다. 계단 오른쪽이 캐시의 새 방이었다. 기름 보일러실로, 셰인이 자는 외풍이 심한 지하실의 반대편에 있었다. 가로 1.5미터, 세로 2.5미터의 공간은 콘크리트 바닥에다 벽은 마감이 덜 되어 못들이 삐져나와 있었다. 모래투성이에 여름철에도 몹시 추웠다. 공간이 너무 좁아서 매트리스 하나만 간신히 들어갈 수 있었다.

캐시는 지하실에서 살아야 하는 것에 대해 좀 슬퍼하는 기색이었지만 그렇다고 불평하지는 않았다. 그렇게 하는 게 토리에게 더 낫다고 셸리가 말했기 때문에 군말 없이 받아들였다.

"거기 아래층이 마음에 쏙 들 거야, 캐시."

사미는 전혀 마음에 들지 않았다. 캐시가 어쩔 수 없이 아래층의 그 끔찍한 곳에서 지내야 한다고 생각하자 신물이 나올 것 같았다. 캐시가 보일러실로 옮긴 지 얼마 되지 않아 사미는 캐시의 물건들이 든 상자를 발견했

다. 엄마는 캐시가 심기를 상하게 하는 짓을 저질렀기 때문에 자신에게 내
준 것이라고 했었다. 사미는 지하실로 포스터를 몇 장 가져와 붙여 놓았다.
사미가 무슨 일을 하고 있는지 깨닫자 캐시는 극도로 당황하기 시작했다.

"그러지 마." 캐시가 말했다.

"괜찮아요."

"안 돼, 제발 그러지 마." 캐시가 고집했다.

사미는 계속해서 하던 일을 했다. "이곳을 좀 좋게 만들 거예요. 더 나
은 곳으로요."

캐시는 겁이 났다.

"사미야, 제발. 그러지 마." 그녀가 간청했다.

사미는 두려움을 이해할 수 없었다. 엄마가 좋아하지 않을 수도 있다는
건 알고 있었지만 여긴 캐시의 방이었고, 냄새도 고약하고 끔찍해 보였다.
좀 더 좋게 만들고 싶었다. 훌륭한 정도까지는 아니더라도. 그냥 좀 나아졌
으면 했다.

캐시는 친딸보다도 셸리를 더 잘 알고 있었다.

사미가 한 일을 본 셸리는 캐시에게 소리지르며 방에서 포스터를 떼어
냈다. 사미를 발견하자 "못돼먹은 애"라며 "너나 잘해"라고 했다.

"다신 그러지 마."

#

녹은 폭설이 얼어붙은 지 며칠 지난 후인 어느 날 늦은 밤, 캐시가 셸리를
화나게 하는 무언가를 했다. '엄청 열받았다.' 니키와 사미가 그런 모습을
본 적이 없을 정도로 단단히 화가 나 있었다. 그들은 니키의 창문에 옹기종

기 모여 부모가 캐시에게 집 뒤의 작은 언덕 꼭대기로 올라가라고 지시하는 것을 지켜보았다. 셰인도 와서 같이 지켜보았다. 캐시는 알몸이었고 몸이 꽁꽁 얼어 있었다. 처음에는 캐시에게 무슨 일이 닥쳐올지 알 수 없었다. 니키와 사미는 캐시가 비탈길에서 데이브와 셸리에게 집 안으로 다시 들여보내 달라고 애걸하는 모습에 시선을 고정하고 있었다. 부모는 그럴 마음이 전혀 없었다.

셸리가 윽박질렀다. "캐시, 시키는 대로 해. 왜 매사에 날 그렇게 힘들게 해?"

데이브가 아무 말도 없이 캐시를 꼭대기에서 조금씩 밀어내자 언덕 아래로 미끄러지기 시작했다. 캐시는 내려가는 내내 울부짖으면서 비명을 질렀다. 바닥에 다다르자 셸리가 다시 명령을 내렸다.

"일어나! 올라와!"

캐시는 또다시 울면서 위로 기어올라 갔다.

몇 시간 같아 보이는 그 상황이 계속되었다. 캐시는 추위와 고통으로 인해 제대로 걸을 수도 없었다. 몇 번이고 반복되었다. 위아래를 오갔다. 부엌 창문에서 나오는 희미한 불빛 속에서 그녀의 엉덩이 살갗이 얼음장에 긁혀 까진 게 확연히 보였다.

"잘못했어." 그녀가 몇 번이고 되풀이했다. "다신 안 그렇게. 추워. 아파. 제발, 셸리. 제발!"

끝나지 않을 악몽 같았다. 셰인은 고개를 절레절레 저으며 지하실로 갔다. 모든 게 얼마나 아수라장인지 말할 필요조차 느끼지 못했다. 더는 견딜 수 없는 건 자매도 마찬가지였다. 자매는 아침까지 서로 꼭 끌어안고 니키의 침대에서 같이 잤다.

훗날 사미는 중간에 목소리가 뚝 끊기며 말했다. "우리 모두 아침에 그곳으로 갔어요. 나랑 언니랑 셰인 오빠랑… 비탈길 아래까지 눈에 새빨간 핏자국이 있었어요. 커다란 빨간색 줄무늬 같았죠."

그날 아침 피투성이 눈밭을 보자 니키는 눈물이 앞을 가렸다. 그렇지만 눈물이 뺨으로 흘러내리지 않도록 했다. 엄마가 볼 터였다. 어쩌면 엄마는 그것을 즐길지도 몰랐다. 뭔가 또 다른 일이 벌어지고 있다는 것을 노텍 자매는 알았다. 고문당하고 처벌받고 있는 것은 그들이 아니라 캐시였다.

훗날 니키는 말했다. "엄마는 캐시에게 벌을 주는 동안에는 우리를 방치하고 있었어요. 당시 우리는 진절머리가 났기에 그만큼 안도감을 느꼈죠. 엄마가 우리에게 그렇게 하지 않는 걸 다행으로 여겼습니다."

24장

캐시의 엄마 케이는 1991년 3월에 심장 수술을 받아야 했지만 큰딸을 어디에서도 찾을 수 없었다. 셸리 노텍과 함께 지내고 있다는 것을 안 식구들은 그곳으로 여러 차례 연락을 취했다. 아무런 응답이 없었다. 전화벨이 울리고 또 울렸다. 마침내 전화 받은 셸리는 모든 사람들에게 캐시가 그 지역에서 멀리 이사 갔다고 태연하게 통보했다.

"남자친구인 록키와 함께 있어요."

"록키요?" 캐시의 여동생 켈리에게는 그 이름이 어렴풋이 낯익게 들렸지만 실제로 만나본 적은 없었다. 오빠와 남동생도 마찬가지였다. 셸리는 구체적인 내용은 부족했지만 계속 우겼다. 그러더니 전화를 끊었다.

캐시는 떠나고 없었다. '그런데 어디로?'

켈리는 훗날 말했다. "우린 언니를 찾으려고 했지만 찾을 수 없었어요."

얼마 후, 켈리는 언니가 세미트럭 앞에 서 있는 빛바랜 사진이 담긴 우편물을 받았다. 그 안에는 캐시가 쓴 게 분명한 여성스러운 필체의 메모가 있었다. 캐시는 켈리에게 오붓한 정을 나누지 못해 안타깝긴 하지만 그래도 좋다고 했다.

"언니는 록키에 대해 이야기했어요." 켈리가 나중에 기억을 더듬으며 말했다. "짜여진 이야기는 그럴듯해 보였어요. 저는 언니가 가족으로 있고 싶지 않더라도 비난하지 말아야겠다고 계속 생각했어요. 그게 만약 언니를 다신 보지 못한다는 것을 뜻한다고 해도 괜찮다고 여겼죠. 어쩌면 로맨스 소설에 나오는 것과 같은 남자를 찾았을지도 모르니까. 집에서 불행하게 살지 않고 원하는 삶을 살고 있구나 생각했죠."

한 달 후인 1991년 4월 15일, 노텍 가족 모두는 차를 타고 워시어웨이 해변으로 갔다. 급격하게 침식되는 해변으로 유명한 워싱턴 연안의 한 지점인 그곳은 몇 안 되는 오두막들과 이동주택들이 소용돌이치는 바다에 걸쳐져 있었고 저 멀리서는 파도타기를 하는 사람들이 잿빛 파도를 타고 있었다. 그날은 셸리의 생일이었고, 워시어웨이 해변은 데이브가 특히 좋아하는 서핑 장소 중 하나였다. 토리가 부모와 함께 앞좌석에 앉았고, 큰 아이들 셋이 뒷좌석을 채웠다.

트렁크에 탄 캐시는 날이 갈수록 쇠약해지고 있었다. 그날 오후 가족 캠코더에 찍힌 영상에는 허약한 건강 상태의 한 여성의 모습이 담겨 있다. 썩기 시작한 앞니는 시커먼 충치가 되었으며, 한때 탱탱했던 피부는 축 처져 있었다. 그녀의 친구가 특별한 날을 한껏 즐기는 동안 캐시는 바다를 멍하니 바라보면서 햇빛을 쬐며 앉아 있었다.

셸리가 바람이 휭휭 부는 모래밭에서 비키니 입은 자태를 뽐내는 여자처럼 자세를 취하면 데이브는 사진을 찍었다. 붉은 머리칼은 햇빛을 받아 금발로 빛났고 깔깔 웃을 때면 푸른 눈동자가 반짝반짝 빛났다. 서른일곱 살 생일을 맞은 그녀를 본 사람이라면 누구도 눈에 띄게 아름다웠다는 것을 부인할 수 없을 것이다. 그녀는 아이들에게는 한턱 단단히 내겠다고 약속했고, 데이브에게는 얼마나 사랑하는지 모른다고 말했다.

그 예쁜 얼굴과 달콤한 말 뒤에서 무슨 일을 벌이고 있는지 아무도 알지 못했다.

그리고 얼마나 오랫동안 가면을 썼는지도.

25장

────────

1992년 여름, 사미 노텍은 부모가 레이몬드의 모노혼 랜딩 로드에 있는 지붕널 달린 흰 농가를 구입하기로 결정했을 때 무슨 생각을 하고 있는지 알지 못했다. 그 집은 볼품없었기에 셸리는 그곳으로 이사 가는 것에 대해 길길이 날뛰었다. 우아함과 매력적인 면에서 라우더백 하우스보다 퇴보하는 것이었다. 1930년대에 지어진 농가로 수리할 게 산더미 같았다. 데이브는 손재주가 좋았지만 일 때문에 작업할 시간이 많지 않았다.

위치는 형편없지 않았다. 부지에는 다른 과일나무들도 있었지만 주로 사과나무가 작은 과수원을 이루고 있었고, 그 너머 전나무와 솔송나무가 심어진 이차림 끝까지 넓은 들판이 펼쳐져 있었다. 엘크가 돌아다니며 부지에 길을 내었고, 근처에 왜가리들 서식지가 있었다. 집은 윌라파강을 따라 이어지는 시골의 구불구불한 도로에 위치해 있었다. 사미가 모노혼 랜딩을 바람직한 곳이라고 생각할 수 있는 유일한 것은, 사미의 관점에서 볼 때, 사람의 발길이 닿지 않는 우뚝 솟은 전나무들 사이에 끼어 있는 게 아니라 주도로에 위치해 있다는 것이었다. 어쩌면 그곳에서는 상황이 나아지지 않을까, 바랐다. 부지가 길가에 노출이 좀 된다면 어쩌면 그곳에서는 캐시가 학대당할 수 없을 거라는 생각이 들었다. 어쩌면 엄마가 캐시에게 마당에서 알몸으로 일을 시키지 않을 수도 있을 터였다. 어쩌면 니키와 셰인을 강제로 진흙탕에서 뒹굴게 하지 못할 수도 있을 터였다.

하지만 그 위치는 사미가 예상했던 것보다 더 외딴곳인 것으로 밝혀졌다. 그곳에서 보낸 첫날인가 둘째 날, 셀리는 사미에게 부지를 둘러보고—지켜보기에 좋은 위치에 있는 모든—길을 따라서 행인이나 다른 집에 사는 사람들이 그들의 집과 마당을 볼 수 있는지 살펴보라고 말했다.

셀리는 둘째 딸에게 말했다. "사생활은 우리 가족에게 아주 중요해."

7학년인 사미는 엄마가 시킨 일을 하며 몇 시간을 보냈다. 숲으로 걸어가 최근 나무들을 베어낸 지역인 웨어하우저 부지 너머로 갔다. 집에 돌아와 엄마에게 본 것을 말했다.

"아무것도요. 집 일부를 볼 수는 있지만 그 외에는 아무것도 볼 수 없어요."

부지는 5에이커가 못 되었으며 대부분 울타리가 둘러져 있었다. 훌륭했다. 노텍 식구들은 여러 마리의 개, 고양이를 키우고 있었다. 새집에서는 말, 닭, 왕관앵무 한 마리, 그리고 버터컵이라는 토끼까지 추가되면서 거의 동물원이 되었다. 셀리는 동물 애호가라고 공공연히 떠벌렸지만 실상 동물을 수집하는 것만 좋아할 뿐 실제로는 거의 돌보지 않았다.

딴채들도 여럿 있었다. 대부분 규모가 작았다. 닭장, 공구 창고, 다 허물어져 가는 헛간, 우물막, 펌프실은 그곳이 그야말로 작은 농장이라는 것을 보여주고 있었다. 가장 큰 구조물은 교외 지역 특유의 차고 크기만 한 창고로 작업대, 수납용 선반, 식료품 저장실, 냉동고로 구성되어 있었다. 뒷문에서 몇 발자국 거리에 있는 그 알루미늄 건물은 집 안에 들여놓기에 적당하지 않은 온갖 잡동사니들을 보관하는 데 크게 필요한 공간을 제공했다.

집은 너무나 작았다. 사미는 집이 비좁다는 것을 알았다. 다른 아이들도 마찬가지였다.

1,600평방피트가 조금 넘는 크기에 위층의 아주 작은 방 두 개는 컴퓨

터실이라고 부르게 된 것으로 분리되어 있었고 1층에 부모님이 쓰는 안방이 있었다. 세 자매와 셰인, **그리고** 캐시가 쓰기에는 방이 충분하지 않았다.

게다가 화장실이 딱 하나였는데, 그것도 안방 옆에 있었다. 그것만으로도 집은 훨씬 더 작아졌다. 토리는 1층에 있는 안방에서 잤다. 셰인은 대부분 니키의 옷장에서 매트리스도 없이 잤다.

사미가 훗날 말했다. "담요만 있었어요. 그게 다였죠. 모노혼 랜딩에 사는 내내 셰인 오빠는 방이 없었어요."

캐시도 마찬가지였다. 거실 바닥에서 잠을 잤다. 그때쯤 그녀의 소지품들은 종이 가방 하나에 다 들어갈 정도였다. 노텍 집안으로 들어올 때 갖고 있던 거의 모든 물품이 사라지고 없었다. 침실 가구, 대부분의 옷들, 책과 기타 개인용품들이 모두 없어졌다. 데이브는 캐시의 낡은 플리머스 더스터 차를 새집 뒤쪽에 주차해 놓았다. 얼마 후 그 차도 사라졌다.

셸리는 부엌을 수리하고, 온수 욕조를 추가하고, 이전 주인이 남기고 간 폐물들을 떼어내는 등 그곳을 재단장하기 위한 계획을 세우더니 즉시 작업에 들어갔다. 몇 주 동안 식구들은 밤낮으로 일했다. 밤에는 주로 카펫을 뜯어내고 부엌을 들어냈다. 데이브는 주말마다 집에 왔다. 위드비섬의 건설 현장에서부터 다섯 시간에 걸쳐 운전하고 오느라 녹초가 되었지만 셸리의 기준에 맞게 집을 고치려고 최선을 다했다. 니키와 사미에게는 각자 알아서 방을 꾸미라는 재량권이 주어졌다. 니키는 50년대의 흑백 체커판 문양 바닥을 부탁하고—받았으며—사미는 산호색 카펫으로 장식했다.

집 상태가 좀 좋아진 뒤, 셸리는 니키에게 헛간을 붉은색으로 칠하라고 했다. 그렇지만 정작 페인트를 칠하려고 보니 선홍색이었다. 셸리는 실수로 색상을 잘못 고를 수도 있지 뭐 그러냐며 니키에게 1인치짜리 붓을 건네며 일을 시작하라고 했다.

십 대 아이는 여름 내내 헛간을 칠했다.

사미에게는 창고를 칠하라고 지시했다. 딱히 놀랄 일도 아니지만, 사미는 더 좋은 페인트 용품들을 받았다. 셰인은 방치된 마당을 치우고 장작을 쌓아 올리느라 꼼짝도 못 했다. 셸리는 이따금 아이들이 제대로 작업하고 있는지 확인했다. 대부분은 소파에 앉아 연속극을 보며 오헨리! 초코바를 먹으며 쿠션들 사이로 비닐 포장지를 쑤셔넣었다.

새로운 곳에 있게 되었다거나 힘든 일을 한다고 해서 근본적인 역학관계에 변화가 생기지는 않았다. 셸리는 주로 셰인과 캐시에게 집중적으로 가차 없는 공격을 계속했다.

모두들 셸리의 예측할 수 없는 학대로 인해 바짝 긴장하고 있었다. 니키는 엄마가 다가올 때마다 움찔했다. 셸리는 다짜고짜 화를 내곤 했다. 뺨을 때리곤 했다. 주먹으로 치곤 했다. 자동차 조수석에서 니키가 깨어있기를 바랐는데 깜빡 잠이 들었다는 이유로 후려갈긴 적도 있었다. 단단히 화가 나 집 앞 통학버스 정거장에서 버스가 서기를 기다리고 있다가 뺨을 후려친 적도 있었다.

"엄마는 내 친구들이 나를 놀려먹도록 뺨 맞는 걸 보기를 원했어요."

화장실에서 훔쳤다고 확신하는 마스카라를 찾으려고 대낮에 니키가 다니는 중학교에 나타난 적도 있었다. 그녀는 딸아이의 사물함을 열어 마구 헤집더니 아이들이 지켜보는 가운데 바닥에 모조리 집어 던졌다.

"얘가 가져갔어!" 반 친구들 앞에서 고함쳤다. "얘가 내 마스카라를 훔쳐갔다고! 그건 옳지 않아. 딸은 그러면 안 되지! 착한 딸이라면 그러지 않겠지."

딸에게도 그토록 잔인할 수 있는 엄마였던 만큼 캐시에게는 늘 최악을 남겨두었다.

캐시는 노텍 가족이 모노혼 랜딩 로드로 이사하기 전후에 자주 목욕을 하지 못했다. 니키나 사미, 셰인은 대부분의 경우 목욕이 허용되지 않았다. 처음에 목욕은 라우더백 하우스에서 했던 목욕과 거의 비슷했다. 집 뒤편 풀밭에 벌거벗은 채 서 있는 동안 호스로 물을 뿌리는 것이었다. 일 년 중 어느 때인지, 날씨가 얼마나 추운지는 중요하지 않았다.

비누는 생략했다. 대신 표백제를 들이부었다.

"넌 지독히 더러운 돼지라서 이러면 깨끗해질 거야!"

그 부식성 용액을 아물지 않은 상처에 끼얹자 캐시는 비명을 질렀다. 머리끝부터 발끝까지 피부가 얼룩덜룩해졌다. 소리를 너무 많이 지르거나 달아나려고 안간힘을 쓰면 셀리나―집에 있을 때는―데이브가 팔과 다리에 강력 접착테이프를 칭칭 감았다. 데이브가 없을 때는 호스로 물을 뿌리는 동안 셰인에게 꽉 붙잡고 있으라고 시켰다.

이웃들에게 위험을 알리는 소리를 틀어막으려고 캐시의 입에 강력 접착테이프를 붙인 적도 있었다.

"입 닥쳐! 대체 왜 그래? 난 널 돕고 있는 거야. 이 멍청한 돼지 새끼야!"

목욕이 끝나면 셀리는 으레 다정하고 친절한 모습으로 바뀌었다. 그녀는 캐시의 어깨를 감싸 안았다.

"어때, 한결 기분이 나아지지 않아?"

데이브가 캐시에 대해 물어보면 셀리는 더 나아지도록 도와주고 있다고 주장했다. 얼마 후부터 아내의 가장 친한 친구를 보는 횟수가 점점 줄어들었다. 일을 마치고 주말에 집에 돌아오면 어디에도 보이지 않았다.

딸들은 엄마가 캐시를 펌프실에 가두었다고 했다.

그건 전혀 옳지 않은 것 같아서 데이브는 그 문제에 대해 셸리와 정면으로 맞섰다.

"셸, 캐시가 왜 펌프실에 있지?"

셸리는 그 조치에 대단히 흡족해하는 것 같았다. 아무튼 그녀에게는 합당한 이유가 있었다.

"캐시는 보호받아야 해."

"보호? 왜?"

셸리는 다 알고 있다는 듯이 고개를 절레절레 저었다. "애들로부터야, 데이브."

'애들로부터?' 그건 말이 안 됐다. 착한 아이들이었다. 그는 셸리와 싸우는 데 지쳐서 더는 언쟁을 벌이지 않았다. 잠을 푹 자려면 어쩔 수 없었다고 나중에 인정하긴 했지만 말이다.

데이브는 셸리의 말을 복음으로 받아들였다. 그녀는 캐시를 학대하고 있는 것은 셰인이라며, 가장 친한 친구를 펌프실에 넣은 것은 순전히 조카로부터 보호하기 위한 것일 뿐이라고 계속 주장했다. 데이브의 회상은 이렇다. "한번은 내가 집에 돌아왔을 때 셰인이 마당에서 캐시의 발을 질질 끌고 다니고 있었어요." 셸리가 명령해서 그렇게 했을 가능성이 있음에도 불구하고 데이브는 그 사건을 목격한 뒤 셸리가 절대적인 진실을 말하고 있었던 게 틀림없다고 확신했다.

26장

"캐시 어딨어?"

셸리가 모노혼 랜딩 집의 거실 소파에서 일어나더니 소리를 지르기 시작했다. 머리칼은 부스스 헝클어진 채 가운을 입고 서 있었다.

"잡초 뽑고 있는데요." 사미가 말했다.

"없어졌어." 옷을 입으러 안방으로 돌아가기 전에 창밖을 내다보며 셸리가 소리쳤다. "숲으로 가서 찾아봐. 지금 당장!"

"지금 당장"이란 말을 보탤 필요는 없었다. 셸리가 말하는 모든 것은 즉각적인 행동을 요하는 명령이었다. 사미는 문밖으로 뛰쳐나가 들판을 가로질러 집 뒤편 숲으로 갔다. 숲을 샅샅이 뒤지면서 캐시의 이름을 몇 번이고 불렀다. 저물녘까지 보이지 않으면 엄마가 성에 차지 않으리란 걸 사미는 잘 알고 있었다. 딸들과 셰인은 사슴이 지나다니는 숲길을 달렸다.

"도망갔을 거야." 셰인이 말했다.

"그랬음 좋겠다." 니키가 말했다.

셸리는 차를 몰고 나간 지 두 시간 만에 캐시와 함께 돌아왔다. 애버딘에 있는 위시카 쇼핑몰에서 산 새 옷이 든 쇼핑백 두 개를 들고 있었다. 셸리는 한 친구와 함께 캐시를 찾았으며, 쇼핑몰 화장실에서 남의 눈을 피해 이런저런 얘기를 나눌 수 있었다고 했다. 캐시는 집으로 돌아오기로 결심했다. 녹색 옷 한 벌과 빨간색 옷 한 벌을 갖고 있었는데 둘 다 줄무늬 셔츠와 잘 어울리는 바지 세트였다. 거기다 새 옷까지 입고 있어서 사미와 니키는 깜짝 놀랐다. 머리카락과 이가 빠지긴 했지만 모처럼 좋아 보였다. 깔끔해 보였고 좀 행복한 것 같았다.

니키는 믿기지 않았다. 캐시가 왜 떠나지 않았는지 이해할 수 없었다. 왜 누군가에게 말할 기회를 이용하지 않았을까. 쇼핑몰에서 친구에게라도? 경찰에게라도?

누구에게라도?

세월이 흐른 뒤 니키는 말했다. "캐시가 돌아왔을 때 충격받았어요. 엄마가 곤경에 처하지 않는다는 사실에도 충격받았죠. 믿을 수가 없었어요. 범죄라고 생각했거든요. 캐시는 경찰관에게 가서 학대당했다고 말할 수 있었어요. 그런데 왜 여기 돌아왔지? 미친 거 아냐? 떠났었잖아. 머리가 돌았나. 아빠에 대해서도 똑같이 생각했어요. 왜 이혼하지 않지?"

훗날 사미는 그때 행복해 보였던 캐시 모습을 떠올리며 눈물을 글썽였다. 그것은 너무 추악하고 불공평했다. "엄마가 쇼핑몰에서 붙잡은 뒤 얼마 동안은 집 안에서 지냈어요. 그리 길진 않았죠. 하지만 한동안은 집 안에서 지냈어요."

며칠 후, 캐시는 도망친 것에 대한 처벌로 다시 펌프실로 돌아갔다.

그 이후로 아무도 그녀가 다시 멋진 새 옷을 입은 모습을 본 적이 없었다.

#

캐시는 다시 탈출을 시도했다. 그리고 또 시도했다. 한번은 심지어 벌거벗은 채로 달아나려고도 했다.

한 아이가 학교에서 사미에게 다가오더니 그 이야기를 들려주었다.

그 남자애가 말했다. "하하! 애들이 버스에서 네 엄마를 봤대. 홀라당 벗고 마당에서 뛰어다니더래! 늙고 커다란 벌거숭이 곰처럼 보이더래!"

사미는 그 자리에 쓰러져 죽고 싶었다.

"그럴 리가 없어." 사미는 전적으로 가능한 것을 회피하며 말했다.

"에린네 엄마도 봤어."

에린의 엄마는 통학버스 운전사였다.

사미는 떨쳐버리려고 했지만, 그 소문은 핀볼게임 기계에서 구슬이 온 사방으로 튀어 나가는 것처럼 학교에서 맴돌고 있었다. 소문은 수그러들지 않았다.

집에 와서 엄마에게 떠도는 소문에 대해 말했다.

"젠장, 그건 캐시였어! 도망치려는 걸 내가 붙잡았다고!"

그 해명은 얼추 예상했던 것이었다. "창피해 죽겠어요, 엄마. 애들은 그게 엄마였다고 생각해요."

셸리는 기겁했다. 그건 캐시였다! 캐시가 벌거벗고 마당에서 뛰어다니는 걸 봤다면 사람들은 집에서 무슨 일이 일어나고 있는지 궁금해할 터였다. 그녀는 순식간에 계획을 짜냈다.

"에린을 초대해. 너희들은 온수 욕조를 써도 돼."

나중에 에린이 들렀다. 에린과 사미가 온수 욕조에 있을 때 셸리가 다가왔다.

"어머나 세상에. 창피해 죽겠네. 내가 온수 욕조에 알몸으로 있을 때 갑자기 불꽃이 튀어서 풀쩍 뛰어나와 마당을 뛰어다녔지 뭐니. 얼마나 무서웠는지 몰라! 죽는 줄 알았다니까!"

셸리가 전선에 어떻게 불꽃이 튀었는지 설명하며 온수 욕조 내벽의 불탄 곳을 가리키는 동안 아이들은 그 얘기를 들으며 "와아"를 몇 차례나 덧붙였다.

훗날 사미는 말했다. "엄마는 그 정도로 뛰어났어요. 에린이 들르기 전에 그곳을 불태웠기 때문에 엄마의 얘기가 더 그럴듯해 보였죠. 에린이 그 얘기를 믿었는지 확실히는 모르겠지만 믿었을 거라고 봐요."

#

니키는 비명소리를 듣자 허드렛일하라고 지시받은 창고의 열린 문 사이로 무슨 일인가 하고 빼꼼히 내다보았다. 그날 잡초를 뽑으라며 캐시를 펌프실에서 내보냈는데 셸리가 그녀가 하는 꼴이 영 마음에 안 들었던 모양이었다. 셸리의 지시에 따라 데이브는 캐시를 벌주려고 잡초를 뽑고 있던 마당에서 질질 끌고 갔다. 니키가 캐시를 보았을 때는 알몸으로 울부짖으면서 콘크리트판 위에 누워 있었다.

"걷어차, 데이브!" 셸리가 명령했다.

데이브는 한마디도 하지 않았다. 그럴 경우 거의 말이 없었다. 숲으로 갈 때 신는 쇠가 달린 부츠를 신고 있던 데이브는 그걸로 캐시의 머리를 걷어찼다.

"캐시는 신음하면서 땅바닥에 쓰러졌어요. 사정없이 찼던 것 같아요. 그런 다음 난 신경 껐어요. 그냥 창고 안으로 들어가 버렸죠."

27장

펌프실은 낡은 헛간, 창고, 닭장, 보관창고 두 채를 포함해 부지에 있는 딴 채 중 제일 작았다. 어둡고 퀴퀴한 냄새가 나고 추웠다. 셸리는 캐시가 뭘 잘못했는지 스스로 반성하기에 그곳이 좋은 장소가 될 거라고 결정했다. 니키와 셰인 또한 가끔 가로세로 1.2미터의 그 구조물에 갇혀 있기도 했다.

캐시는 한번에 며칠, 심지어는 몇 주 동안이나 펌프실에서 지내야 했다.

사미는 캐시를 좀 편안하게 지내게 하려고 장작을 쌓아두는 헛간에 보관하고 있던 낡은 갈색 소파에서 쿠션을 몇 개 가져왔다. 쿠션을 발견한 셸리는 사미에게 당장 치우라고 했다.

셸리가 말했다. "우린 캐시가 나아지기를 바라잖아! 캐시가 편안해지기를 바라는 게 아니잖아! 이 모든 일이 왜 일어났는지, 또 왜 벌을 받는지 캐시가 이해해야 해. 우린 캐시가 바깥에서 사는 게 아니라 집 안으로 다시 돌아오기를 바란다고!"

사미는 어떻게 친구를 돕는 게 아프게 하는 것인지 알지 못했지만 어쨌든 한 발 뒤로 물러섰다. 캐시를 돕는 것은 그녀에 대한 폭력을 더욱 부추길 수 있기 때문이었다.

엄마는 종종 수동적인 학대범으로, 보통 데이브나 셰인이 명령을 따랐다. 그런데 한번은 사미가 엄마와 캐시를 따라 집에서 나와 창고 옆의 통로를 지나가고 있을 때, 어떤 이유 때문인지 별안간 아무런 경고도 없이 캐시를 확 밀어버렸다. 캐시는 붕 뜨더니 콘크리트 바닥에 얼굴을 찧었다. 넘어지지 않으려는 시도조차 하지 않았다. 그대로 그냥 엎어졌다. 그녀는 비명을 지르며 두 손으로 머리를 감싸 쥐고 상처 입은 동물처럼 고통에 몸부림쳤다. 사미는 엄마가 잠시 주저하더니 이윽고 캐시가 일어나는 것을 돕고는 다시 펌프실에 가두는 것을 지켜보았다.

니키는 엄마가 왜 캐시를 그곳에 가두는지 알 거 같았다. 캐시가 새로운 실수를 저질러서가 아니었다. 그건 펌프실에 갇히는 처벌을 받을 만한 일이 아니었다. 캐시가 도망치려고 한 뒤로 캐시를 예의 주시해야 하는 것에 슬슬 싫증이 났기 때문이다. 엄마는 드러내놓고 말한 적은 없었지만 니키는 엄마가 캐시의 말을 믿지 않는다고 추측했다.

사미에게 말했던 것과 마찬가지로, 엄마는 무엇이든 다 캐시를 위한 거라는 식으로 표현했다. 예를 들어, 펌프실로 내쫓는 것은 늘 캐시 본인을 위한 것이었다.

"캐시는 펌프실에 있는 게 여러모로 더 나을 거 같아." 셸리는 캐시의 손을 이끌고 문밖으로 나가 마당을 가로지르며 말했다. "얘는 좀 평온하게 있어야 하거든."

캐시에게 한 짓에는 항상 가짜 이유가 있었다.

이따금 니키는 엄마를 도와서 캐시를 펌프실로 데리고 가 안에 집어넣었다. 캐시의 건강은 급속히 악화되고 있었다. 엄마의 거짓말은 대담했다. 캐시는 의학적 치료가 필요했다. 춥고 눅눅한 딴채에 있어서는 안 되었다.

셰인과 니키도 그곳에 갇힐 필요까지는 없었지만, 구타하는 것도 지친 셸리가 더 오랫동안 벌을 주고 싶을 때마다 그곳에 가둬두곤 했다.

모두에 대한 통제력의 위상을 보여주는 것이었다.

훗날 니키가 내쫓긴 이유를 설명하며 말했다. "그건 우리―나, 셰인, 캐시一를 치워버리는 방식이었죠.. 우리를 감시할 필요도 없었고 우리가 뭘 하는지 속 끓일 필요도 없었으니까요. 특히 셰인과 캐시를요."

그렇지만 시간이 지나면서 캐시는 상황을 받아들이는 것으로 보였다. 트렁크에 타는 것에 익숙해진 것과 같은 방식이었다.

한번은, 사미가 펌프실 근처에 있을 때 캐시의 목소리를 들었다. "안녕?"

사미는 잠긴 펌프실 문으로 가서 몸을 숙였다. 문을 열 엄두가 나지 않았다. 캐시는 문을 열어달라고 부탁할 정도로 어리석지는 않았다. 셸리는 모두에게 캐시가 벌로 그곳에 있다는 것과 그녀가 치유되고 나아질 수 있도록 돕는 방법이라는 것을 분명히 했었다.

"밖에 비 오니?" 캐시가 물었다.

"조금 전에 내렸어요. 지금은 안 와요."

"아." 캐시가 쉰 목소리로 부드럽게 말했다. "비 오는 소리를 들을 수 있겠구나 싶었는데."

#

흔히 있는 일이지만, 데이브가 위드비섬에서 일하고 있을 때 셸리는 용무가 있어 시내에 가야 할 일이 있었다. 출발하기 전에 그녀는 셰인에게 캐시를 책임지고 있으라고 했다. 캐시가 소리를 지르거나 누구에게도 외치지 못하게 하라고 단단히 일렀다.

"달아나지도 못하게 해. 지금 있는 펌프실에 꼭 있도록 해야 해, 셰인. 우린 지금 당장은 그녀를 믿을 수 없어. 머리가 정상이 아니거든."

셰인은 동의하는 척했다.

셸리가 차를 몰고 나간 직후 니키에게 말했다. "이런 젠장, 캐시를 내보낼 거야."

니키는 엄마가 캐시를 펌프실에 가둔다는 생각 자체를 싫어했다. 캐시에게 의사가 필요하다는 것을 알았다. 날이 갈수록 쇠약해지고 있었다. 얼굴은 퉁퉁 부었고, 마지막으로 몇 개 안 남은 작은 갈색 도토리 같은 이들은 꼭 빠질 것처럼 매달려 있었다.

셰인은 자물쇠를 풀고 문을 휙 열었다.

햇살이 쏟아져 들어가자 캐시가 움찔했다. 그녀는 꼼짝 않고 앉아 있다가 마침내 셰인을 쳐다보았다.

"나오세요."

그녀는 움직이지 않았다.

니키는 캐시가 셰인을 두려워한다는 것을 알고 있긴 했지만 엄마가 주위에 없을 때는 두려워할 이유가 없었다. 셰인은 처음에는 간청했지만 그 뒤 자신을 쳐다보기만 하자 짜증이 났다.

"자, 나오세요. 여기서 나가야 해요."

캐시는 울기 시작했다. 안색이 창백했다. 얻어맞은 상태였다. 피를 흘리고 있었다. 머리카락이 거의 빠지고 없었다. 얇고 너덜너덜한 무무 외에는 아무것도 입고 있지 않았다.

"대체 왜 그래요?" 셰인의 분노가 시시각각 커졌다. "가야 해요! 여기서 얼른 나가라고요! 지금이 기회예요."

캐시는 겁에 질린 것으로 보였다. "거짓말이야!" 캐시가 말했다.

"아니에요. 진실을 말하는 거예요. 갈 수 있어요! 여기서 나가세요."

캐시는 그 좁은 곳에서 몸을 움츠렸다. 마침내 쉰 목소리로 말했다. "내가 떠나도 날 찾아낼 거야. 너도 잘 알잖아. 찾아낼 거라고. 셸리가 찾아낼 거야."

셰인은 미치기 일보 직전이었다. 캐시가 왜 달아나지 않는지 이해할 수 없었다. 문은 열려 있었다. 그들은 모두 애들이었기에 마땅히 갈 곳이 없었다. 하지만 그녀는 어른이었다.

"이게 유일한 희망이에요. 바보같이 굴지 마세요!"

캐시가 제발 그대로 내버려 두라고 애원했다.

셰인은 캐시를 다시 어둠 속에 남겨둔 채 문을 쾅 닫았다. 셰인이 니키에게 고개를 돌리며 말했다. "나오지 않으면 죽을 거야."

"그러게."

나중에 그 둘은 위층에 있는 니키의 방에 오랫동안 앉아 있었다. 둘 다 캐시에게 일어나고 있는 일에 절망을 넘어서서 가슴이 철렁 내려앉는 느낌이 들었다. 셰인이 그녀를 풀어주어 달아나게 하려고 문을 열었을 때, 그때가 아마도 마지막 기회였을 것이다. 캐시는 싸울 힘이 하나도 남아있지 않았다. 그냥 포기했다.

데이브

28장

━━━━━━━

셸리는 데이브에게 반복적으로 형편없는 남편이라는 것을 상기시켰다.

"역대 최악이야!" 그의 자존심을 깎아내리며 말했다.

'절대 당신과 결혼하지 말았어야 했어.'

'어떤 남자라도 고를 수 있었어.'

'당신을 고른 건 끔찍한 실수였어.'

데이브는 수긍할 수밖에 없었다. 속으로 셸리 말이 맞다는 것을 알고 있었다. 셸리 말이 다 맞았다. 좋은 남편은 집안일을 도와주며 줄곧 집에 있을 터였다. 아이들을 돌볼 터였다. 아내에게 자신이 월급 이상이라는 것을 상기시킬 터였다. 그는 하루에 열여섯 시간 동안 일하고는 주말을 집에서 보내려고 위드비섬에서 차를 몰고 왔기에 그 주말 동안 마쳐야 할 일을 제대로 할 수 없었다. 토목업은 육체노동이었으며 그는 뼈마디가 쑤실 정도로 지쳤다. 온종일 커피가 든 보온병을 입에 달고 살았고, 졸지 않으려고 각성제인 노도즈와 비바린을 털어 넣었다.

세월이 흐른 뒤 그는 자세하게 들려주었다. "난 중장비인 캐터필러를 굴리고 있었어요. 목재들을 하차하고 상차하는 일을 반복했죠. 작업을 끝내려면 언덕을 오르내려야 했어요. 내내 온몸을 써야 하는 일이었죠. 졸음과 싸우고 있었습니다. 일할 때 졸면 안 되니까 약상자에서 암모니아 흡입제를 꺼내야 했어요. 캐터필러 안에서 깨어 있으려고 들이마셨습니다."

데이브는 위드비섬에서 집까지 차를 몰고 가기가 힘들었다. 중앙차선을 넘어 누군가를 죽이지 않은 게 스스로 의아한 적이 손가락으로 셀 수 없을 정도로 많았다. 고속도로에서 너무 느리게 운전하는 바람에 다른 차량들이 모두 앞서나갈 때도 여러 번 있었지만 왜 그러는지 알 수 없었다. 어떤 때는 "비명지르는 환청"이라고 부르기 시작한 무슨 소리마저 머릿속에서 들리기도 했다.

느닷없이 환청이 들릴 때마다 그는 도로변에 차를 대고 잠깐 졸면서 정신을 차리려고 했다. 때로는 그 환청과 끝까지 싸우며 레이몬드 지척까지 갔다. 아니면 간신히 좀 더 가까이 가서 뷰트 크리크에 자신의 트럭인 올드 블루를 주차하곤 했다. 101번 국도를 타고 가다가 집에서 북쪽으로 약 5킬로미터 떨어진 유원지였다. 지친 나머지 더는 페달을 밟지 못할 때였다. 피곤해 죽을 지경이었다. 그리고 정말로 힘이 다 빠져서 셸리와 싸울 수도 없었다. 잠시 쉬면서 기운을 차릴 시간이 필요했다.

환청을 떨쳐버리기 위해서였다.

그렇지만 아내는 멈추지 않았다. 한번은 트럭 유리창을 쾅쾅 두드리는 소리에 잠이 깼었다.

니키였다.

"여기 있을 줄 알았어요, 아빠." 니키는 그렇게 말하더니 셸리가 새로 구입한 지프차로 돌아갔다.

셸리는 자신의 차량에서 내리지도 않았고 데이브 쪽으로 한마디도 던지지 않았다. 큰딸을 시켜 면박을 주면서 동시에 어디로 갔든 어디에 숨었든 추적할 수 있다는 것을 상기시켰다.

셸리는 그런 사람이었다. 사냥개처럼 인정사정없었다. 누구라도 찾아낼 수 있는 체력과 타고난 능력을 갖추고 있었다.

언제든지.

집에서 기다리고 있는 것에서 잠시 벗어나 평화롭게 휴식할 기회를 잡을 수 있다고 생각했다면 명백한 오산이었다.

라라 왓슨은 사위의 음주 문제가 심각하다고 생각했지만, 셸리 문제에 비하면 하찮았다. 음주는 끊을 수 있는 것이었다. 셸리 문제는 그렇게 쉽지 않다는 게 판명났다.

라라는 이전 사위들인 랜디와 대니처럼 데이브가 결국엔 떠날 거라고 확신했다. 데이브는 훗날 자신은 셸리를 떠날 깜냥이 안 되었다는 것을 인정하면서도 언젠가 집에 돌아왔을 때 셸리가 떠나고 없기를 늘 바랐다고 했다.

"그냥 떠나버리고 없었으면 했어요. 밴쿠버나 뭐 그런 데로 다시 돌아갔기를 바랐죠. 내가 뭘 기대하고 있었는지 모르겠어요. 어쨌든 그녀는 계속 죽치고 있었어요."

라라는 곰곰이 옛날 일을 생각해보았다. 애너 할머니가 남편을 헛간에서 자도록 했던 선례가 떠올랐다. 셸리의 첫 남편 랜디는 아내와 다툰 후 차에서 잠을 청해야 했다. 그리고 이제 데이브에게도 똑같은 일이 일어나고 있었다.

라라가 말했다. "데이브는 집에 오고 싶어 하지 않았어요. 셸리가 집 안으로 들여보내지 않았거든요. 데이브는 밤낮으로 일하면서 트럭에서 잤어요. 셸리는 큰 차를 탔어요. 그는 트럭을 탔고요, 알겠어요? 데이브는 트럭에서 자거나 같이 일하는 사람들이 나간 후 밤에 사무실에 몰래 들어가서 사무실 바닥에서 잠을 자곤 했어요."

#

28장

데이브는 훗날 모노혼 랜딩의 그 작은 붉은 집에서 일어난 일에 대해 자신이 웨이하우저에서 일을 그만둔 탓으로 돌렸다. 셸리가 그렇게 하라고 고집 부렸다고 했다. 거대 목재기업이 그를 부려먹고 있으며, 다른 데 가면 일을 더 많이 할 수 있을 거라고 했다. 하지만 직장으로 인해 집에서 멀리 떨어져 있게 되었는데 그게 바로 착실한 아빠와 좋은 남편이 되는 것을 가로막았다고 확신했다.

그는 라우더백 하우스에서의 삶에 대해 "모든 게 다 괜찮았어요"라고 주장했다. "나와 셸, 니키, 사미뿐이었고 모든 게 좋았죠. 그땐 매일 밤 집으로 갔어요. 원래 그래야 하잖아요. 반쪽짜리 결혼 생활이 이어지면서 결혼 서약을 지키지 못했어요. 애들을 키우는 건 힘든 일이에요. 엄마가 줄곧 애들을 키우면서 한편으론 엄격한 교사가 되어 학업을 도와줄 거라고 기대할 순 없는 법이잖아요. 난 집에 없었습니다. 그리고 집에 있을 때는 잠만 잤어요. 눈이 감겨서 텔레비전도 볼 수 없었어요."

그가 보기에 셸리는 자기 몫보다 더 많은 일을 하고 있었다.

"그녀는 완벽한 엄마였습니다. 생일을 맞은 애들에게는 화덕에서 바비큐 파티를 열어줬어요. 셸은 언제나 사미가 출전한 육상 경기대회에 가려고 했어요. 아빠가 사미의 학교 행사 같은 것에 갈 수 없었으니까. 난 정말로 좋은 남편이 되는 것과는 거리가 멀었어요."

제대로 잘 살아 보려고 했던 것이 실제로는 정반대의 것을 했다고 확신했다. 그 과정에서 모두를 실망시켰다. 열심히 노력했으나 기대에 미치지 못했다. 스스로 평가하기에는 턱없이 모자랐다.

"우리 아버지는 나를 부양하려고 정말, 정말로 열심히 일했어요. 할아버지도 그랬죠. 난 우리 식구에게 도움을 주지 못했어요. 식구의 기대를 저버렸습니다. 그냥 낙오자일 뿐이에요."

의료비 청구서들이 은행 계좌를 축내고 있었다. 셸리는 수입과 지출의 균형을 맞추려면 더 열심히 일해야 한다고 요구했다. 생사가 걸린 문제라고, 그녀는 주장했다. 그렇지만 데이브는 더 이상 열심히 할 수 없을 정도였다. 눈덩이처럼 불어난 청구서 비용을 지불하려고 잔업 시간까지 끌어모으며 간신히 버티고 있었다.

어느 순간, 셸리는 시댁에서 돈을 받아내라고 했다. 데이브는 좀 잘산다고 여기는 누이에게 전화 걸어 자금이 부족하다고 했다.

"셸이 암에 걸려서 파산할 지경이야." 그가 간청했다.

누이가 도와주겠다고 했다.

며칠 후, 셸리가 우편물을 갖고 돌아왔다. 데이브가 여태껏 본 적이 없을 정도로 화가 나 있었다.

"30달러?" 분을 못 참으며 씩씩댔다. "장난해? 치사해 죽겠네! 내가 암에 걸렸다는데 고작 그깟 돈으로 생색내겠다고?"

데이브는 돈을 부탁하는 게 싫었었다. 아내가 그 선물에 대해 불평하는 것은 훨씬 더 싫었다.

"셸, 그들은 우리를 돕고 있어."

"턱도 없어."

그것이 그가 할 수 있는 최선이었다. 데이브는 언제나 그녀를 물심양면으로 도왔다. 돈을 부탁했다. 더 열심히 일했다. 셸리가 식구들에게 한 여러 일들에 대해 변명했다.

그 패턴은 계속되었다. 셸리는 데이브에게 설상가상으로 압박을 가할 때마다 형편없는 부양자이면서 동시에 나약해 빠진 남자라고 비하하는 한편, 데이브는 틈만 나면 "내겐 당신이 전부"라고 수도 없이 말하곤 했다.

마지막 순간에 카드를 꺼내는 일부 남편들과 달리 데이브는 사려 깊었다. 그는 시중에 파는 홀마크사 카드의 제작자가 인쇄한 감상적인 글귀에 그냥 이름만 서명한 적이 없었다. 대신, 흠잡을 데 없는 솜씨로 마음속 깊이 셸리를 어떻게 느끼는지 증언하는 글귀를 썼다. 진실을 낭만적으로 묘사했다고나 할까.

"몇 년 전 나한테 했던 말 기억나? 당신이 그랬지. 천사는 자신을 가벼운 존재로 여기기에 날 수 있는 거라고. 나는 천사와 결혼했어. 당신의 눈길은 이 세상 누구보다도 다정해. 당신의 영혼은 당신이 어디에 있든 따스한 온기의 그림자를 드리워…. 당신은 자식들, 다른 사람들, 동물들, 식물들까지 모든 것을 사랑하고 아끼지. 당신은 영혼까지 진실한 사람이야."

그가 자신이 쓴 말을 진정으로 믿었는지 여부는 논점에서 벗어난 것이다.

그의 글귀는 소망이자 희망이었다. 차를 몰고 레이몬드를 오가는 긴 여정에서 데이브가 믿어야 했던 것은 바로 그것이었다.

29장

셀리는 의사가 아니었지만… 의사 역할을 하는 것을 즐겼다. 가족에게는 그렇게 보였다. 사미는 어린 시절 자다가 깨어났을 때 엄마가 마개를 딴 유리병을 얼굴에 대고 흔들었던 것을 기억한다. 폐에 훅 들어가자 기침이 나오면서 거의 구토가 나올 것처럼 속이 뒤집어졌었다.

캐시에게도 같은 것을 하는 걸 본 적이 있었다.

"캐시가 학대받아 기절하면 엄마가 정신이 돌아오게 했어요. 그래서 처음부터 다시 학대할 수 있었죠." 사미가 말했다.

사미는 모노혼 랜딩에 살 때 두통을 앓은 적이 있었다. 엄마는 편두통약인 엑시드린이 다 떨어졌다며 마침 다른 약이 있다고 했다.

그 알약은 좀 특이하게 생겼고 생소했지만 어쨌든 복용했다. 그다음에 그녀가 알게 된 것은 네 발로 현관에 나갔고 고개를 들 수 없었다는 것이다. 셰인이 도와주려고 했다. 소용없었다.

"네 엄마가 근육 이완제를 줬어. 이런 젠장. 나한테도 그랬어."

집 안에 엄청나게 약이 많은데도 불구하고 셀리는 현재 갖고 있지 않은 약들을 물색했다. 그녀는 신경안정제 할돌의 이점을 극찬하는 정보를 복사했다. 구매에 관심이 있는 약품이었다.

어떤 이유에선지. 누구를 위해서인지.

#

셀리의 암 치료가 너무 오래 질질 끌었기에 라라는 더는 참을 수 없었다. 라라가 보기에는 셀리가 딸들에게 엄마가 언제든 죽을 수 있다는 것을 믿게 함으로써 딸들을 악몽에 시달리게 하고 있었다. 데이브가 그 문제를 지적해야 한다고 생각했지만 데이브는 잘 속아 넘어가는 사람이었다. '너무 착해 빠졌어.' 라라는 셀리와 정면으로 부딪치기로 자청했다.

라라는 셀리의 이복동생인 캐롤에게 연락해 암 장사를 최종적으로 처리하러 레이몬드로 가자고 했다. 둘 다 셀리에게는 간다는 사실을 미리 알려주지 말자고 했다. 과거에 미리 찾아간다고 했을 때마다 셀리는 약속된 시간에 집에 아무도 없도록 단속해 놓았었다.

모녀는 실제로 상황이 어떻게 돌아가고 있는지 알아보려고 라라의 1992년식 검은색 세비 블레이저를 몰고 셀리의 집으로 갔다. 셀리가 현관문을 열었을 때 라라는 그 광경이 그렇게 소름돋지만 않았더라면 깔깔대고 웃었을 것이다.

셀리는 꼭 가부키 인형처럼 보였다. 몹시 심기가 편치 않은 인형이었다.

"새하얗게 분칠을 하고 있었는데 눈썹까지 싹 다 밀었더라고요. 그때 셀리의 얼굴하고는. 와아. 지금도 눈에 선해요. 세상에. 믿겨지지가 않았어요."

셀리는 계모나 동생을 문간에서 보는 게 반가워 보이지 않았다. 잠시 정적이 흐른 뒤, 안으로 들어오라고 했다.

"와줘서 정말 기뻐요." 그녀가 말했다.

라라는 셀리가 거짓말하는 것을 수도 없이 봤기에, 그녀도 곧장 '뻥을 쳤다.'

"우리는 네가 어떻게 잘 견뎌내고 있는지 얘기해보고 싶어. 그래야 더 잘 도울 수 있을 거 아냐."

셸리는 의자에 푹 주저앉았다. "어머나, 고마워요."

라라는 임무를 수행했다.

"네 담당 의사와 병원 이름을 알고 싶구나. 너무 오래 가잖니. 청구서도 모두 따져봐야 할 것 같구나."

셸리는 아무런 대꾸도 하지 않았다. 실제로 할 수 있는 말이 별로 없을 터였다.

라라가 물었다. "치료받은 후에는 얼마나 아프니?"

셸리가 그녀를 똑바로 쳐다보았다. "너무너무 아파요."

어느 순간, 셸리는 일어나서 화장실로 갔다. 라라와 캐롤은 서로 눈짓을 주고받았지만 한마디도 하지 않았다. 그때까지 딸들은 조용히 앉아서 엄마를 보좌하고 있었다. 캐시 로레노의 흔적은 전혀 없었다.

몇 분 뒤, 셸리가 붉은 머리카락을 한 움큼 들고 나타났다.

그러더니 머리카락 뭉치를 바닥에 떨어뜨리며 말했다. "어머나, 어머니. 내 머리카락 어떡해요. 머리카락이 막 빠지고 있어요."

"아이고, 세상에." 라라가 말했다. 모두가 지켜보는 가운데 라라가 떨어진 머리카락을 집어 들었다. 그녀는 머리카락을 요리조리 살펴본 다음 셸리와 다시 한번 정면으로 부딪쳤다.

라라가 마침내 말했다. "암 치료를 받는 중에 머리카락이 빠진다는 얘기는 내 살면서 들어본 적이 없다. 그리고 보통은 두피에서 빠지는데 네 머리카락은 중간에서 끊어졌네."

라라는 방금 일어난 일을 조사하려고 화장실로 들어갔다.

"화장실 쓰레기통에 구겨진 휴지들이 맨 위에 있었어요." 라라는 오랜 세월이 지난 지금까지도 그때의 기억을 생생하게 간직하고 있었다. "쓰레기통을 샅샅이 뒤졌더니 긴 머리카락과 가위가 있었어요. 가위에는 아직도 머리카락이 붙어 있었죠. 붉은색 머리카락이었어요. 가위를 들고 나왔죠. 셸리는 내게 등을 대고 앉아 있었어요. 소파에 앉아 있던 캐롤은 거의 숨이 멎을 뻔했죠. 손녀들은 한마디도 하지 않았어요."

셸리는 여전히 진실을 말하기를 거부했다.

집으로 돌아가려고 차로 돌아온 라라는 딸에게 고개를 돌렸다.

"맙소사, 저 아이는 병들었어." 암을 의미한 것이 아니었다.

여전히 충격에 빠진 캐롤이 동의했다.

물론 둘 다 얼마나 심각하게 병들었는지는 알지 못했다.

그 무렵부터 새벽에 전화가 빈번하게 오기 시작했다. 두세 시에 걸려온 전화벨 소리에 깜짝 놀라 침대에서 나온 라라가 전화를 받으면 누군가가 귀에 대고 비명을 질러댔다. 어떤 때는 받으면 뚝 끊어버렸다. 그런 전화들이 반복되었다. 그녀는 그 전화의 배후에 셸리가 있다는 것을 단 한 순간도 의심하지 않았다. 셸리가 직접 전화를 거는 게 아니라면 누군가를 부추겼을 터였다.

이복동생 캐롤도 비슷한 전화를 받았다.

당시 노드스트롬 지면 모델을 하고 있던 캐롤은 모델 일에 대한 얘기를 셸리에게 한 적이 있었다. 셸리는 흥미를 보였더랬다. 이상하게도, 캐롤의 모델 에이전시는 어느 날 밤 그녀가 도둑이라서 누구도 고용해선 안 된다는 익명의 제보를 남겨 놓았다는 사실을 알려왔다.

셸리의 이미지에 딱 들어맞는 짓이었다. 그녀의 분노는 대부분 세상이 잠들어 있는 밤늦은 시간에 폭발했다.

라라는 회상했다. "셸리는 항상 그런 식이었죠. 야행성이었어요. 어렸을 때도 밤에 잠을 자지 않았어요. 아침이 되면 눈 밑에 커다란 다크서클이 내려왔죠. 아침에 침대에서 깨울 수가 없었어요. 셸리가 어디 가야 할 일이 있을 때면 날마다 싸워야 했어요. 그게 무슨 일이든 간에 진이 다 빠지도록 전쟁을 치렀죠."

#

셸리가 노발대발했다. 니키의 고등학교 반 친구의 부모 중 한 명이 암에 걸려서 기금 마련을 위한 스파게티 저녁 식사가 있다는 것을 알게 되었을 때였다.

"넌 왜 날 위해서는 그러지 않았지? 넌 날 조금도 사랑하지 않아."

'엄마는 암에 걸리지 않았잖아요.' 니키는 속으로 생각했다.

"죄송해요, 엄마." 대신 그렇게 말했다.

셸리는 아주 넌더리가 난다는 듯 고개를 절레절레 저었다. "니키, 내가 왜 널 걱정하는지 모르겠구나. 날 실망시키기만 할 뿐인데 말이야. 넌 정말 실망스러운 애야."

30장

열여섯 살에 불과한데도 셰인 왓슨은 진이 다 빠졌다. 그는 학교에 다니면서 어두워질 때까지 마당에서 일하고는 사촌 니키의 옷장에서 잠을 잤다. 육체적으로나 정신적으로나 녹초가 되었다. 주위에서 벌어지고 있는 일, 셸리와 데이브가 그들에게 하는 짓들 어느 것도 옳거나 정상적인 것이 아니었다. 그는 혐오스러웠다. 뛰쳐나가고 싶었다. 그렇지만 결국엔 캐시만큼이나 덫에 갇혀 있다는 것을 알고 있었다. 그토록 섬뜩하지만 않았더라면 아이러니했을 것이다. 노텍 부부는 그에게 대안이자 큰 희망이었다. 길거리 생활에서 구제해준 사람들이었다. 그런데 뭣 때문에?

셰인이 보기에 셸리는 꼴불견 수준을 넘어섰지만 데이브도 다를 바 없었다. 어쩌면 더 나쁠 수도 있었다. 데이브는 다 큰 어른인데 셸리가 시키는 대로 한다는 게 이해가 되지 않았다. 셰인과 니키에게 벌거벗기고 운동시켰다. 겨울철에 밖에서 점핑 잭(차렷 자세에서 뛰면서 발을 벌리고 머리 위에서 양손을 마주쳤다가 다시 원상태로 돌아오는 동작-옮긴이)을 시켰다. 한밤중에 쓰러질 때까지 집 주변을 돌라고 했다. 나이가 들고 몸집이 커지면서 반발심이 생기자 셰인은 자신이 생각하는 바를 거침없이 말했다. 캐시가 오기 전후에 완전히 아수라장이 되고 있었다. 셸리가 근처에 도사리고 있으면서 남편에게 셰인한테 따끔하게 교훈을 주라고 말하면, 셰인과 데이브는 몇 번이고 그런 상황에 맞닥뜨렸다.

"데이브, 이게 다 셰인을 위해서야!"

모노혼 랜딩에 살 때 몇 번인가는 말다툼에서 주먹다짐까지 오갈 정도로 악화되었다.

한번은 세탁실에서 말다툼을 하던 중 셰인이 데이브를 쳤다. 세월이 지난 후, 데이브는 그날 밤 자신과 조카가 무슨 일로 주먹질까지 하게 되었는지에 대한 기억은 사라졌다. 셰인이 그녀에게 얼마나 버릇없게 구는지를 전해서 그랬을 수도 있다.

데이브는 "셰인은 점점 더 고집스러워졌어요"라고 회상했다. "허구한 날 달아났죠. 제멋대로였어요. 아무한테나 시비를 걸었어요."

그런데도 데이브는 셰인을 좋아했다.

"녀석은 셸을 엄마, 나를 아빠라고 불렀죠. 열심히 일했어요. 학교에서 공부하려고 했어요. 모두가 녀석을 무시했기 때문에 셸은 도와주려고 했어요. 게다가 조카잖아요. 핏줄이잖아요. 고집이 세서 여간 힘든 게 아니었어요. 학교에서 항상 말썽을 부렸죠."

셰인의 성적이 떨어지는 것은 전부 집에서 일어나고 있는 일과 관련이 있었다. 하지만 데이브는 집에 없었기 때문에 알 수 없었다.

셰인은 셸리와 데이브가 집에서 만들어내려 했던 외관상의 균열을 암시하는 글을 숙제로 썼다.

"음, 인간은 점점 더 문명화되고 있지만 동시에 점점 더 야만적이 되고 있다…. 음, 그건 아마 내가 사람들이 하는 말에 귀 기울이는 것을 좋아하지 않기 때문일 것이고(원문 그대로임) 또 사람들이 내 말에 귀 기울이는 것을 좋아하지 않기 때문일 것이다(원문 그대로임)."

또 다른 수업 시간의 과제에서 셰인은 가장 중요한 것들에 대한 목록을 만들었다.

"나보다 가족 모두를 우선시할 것."

"마약이나 술은 금물."

"고자질하거나 일러바치지 말 것."

셰인은 가족 내에서 자신의 역할을 이해했다. 한번은 셸리가 명령해서 캐시를 부츠로 걷어찼다. 그는 캐시가 일어나려고 버둥거리는 모습을 지켜보았다. 꼭 집 앞 도로에서 자동차 보닛에서 튕겨 나간 짐승 같았다. 그녀는 울부짖고 비명을 지르며 자비를 구걸하고 있었다.

"셰인, 다시 걷어차!"

그래서 또 걷어찼다. 그렇지만 그건 그의 본모습이 아니었다. 토리의 그네를 밀어주거나 사미와 장난치는 것을 무척 좋아했지만 가장 가까운 친구는 계속 니키였다. 그들은 셸리를 얼마나 싫어하는지, 또 셸리가 욕조에 들어갔을 때 얼마나 헤어드라이어나 라디오를 던져 넣고 싶어 하는지에 대해 얘기하지 않을 때면 탈출을 모의했다. 셰인은 노텍 집안에 살러 오기 전에 자신의 가정에 아무리 문제가 있었든 간에 이곳에서 벌어지고 있는 것보다는 훨씬 나았다고 단언했다.

그는 니키에게 말했다. "아무럼 여기보다는 나았을 거야. 난 꼭 여기서 나가야겠어. 우리 둘 다 나가야 해."

니키도 도망치고 싶었지만 고등학교를 마치려면 2년이 남아 있었다.

"난 졸업한 다음 대학에 가야 해."

셰인이 고개를 저었다. "난 기다릴 수 없어."

"가게 돼도 제발 나를 떠나지는 마."

셰인은 언제나 약속했다. "알았어. 우린 여기서 같이 나가는 거야. 하지만 정말 빠른 시간 내에 나가게 되면 너에게 꼭 돌아올게."

"꼭 그러기다."

니키는 속으로 자신이 정말로 떠날 수 있을까 긴가민가했다. 동생들도 생각해야 했다. 엄마가 자신을 특이한 방식으로 옭아매고 있다는 것을 잘 알고 있었다. 또한 어디를 가든 얼마나 멀리 가든 엄마가 추적하리라는 것도 잘 알고 있었다. 엄마는 쇼핑몰에서 캐시를 찾았더랬다. 심지어 타코마 한복판에서도 셰인을 추적하는 데 성공했었다.

엄마는 사냥꾼이었다.

31장

데이브 노텍은 니키와 셰인을 학대하는 데 기꺼이 동참했다. 하지만 셸리가 아이들이 통제불능 상태이고 성인이 되었을 때 올바른 길로 가도록 하기 위해서는 혹독한 훈육이 필요하다고 주장했기 때문이었다. 데이브는 어떤 면에서는 약간 이해가 되었다. 아이들에게는 강한 통제력이 필요했다.

그는 아버지가 면도날을 가는 끈으로 때린 것을 비난한 적이 없었다.

하지만 캐시는? 데이브는 캐시에게 일어나고 있는 일을 변호하는 게 힘들었다. 그녀는 아이가 아니라 어른이었다. 게다가 그녀는 시키면 시키는 대로 다 했다. 빨래를 했다. 집을 청소했다. 동물들에게 먹이를 주었다. 늘 셸리가 원하는 대로 하지는 않지만 그러려고 애쓰고 있었다.

데이브는 선착장에서 트럭에 앉아 있었다. 겁이 나고 지쳤으며, 강물에 떠 있는 나뭇잎처럼, 캐시에게 벌어지고 있는 일이 끝이 보이지 않는다고 느껴졌다. 나쁜 짓이라는 것을 알면서도 일부러 눈감아 준 것이 아니라 정말이지 달리 방법이 없었다. 셸과 싸울 힘도, 이제 캐시를 괴롭히는 짓을 그만 좀 하라고 말할 기력조차도 없었다.

캐시가 그런 사태를 자초했다는 둥 스스로 일어서게 하려는 친구의 노력을 하찮게 만들고 있다는 둥 셸리가 비난했을 때 데이브는 되받아치거나 무슨 짓을 하고 있는지에 대해 지적하지 않았다. 캐시가 인지장애 문제가 생기자 셰인 탓으로 돌렸을 때도 데이브는 셸리를 비난하지 않았다. 셰인에게 캐시를 걸어차라고 강요한 사람이 바로 셸리 당신 아니였냐고 쏘아붙이지도 않았다.

데이브는 상황이 어디로 흘러가는지, 그리고 그 모든 상황에서 자신의 역할이 무엇인지 알 수 있었다. 캐시의 육체적 쇠약은 점점 악화되고 있었으며, 이 상황이 계속되면 캐시가 죽을 수도 있다는 게 명백했다. 그는 레이먼드의 집으로 돌아왔을 때 셸리를 따로 불러내 그가 생각하기에 효과가 있을 것 같은 해결책을 제안했다.

"캐시를 어딘가로 데려갈게."

셸리는 무슨 말인지 이해하지 못했다. "뭐라고?"

"오리건이나 어디 다른 데로 데려가서 그냥 내려주면 되잖아."

셸리는 좋은 생각이라고 여기지 않았다. 우선, 캐시가 누군가에게 무슨 일이 있었는지 말할지도 모르기 때문이었다. 게다가 건강도 회복해야 했다.

"걱정하지 마. 나아질 거야." 셸리가 말했다.

데이브는 믿지 않았지만, 언제나처럼, 셸리의 말에 반박하지 않았다. 그래도 무슨 일이 일어날지 걱정되었다.

셸리의 명령을 따르는 것 외에 데이브가 할 수 있는 일은 걱정뿐이었다.

#

화를 표출할 때면 셸리 노텍은 일종의 깜짝 장난감 상자(뚜껑을 열면 괴상한 모양의 인형이 불쑥 튀어나오는 장난감–옮긴이)였다. 한밤중에 잠에 곯아떨어져 있다가도 침대에서 벌떡 일어나 딸들 중 한 명이나 셰인에게 고래고래 소리를 질렀다. 슬래셔 무비(정체 모를 인물이 많은 살인을 저지르는 끔찍한 내용을 담은 영화–옮긴이)에 나오는 악당 같았다. 침착함에서 분노 지수로 0에서 60까

31장

지 올라가는 데 5초도 안 걸렸다.

세월이 지난 후, 딸들은 지구상에 엄마만큼 게으른 사람은 없을 거라고 말하기도 했다. 셸리는 온종일 소파에 누워 책이나 텔레비전에 시선을 고정시키기 일쑤였다. 그러다 갑자기 무슨 자극을 받아 행동에 나서면 마룻바닥을 뛰어다니는 쥐를 보는 고양이 같았다.

어느 날은, 쥐가 아니었다.

타파웨어였다.

거실 소파에 몸을 둥그렇게 말고 있던 셸리는 부엌을 훑어보다가 바닥에 대변이 담긴 타파웨어 용기를 보았다. 셸리는 부엌으로 달려가 조리대에 있는 가전제품 코드를 움켜쥐었다. 그날 부엌일 때문에 집 안으로 들어온 캐시는 겁에 질려 몸을 웅크린 채 달아나려고 했다. 셸리는 즉시 그녀를 깔아뭉개고는 코드로 후려쳤다. 캐시는 울부짖기 시작하면서 셸리에게 그만 때리라고 사정했지만 누그러지지 않았다.

셸리는 쿠조(스티븐 킹의 동명소설에 나오는 광견병에 걸린 개의 이름-옮긴이)였다. 프레디 크루거(공포영화 「나이트메어」 속 주인공-옮긴이)였다. 『그것』(스티븐 킹의 소설-옮긴이)에 나오는 페니와이즈라는 피에로 광대였다.

"캐시, 이 빌어먹을 년!"

캐시는 『그것』에서 샤워하던 소녀였다. 차에 갇힌 여자였다. 공격자가 자신을 죽여 없애버리기 전에 한번만 살려달라고 구걸하는 희생자였다.

"다신 그러지 않을게."

셸리는 계속 후려치고는 캐시의 머리채를 잡아당기더니 부엌에서 이리저리 질질 끌고 다니기 시작했다. 캐시는 체중이 상당히 줄긴 했지만 그래도 몸집이 컸다. 셸리는 그녀를 헝겊 인형처럼 이리저리 끌고 다녔다. 분노는 그녀에게 초인적인 힘을 주었다.

셰인과 딸들도 본 적이 없는 모습이었다. 아드레날린이 솟구치고 있었다.

"난 내 부엌에서 그런 걸 절대 보고 싶지 않아. 절대로! 알겠어? 넌 똥덩어리야, 캐시. 그게 바로 너라고!"

셸리가 캐시의 화장실 사용권을 폐지했다는 사실은 전혀 문제가 안 되었다. 소변을 보거나 대변을 보려면 허락받아야 한다는 것은 핵심을 벗어난 것이었다. 셸리가 잠들어 있었다는 사실과 캐시가 변기를 사용하게 해 달라는 부탁을 하려고 감히 깨울 수 없었다는 사실은 전혀 고려의 대상이 아니었다.

뭔가 새로운 걸 생각해내야 할 때였다. 캐시가 집의 규칙을 따르는 데 필요로 하는 모든 것을 단번에 이해하도록 하는 처벌이어야 했다.

데이브가 집에 돌아왔을 때 셸리는 캐시가 한 짓을 말했다.

"데이브, 부엌의 타파웨어 용기에 똥이 한 무더기 있는 거야! 대체 이게 말이 되냐고? 캐시가 이번에는 정말 일을 저질렀어. 당신이 뭔가를 해야 해."

데이브는 캐시가 한 짓이 역겹다는 것에 동의했지만, 펌프실에 격리시키는 것 외에 무엇을 할 수 있는지 생각나지 않았다.

그는 캐시를 좋아했다. 모두가 좋아했다. 그래, 잘못된 행동을 하긴 했지만 그녀를 때리고 발로 차고 싶지는 않았다. 그것은 무의미했고—비록 소리 내어 말한 적은 없지만—**미친 짓**이었다.

셸리는 캐시의 나쁜 버릇을 고치기 위해 그들이 무엇을 해야 하는지에 대한 생각을 이미 갖고 있었다.

"물고문해."

셸리는 남편에게 창고에서 나온 낡은 물탱크의 금속 받침대 위에 널빤지로 시소 장치를 만들라고 지시했다. 셸리가 윽박지르며 명령하자 데이브는 군소리 없이 착수했다. 캐시에게 벌주는 데 필요한 것이 바로 그것이었다. 널빤지 한쪽 끝에 물통이 놓여졌다.

셸리가 니키와 셰인에게 말했다. "너희 둘은 서서 지켜봐." 셰인은 캐시에게 가해지는 어떤 학대도 이보다 더 나쁠 수는 없을 거라며 니키에게 조그맣게 투덜거렸다. 이건 "완전히 듣도 보도 못한 개판"이었다.

셸리는 이제 벌거벗은 캐시를 펌프실에서 데려왔다. 셸리는 그녀가 걷는 것을 돕고 있었다. 그 무렵 캐시는 움직이는 데 어려움을 겪고 있었기 때문이다. 살이 많이 빠진 모습을 보자 니키는 말문이 턱 막혔다. 온몸에는 시퍼렇게 멍이 들어 있었으며, 주름이 처진 살갗에는 연하게 핏발이 서 있었다.

캐시가 되풀이했다. "잘못했어. 제발 이러지 마."

"주둥이 닥쳐." 셸리가 쏘아붙였다. "이 쓸모없는 똥덩어리야. 내 말 잘 들어!"

캐시는 애원하고 사정했다. 니키와 셰인을 바라보는 얼굴에서 니키는 '누가 나 좀 도와주지 않을래?'라는 표정을 읽을 수 있었다.

데이브는 캐시의 얼굴이 아래를 향하도록 널빤지에 갖다 댔다. 캐시는 그에게 맞서 싸우려고 했지만 몸이 너무 허약했다. 그는 그녀를 꼼짝 못 하게 하고는 나무 막대기로 만든 미라 인형처럼 온몸에 강력 접착테이프를 칭칭 감았다.

셸리가 신호를 보내면 남편은 캐시의 얼굴과 머리를 물통으로 처넣었다. 그 상태에서 잠시 계속 누르고 있었다. 그녀를 익사시키려는 의도는 아니었다. 단지 셸리의 명령에 따르게 하려는 것이었다.

'더 나은 사람이 되게 하려는 거야.'

일단 물고문이 시작되자 셸리는 니키에게 앞 데크에서 도로를 주시하라고 했다. 니키는 즉시 데크로 갔다. 셰인은 길 건너편에 사는 가족이 캐시의 비명을 확실히 듣지 못하는지 확인하도록 진입로 쪽으로 가라는 지시를 받았다. 사미는 마당에 서서 망을 보았다.

그들은 엄마가 캐시를 보며 비웃는 소리를 들을 수 있었다. 그녀를 병신이라고 불렀다. 뚱뚱이라고 했다. 못생겼다고 했다.

"넌 아무짝에도 쓸모없어, 캐시! 개선해야 해!"

니키는 캐시의 머리가 들어 올려졌다가 물에 잠기기를 반복하는 동안 내는 절규를 듣지 않으려 애썼다. 캐시의 목소리는 낮은 음역이었으며, 숨을 쉬려 버둥거리고 자비를 구걸하면서 내는 소리는 비명이라기보다는 목구멍에서 꾸르륵꾸르륵 울리는 소리에 더 가까웠다. 엄마가 호통치며 명령하고 아빠가 캐시를 처박는 동안 니키는 맡은 자리에 서 있었다. 그 장면은 충격적이었고 소름끼치는 광경이었으며, 시골의 예쁜 목가적 배경과 어울리지 않았다. 사과나무들이 무성했다. 목초지에는 말들이 있었다. 그리고 한 벌거벗은 여자가 널빤지에 묶여 반복적으로 처박히고 있었다.

물고문은 오랫동안 계속되지는 않았다. 아마 10분 정도였을 것이다. 니키의 기억 속에서는 벌거벗고 강력 접착테이프로 칭칭 감긴 채 도와달라고 비명지르는 캐시의 모습이 영원히 얼어붙어 있을 만큼 긴 시간이었다.

훗날 셸리는 물고문 처벌을 "샤워" 또는 "목욕"으로 특징지었다. 제일 아끼는 친구가 몸을 청결하게 하지 않았기 때문에 셸리와 데이브가 그녀를 씻기기 위한 한 방법으로 그 기술을 쓴 거라고 했다.

당연히 그 광경을 목격한 사람은 아무도 그런 식으로 보지 않았다. 캐시를 목욕시키는 것과는 아무 관련이 없었다.

어느 날 오후, 시애틀에 있는 자택에서 자식들이 밖에서 노는 동안 니키가 당시를 회상했다. "엄마는 캐시에게 그렇게 하는 걸 즐겼어요." 그리고는 레이몬드에서 보냈던 십 대 시절을 떠올렸다. "어떻게, 혹은 왜 그랬는지는 모르겠지만 정말로 물고문을 했어요. 그때 딱 한 번 그런 일이 있었고, 나중에 그 장치는 치워졌어요. 다신 보지 못했습니다."

구타. 물고문. 펌프실에서의 끝없는 날들. 캐시를 괴롭히고 고문할 때 셸리는 과열된 상태였다. 마치 캐시가 더는 인간도 아닌 것 같았다. 셸리는 그녀를 가학 성애자가 최고로 총애하는 동물을 다루듯 대했다. 냉장고에서 썩은 음식을 꺼내 믹서기에 돌린 다음 그것을 먹였다.

"캐시, 이 스무디 마셔."

유리잔을 받아 들고 갈색과 회색의 내용물을 바라보는 캐시의 손이 덜덜 떨렸다.

셸리는 캐시에게 시선을 고정시켰다. "맛있어 보이지 않아?"

캐시는 유통기한이 훨씬 지난 햄버거와 상한 농산물이 혼합된 스무디를 마셨다.

"맛있어. 고마워, 셸리."

니키는 엄마가 부엌 찬장에서 몰튼(소금 전문회사 브랜드-옮긴이) 소금을 어린이용 컵에 가득 채우는 것을 지켜본 적도 있었다. 그걸로 무엇을 하려는지 이해할 수 없었지만 병적인 호기심이 발동했다. 셸리는 그 계획이 무엇이었든 세인을 가담시켰으며, 그는 시키는 대로 했다. 니키는 그들 둘을 따라 펌프실로 갔다. 그렇지만 끝까지 따라가지는 않고 대신 뒤에서 미적거리며 엄마가 문을 여는 것을 지켜보기로 했다.

셸리가 컵을 캐시에게 건넸다. 그즈음 캐시는 다른 사람의 도움 없이는 거의 서 있을 수도 없었다.

"소금 처먹어."

한낮의 밝은 빛 때문에 눈을 가늘게 뜨며 캐시가 말했다. "안 먹을래."

셀리는 소금이 그녀에게 좋다고 했다. "부은 발을 가라앉히는 데 도움이 될 거야."

니키는 회상했다. "난 의사는 아니지만 소금이 캐시에게 어떤 도움도 되지 않으리라는 것은 분명히 누구나 알 거라고 생각해요. 엄마는 무슨 거창한 치료를 하는 것처럼 굴었어요. 우리와 캐시에게 했던 모든 짓들에 대해 항상 이유를 댔죠."

캐시는 저항하려 했는데 이는 드문 일이었다. 그녀는 항상 순응했었다. "싫어."

셀리는 그 말을 무시했다.

"먹어!" 셀리가 윽박질렀다. "한 톨도 남기지 말고 다 먹으라고, 캐시!"

캐시는 어느 정도 저항했다. 그러나 언제나처럼 셀리의 불굴의 의지를 당해낼 수는 없었다.

니키는 그 광경을 지켜보기에 좋은 위치에 있지 않아서 캐시를 볼 수는 없었지만 엄마와 셰인이 소리지르는 동안 소금을 거부하는 소리를 들을 수 있었다.

"소금 처먹으라고! 하루 종일 기다리리? 이러고 있을 시간 없어."

니키는 캐시가 소금을 먹으면서 침을 뱉는 소리를 들었다. 엄마와 셰인은 마지막 한 톨을 다 먹을 때까지 지키고 있었다.

"다 처먹어!"

그 일이 끝난 후, 셀리는 캐시에게 알약을 몇 개 주고는 그것도 삼키라고 했다. 그런 다음 문을 잠그고 그곳에서 나왔다.

32장

모노혼 랜딩 로드의 작은 붉은 농가에서 무슨 일이 벌어지고 있는지 아무도 눈치채지 못한 듯했다. 나중에 일부 사람들은 저쪽에서 뭔가 이상한 일이 벌어지고 있는 것 같았다고 말하긴 했지만, 한 이웃이 말들이 방치되고 있다고 당국에 전화한 것 외에는 아무것도 신고되지 않았다. 버스에 타고 있던 아이들이 벌거벗은 여자가 마당에서 뛰어다니는 것을 본 뒤에도 셸리는 온수 욕조 사고로 발 빠르게 대응하여 알리바이를 입증하는 데 성공했다.

아무도 캐시가 마당에서 발로 걷어차이거나 물고문 당할 때 지르는 비명을 듣지 못했다.

아무도 셰인과 니키가 진흙탕에서 뒹구는 것을 알아차리지 못했다.

아무도.

하지만 집 안에서는 극도로 불길한 예감이 감돌고 있었다. 치과에서 엑스레이를 찍을 때 입는 납이 들어간 앞치마처럼 무거웠다. 십 대인 니키와 셰인은 집 뒤 숲에서 담배를 나눠 피우며 그러한 예감에 대해 이야기했다. 셸리가 그들에게 한 짓을 두고 유대감이 형성되면서 여느 때보다도 굳건해졌다.

그리고 셸리가 캐시에게 하는 짓을 목격하면서 훨씬 더 굳건해졌다.

나빴다.

"여기서 나가야 해." 셰인이 캐시에 대해 말했다.

"그럴 수 없을 거야." 니키가 말했다.

그리고 니키가 옳았다.

캐시는 이제는 앉아 있을 때조차 숨 쉬는 게 힘들었다. 서 있는 것은 생각할 수도 없었다. 자기 힘으로는 거의 앉거나 서 있을 수 없었다. 눈동자는 다소 흐릿했고, 군데군데 시퍼런 멍이 든 부어오른 살갗은 붉은 지류가 그려진 지도였다. 모든 자국은 셸리가 캐시에게 어떻게 화를 냈는지에 대한 이야기를 전하고 있었다. 셸리는 사미에게 목욕이나 샤워를 시키려고 캐시를 펌프실에서 집 안으로 데려올 거라고 했다.

"캐시에게 도움이 될 거야." 셸리는 주장했다.

사미는 캐시가 집 안으로 들어오는 게 기뻤다. 늘 장작 난로가 타고 있었다. 난로에서 내뿜는 열기가 도움이 될 거라고 사미는 확신했다. 캐시는 몇 주 동안 펌프실에 격리된 채 고생하고 있었다. 어쩌면 몇 달이었을 수도 있다. 사미는 엄마가 한 일들에 대해 정확히 얼마만큼의 시간이었는지 잘 기억할 수 없었다. 학대는 불규칙했다. 모두를 신경이 곤두서 있게 하는 움직이는 표적이었다.

"알겠어요, 엄마."

캐시는 도움을 받아 잔디밭을 가로지른 다음 집 안으로 들어와 거실을 지나 안방에 인접한 화장실로 들어가는 동안 발걸음을 뗄 때마다 신음했다. 온몸에는 흉측하게 멍든 자국이 있었으며 극심한 체중 감소로 인해 살갗은 출렁출렁 주름이 져 있었다. 노텍 집안으로 거처를 옮긴 이후로 45킬로그램 넘게 빠져 있었다. 이제는 캐시가 홀쭉해졌기 때문에 셸리는 얼마나 "끔찍해" 보이는지 모른다는 말을 하지 않았다.

셸리는 샤워가 마치 무슨 극진한 대접이라도 되는 양 행동했는데, 그건 사실이었다. 캐시에게 몇 달 동안 실내 수도시설 사용을 허락하지 않았기 때문이다. 그녀의 "목욕"은 표백제 통에서 곧장 표백제를 부은 뒤 호스로 물을 뿌리는 것이었다.

"캐시, 이렇게 하면 좋아질 거야." 셸리가 친구에게 말했다. "따뜻한 물이 기분을 좋게 해줄 거야."

캐시는 알아들을 수 없는 대답을 했다. 이상하게도 사미에게는 그녀가 샤워하는 것을 고맙게 여기는 것처럼 느껴졌다. 캐시가 서 있을 수 없다는 것이 명백해지자 셸리는 전술을 바꾸어 목욕 계획을 변경했다. 물을 틀기 시작했다.

셸리와 사미가 캐시를 욕조에 넣으려 하자 캐시가 미끄러지면서 샤워 부스의 유리문에 달린 경첩이 풀리며 연결 부위에서 떨어져 유리문이 바닥에 쾅 떨어졌다. 반짝이는 강화유리 파편들이 사방으로 튀었다. 캐시는 울부짖고 있었다. 사미는 그녀를 다치지 않게 하려 애썼지만 유리 파편에서 나뒹굴면서 복부와 다리가 유리조각에 베었다.

오랜 뒤, 그날 보았던 기억이 떠오르자 사미의 눈에 눈물이 고였다.

그 당시를 회상하며 사미가 말했다. "심했어요. 그때 모습을 떠올리지 않으려고 아무리 애써도 눈에 선해요. 심했죠. 온몸에 멍이 잔뜩이었어요. 모두 엄마가 한 짓이었죠. 캐시는 그냥 거대한 멍 그 자체였어요."

사미는 화장실의 기류가 바뀌는 것을 느꼈다. 그때쯤 니키가 합류해서 이제 셋이 되었다. 셸리는 좋은 친구라도 되는 듯 다정하게 쓰다듬으며 상냥한 말을 늘어놓고 있었다.

"캐시, 다 괜찮아질 거야." 그렇게 말할 때 사미와 시선이 마주쳤다.

사미는 그 순간 엄마가 겁먹었다는 것을 알 수 있었다. 캐시가 돌이킬 수 없는 상태가 되었다는 것을 빤히 알면서도 셸리는 괜찮다고, 다 괜찮다고 계속해서 확신시키려 하고 있었다. 캐시는 병원에 가야 했지만 셸리는 자기가 도울 수 있다고 고집부렸다.

치료해야 했다.

구해야 했다.

"캐시, 이제부턴 집 안에 있을 거야. 너도 그게 좋지, 그렇지 않아?"

캐시가 불분명하게 발음했다. 셸리의 말에 동의하는 것 같았다.

그들 셋은 캐시가 변기로 가는 것을 도왔다. 그리고는 수건과 휴지로 출혈을 막으려고 했다.

니키는 온몸을 들썩이며 눈물을 흘리며 나갔다. 다음번에 캐시를 보았을 때는 엄마가 출혈을 막으려고 최대한 조치를 취한 뒤였다. 일부 자상은 여전히 의학적 치료가 필요했다.

"엄마가 붕대를 칭칭 감아놨더라고요. 피를 많이 흘리는 것 같지는 않았지만 병원에 데려가 봉합해야 하는 상황이었어요."

니키가 셰인에게 무슨 일이 있었는지 말하자 셰인은 난리를 쳤다.

"병원에 가야 해. 이건 옳지 않아. 우리 모두 알잖아."

#

데이브는 집 뒤편에 있는 세탁실의 확장 공사를 하고 있었다. 마무리가 덜 된 작은 공간이었다. 펌프실과 달리 그곳은 뜨겁고 건조했다. 셸리가 베개와 담요와 함께 트윈 매트리스를 갖다 놓았다. 그녀는 캐시를 침대로 밀어 넣으며 다 잘될 거라고 했다.

거짓말이었다. 사미는 캐시의 눈빛에서 감지할 수 있었다.

두려움. 불신. 혼란.

캐시를 세탁실로 옮긴 지 얼마 지나지 않아 딸들과 셰인은 캐시에게 텔레비전을 보게 하려고 거실로 이동하는 것을 도왔다. 다리를 후들후들 떨었기에 아이들이 양쪽에서 부축해줘야 했다. 텔레비전에서 토리가 좋아하는 만화가 방영되는 동안 그들은 캐시를 소파에 앉혔다. 캐시는 의식이 또렷하지는 않았지만 깨어 있었다. 사미가 토리의 장난감 하나를 주었다. 코드 두 개가 서로 맞물리는 작은 플라스틱 전화기였다. 캐시는 멍든 손가락 끝으로 코드를 잡았지만 서너 살짜리 아이도 능숙하게 하는 것을 해낼 수 없었다. 몇 번이고 시도했지만 제대로 연결할 수 없었다. 아이들은 그 모든 사태를 온전히 받아들였다. 그 순간 캐시의 뇌에 뭔가 문제가 있다는 것을 알게 된 것이었다.

나중에 사미는 캐시가 무언가를 붙잡고 몸을 일으켜 세울 수 있도록 두께 2인치에 폭 4인치의 널빤지를 찾아내 허리 높이로 침대에 가로로 놓았다. 그리고는 침대 양쪽의 노출된 샛기둥에 못으로 박았다. 셀리는 보자마자 당장 치우라고 했다.

"왜요? 캐시에게 도움이 될 거예요."

셀리가 째려보았다.

"이렇게 뭘 몰라." 사미의 친절한 행위를 어리석은 실수로 취급하며 말했다. "캐시는 게을러터진 데다 더 강해져야 해. 사미, 네가 가능하게 할 수 있어. 우린 캐시가 나아지기를 바라잖아, 그렇지? 캐시는 스스로 회복해야해."

사미는 엄마에게 말대꾸하지 않았다. 그녀는 캐시가 게으른 게 아니라 병이 심하게 들었다는 것을 알고 있었다. "걸을 수도 없었어요. 쓰러졌다가 조금 움직였다가 또 쓰러졌죠. 평형감각이 엉망진창이었어요. 이도 없었어요. 머리카락은 다 빠졌고요."

방과 후 어느 날, 사미는 엄마가 보지 않을 때까지 기다렸다가 세탁실로 들어갔다. 그리고는 침대 옆에 무릎을 꿇고 캐시의 손에 자신의 손을 포갰다. 차갑게 느껴졌다.

사미가 속삭였다. "캐시, 잘 있는지 보러 왔어요."

사미는 담요를 끌어 올리고 베개를 고쳐주었다. 캐시는 목구멍에서 꾸르륵거리는 소리를 냈지만 정말로 대답한 것은 아니었다. 그녀는 사미의 눈을 바라보았다. 물끄러미 사미의 눈길을 더듬는 것 같았다. 그 외에는 아무것도 없었다.

"캐시." 사미가 반복했다. "내 말 들려요?"

고개를 끄덕이는 캐시의 눈자위가 허옇게 뒤집혀 올라갔다.

사미는 울기 시작했다.

'뭔가 단단히 잘못됐어. 캐시는 도움이 필요해.'

33장

데이브 노텍이 차를 몰고 위드비섬에서 집으로 도착하는 데 얼마나 걸리는
지는 도무지 예측할 수 없었다. 연락선. 고속도로. 시애틀의 교통량. 101번
국도. 끝이 안 보일 정도로 오랜 시간이 걸렸다. 그는 엄청난 양의 커피와
한 움큼의 각성제에 취해 있었다. 정신은 언제나 매사를 분별할 수 없는 몽
롱한 상태였다. 그 어느 때보다도 더 스트레스를 받고 있었다. 셸리는 돈과
아이들, 그리고 캐시를 다루는 게 얼마나 힘든지에 대해 다시 불평을 늘어
놓고 있었다.

'그리고 캐시.'

데이브는 캐시의 복부와 다리에 자상을 입힌 목욕 사건에 대해 알고 있
었다. 셸리는 자신이 캐시를 싹 고쳐놓아서 이제 새 사람이나 다름없다고
했다. 그는 그 말이 미심쩍었다.

1994년 7월, 장거리 운전을 마치고 집에 도착했을 때, 그는 평생 들어본
적이 없는 것 같은 소리가 세탁실에서 나는 것을 들었다. 동물이 내는 소리
가 아니라는 것을 알았지만 그렇다고 완전히 사람의 소리처럼 들리지도 않
았다. 옅은 신음소리를 내는 가운데 간간이 목구멍에서 꾸르륵꾸르륵 울리
는 듯한 특이한 소리가 나왔다.

"이게 무슨 소리야?"

그레이랜드의 씨 스타 레스토랑에서 설거지 일을 하는 니키를 태우러

갈 준비를 하고 있던 셸리는 개의치 않는 눈치였다.

"아, 캐시야. 괜찮아. 지금 쉬는 중이야."

"괜찮게 들리지 않는데."

셸리는 데이브의 말을 무시하고 딸들에게 소리쳤다. "사미! 토리! 얼른 가자!"

"도대체 무슨 일이 일어나고 있는 거야?" 데이브가 물었다. 지난번에 집에 왔을 때 아내에게 캐시의 병세가 악화되는 것에 대해 말했었다. 캐시의 얼굴 한쪽이 약간 처지기 시작했었다. 멍도 들어 있었다. 그가 하는 말을 알아듣거나 똑바로 눈을 마주칠 수도 없는 것으로 보였었다. 얼굴 앞에 손가락을 갖다 대보았지만 눈동자가 손가락의 움직임을 따라가지 못했었다. 일어서는 데도 도움을 필요로 했으며 심지어 서 있는 것도 부축해줘야 했었다. 균형이 깨진 것이었다.

"캐시는 점점 나아지고 있어." 셸리는 주장했었다.

이제 셸리와 딸들이 니키를 데려오려고 떠나자 데이브는 당황해서 할 말을 잃은 채 서 있었다. 셰인은 부엌에서 설거지를 하고 있었다.

세탁실에서 귀에 거슬리는 걸걸한 소리가 더 많이 나오자 데이브는 그곳으로 갔다. 그해 초여름에 셸리가 임시변통으로 만든 침대에 캐시가 누워 있었다. 7월의 후끈후끈한 열기가 작은 방을 가득 채우고 있었다.

데이브는 캐시에게 바짝 몸을 기댔다. 토해 놓은 걸로 봐서 꾸르륵거리는 소리는 숨이 막히고 있다는 것을 나타내고 있었다. 냄새도 메스꺼웠다. 데이브는 심장이 얼마나 심하게 쿵쾅쿵쾅 뛰던지 거의 심장마비를 일으킬 지경이었다. 눈자위는 허옇게 뒤집혀 올라가 있었다. 그녀는 숨을 쉬려고 안간힘을 쓰고 있었다. 거의 미동도 없이 엎드린 채 조그맣게 처량한 소리를 내고 있었다.

"도대체 왜 이러는 거야?" 캐시의 어깨를 붙잡고 흔들며 셰인에게 외쳤다. 몸이 축 늘어져 있었다.

셰인은 겁에 질려 동상처럼 꼼짝 않고 서 있었다. "모르겠어요."

"세상에." 데이브가 셰인을 올려다보며 말했다. "상태가 나빠."

그랬다. 정말 나빴다.

"캐시?" 데이브가 목소리를 조금 높였다. "괜찮아? 캐시, 대답해."

캐시가 뭐라고 좀 더 꾸르륵거리자 데이브는 극도로 당황하기 시작했다.

"숨을 쉬지 않아, 셰인!"

데이브는 털썩 무릎을 꿇고 어떻게든 캐시를 옆으로 눕혔다. 입가에 묻은 구토물을 치우기 시작했다. 콧구멍에도 구토물이 있었다. 손가락으로 구토물을 파냈다.

"숨을 쉬지 않아!"

데이브는 심폐소생술을 시도하면서 온몸을 바들바들 떨고 있었다. 오랫동안, 아마 5분 정도, 계속해서 심폐소생술을 했다. 가슴 압박도 했다. 하지만 아무 소용이 없었다.

훗날 그는 당시 무슨 생각을 하고 있었는지 떠올렸다.

"911에 전화해야 한다는 것은 알고 있었지만, 돌아가는 모든 상황으로 봐서 경찰이 우리 집으로 오는 게 꺼려졌어요. 셸을 곤경에 처하게 하고 싶지 않았거든요. 아이들이 겪을 트라우마도 그렇고…. 난 이 일이 아이들 인생이나 우리 가족을 망치는 걸 원치 않았어요. 머릿속이 하얘졌어요. 기겁했죠. 뭘 어떻게 해야 할지 몰랐습니다."

캐시는 여전히 반응이 없었다. 데이브는 그녀를 들어 올리려고 애썼지만 너무 무거웠다. 갖은 애를 써서 하임리크 구명법(목에 이물질이 걸린 사람을 뒤에서 안고 흉골 밑을 세게 밀어 올려 토하게 하는 방법-옮긴이)을 시도했다. 안

통했다. 얼마나 오랫동안 그녀를 구하려고 했는지는 모르지만 헛수고였다. 셰인은 감정을 주체하지 못하며 모든 상황이 얼마나 난장판인지를 말하고 있었다. 셰인과 데이브의 눈길이 서로 마주쳤다. 그들은 상황을 어떻게 대처해야 할지 몰라 그저 멍하니 앉아 있었다.

그간의 모든 것이 이와 같은 결말이 가능하다는 것을 가리키고 있었지만, 그 순간에는 현실이 아닌 것 같았다.

캐시 로레노는 죽었다.

데이브는 니키나 셸리가 씨 스타 레스토랑에 있는지 알아보려고 전화를 걸었지만, 그들은 이미 주차장에 있었다. 전화를 받은 아이가 셸리를 다시 안으로 들어오도록 했다.

딸들은 엄마가 차로 돌아왔을 때 얼굴이 하얗게 질려 보였던 것을 기억했다.

"캐시 괜찮대요?" 사미는 집으로 차를 몰고 가는 길에 엄마에게 몇 번이고 물어봤던 기억을 떠올렸다. 유독 말이 없던 셸리는 둘째 딸 쪽을 쳐다보지도 않았다. 그녀는 도로에서 눈을 떼지 않고 있었다. "괜찮대."

니키는 직감적으로 끔찍한 일이 일어났다는 것을 알았다.

뭘 어떻게 해야 할지 몰랐다.

집에 도착하자 데이브는 즉시 셸리를 한쪽으로 홱 잡아당기며 아이들에게 아주 중요한 문제에 대해 부모끼리 의논할 시간을 가져야 한다고 했다. 딸들과 셰인이 거실에서 잠깐 꾸물거리자 데이브는 더욱 단호한 말투로 위층으로 올라가 텔레비전을 보라고 했다.

아이들이 거실에서 나가자 셸리에게 말했다. "캐시가 떠났어."

"'떠났다'는 게 무슨 뜻이야?"

데이브는 셸리를 더욱 바짝 끌어당겼다. 셸리는 그가 무슨 말을 하고 있는지 파악해야 했다.

"캐시는 이제 더 이상 이 세상 사람이 아니라고! 셸리, 캐시는 죽었어. 가서 봐."

셸리가 뒤로 물러섰다. 짜증나면서도 당혹스런 표정으로 공기가 통하지 않는 세탁실로 향했다. 매트리스 위에 캐시의 시신이 놓여 있었다. 셸리는 캐시가 왜 죽었는지 전혀 알지 못하는 것 같았다.

#

아이들은 니키의 방에 옹기종기 모여 있었다. 아래층에서 뭔가 벌어지는 소리를 들을 수 있었다. 다투고, 고함지르고 있었다. 아무도 부모가 무슨 말을 하고 있는지 정확히 들을 수는 없었다.

니키가 마침내 사미에게 말했다. "넌 여기서 토리와 함께 있어. 셰인과 내가 무슨 일이 일어나고 있는지 알아보러 갈게."

사미는 그때 울고 있었다. 뭔가 정말로 잘못되었다.

니키와 셰인은 살금살금 계단을 내려와 거실로 갔다. 데이브와 셸리는 마당에서 말다툼을 하고 있었기에 그들은 캐시가 지내고 있던 작은 세탁실로 들어갔다. 어두웠다. 그들은 불을 켜지 않았다.

셰인은 무슨 일이 벌어지고 있는지 알고 있었지만, 그 당시에는 니키에게 아무 말도 하지 않았다. 그들은 캐시의 이름을 불렀지만 대답이 없었다. 셰인이 캐시의 발을 밀어보았지만 움직이지 않았다. 마침내 셰인이 그녀의 팔을 들어 올렸다가 떨어뜨렸다. 그녀의 얼굴은 미동도 없었다. 온몸이 퉁퉁 부어 있었다. 멍이 들어 있었다. 완전히 숨이 끊어져 있었다.

"그래, 죽었어. 정말 죽었어. 이런 젠장!"

니키는 겁에 질렸다. 셰인과 함께 위층으로 다시 몰래 올라가서 사미에게 말할 때 니키는 온몸을 덜덜 떨고 있었다.

니키가 당시를 기억하며 말했다. "사미는 정신이 나가기 시작했어요. 완전히 제정신이 아니었죠. 캐시를 무척 좋아했거든요."

셸리는 그 소동을 듣고 사미를 위로하러 왔다가 아래층으로 다시 내려갔다. 그리고는 금세 돌아왔다.

니키가 회상했다. "엄마는 돌아오더니, 음, 차에 타라고 했어요…. 그때 엄마는 정말 다정했어요. 다 괜찮을 거라고 말했죠. 그리고 누구도 우리 가족을 부숴버리게 놔두지 않을 거라고 했어요."

"구급차를 불러야 해요." 셰인이 말했다.

셸리가 눈살을 찌푸렸다. "안 부를 거야. 소용없어. 캐시는 이미 떠났어."

집 안은 완전히 아수라장이었다. 아이들은 극도의 공포에 사로잡혀 흥분해 있었다. 셸리도 울고 있었다. 그녀는 모두에게 모든 게 다 잘될 거라고 말하다가 눈이 퉁퉁 붓도록 울다가를 반복했다. 데이브도 마찬가지로 엉엉 울었다. 그는 신경이 곤두서 있었고 심장은 드릴로 벽을 뚫는 것처럼 쿵쿵 뛰었다.

그제서야 그는 '진작 단호한 태도를 취했어야 했는데'라는 생각이 머릿속을 맴돌았다.

하지만 그러지 않았었다. 그리고 지금도 그렇게 하고 있지 않았다.

대신에 셸리가 딸들을 챙겨 웨스트포트 근처에 있는 모텔로 데려갔다.

셸리가 딸들을 모텔에 투숙시키고 돈과 간식을 좀 주면서 나중에 셰인과 함께 오겠다고 약속했을 때는 열 시가 넘은 시각이었다. 그동안 딸들에게 아무하고도 말하지 말라고 단단히 일렀다. 단 한 사람이라도 말을 섞지 말라고 했다. 집에서 일어났던 일에 대해 어떤 것도 말하지 말라고 했다. 혼란스럽다고, 셸리가 말했다. 벌어진 일에 대한 답을 좀 찾아보겠다고 했다. 상황을 정리할 필요가 있다고 했다.

니키는 속으로 생각했다. '엄마가 캐시를 죽였잖아요.' 정리할 것은 아무 것도 없었다. 혼란스러운 것은 전혀 없었다. 믿을 수 없을 정도로 엉망진창이었다.

셸리와 셰인은 자정쯤에 도착했다.

다음 날 아침, 셰인은 토리와 사미와 함께 모텔의 미온수 수영장으로 수영하러 갔다. 다른 때 같았으면 수영은 여름 방학의 절정이 되었을 터였다. 첨벙거리며 수영하는 동안 그들은 자신들이 왜 수영장에 있는지, 혹은 레이몬드에서는 무슨 일이 벌어지고 있는지 아무도 알지 못했다.

아이들을 태우러 그날 아침 느지막이 도착한 셸리는 니키에게 씨 스타 레스토랑에 전화하라고 했다.

"오늘은 갈 수 없다고 해. 집에 급한 일이 생겼다고."

34장

데이브 노텍은 당면한 상황의 암울한 세부사항을 검토했다.

지금 일어나고 있는 일이 전혀 현실이 아니라는 생각이 들었다.

만약 누군가가 이 상황을 오해할 경우, 셀리와 자신은 가족을 망친 비극에 휘말린 평범한 사람들일 뿐이라고 되뇌었다.

캐시의 죽음은 사고였다. 자연적 원인이었다. 누구의 잘못도 아니었다.

시체를 없애버려야 했다.

셀리는 곁에서 무엇을 어떻게 해야 하는지 말하고 있었다.

훗날 데이브는 자신의 진술이 얼마나 모순되는지를 파악하지 못한 채 캐시 로레노의 시체를 "자정부터 새벽" 사이에 불태웠다는 것을 기억해냈다. 모노혼 랜딩의 집은 도로에 바짝 붙어 있었으며, 소각장은 창고 뒤에서 불과 몇 발자국 떨어진 곳에 있었다. 그곳에서 무언가를 태우는 것은 흔한 일이었다. 쓰레기를 태우는 곳이기 때문이다.

데이브는 활활 타기 시작할 때 "불길을 잡기 위해" 소각장에 육중한 주석과 강철판을 새로 보강했다. 그날 밤 공기는 약간 눅눅했고, 밖은 캄캄한 어둠에 휩싸여 있었다. 낡은 헛간의 판자들이 땔감으로 쓰였다. 전에 한 번도 해본 적이 없었지만 데이브는 화장하려면 불길이 아주 거세야 한다는 것을 알고 있었다. 데이브와 셰인은 캐시의 시체를 소각장으로 옮겨와서 내려놓은 다음 시체 위에 장작을 더 쌓았다. 낡은 타이어들을 장작더미 위에 없은 다음 기름을 부었다. 데이브는 훗날 자신이 하고 있던 일이 "인도주의적"인 이유 때문이라고 느꼈다고 했다. 그 일을 계속하도록 한 유일한 이유가 바로 그 점 때문이었을 거라고 했다. 그것은 엽기적이고 섬뜩한 과정이었다. 새벽녘 어스름한 빛에 캐시를 사그라지게 하는 데는 다섯 시간 이상이 걸렸다.

아침이 밝자 데이브는 재를 내려다보았다. 모두 다 식자, 홈 디포에서 산 양동이에 담아 워시어웨이 해변으로 차를 몰고 가 바다에 뿌렸다. 서핑을 하면서 얻은 지식이 쓸모가 있었다. 그는 조류에 대해 잘 알고 있었기에 재가 바다로 흘러가리라는 것을 알았다. 영원히 사라질 터였다. 그녀를 위해 기도하지는 않았다. 무슨 말을 해야 할지 생각나지 않았기 때문이다. 이후 세 번 더 워시어웨이 해변을 왕복했다. 또한 소각장에 남아있는 재와 흙먼지를 롱비치에 갖다 버렸다.

셸리는 캐시의 옷을 챙기더니 데이브에게 그것도 태우라고 시켰다. 캐시에게서 빼앗은 다른 물건들, 즉 개인적인 문서들과 장신구들을 도로 가져와 소각장 속에 던져 넣었다. 누군가가 캐시에 대해 찾아낼 수 있는 것은 거의 남아있지 않았다.

#

대기에 스며든 향내는 짙고 명백했다. 다음 날 노텍 자매들과 셰인이 모텔에서 돌아왔을 때, 마당에는 여전히 타이어와 디젤유가 탄 매캐한 냄새가 진동했다.

그리고 그것과 함께 태운 뭔가 다른 악취도 진동했다.

니키는 아빠가 불을 피운 곳 쪽을 힐끗 보기만 했다.

훗날 니키가 말했다. "난 창고 뒤로 가지 않았어요. 셰인이 무슨 일이 있었는지 말해줬죠. 우리 집엔 타이어가 잔뜩 있었는데 이젠 그것들도 모두 사라지고 없더라고요."

아이들은 집 안으로 들어갔다. 사미는 여전히 캐시를 생각하며 눈물을 흘리고 있었다. 토리는 무슨 일이 일어났는지 알기에는 너무 어렸으며, 큰 아이들은 토리에게 온 관심을 쏟았다. 셸리는 집 주위를 서성거렸고 데이브는 식탁 의자에 털썩 주저앉아 있었다. 눈두덩이가 축 처져 있었다. 그는 커피를 마시며 연신 담배를 피웠다.

캐시의 죽음과 시체를 없애기 위해 한 일이 쇳덩이처럼 데이브의 어깨를 짓눌렀다. 그는 자신이 한 일을 결코 지울 수 없다는 것을 알고 있었다. 캐시의 가족이 그녀가 어디로 갔는지, 그리고 그녀가 행복했는지 언제나 궁금해할 거라고 생각했다. 캐시의 엄마인 케이를 시내에서 보면 어떻게 대해야 할지 몰랐다. 딸에 대해 물어보면 뭐라고 말해야 할까? 자신과 셸리가 한 일 때문에 캐시의 가족은 절대 캐시를 찾는 일을 끝내지 않을 수도 있다. 그것은 캐시의 시체를 소각장으로 옮기기 시작한 때부터 매 순간 든 생각이었다.

셸리는 자기도 마찬가지 심정이라고 했다. 가장 친한 친구를 잃은 충격에서 헤어나지 못하겠다고 했다. 하지만 끝난 일은 기왕 끝난 일이니까 서로 정신을 차려야 한다고 말하며 훨씬 더 실제적으로 접근했다.

셸리는 큰 아이들에게 이제부터 입을 맞추어야 한다고 했다.

그녀가 경고했다. "누구라도 캐시에게 무슨 일이 일어났는지 알아내면 우리 모두 감방에 갇힐 거야."

그녀는 아이들이 모텔에서 돌아온 날 속을 떠보았다.

"캐시는 자살했어. 그래서 우린 그녀의 가족이 그 사실을 알기를 바라

34장

지 않는 거야." 셸리는 깊이 고민하는 척했다.

아무도 아무 말도 하지 않았다. 그저 셸리의 터무니없는 생각이 서서히 사라지겠거니 했다. 니키와 셰인은 누구도 그 얘기를 믿을 거라고 보지 않았다. 니키가 의문을 품었다. '자살이라고? 아무도 자살하는 데 5년이란 시간을 보내지 않아.'

캐시는 구타당하고, 굶주리고, 고문당해 죽었다.

데이브가 위드비섬으로 다시 일하러 돌아가면서 셸리는 소각장이 식은 지 며칠 지난 후 셰인과 니키에게 허드렛일을 시켰다. 그 둘을 창고로 데리고 가더니 홈 디포 양동이를 건넸다.

"아빠가 소각장에서 단열재를 좀 태웠어. 그 부스러기들을 찾아서 여기에 넣어."

둘 다 셸리가 찾고 있는 것은 그게 아니라는 것을 알고 있었다.

셸리가 집 안으로 돌아가자 그들은 소각장으로 걸어갔다. 그것은 섬뜩한 일이었으며, 그들은 별말을 나누지 않으며 먼지 구덩이를 쿡쿡 쑤셨다.

셰인이 아주 조그만 흰색 파편을 막대기로 가리키며 물었다. "저건가?"

니키가 쳐다보았다.

"그러네. 캐시 몸의 일부야." 니키는 속이 울렁거렸다.

셰인은 그들 둘 다 뼛조각이라고 여기는 것들을 꽤 많이 발견했다. 단열재가 아니었다. 녹아버린 장신구도 발견했다. 간신히 정신을 차리고 그 일을 할 수 있었던 니키도 뼛조각을 몇 개 발견했다. 그날 저물 무렵 셸리에게 양동이를 건넸다. 셸리는 그 조각들을 비닐봉지에 넣었다.

그녀는 그 후 며칠 동안 계속해서 셰인을 소각장으로 보내 뼛조각을 찾게 했다.

이후 데이브는 집에 왔을 때 굴착기를 구했다. 굴착기를 소각장으로 몰고 가서 표면에서 30~60센티미터 정도의 흙을 깨끗이 긁어냈다. 흙을 실은 굴착기를 워드 크리크의 외딴 벌목용 도로로 몰고 가서는 벌목꾼들이 나무를 잘라내 이제 막 길이 난 곳에 쏟아 땅에 서로 섞이도록 했다.

뒷마당의 소각장 사건이 있고 나서 세월이 좀 흐른 뒤 그는 이렇게 말했다. "나중에 우리는 그 자리에 정원을 가꾸었습니다."

35장

캐시 로레노의 실종에는 꾸며낸 이야기가 필요했다.

자살은 알맞지 않았다. 결국엔 시체가 없기 때문이다.

캐시를 뒷마당에서 화장했던 처음 며칠이 지나자 기분이 상당히 밝아진 셸리는 우선 데이브에게 자신의 생각을 연습해보기로 했다. 마치 그녀가 즐겨 읽는 돈벌이만을 노린 스릴러 책의 이야기를 늘어놓는 것 같았다. 그녀는 흥분해 있었다. 들떠 있었다. 마치 무슨 엄청난 사건의 내막을 드러내기라도 하는 듯 커튼을 들어 올리고는 숨이 턱 막힌 관객이 열광적으로 고개를 끄덕이기만을 기다리고 있는 것 같았다.

셸리가 꾸며낸 이야기를 시험해 보았다. "우린 모든 사람들에게 계속해서 캐시가 록키와 달아났다고 말할 거야. 내가 그들을 소개시켜줬는데 둘이 눈이 맞은 거지. 캐시는 어디 다른 곳에서 다시 시작하고 싶어 했고, 남자친구가 하나도 없었기 때문에 록키는 그녀에게 진짜 소중한 사람이 되었던 거야."

데이브는 그 이야기에 동조했지만 다른 사람들도 믿을지는 확신이 서지 않았다. 캐시는 그들이 아는 누구와도 실제로 사귄 적이 없었다. 가뜩이나 몸이 쇠약해진 상태에서 남자와 달아난다는 것은 아무리 생각해도 억지스러웠다.

"글쎄, 누가 그 얘기를 믿을까 모르겠네."

"믿게 만들어야지."

다음으로, 셸리는 아이들과 가족회의를 열었다. 아이들을 모두 거실로 불러내 소파에 앉혔다. 데이브는 별말이 없었다. 아내 옆에 앉아서 그녀가 제시하는 이야기에 동의하며 고개를 끄덕이기만 했다.

"내 친구 록키 기억나? 그가 캐시에게 얼마나 관심이 많았는지 기억해? 얼마나 사귀고 싶어 했는지 기억나?"

아이들 누구도 그런 종류의 기억이 없었다. 어느 누구도 그를 만난 적조차 없었지만, 라우더백 하우스에 살 때 엄마가 그 이름을 언급해서 들었던 기억이 어렴풋이 났다.

"너희 모두 그를 좋아했잖아."

그렇지만 함께한 추억을 심고 실제가 되게끔 만드는 것은 엄마의 전형적인 수법이었다.

셸리가 계획을 이어나갔다. "우리가 이번에 일치단결해야 하는 게 아주 중요해, 알겠어? 캐시가 록키와 같이 떠나버렸다는 사실을 너희 모두가 알고 이해하고 있어야 해."

"근데 그러지 않았잖아요." 셰인이 말했다.

셸리가 셰인을 매섭게 노려보았다. 그녀는 자신이 말하는 것은 법이기 때문에 자신의 말을 믿어야 한다는 듯한 눈길로 다른 사람의 눈을 뚫어지게 쳐다보는 버릇이 있었다.

"셰인, 넌 모르잖아. 아무것도 모르잖아."

당연히 셰인은 알고 있었다. 데이브가 장작더미를 쌓고 소각장으로 캐시의 시체를 끌고 가는 것을 도왔었다. 그럼에도 그는 자신의 주장을 굽혔다.

"알겠어요, 엄마가 그렇게 말한다면 뭐."

니키는 엄마가 새빨간 거짓말쟁이라는 것을 너무도 잘 알고 있었다. 하지만 어쨌든, 셰인이 록키 이야기를 지지하는 것이 사미에게는 희망을 좀 주었다. 어쩌면 자기가 결국 틀렸을지도 모른다는 생각을 하게 되었다.

어쩌면 캐시는 **살아있을 수도** 있다.

어쩌면 그간 일어났다고 생각했던 것이 나쁜 꿈이었을 수도 있다.

#

이야기를 설득력 있게 만들려면 세부사항이 필요한 법이다. 셀리는 무기고에 이미 무기를 하나 갖고 있었다. 세미트럭 바깥에 서 있는 한 여자의 흐릿한 사진이었다. 사진 속의 그 여자가 캐시라는 말을 **들으면** 누구나 그럴 거라고 상상할 터였다. 다음으로, 셀리는 니키에게 캐시의 서명이 담긴 카드와 편지를 위조하게 했다. 록키와 "사랑의 도피 행각"을 하는 얘기라면 훨씬 더 설득력이 있을 터였다. 그녀는 연습용 종이, 카드, 지퍼락 한 상자를 갖고 오더니 니키를 식탁에 앉혔다.

"더 비슷하게 해, 니키. 한 번 더 해봐."

그게 바로 니키가 한 일이었다. 메시지는 간략했다. 이리저리 여행 다니는 게 얼마나 재미있는지 극찬하는 내용이었다. 캐나다에 있었다고 했다. 멕시코에도 있었다고 했다. 캘리포니아에도 있었다고 했다. 그 생활이 행복하다며 레이몬드로 절대 돌아가지 않을 거라고 했다.

니키의 심정도 마찬가지였다. 니키 역시 고등학교를 마칠 때까지 기다릴 수 없을 것 같았다. 어서 빨리 레이몬드의 광기에서 벗어나고 싶었다.

셀리는 니키가 연습한 서명을 일일이 꼼꼼히 살펴본 후 이제 충분하다고 여기자 칭찬했다.

니키는 이렇게 기억했다. "엄마는 편지에 손끝 하나 대지 않았어요. 실제로 카드마다 닦은 다음 비닐봉지에 넣었죠. 내 생각에는 법의학적 지식을 모두 동원하고 있었던 거 같아요. 아니면 스스로 법의학자라고 생각했거나."

셜리는 편지를 승인하고는 남편에게 건네며 캐시의 가족에게 우편으로 부치라고 했다.

데이브는 훗날 말했다. "그녀는 내게 캐나다까지 가서 그 카드를 사우스 벤드에 있는 캐시 엄마의 집으로 부치라고 시켰어요. 그래서 그렇게 했죠."

셜리의 계획에서 제일 이상한 부분은 그게 아니었다. 니키에게 필체를 위조하라고 시키고 데이브에게 부치라고 시켰음에도 캐시의 엄마가 실제로 카드를 받는 것에 대해 마음을 바꾸더니 데이브에게 서둘러 사우스 벤드로 돌아가라고 했다. 그리고는 캐시의 소지품에서 빼앗은 사서함 열쇠를 이용해 엄마가 카드를 받기 전에 훔치라고 지시했다.

데이브는 시키는 대로 했다. 감시 중인 경찰처럼 기다렸다가 카드가 배달되자 회수하여 셜리에게 돌려주었다. 그녀는 카드를 지퍼락 안에 넣고는 감춰두었다.

"나는 그녀가 무슨 생각을 하고 있었는지 정말 몰랐어요. 알리바이 때문일까? 아님 방향을 튼 걸까? 어쨌든 나로서는 이해할 수 없었지만, 캐시에게 일어난 일로 인해 완전히 정신이 나간 나머지 셜이 하라는 대로 했습니다."

#

'록키 계획'이 한창 진행 중인 바로 그 순간에 셜리는 갑자기 방침을 바꾸었다. 말이 없어지면서 근심하는 모습이었다. 자신의 계획이 통할지 의문이라는 말은 하지 않았다. 단지 대안도 필요하다는 생각을 하고 있었다. 그녀는 몇 주 동안 궁리했다. 셸리의 통제하에 살았던 큰 아이들과 데이브는 셸리가 부글부글 끓고 있다는 것을 알 수 있었다. 혹시 텔레비전에서 FBI 위조 전문가의 기술을 통해 가해자가 잡힌 것을 본 것일까? 아니면 시체탐지견과의 에피소드라도?

그녀의 계획은 조정이 필요했다. 가족 모임 중에 셸리의 시선이 셰인에게 꽂혔다.

"다른 사람한테 말하면 우린 너한테 죄를 다 뒤집어씌울 거야, 셰인."

아이들은 입을 딱 벌리고 서로를 쳐다보았다.

셰인이 일어섰다. "그건 말도 안 돼요. 난 아무것도 안 했어요."

셸리의 시선이 그 십 대 아이에게 고정되었다. "우린 그렇게 할 거야, 셰인. 우린 네가 캐시를 죽였다고 말할 거야. 넌 캐시를 죽였어."

"거짓말이에요." 셰인이 주장했다. "아무 말도 하지 않을게요. 우리 가족에게 불리한 건 절대 말하지 않을게요."

셸리가 그의 눈을 뚫어져라 쳐다보았다.

"좋아. 널 믿어도 되겠지."

"믿어도 돼요." 셰인이 말했다. "믿어도 된다고요."

"그랬음 좋겠구나."

나중에 니키와 셰인은 엄마의 깜짝 위협에 대해 의논했다. 실은 별로 놀라운 일도 아니었다. 그들은 엄마가 생존자, 그것도 아주 이기적인 생존자라는 것을 알고 있었다. 자기 자신을 구하기 위해서라면 무슨 짓이든 할 터였다. 피투성이 눈밭, 불고문, 어두운 펌프실에서 보낸 오랜 시간 등 그간 캐시에게 일어났던 모든 일은 다 캐시의 잘못 때문이었다. 셸리는 어쩔 수 없이 친구에게 벌을 준 것이었다. 감당하기가 너무나 힘들고 비극적이지만, 그녀가 한 모든 일은 캐시에 대한 사랑에서 비롯된 것이었다.

입을 다물고 있겠다는 약속을 했음에도 셰인은 시간이 지나면 셸리가 자신을 공격하리라는 것을 알 만큼 똑똑했다. 언젠가는 누군가가 모든 사실을 알아내서 문을 두드리러 올 터였다.

"털어놓아야 해. 우린 그날 밤 그녀를 병원에 데려갔어야 했어."

니키는 그 말에 동의했지만, 어떤 말을 하거나 행동에 나서기에는 너무나 무서웠다.

대신 이렇게 물었다. "그럼 우리가 지금 뭘 할 수 있는데?"

셰인도 알지는 못했지만 생각하고 있었다.

셸리도 마찬가지로 조카에 대한 의심에 관한 한 전혀 사려 깊지 않았다. 늘 데이브에게 그 얘기를 꺼냈으며, 니키와 사미가 듣는 데서도 했다.

조카가 주위에 없을 때마다 말했다. "셰인이 다 털어놓을 거야. 그 자식이 우리 모두를 끝장낼 거라고."

셰인은 시간문제일 뿐이라는 것을 알았다. 그에게는 두 가지 선택지가 있었다. 누군가에게 털어놓거나 달아나거나.

두 가지 선택지 모두 고려의 대상이었다.

36장

————

셸리는 계속해서 캐시에게 일어난 일과 셰인에게 책임을 뒤집어씌우는 게 어떻게 답이 될 수 있는지에 대한 거짓말과 음모론을 동시에 처리하고 있었다. 캐시가 죽은 뒤 몇 주 지나자 셸리는 데이브에게 캐시의 가족이 그녀를 찾아볼지 여부를 판단하는 것이 좋을 거 같다는 생각이 든다고 했다. 어쨌든 캐시의 가족은 캐시가 노텍 집안에 들어와 살았던 거의 5년 내내 어떤 관심도 보이지 않았다.

셸리가 말했다. "케이에게 전화해봐야겠어. 캐시가 보고 싶어 한다는 말을 전하고는 올 수 있는지 확인해봐야겠어."

데이브는 입이 딱 벌어져서 무슨 말을 해야 할지 모를 지경이었다.

'캐시의 어머니를 초대한다고? 딸이 죽어 불태워진 곳으로?'

"왜 그렇게 하는데?"

"반응이 어떤지 보고 싶어."

데이브는 셸리가 불장난을 하고 있다고 생각했지만 자신의 생각을 굽히고는 사우스 벤드의 작은 집에 있는 케이에게 전화 거는 것을 지켜보았다. 통화는 채 1분도 걸리지 않았다.

셸리가 데이브에게 고개를 돌렸다. 얼굴에 만족스러운 미소를 띠고 있었다. 그녀의 본능은 정확했다.

'늘 그렇듯이.'

훗날 데이브는 마음 한구석에 품고 있던 그 순간을 다시 떠올렸다. "셀리는 케이가 상당히 퉁명스러웠다고 말했어요. 캐시와 전혀 얘기하고 싶어 하지 않았대요." 어떤 면에서는, 그것은 셀리가 통달한 의도적인 담력 시험이었다.

셀리는 자신의 주장을 증명해 보였다.

그들은 걱정할 게 없었다. 캐시의 가족은 그녀와 의절했다. 전혀 위협이 되지 않을 터였다. 로레노 가족 문제가 처리되자 셀리는 별안간 길 건너편에 사는 이웃들에게로 걱정을 옮겨갔다.

셀리가 아이들에게 말했다. "이웃들이 뭐 좀 알고 있지 않을까 싶구나. 무슨 소리를 듣거나 냄새를 맡았을지도 몰라."

니키는 그 말에 회의적이었다. 만약 그날 밤 누군가가 어떤 것을 보거나 어떤 소리를 들었다면 보안관에게 전화했을 거라고 생각했다.

셀리가 말했다. "확실하게 하려면 알아내야 해. 그들이 우리 가족을 뿔뿔이 찢어놓을 수도 있거든."

니키는 엄마가 무슨 말을 하는지 이해했다. 만일 보안관이 캐시에게 무슨 일이 일어났는지 알아낸다면, 부모는 체포되어 감옥에 보내질 거라는 위협이 항상 있었다. 자신과 셰인은 집도 절도 없이 떠돌아다니게 될 터였다. 사미와 토리는 결국 위탁 가정에 보내질 터였다. 가족은 영원히 사라지게 될 터였다.

문제의 이웃은 어린 아들이 셋으로 금전적으로 힘들게 살고 있었다. 그들은 생활보호 대상자로서 빚지지 않고 살려고 최대한 열심히 일하고 있었다. 마당은 장난감들로 어수선했고 집은 대대적인 수리가 필요했으며, 쓰레기 처리 서비스를 신청할 여유가 없었기 때문에 집 뒤쪽과 밑에는 쓰레기가 잔뜩 쌓여 있었다. 하지만 그들을 아는 사람이라면 누구나 그들이 얼마나 열심히 사는지 알고 있었다. 아이들은 깨끗했고, 잘 먹어서 건강했고, 행복해 보였다.

셀리는 계속 그 가족이 자신들에게 불리한 무언가를 할 거라 확신한다고 말했다.

"저 집에서 무슨 일이 일어나고 있는지 알아내야 해. 가서 자세히 좀 들어 봐."

"무슨 말이에요? 저 집에 가서 물어보거나 염탐하란 말이에요?" 니키가 물었다.

그 시나리오는 미친 짓이었다. 십 대 아이들에게 이런 대화는 상상 속에서나 가능할 뿐이었다.

'얘들아, 너희들 뭐 들은 거 있어? 비명소리라든가? 사람 태우는 냄새를 맡았다거나 하는 거 말이야?'

셀리는 그들을 염탐해야 한다고 말했다.

"어떤 식으로든 들키지 마."

니키와 셰인은 기이한 정찰 활동에 나섰다.

"니네 엄마는 망할 편집증 환자야, 니키."

니키는 어떻게 생각해야 할지 몰랐다. 엄마의 말은 아주 설득력 있어 보였다. 매사에 아주 똑똑했다. 니키와 사미는 엄마가 모든 것을 **다 안다**는 이유로 점쟁이라고 생각한 때도 있었다.

니키가 마침내 물었다. "그런데 엄마가 옳다면?"

셰인은 길 건너에 사는 가족이 전혀 위협이 되지 않을 거로 보았다.

어쨌든 그 둘은 살금살금 다가가서 주위를 둘러보고는 창문에 귀를 기울이려 했다. 몇 시간 후에 돌아왔을 때 셀리는 그들이 무엇을 알아냈는지 알고 싶어 했다.

"아무것도요." 셰인이 말했다.

"맞아요, 엄마. 괜찮아 보이는데요." 니키가 말했다.

셸리는 구체적인 세부사항을 요구했다. "뭘 봤어?"

니키는 그 집 근방의 지리와 집 뒤에 쌓인 쓰레기, 현관에 있는 냉동고, 그리고 쪼그리고 앉아 있는 동안 창문에서 나오는 어떤 소리도 들을 수 없었다고 했다.

"마룻바닥 밑." 셸리가 앞뒤 말을 자르더니, 이어서 반복했다. "마룻바닥 밑으로 들어가서 엿들어야 해. 중요한 일이야, 니키. 우리 가족의 운명이 네게 달려있어. 우린 다 같이 살아야 해."

"젠장, 마룻바닥 밑으로 들어가라고?" 셰인은 믿을 수 없었다. "난 그런 짓 안 해."

"엄마가 그게 중요하다고 했어, 셰인."

셰인은 미친 짓이라고 생각했다.

"난 안 해."

그해 여름, 니키는 이웃집 마룻바닥 밑 좁은 공간 아래 쓰레기에 기대어 가족이 일상생활을 하며 사는 마루판 틈새 사이를 올려다보며 하루하루를 보냈다. 군데군데 겨우 몇 마디만 들을 수 있었다. 들킬까 봐 겁에 질려 무슨 얘기를 하는지 잘 알아듣지도 못하면서 꼼짝도 하지 않고 있었다.

훗날 니키는 말했다. "엄마한테는 내가 들었다고 생각하도록 내버려 두었죠. 그들은 아무것도 모른다고 몇 번이나 말했어요."

셸리는 전적으로 확신할 수 없었다.

"다음번에는 그들이 집을 나설 때 뒤를 밟아야 해."

니키는 또 시키는 대로 했다. 식료품점, 우체국, 사우스 벤드에 있는 사회복지 센터로 가는 가족을 미행했다. 그녀는 보통 사람들이 하는 일상적인 일을 하는 것을 지켜보았다. 그런 다음 엄마에게 다시 보고했다.

"엄마." 거의 통사정하며 말했다. "그 사람들은 아무것도 몰라요."

"확실히는 모르잖아, 니키."

그랬다. 확실히는 몰랐다. 셸리는 항상 사람들로 하여금 사실을 의심하도록 만드는 데 능숙했다. 니키는 캐시가 죽었다는 것을 **알고 있었지만**, 그래도 혹시나 록키와 함께 **도망쳐 버린 것이었으면** 하고 바랄 때가 있었다.

'사미가 그걸 믿을 수 있다면 왜 나라고 못 믿겠어?' 니키는 생각했다.

셸리는 셰인에게 몇 차례나 이웃의 음식을 훔치라고 시키기도 했다. 이웃집 문손잡이에 호신용 스프레이를 뿌린 적도 있었다.

"나는 엄마가 속으로 그들을 마을에서 내쫓아야겠다는 생각을 하고 있다고 여겼어요. 엄마는 그들을 살살 건드리고 있었죠. 그곳에서 쫓아내려고 할 수 있는 모든 걸 다 시도하고 있었어요."

호신용 스프레이를 뿌리고 이웃들을 귀찮게 하라는 요청을 끊임없이 받은 뒤, 셰인은 또다시 그곳에서 벗어나고 싶다고 했다.

"네 엄마는 제정신이 아니야. 난 갈래. 넌 여기 있을 거야, 아님 떠날 거야?"

니키는 떠나고 싶었다. 그녀는 매일 떠나는 꿈을 꾸었다. 온종일.

그렇지만 그럴 수 없었다. 엄마는 괴물이었지만 단 하나밖에 없는 엄마였다.

끝내 셰인에게 말했다. "안 되겠어. 난 도저히 떠날 수 없어."

#

캐시가 죽은 지 1년이 넘도록 셸리는 편집증적인 생각에 파묻혀 가족에게 기이한 명령을 내렸다. 록키 이야기에 대해 아이들을 시험했다. 사미는 그 이야기를 절실히 믿고 싶어 했으며, 시간이 흐르면서 그 이야기가 진실로 알고 있는 것을 대체할 수 있게 되었다. 니키에게는 이웃들 뒤를 밟으라고 했다. 데이브에게는 사우스 벤드에 있는 케이 토머스의 집을 감시하라고 했다. 그 기간 내내 데이브는 할 수 있는 한 많은 시간을 일하면서 위드비섬에서 지냈다. 부분적으로는 셸리가 돈을 요구한 이유 때문이기도 했지만 레이 몬드에서 멀리 떨어져 있기 위해서이기도 했다. 캐시가 세상을 떠나자 셸리는 니키와 셰인에 대한 처벌을 강화했다. 진흙탕에서 뒹구는 것은 좀 뜸해 졌지만 한밤중에 신발과 숙제와 머리빗을 찾아 뒤지는 일은 계속되었다.

사미는 다른 세계에 살고 있었다. 인기가 많았다. 좋은 옷을 입었다. 엄마가 셰인과 니키에게 하는 짓이 싫었고, 그들이 그렇게 취급당해서는 안 된다는 것도 잘 알고 있었다. 하지만 자신이 그런 취급을 받는 것은 아니었다.

니키는 수업에 들어가서 반 아이들과 섞이려고 최선을 다했다. 조용한 아이였다. 집으로 놀러오라고 아무에게도 청하지 않았다. 남자친구도 없었다. 사미가 하는 식으로 집에서 일어나고 있는 광기와 학교생활 및 사회생활이 조화를 이룰 수 있는 방법을 알지 못했다.

셰인은 한계에 이르렀다. 고등학교를 마치고 싶었지만 달아날 첫 기회를 잡을 준비가 되어 있었다. 펌프실에서 하룻밤만 더 보내거나 벌거벗은 채 강제로 마당을 뛰어다니게 하면 즉시 뛰쳐나갈 태세였다.

그러는 내내 셸리는 가족들이 자신의 생각을 지지하도록 열성적으로 주입하고 있었다.

'셰인이 말할 거야.'

데이브는 그 일로 그녀와 싸웠다.

"녀석은 피붙이야. 식구라고. 그러지 않을 거야."

데이브는 셰인과 이야기를 나눴다. 셰인은 집에서 일어난 일에 화가 나 있었지만 부모에게 고자질하지도 않을 것이고 사촌들을 위탁 가정에 보낼 일도 하지 않겠다고 했다.

셸리는 그 말을 들으려 하지 않았다.

"난 그 자식을 믿지 않아, 데이브."

데이브는 "괜찮다"고 주장하면서도 마음 한켠에서는 전적으로 확신하지는 못했다. 나이를 좀 더 먹은 뒤에 셰인이 철창에 갇혀서 비밀을 폭로하는 모습이 훤히 그려졌다.

'장난하나. 당신은 당신 가족이 개판이라고 생각해? 우리 가족은 한 여자를 죽이고 뒷마당에서 불태웠다고!'

데이브가 집에 올 때마다 셸리는 처음부터 다시 시작했다. 그치지를 않았다. 마치 이명이 들리듯 끊임없이 잔소리하며 데이브를 들들 볶았다. 그녀가 주위에 없을 때에도 셰인을 비난하는 말이 귓가에서 윙윙 울렸다.

마음대로 되지 않으면 셸리는 증거를 조작해냈다. 이른바 암 때문에 머리칼이 빠졌다든지, 랜디와 결혼했을 때 침입자에게 강간당했다고 주장했을 때의 타박상이라든지, 캐시의 가족에게 카드를 위조한다든지 하는 식이었다.

셸리에게 증거는 중요했다. 증거는 부정할 수 없는 것이었다.

한번은 데이브가 집에 돌아왔을 때 셸리가 문간에서 맞이했다. 운전하고 오느라 녹초가 되었으나 아내의 표정을 보니 커피 수천 잔을 마신 것처럼 정신이 번쩍 들었다. 얼굴은 붉게 상기되어 있었고 울고 있었던 것으로 보였다. 얼마나 화가 나 있었는지 온몸을 부들부들 떨고 있었다.

"데이브, 헛간에서 발견했어!" 피 묻은 팬티를 들어 올리며 말했다. "셰인이 거기다 숨겨놓은 게 틀림없어."

데이브는 셸리가 무엇을 은근히 암시하고 있는지 곧바로 알아챘다.

"아니. 그럴 리 없어."

셸리는 그 어느 때보다도 화가 나 있었다.

"토리 팬티야." 그녀가 딱 잘라 말했다. "셰인이 우리 아기를 학대하고 있다고! 당신이 나서야 해!"

니키도 사미도 그 말을 한마디도 믿지 않았다. 그들은 셰인을 잘 알았고, 엄마도 잘 알았다. 엄마가 셰인을 곤경에 빠뜨리려고 속옷을 몰래 넣어 두었다고 확신했다. 그것은 엄마에게는 게임이었다. 셰인은 극구 부정했다. 그는 토리를 해친 적이 없었다. 셸리가 그런 생각까지 해냈다는 것이 셰인으로서는 가슴이 사무치도록 아팠다. 셰인은 그런 사람이 아니었다.

그럼에도 셸리가 계속 선동하자 데이브는 그날 밤 셰인을 두들겨 팼다.

다음 날 아침, 두들겨 맞아 퉁퉁 부은 셰인은 달아나겠다는 맹세를 새로이 다졌다. 니키에게 함께 가지 않겠다면 혼자서라도 달아나겠다고 했다. 이제 충분하다고, 진절머리가 난다고 했다.

'셸리는 아직도 충분하지 않았던 걸까?'

37장

───────

돌연, 셰인이 사라졌다.

셸리와 데이브는 거실에 딸들을 불러 모으더니 사촌이 달아났다고 말했다. 니키의 스무 살 생일을 불과 몇 주 앞둔 1995년 2월이었다.

"다시 나타날 거야." 데이브가 말했다.

"늘 그렇잖니. 우리가 찾아볼게." 셸리가 덧붙였다.

"얘들아, 혹시 어젯밤에 뭐 들은 거 없어?" 데이브가 물었다.

아무도 들은 게 없었다.

"무슨 소리도?" 셸리가 물었다.

사미도 토리도 아무 소리도 듣지 못했다. 니키는 잠자리에 들었을 때 평소에 잠을 자던 옷장에 셰인이 없었다는 것을 기억해냈다.

"니키, 어젯밤에 셰인이 들어오는 소리 들었니?"

"아뇨, 엄마."

나중에 셸리는 나무로 만든 작은 새장을 들고 부엌으로 들어왔다. 딸들은 셰인이 학교에서 하는 프로젝트 때문에 만든 새장이라는 것을 알아보았다. 한쪽에 장식용으로 강아지가 그려져 있었다. 식탁 위에 새장을 올려놓을 때 엄마의 눈에는 눈물이 글썽글썽했다. 셰인이 그녀에게 새장을 선물로 남겨두었다고 말했다.

"녀석은 내게 쪽지도 남겼어. "사랑해요, 엄마"라고 써 있더구나."

아무도 그 쪽지를 보지 못했다.

니키 입장에서는 미심쩍었다.

엄마가 새장을 보여준 뒤 니키는 사미에게 "셰인은 엄마를 싫어했어. 그런 쪽지를 남길 리가 없어"라고 했다.

사미도 셰인과 엄마 사이가 오붓한 관계였다고 믿지는 않았지만 그 모든 이야기가 새빨간 거짓말이라고 생각하고 싶지는 않았다.

"셰인 오빠는 맨날 달아나잖아." 사미가 니키에게 상기시켰다.

니키는 대답하지 않았다. 새장을 둘러싸고 뭔가 신경이 쓰였다. 절대 셸리에게 선물이나 애정 어린 쪽지를 남기지 않았을 거라는 사실을 알고 있었다. 그렇지만 동생으로 여기는 그 아이에게 무슨 일이 일어났다고 생각하고 싶지는 않았다.

셸리와 니키, 사미는 그날 늦은 시간에, 짧긴 했지만, 차에 타서 셰인을 찾으러 다녔다.

아주 이상했다.

훗날 니키가 말했다. "보통 엄마는 우리에게 몇 시간이고 찾아보게 했어요. 그런데 그때는 한 시간이나 운전했을까 싶네요. 거기다 두어 번 이상 셰인을 찾지 않았던 것 같아요."

며칠 후, 니키는 말들에게 먹이를 주고 있다가 순간적으로 셰인의 목소리를 들었다고 생각했다. 이리저리 휙휙 둘러보았지만 그는 거기에 없었다. 나중에 엄마에게 가서 말했다.

"엄마, 셰인이 아직 근처에 있어요. 목소리를 들은 것 같아요."

셸리가 근심스러운 얼굴로 말했다. "무슨 소리 하는 거야?"

니키는 셰인을 무척 좋아했다. 돌아오기를 바랐다. 늘 달아났다가도 돌아왔으니까. "어쩌면 달아나지 않았을 수도 있잖아요?"

셸리는 잠시 딸을 빤히 쳐다보았지만 더는 아무 말도 하지 않았다.

약 일주일 후, 셸리는 딸들과 애버딘에 있는 모텔에서 주말휴가를 보내려고 짐을 쌌다. 충동적인 휴가였다. 그들은 수영장에서 수영을 하고 근처의 데니스 레스토랑에서 식사를 했다. 니키와 사미는 셰인에 대해 이야기하며 잘 지내고 있기를 바란다고 했다.

어디를 갔든 집보다는 나아야 했다.

#

드디어 소식이 왔다. 코디악섬(알래스카주 남부 알래스카만에 있는 섬-옮긴이)에서 어선을 타고 있다고 엄마가 말했다.

'너희들이 학교에 있을 때 전화 왔지 뭐니.'

'방금 전화 왔었는데 안타깝게 놓쳤구나.'

'아주 잘 지내고 있대! 우리 모두 보고 싶다는구나.'

셸리는 뚝뚝 끊기는 전화도 여러 차례 받았다고 했다.

"어젯밤에도 또 끊기는 전화를 한 통 받았어." 대단히 확신에 차서 말했다. "셰인이 분명해."

니키는 셰인이 왜 전화를 건 다음 끊어버리는지 묻지 않았다. 왜 다른 사람이 없을 때만 꼭 엄마가 그런 전화를 받는지도 묻지 않았다. 자신이나 사미가 수화기를 들었을 때 전화가 연결이 안 돼 딸깍 끊어지는 소리를 들어본 적이 없었다. 그 특정한 거짓말에 대해 엄마에게 따져봐야겠다는 생각이 들지도 않았다.

셸리는 또한 딸들에게 캐시에 대해 누가 캐물으면 다음과 같은 방침을 따라야 한다고 상기시켰다.

"경찰이 와서 캐시에 대해 물어보면 뭐라고 말할래?"

"남자친구와 떠났어요." 니키가 대답했다.

"그 남자 이름이 뭐였지?"

"록키요."

"그 사람 직업이 뭐였지?"

"트럭 운전사요."

"그들이 어디로 갔지?"

"멀리?"

셸리가 얼굴을 찌푸렸다. 버럭 성질을 냈다.

"니키, 생각 좀 하고 말해. 구체적으로 말하란 말이야."

"캘리포니아인가 알래스카인가로 갔어요."

"캘리포니아야. 왜 내 말 제대로 안 들어? 알래스카에 있는 건 셰인이야."

니키는 셰인이 정말로 알래스카에 있기만을 바랐다.

37장

38장

니키는 현관문 손잡이를 돌리려고 했다. '잠겨있구나.' 캐시와 셰인이 떠난 후 다시 사이가 틀어졌다. 완전히 틀어졌다. 니키는 엄마가 특히 좋아하는 표적이 되었다. 니키는 문 옆에 서서 조그맣게 똑똑 두드렸다. 시끄럽게 두드리면 엄마의 화를 북돋을 터였다. 엄마에게 자신이 문 앞에 있다는 것을 확실히 알게 할 수 있을 정도의 소리로 재빨리 똑똑 두드렸다.

"제발요, 엄마. 들여보내 주세요."

대답이 없었다.

"엄마, 제발요. 추워 죽겠어요. 잘할게요. 약속해요."

셸리는 그녀를 무시하고 소파에 앉아 계속 텔레비전을 시청했다.

그것은 거의 매일 일어나는 일이 되었다. 한번은 담요를 건네주었다. 보통은 아무것도 얻지 못했다. 니키는 다 허물어져 가는 헛간 밑에 침낭과 성냥을 몰래 넣어둔 적이 있었다. 다음번에 집에서 내쫓겨서 그것들을 되찾으러 갔을 때는 이미 사라지고 없었다.

엄마가 물건을 찾는 데 귀신같은 재주가 있다는 것을 니키는 잘 알고 있었다.

어떤 밤들은 딴채 중 한 곳에서 잠을 잤지만, 대개는 밤이 지나가기만을 바라며 체온을 따뜻하게 유지하려 애쓰며 집 뒤편 숲에 있었다. 어떻게 하면 그 난장판에서 빠져나올 수 있을까 생각했다. 어디를 다녀오든지 집으로 사미를 태워다주는 친구들의 자동차 불빛을 볼 수 있었다. 토리의 방 창문에서 반짝이는 불빛도 볼 수 있었다. 니키는 무엇보다도 동생들을 사랑했지만 왜 엄마가 유독 자신을 차별하는지, 왜 그렇게 증오심을 갖고 대하는지 의아했다. 왜 그렇게 자신에게 쓰레기, 개년, 찌질이, 창녀 등 떠오르는 대로 온갖 추잡한 모욕과 욕설을 반복적으로 줄줄 퍼붓는 걸까 궁금했다.

"니키, 아무도 널 사랑하지 않을 거야. 아무도!"

이따금 집 안으로 들여보냈다. 니키가 조용히 애원하거나 약속을 지킨 결과가 아니었다. 그냥 그런 식이었다. 셀리는 따뜻한 음식을 마련해 먹인 다음 얼마나 사랑하는지 말하곤 했다.

니키는 세월이 지난 후 회상했다. "잠시 동안은 좋죠. 아마 하루나 이틀 정도 갔을 거예요. 엄마를 믿지는 않았지만 늘 더 오래 지속되기를 바랐죠."

그런 뒤 경고도 없이 다시 바깥으로 내보냈다. 종종 벌거벗은 채였다. 가끔 갈아입을 옷을 주기도 했다. 그럴 때면 항상 욕설을 퍼부으며 화를 냈다.

폭력도 심해졌다.

한번은 니키가 밖에서 속옷 차림으로 일하고 있을 때 엄마가 칼을 들고 다가왔다. 어떤 이유에선가 부글부글 끓고 있었다. 니키가 씨 스타 레스토랑에서 설거지 일자리를 잃은 후 새 직장을 구할 수 없었기 때문이거나, 아니면 허드렛일을 제대로 하지 못했기 때문일 수도 있다. 이유가 무엇이든 간에, 니키는 밖으로 뛰쳐나간 다음 창고를 지나 들판으로 갔다. 엄마가 바짝 뒤쫓아오며 멈추라고 소리질렀다.

"니키 이 빌어먹을 년! 반항하지 마!"

셀리는 니키에게 달려들어 꼼짝 못 하게 붙잡고는 칼로 다리를 찔렀다. 상처에서 피가 줄줄 흘렀다. 그제서야 자기가 한 일을 보고 니키를 풀어줬다. 니키는 숲으로 달려갔다. 5센티미터로 깊이 베인 다리에서는 핏방울이 뚝뚝 떨어져서 분명 봉합해야 했다. 하지만 캐시가 의학적 처치를 받을 수 없었던 것과 동일한 이유로 니키도 받을 수 없다는 것을 알고 있었다.

'그럼 누군가가 알게 될 거야.'

니키는 그날 밤 숲에서 잠을 잤다. 다음 날 아침, 추위에 떠는 더러운 몰골이었지만 피는 더 이상 흘리지 않으며 집 안으로 돌아오자 엄마는 폭력으로까지 번진 실랑이에 대해 아무 말도 하지 않았다.

마치 전혀 그런 일이 일어나지 않은 것처럼 굴었다.

그 무렵, 닭장은 자매의 은신처가 되었다. 주로 그들이 숨는 곳이기도 했지만 담요나 외투 같은 것들을 숨겨놓는 곳이기도 했다. 영하의 추운 날씨에 언제 밖으로 내몰릴지 몰랐기 때문이었다.

어느 날 오후, 사미는 허드렛일을 하고 있었다. 나무에 묶여 있는 개들에게 먹이를 준 다음 닭장에 있는 토끼들에게 먹이를 주는 등의 일이었다. 닭장에 들어갔을 때 사미는 니키가 건초더미 위에 앉아서 울다 웃다 하는 모습을 보았다.

"자살하려고 했어."

니키는 대들보에 매달아 놓은 지푸라기를 꼬아 만든 올가미를 가리켰다. 건초더미에서 닭장 바닥으로 뛰어내렸을 때 줄이 툭 끊어진 것이었다.

"난 이런 거 하나도 제대로 못 해." 니키가 덧붙였다. 상황이 그런데도 불구하고 자매는 웃음을 터뜨렸다.

사미는 니키가 목숨을 끊으려 했다는 것에 대해 비난하지 않았다. 나중에 사미도 같은 것을 시도했다. 친구들과 있으면서 늦게까지 안 들어오다가 집에 돌아왔을 때 엄마는 집 안으로 들여보내지 않았다.

"오늘밤은 밖에서 자."

가을이었고 공기는 쌀쌀했으며, 사미는 이제 신물이 났다. 엄마의 게임에 질린 데다 헤어날 길이 보이지 않자 숲으로 달려가 독성이 있는 것으로 알고 있는 붉은 열매 덤불을 발견하고는 그 열매들을 먹었다. 처음에 하나, 또 하나, 그다음엔 한 줌이었다. 눈물이 나왔다. 캄캄했기에 앞이 잘 보이지 않았다. 개의치 않았다. 열매를 계속해서 입에 넣고 삼켰다.

"열매를 다 먹은 뒤 집에 왔는데 엄마는 아무 일도 없다는 듯 행동했어요. 자정이 지났는데 나를 찾지도 않았어요. 내가 돌아올 것을 알고 있던 거죠. 열매를 먹는 것으로 내 뜻을 표현하려 했는데 신경도 안 쓰더라고요."

그렇지만 열매는 실패했다.

사미는 일주일 넘게 토하고 설사했다. 그녀는 현실의 악몽 속에서 살아가는 게 어떤 건지 행동으로 표현하고 싶었으나 아무도 알아차리지 못했다.

#

캐시 로레노가 사라진 지 2년이 넘은 1996년 9월 중순, 셸리는 사우스 벤드 학군에서 보조 교사직에 지원했다. 노틱 부부의 끔찍한 재정 상태에도 불구하고 그녀는 자영업으로 세무 대리인 일을 했었다며 자랑했지만 이제 첫사랑에게로 돌아갈 준비가 되었다고 했다. 바로 아이들을 돌보는 일이었다.

"저는 제 인생의 상당 부분을 우리 아이들을 키우고, 숙제와 각종 학교 활동을 돕고, 아이들 학교에서 자원봉사를 하고, 간간이 아이들 친구들을 돕는 데 보냈습니다."

그녀는 특수 장애가 있는 아동과 함께 일하는 데 필요한 "인내심"을 갖고 있다고 느꼈다.

39장

니키가 집에서 내쫓겨 하루 종일 마당에서 일하고 있는 동안 밑의 두 자매는 학교에 가서 다른 아이들과 똑같이 행동했다. 토리는 너무 어려서 엄마가 캐시에게 한 짓을 볼 수 없었으며, 니키와 셰인에게 가해진 가혹한 처벌도 피해갔던 조용한 아이였다. 사미는 엄마와의 생활을 눈가림하는 데 유머감각을 이용하는 사교계의 여왕이었다. 사미는 그런 생활에 대해 눈물을 보이지 않았다. 유머는 모든 것을 가리는 커튼이었다. 사미의 친구들은 엄마가 위반을 했다고 인식하면 실제 위반한 것을 훨씬 뛰어넘는 터무니없는 규칙으로 처벌하는 '왕재수'라는 것을 알고 있었다. 바로 그 점 때문에 친구들은 집요하기도 했다. 친구들이 사미를 태우러 왔는데 아무런 응답이 없으면 마냥 기다렸다. 니키의 친구들은 그렇지 않았다. 만일 친구들이 니키를 태우러 왔는데 응답이 없으면 그녀가 마음을 바꾸었거나 어디 다른 곳에 있다고 판단했다. 사미의 친구들은 엄마가 사미를 포로로 붙잡고 있는 별종이라는 것을 알고 있었다.

그래서 그들은 문을 두드렸다.

기다렸다.

그럴 필요가 있는 한 기다렸다.

때때로 그들은 레이몬드에 있는 맥도날드에 갔다가 돌아온 다음 좀 더 기다리기도 했다. 십 대 아이들이 계속 버티면 셸리를 짜증나게 했기에 그렇게 한 것이었다.

끊임없이 문을 두드리며 현관에서 서성거리면 어떤 프로그램을 보고 있건 텔레비전 시청을 방해했기에 셸리는 결국 위층의 사미에게 외쳤다. "가. 나가라고."

사미는 그러한 상황을 다루는 방법에 도가 텄다. 아주 훌륭한 엄마로 보이고 싶어 한다는 것을 잘 알고 있었다. 엄마에게 일부러 들으라는 듯 밖에 나가서 친구들에게 지어낸 이야기를 맨날 똑같이 들려주었다.

"엄마는 너희들이 여기 있는지 몰랐어. 이제 막 너희들 소리를 들었다지 뭐야." 사미는 거짓말했다.

그런 다음 가장 황당한 거짓말을 보탰다.

"엄마가 너무 미안해하셔."

셸리는 어떤 일에도 미안해한 적이 없었다. 적어도 다른 사람의 감정에 관해서는 그런 적이 없었다. 딸들은 엄마가 죽은 애완동물에게는 펑펑 눈물을 흘리지만 다른 사람에게는 결코 눈물을 흘리지 않는다는 것을 알고 있었다.

#

셸리는 니키와 사미 사이의 관계를 평가했다. 당연히 토리는 위협이 되지 않았다. 단순한 엄포만으로도 쉽게 겁을 먹거나 아무것도 모를 정도로 어렸다.

다른 두 딸은? 그들은 이제 다 컸다. 말이 많아졌다. 너무 많은 시간을 함께 보내고 있었다. 꼭 라우더백 하우스에 살 때 그랬던 것처럼, 셸리는 니키와 사미에게 뒤에서 험담하는 것을 원하지 않는다고 했다.

셀리는 대부분 니키에게 책임을 떠넘겼다.

"사미, 네 언니가 나쁜 영향을 끼치는구나."

'나쁜 영향?' 어처구니없는 생각이었다. 니키는 해가 뜰 때부터 해가 질 때까지 마당에서 일했다. 술을 마시거나 마약을 하지도 않았다. 셰인과 함께 담배를 몇 번 피우긴 했지만 담배를 좋아하지도 않았다.

사미는 과거를 돌아보며 모노혼 랜딩으로 이사 간 후 서로의 방에서 함께 놀았던 때를 단 한 번이라도 기억해 내려고 애썼다. 엄마는 그들이 단둘이만 시간을 보내는 것을 승낙하지 않았다. 그들이 유일하게 접촉할 때는 허드렛일을 할 때였다. 시간이 흐르면서 그렇게 연결되는 순간조차도 줄어들었다.

캐시가 죽고 셰인이 사라진 뒤, 그들의 접촉은 완전히 끊겼다.

"언니는 항상 밖에 있었어요. 바깥에서 허드렛일을 하고 있었죠. 늦게까지요. 캄캄할 때까지. 나는 친구들이 있었고 학교 때문에 바빴어요. 언니가 집 안에 있지 않았다는 것만 기억나요. 집에는 있었지만 주위에는 없었죠. 속으로 더 이상 집 안에 있지 않도록 엄마가 심리적으로 조종하고 있구나 생각했어요."

사미의 친구들 중 누구도 니키가 그곳에 살고 있다는 것조차 알지 못했다.

한번은 딸들이 설거지를 하고 있을 때 엄마가 들어오더니 그들을 확 떼어 놓았다.

"말하지 마!" 셸리가 말했다.

"아무 말도 하고 있지 않았는데요." 사미가 말했다.

"하지 마. 말하지 말라고." 셸리가 고집했다.

사미는 언니가 혼자 설거지를 마치도록 내버려 두었다.

훗날 사미는 회상했다. "우린 대부분의 시간 동안 엄마를 **욕하고 있었어요**. 숙제에 대해 얘기하고 있었던 게 아니에요. 당연히 그랬죠."

#

셸리는 외모에 좀 더 중점을 두기 시작했는데 그렇듯 정신을 다른 데로 쏟는 것은 반길 만한 일이었다. 그녀는 지난 2년여 동안 체중이 좀 불었다. 데이브가 계속해서 급료를 집으로 보내자 셸리는 좀 재미있는 일에 눈을 돌려야겠다고 작정했다. 군살을 빼고 머리칼을 염색한 다음 몇 차례 술집에 갔다. 한번은 딸들에게 새로운 친구를 만났다고 했다.

"비행기 조종사야. 그리고 얘들아, 우린 그냥 친구일 뿐이야. 그 이상은 아니야. 집에 놀러오라고 초대했어."

사미는 다른 계획이 있었고, 셸리가 새 친구를 대접하는 동안 토리는 방에 있는 것으로 만족할 터였다.

셸리가 니키에게 고개를 돌렸다.

"넌 밖에서 찌그러져 있어."

니키는 그러겠다고 약속했다.

니키는 나중에 그 남자의 차를 보았다. 신형 지오 스톰이었다. '저런 차를 몰고 다니는 거 보니 뭐 그리 대단한 조종사도 아니겠네'라고 생각했다. 그는 두어 시간 머물다가 떠났다.

니키는 회상했다. "무슨 일이 있었는지 나야 모르죠. 하지만 엄마가 불륜에 대한 생각으로 흔들리고 있었다는 생각이 들어요. 아니면, 어쩌면 바람을 피웠는데 잘 안 풀렸을 수도 있죠."

40장

라라 왓슨은 손자 셰인과 대화를 나누려고 연락할 때마다 전형적인 십 대라고 생각했다. 게다가 전화 통화도 안 되었기에 어쩌면 이리도 타이밍이 안 맞을까 싶었다.

셸리는 고등학교 친구들과 어울린다고 주장하며 "방금 나갔다"고 한탄하기 일쑤였다. 그렇지만 셸리는 몇 차례나 피해자인 척하면서 셰인이 가출했는데 이제 참는 데도 한계가 있다고 했다.

"걱정마세요." 셸리가 태연한 척하며 말했다. "녀석은 언제나 돌아오잖아요. 아님 우리가 찾아서 집에 데려올 거예요."

그렇게 통화하는 동안 라라는 셸리가 셰인을 돌봐주는 게 얼마나 다행인지 감사해했다. 셸리와 데이브가 아니었다면 계속 타코마 거리에서 떠돌았을 터였다. 처음에는 다듬어지지 않은 거친 아이가 손녀들에게 미칠 잠재적 영향으로 인해 걱정이 앞섰지만 학교와 허드렛일, 해변으로 놀러가는 것과 같은 가족과의 시간을 보내며 살게 되어 기뻤다. 셰인은 노텍 집안에서 실제로 무슨 일이 벌어지고 있는지, 캐시에게 벌어진 일이라든지, 셸리가 자신에게 시킨 일들에 대해 라라에게 털어놓은 적이 없었다. 낌새조차 내비친 적이 없었다. 추운 지하실의 콘크리트 바닥이나 니키의 옷장, 때로는 모노혼 랜딩의 딴채에서 잠을 자는 것에 대해서도 말하지 않았었다.

유머감각에 열성적인 활짝 웃는 십 대 아이가 사라졌을 때 셸리는 계모에게 오랫동안 그 사실을 말하지 않았다. 실제로 라라가 크리스마스나 생일을 맞은 셰인에게 수표를 보낼 때마다 즉시 현금화되었으며, 셰인이 배서한 것으로 되어 있었다.

"셰인하고 얘기 좀 할 수 있을까?" 라라가 물어보면 셸리는 이런저런 핑계를 대며 능숙하게 요청을 밀어냈다.

"집에 없어요." 셸리는 실망감을 이해한다는 듯 한숨을 푹푹 쉬었다.

"왜 맨날 집에 없는 거야." 라라가 투덜거렸다.

"십 대잖아요." 셸리가 깔깔 웃으며 쏘아붙였다. "우리가 뭐 어쩔 수 있나요?"

그럴 때마다 셰인의 할머니는 전화를 끊었다. 셰인이 다른 아이들이 하는 걸 똑같이 하며 잘 지내고 있다는 의붓딸의 주장이 어느 정도 위로가 되었다. 나중에, 라라는 왜 참고 받아들였을까 괴로워했다. 셸리를 훨씬 세게 압박했어야 했다. 하지만 셸리가 하는 말을 곧이곧대로 받아들였었다.

'십 대들이란!'

수년 후에 라라는 말했다. "내가 전화했다는 걸 알면 틀림없이 다시 내게 기쁘게 전화했을 거예요."

셰인은 한 번도 전화를 걸어온 적이 없었다.

몇 번 더 비슷한 통화를 하다가 마침내 셸리는 계모에게 셰인이 당분간 레이몬드로 돌아오지 않을 거라고 발설했다.

"알래스카에 있어요." 셸리가 한숨을 쉬며 말했다. "거기서 어선에서 일하고 있어요. 오랫동안 그 일을 하고 싶어 했던 거 알잖아요."

셸리의 이야기는 그럴듯했지만 여전히 뭔가 이상했다. 그랬더라면 할머니에게 그 계획을 말했을 터였다.

셸리가 계속해서 말했다. "방금 녀석과 통화했어요. 아주 잘 지내고 있대요. 거기에 있는 게 너무 좋대요. 꿈이 이루어졌다고 하네요. 다음번에 통화할 때는 꼭 어머니에게 전화하라고 전할게요."

라라가 약간 반발했다. "그 아이는 내게 그런 말을 한 적이 없어."

셸리가 발끈했다. "뭐라고요?"

라라는 좀 더 세게 밀어붙였다. "어선을 타는 게 꿈이었다는 거 말이야."

"어머니는 우리처럼 녀석과 가깝지 않잖아요."

라라가 받아쳤다. "난 녀석이 태어났을 때부터 봐왔어. 셸리, 그 아이는 학업을 마치고 싶다고 했어. 너도 알잖니."

"녀석이 마음을 바꿨어요."

"이해할 수 없구나."

"저기요, 어머니. 셰인은 돈벌이에만 정신이 팔렸었어요. 그래서 떠난 거라고요. 얼마 안 있다 돌아오겠죠. 내가 잘 알아요."

하지만 이전과 마찬가지로 셰인은 할머니에게 전화를 걸어온 적이 없었다.

셸리 말고는 아무한테도 전화하지 않았다.

41장

1993년 윌라파 밸리 고등학교를 졸업한 후, 니키는 두 가지 목표를 정했다. 대학 학위를 받는 것이 하나였고, 지금까지 알고 있는 모든 것 혹은 보았던 모든 것과 부모님으로부터 멀리 떠나는 것이 또 하나였다. 그녀는 형사 사법 학위를 따겠다는 계획으로 그레이스 하버 대학에 등록했다. 학비 보조금 형태로 금전적인 도움을 받을 수 있도록 처리까지 해놓았다. 통제불능인 상황들로 인해 비관적이었지만 그래도 어느 정도 낙관주의를 품고 있기는 했다. 그랬다, 그녀는 외로웠으며, 행복과 사랑, 자유를 수반하는 미래에 대한 희망을 감히 바라지도 않았었다. 하지만 희망은 있었다. 그녀는 더 나은 대우를 받을 자격이 있다는 것을 알고 있었다.

그러자 부엌 수도꼭지에서 똑, 똑, 똑, 새는 물방울처럼 엄마가 그녀의 꿈을 뒤쫓았다.

먼저, 니키가 수업 들으러 갈 때 입고 갈 옷들이 사라졌다. 입을 옷이라곤 마당에서 일할 때 입던 추리닝 바지들뿐이었다. 더럽고 찢어진 바지들이었다. 그런 모습으로 대학 교정에 나타나는 것은 낮 동안 집에서 떨어져 있으면서 키워올 수 있었던 개인적인 자존심을 조금씩 무너뜨리는 것이었다.

다음으로, 더는 위층의 방을 쓸 수 없다고 했다.

그러더니 거실의 한 지점을 가리켰다. "이제부턴 여기 바닥에서 자."

캐시를 잠들게 한 곳과 같은 곳이었다.

무슨 일이 일어나고 있다는 것을 니키는 알았다.

그런 다음, 돈과 수업 들으러 갈 때 필요한 교통편을 없애버렸다.

"네게 주는 모든 것을 중단할 거야, 니키. 너는 우리가 해주는 어떤 것도 받을 자격이 없어. 이기적인 것 같으니. 고마운 줄을 몰라. 아빠와 난 이번엔 진심이야."

니키는 울 수 있었다. 대들 수도 있었다. 어떤 반응이라도 예상할 수 있었을 테지만 엄마가 쳐놓은 덫에 빠지고 싶지 않았다. 차도 없었고 버스비도 없었다. 수업에 입고 갈 옷도 없었다. 그것은 더 이상 학교에 다닐 수 없다는 것을 의미했다. 더 이상 지옥과도 같은 레이몬드를 벗어날 수 있는 세상은 존재하지 않는다는 것을 뜻했다.

할 수 있는 것은 아무것도 없었다.

니키는 덫에 갇혔다.

셸리는 그녀를 정원의 흙을 파내고 나무를 계속 옮겨 심도록 하는 등 마당에서 일하게 했다. 아무 데도 가지 못하도록 닥치는 대로 일을 시켰다. 엄마는 화단을 새로 만들어야 한다고 주장했지만 니키가 보기에는 거기다 딱히 뭘 심어야겠다는 생각도, 또 심을 것도 없었다. 니키는 일찍 일어나서 문밖으로 나가 밤까지 돌아오지 말라는 말을 들었다.

엄마는 간혹 나와서 제대로 일하지 못한다며 지긋지긋하게 잔소리를 늘어놓았다.

"오늘 한 일이 이게 다야? 이 게을러빠진 년아!"

집에 들어와도 된다는 허락이 떨어지는 밤이면 니키는 소파 쿠션을 베개로 쓰면서 거실 바닥에서 잠을 잤다.

데이브는 집에 돌아오면 셸리와 가담해서 게으르고, 쓸모없는 년이라고 욕설을 한 바가지 퍼부으며 얼른 일자리를 구해야 한다고 호되게 야단쳤다.

눈물이 앞을 가리는 가운데 부모님 둘 다 더욱 세게 몰아붙였다.

셸리는 딸이 눈물 흘리는 모습을 즐기는 것 같았다.

"일자리를 구하라고!" 격분한 셸리가 계속 반복했다. "이 아무짝에도 쓸모없는 년아!"

'진심이에요?' 니키는 생각했다. '정말로요? 어떻게 일자리를 구할 수 있겠어요? 차편도 없고 돈도 없는데. 밖에서 호스로 샤워해야 하는데!'

니키는 엄밀히 말하면 가족과 함께 집에서 살고 있었지만 모든 면에서 노숙자나 마찬가지였다.

참다못해 거침없이 말했다. 그것은 그녀가 가진 모든 것을 앗아갔지만 기분은 좋았다.

아주 좋았다.

"난 일자리를 구할 수 없어요! 나 좀 보세요! 입을 옷이 하나도 없어요! 아무 데도 갈 수 없다고요!"

훗날 니키는 스스로를 지키려 했던 그 날의 기억을 떠올렸다. "난 엄마와 아빠에게 소리지르고 있었어요. 그랬더니 엄마가 시치미 뚝 떼며 이렇게 말하더라고요. "차가 필요하다고 말하지 그랬어! 그게 문제인지 전혀 몰랐구나.""

#

니키는 점점 강해지고 있었다. 정신적 결의의 강도가 고무에서 티타늄으로 바뀌어 있었다. 한번은 요구에 순순히 따르는 것을 거부하자 엄마가 뒤쫓아왔다. 니키는 집에서 뛰쳐나가 닭장으로 가서 엄마가 오기 전에 닭장 문을 잠그려고 했지만 엄마는 너무 빨랐다.

"엄마는 라인배커(상대팀 선수들에게 태클을 걸며 방어하는 수비수-옮긴이)와도 같은 엄청난 아드레날린이 폭발하는 데다 기운이 넘쳤죠. 하지만 더는 개의치 않았어요."

셸리가 니키 위에 올라타서 소리지르며 머리채를 잡아당기기 시작하자 니키는 맞서 싸웠다. 엄마가 땅바닥에 쓰러졌다. 깜짝 놀란 것처럼 보였다. 심지어 충격받은 것 같았다. 지금까지는 아무도 대들지 않았었기 때문이다.

니키는 생각했다. '난 엄마만큼이나 크다고요. 이런 식으로 취급당하는 거 싫다고요.'

"꺼져요, 엄마! 건드리지 마세요!"

그런 다음 일어나서 냅다 달아났다. 뒤에서 셸리가 쫓아오고 있었다.

집 안으로 들어간 니키는 사미를 보았다.

"꺼지라고요." 니키는 소리치며 계속해서 달아났다. 이번에는 반대편 문으로 나가서 숲으로 달려가 그날 밤 그곳에서 잤다.

기분이 좋았다. 겁은 났지만 좋았다.

닭장에서 대치 상황이 있은 지 며칠 후, 셸리가 니키에게 다가왔다. 걱정스러워 죽겠다는 듯한 가면을 쓰고 있었다. 목소리는 거의 슬플 정도로 이상하게 차분했다.

무슨 심각한 폭로라도 하는 말투였다. "사미가 더는 네가 여기 있는 것을 원하지 않는구나. 꼭 너랑 똑같이 제 엄마와 싸우려 들고 있어. 너를 트리시 고모한테 보내야겠다."

뜬금없이 나온 말이었다. 니키는 뭐가 어떻게 돌아가고 있는 건지 알지 못했다. 트리시는 데이브의 누이였다. 니키에게는 모르는 사람이나 다름없었다. 평생 두어 번밖에 보지 못했기 때문이다. 고모는 네 시간 거리에 있는 브리티시컬럼비아주의 호프에서 살았다. 인디언 보호구역이었다. 셸리는 딸에게 옷 몇 벌과 현금 50달러를 주고는 올림피아의 그레이하운드 버스터미널로 태워다 주었다.

셸리는 니키에게 무척 보고 싶겠지만 이게 최선이라고 했다.

"열흘이야. 그다음에 다시 집으로 돌아올 거야, 알았지?"

니키는 갓 십 대를 넘긴 나이였지만 혼자서는 어디에도 가본 적이 없었기에 그 여정도 걱정스러운 데다 50달러로 충분할지도 걱정스러웠다.

그렇지만, 나중에 판명났듯, 호프에서 트리시 고모와 지낸 것은 니키에게 오랫동안 일어난 일 중 최고였다.

니키는 고모에게 "집에서 나쁜 일들이 일어나고 있다"라고 했다. 비난을 퍼붓게 할 만큼 구체적이지는 않지만 무슨 뜻인지는 전달될 정도의 말을 골랐다. "제발 집으로 돌아가지 않게 해주세요."

며칠이 몇 주가 되었고, 두어 달이 되었다. 교회들과 주택들을 청소하는 일을 하고 있던 트리시는 니키에게 도와달라고 부탁했다. 주말에는 어망을 묶는 법을 배웠다. 니키는 그런 일을 꺼리지 않았다. 즐겼다. 아무도 그녀에게 소리지르지 않았다. 아무도 쓸모없다고 말하지 않았다.

떠나고 싶지 않았다.

#

당연히 사미는 니키가 왜 부재하는지에 대한 진상을 이해하고 있었다. 그렇지만 토리는 버림받은 기분이었다. 니키보다 열네 살 어린 아이로, 제2의 엄마처럼 니키를 떠받들었었다. 니키는 아름답고 상냥했으며 늘 토리를 위해 시간을 냈다. 큰언니가 캐나다로 떠났던 날 밤, 토리는 제발 언니를 다시 데려와달라고 하나님께 기도했다. 큰언니가 어디로 갔는지 전혀 몰랐지만 엄마가 몹시 잔인하게 대했기 때문에 떠났을 거라고 짐작했다. 토리는 그런 취지의 쪽지를 쓰고 창턱에 올려놓은 다음 잠자리에 들었다.

다음 날 아침 일찍, 엄마가 얼굴을 주먹과 손바닥으로 때리는 바람에 잠에서 깼다.

"이게 뭐야?!" 셜리가 비명을 지르며 쪽지를 흔들었다.

당시 여섯 살이었던 토리는 엉엉 울기 시작했다.

"내가 네 언니한테 못되게 굴었다고 생각해?" 셜리가 또 때렸다. "토리, 그렇게 생각해? 정말?"

토리는 그렇다고 생각하지만 절대 아니라고, 잘못했다고 빌었다. 진실은 토리가 겁을 먹었다는 것이었다. 전에는 토리에게 이렇게 행동한 적이 없었기 때문이다.

"그때가, 아마, 처음으로 엄마가 내 얼굴을 때렸던 때인 거 같아요. 너무 무서웠어요." 토리가 회상했다.

얼마 지나지 않아 선물이 몇 개 도착했다. 니키가 떠난 것이 막내딸에게 미치는 영향을 이해했음이 틀림없었다.

"네 언니가 준 거야."

"왜 언니를 볼 수 없어요?" 토리가 물었다.

"이 선물들만 두고 갔어. 집에 머물렀던 게 아냐."

"대체 왜요?"

셜리는 적당한 대답을 할 수 없었다. 이윽고, 그들 두 자매 사이의 관계를 끝내기 위해 최선을 다하기 시작했다.

"언니는 좋은 사람이 아니야." 셜리는 토리에게 반복해서 니키에 대해 말했다. "언니는 널 사랑하지 않아."

그런 다음, 그런 식으로, 니키는 더는 존재하지 않았다. 셸리는 니키에 대한 얘기를 한번도 꺼내지 않았다. 데이브도 마찬가지였다. 마치 다시는 돌아오지 않을 어딘가로 사라져버린 유령 같았다.

　　사미도 니키에 대한 얘기를 꺼내지 않았다. 그럴 엄두도 나지 않았다. 가족들이 자신이 아직도 언니와 연락하고 있다는 사실을 알기를 바라지 않았다.

#

트리시는 조카딸을 브리티시컬럼비아주에서 계속 지내게 하려 했지만, 다른 모든 사람들처럼, 셸리를 당해낼 수가 없었다. 결국 니키는 다시 워싱턴으로 돌아왔다.

　　하지만 집에 가지는 않았다.

　　셸리는 니키에게 생각을 좀 해봤는데 다른 자식들에게 좋은 본보기가 아니라고 했다. 결국엔 레이몬드에 돌아올 수 없다고 했다. 적어도 아직은 아니라고 했다. 대신, 위드비섬에 있는 계부의 현장 근처의 천막으로 옮겨 갔다. 이상적인 것과는 거리가 멀었지만 두 눈을 뜨게 해주는 놀라운 경험이었다. 니키는 데이브 노텍이 하루 종일 일하고 있으면서도 거지처럼 사는 모습을 보았다. 정말로 지갑에 땡전 한푼 없었다. 두 사람은 가난한 사람들에게 무료로 나눠주는 식료품을 얻어먹었다. 아침마다 현장에서 그리 멀지 않은 주립공원에서 샤워를 했다. 니키는 계부가 자신에게 가했던 처벌에 대해 당연히 원한이 사무쳤지만 지금은 주로 그를 애처로운 패배자로 보았다.

　　계부를 존경하는 마음 같은 것은 없었다.

　　"왜 이렇게 사세요? 왜 아직도 엄마랑 같이 사세요?"

41장

데이브는 눈도 깜빡하지 않았다. "너희들, 너희들 때문이야."

몇 주 후, 니키와 데이브는 일시적으로 에버렛 콘도로 옮겨갔다. 페인 필드 근처에서 일하고 있던 데이브의 일터에서 가까운 곳이었다. 당시 니키는 '뜨거운 물이 나오다니 굉장하네'라고 생각했다. 거의 매주 주말마다 그들은 레이몬드로 1박 2일의 짧은 여정을 떠났다.

집에 갈 때마다 똑같았다. 엄마는 니키를 캐나다로 쫓아낸 다음 위드비 섬으로 쫓아낸 것이 큰 경험이 되었을 거라는 식으로 대했다.

"이제 집에 올 준비가 되었다는 생각이 들어? 여기서 누구 못지않게 열심히 일할 자신 있어, 니키?"

"엄마가 보기엔 어때요?" 니키는 다시 돌아올 일은 없다는 것을 알면서 물었다.

셸리가 말투를 바꿨다. 짜증을 냈다. "여러모로 생각할 시간이 필요할 것 같구나."

니키가 간절히 바랐던 식의 반응이었다.

'차라리 노숙자가 되는 게 낫지'라고 생각하고 있었다.

니키와 데이브는 콘도 생활이 끝난 후 천막으로 다시 돌아왔다. 춥고 외풍이 심한 데다 그때쯤 니키는 탈출구를 찾고 있었다. 오크 하버에 있는 배스킨라빈스에서 일자리를 얻은 다음 모텔 방 청소일까지 부업으로 얻었다. 모텔 주인이 조그만 이동주택을 쓰라고 했다. 허름한 곳이었지만 감지덕지했다. 대체로 상황이 꽤 좋아 보인다고 생각했다.

해방감을 느꼈다.

42장

사미 조 노텍은 멍을 숨기는 방법뿐 아니라, 그렇게 하는 것의 중요성도 잘 알고 있었다.

누군가가 엄마나 아빠가 남긴 자국을 본다면 누구도 원하지 않는 대화를 촉발시킬 터였다. 아니면 더 나쁘게는, 가족을 파멸시키는 것과 같은 무시무시한 일을 초래할 수도 있을 터였다. 세상과는 차단된 광란의 기차 안에서도 정상적이라고 느끼거나 심지어는 싸워볼 가치가 있는 것처럼 느껴지는 곳이 있다.

겉으로 보기에 사미는 금발머리에 예쁘고 인기가 많았다. 1년에 한 번 여는 학교 축제에서 퀸으로 오르내리는 인물이었다. 똑똑한 데다 재미있기도 했다. 재치덩어리라며 남학생들의 주목을 받는 소녀였다. 그러나 졸업반이 되자 사미는 인생에 대해 "될 대로 돼라!"는 식의 접근법을 취하고 있었다. 엄마가 자신과 언니에게 해왔던 짓을 가리는 데 지쳐버렸다. 언니의 경험을 통해 소란을 일으키지 않고 가만히 있는다고 해서 나쁜 일이 일어나는 것을 막지는 못한다는 것을 배웠다. 그것은 단지 나쁜 일이 계속되도록 허용할 뿐이었다.

"숙제가 늦어지네." 선생님이 말했다.

"엄마가 공책을 갖다 버렸어요."

그런 식이었다. 되풀이되었다.

"수업에 늦었구나."

"어젯밤에 엄마가 밖에서 자게 해서 오늘 아침에 옷 입을 때만 들여보내 줘서요."

"도서관 책들을 분실하면 변상해야 해."

"알았어요. 엄마가 책들을 벽난로에 넣고 태워버렸어요." 등등이었다.

얼마 지나지 않아 사미는 상담교사 앞으로 불려갔다.

상담교사가 말했다. "네 여동생이 집에 있다고 들었는데 그 아이도 걱정되는구나. 네가 우리한테 말한 내용을 신고할 예정이란다."

사미는 착잡한 심정으로 그곳에 앉아 있었다. 사람들은 그녀의 말을 믿었다. 그 부분은 좋았다. 하지만 이제 손쓸 수 없는 지경에 이르려 하고 있었다.

큰일났다.

일이 커지게 되었다는 것을 깨닫자 덜컥 겁이 났다. 엄마를 만성적인 잔인한 학대범이라고 외칠 때의 의기양양한 기분이 사라지고 있었다. 빠르게.

상담교사가 말했다. "우리는 네 동생을 집에서 빼낼 수 있도록 조치를 취할 거야. 지금 네 엄마한테 전화할게."

상담교사가 전화기에 손을 뻗자 사미는 겁에 질려 어쩔 줄 몰랐다.

세월이 지난 후, 사미는 왜 그 시점에서 한 발 뺐는지 이유를 분명히 밝히기는 어렵지만 어쨌든 그렇게 했다고 했다.

"갑자기 그랬어요. 모르겠어요. 무서웠다는 게 진실이겠죠. 내가 한 말을 다 취소했어요. 다 지어낸 얘기라고 했죠. 거짓말을 하고 있다고 했어요. 엄마를 화나게 하고 싶지 않아서 그랬던 거 같아요."

#

사미는 같은 학교 남자친구인 케일리 핸슨과 파티에 늦게까지 있었다. 사미는 남자친구가 어떻게 할지 알고 있었다. 그는 전조등을 켜두고 여자친구가 무사히 집 안에 들어갈 때까지 기다렸다. 만약 들어오지 못하도록 문이 잠겨 있다면—그런 일이 종종 벌어지는 것으로 알려졌기에—누군가가 집 안으로 들어가야 한다는 것을 셸리에게 알리기 위해 여러 차례 경적을 울리는 임무를 맡았다.

셸리가 안으로 들여보내면 그때서야 케일리의 차는 사라졌다. 그런 다음 사미는 현관에서 자라며 다시 바깥으로 내보내졌다.

어느 날 밤, 셸리는 커다란 물 잔을 들고 서서 딸에게 나가라고 했다.

"밖에서 자."

"싫어요. 추워서 나가지 않을래요."

그러자 셸리는 사미에게 물을 확 뿌리고는 밖으로 밀어냈다. 사미는 즉시 케일리의 집으로 뛰어가기 시작했다. 신물이 났다. 더는 참을 수 없었다. 1.6킬로미터가 넘는 거리였지만 사미는 400미터 달리기와 릴레이 경주에 출전한 육상선수였다.

전조등이 어둠을 가를 때마다 도랑 속으로 뛰어들었다. 엄마가 추적해서 집으로 데려갈 거라고 확신했기 때문이다. 계속 달려간 사미는 마침내 케일리가 사는 세머테리 로드에 다다랐다.

아니나 다를까, 엄마의 차가 어둠 속에서 먹이를 쫓는 상어처럼 그녀의 뒤를 맹렬히 쫓으며 지나갔다. 겁이 난 사미는 핸슨의 차고로 들어갔다.

상황이 더 악화되지 않기를 바라며 엄마를 피해 그곳에 잠시 머물러 있었다.

#

데이브 노텍은 나중에 자신이 모노혼 랜딩 집에 그다지 많이 있지 않았기에 실제로 상황이 얼마나 나빴는지 전혀 몰랐다고 했다. 그러면서 셸리가 사미나 토리를 절대 해치지 않았을 거라고 주장했다. 그는 딸들을 사랑했지만 아내를 두둔했다. 당시 사미가 이야기를 지어내는 거짓말쟁이라고 생각했으며, 사미가 한 말에 대해 "눈살을 찌푸렸었다"고 했다. 실로 어떤 학대 행위가 벌어지고 있다고 해도 그를 설득시키지는 못할 터였다.

세월이 지난 후 데이브는 말했다. "셸이 사미나 토리를 때렸을 리가 없어요. 체벌로 니키 엉덩이를 찰싹 때리긴 했어요. 나도 그랬고요, 알겠어요? 그게 다예요. 아이들은 그와 같은 학대를 당하지 않았습니다."

자신의 세계가 붕괴된 후조차도 데이브는 셸리의 잘못을 찾을 수 없었다. 물적 증거도 외면했다. 사미가 고등학교를 졸업하던 날, 엄마는 또다시 지긋지긋한 잔소리를 늘어놓으며 상처를 입혔고 이로 인해 심하게 멍이 들었다. 이유는 너무나 사소한 것이라 훗날 무슨 위반을 했는지 아무도 기억조차 하지 못했다. '설거지가 만족스럽지 않았나? 동물들에게 물을 주지 않았나? 친구한테 재킷이나 스웨터를 빌려줬나?' 그러나 데이브는 졸업식 날 멍든 것을 점수 기록표 탓으로 돌렸다. 사미의 성격이 워낙 저돌적이고 위험을 무릅쓰는지라 달리다가 넘어지면서 부상을 입었을 거라고 했다.

거기서 더 나아가 다음과 같은 이야기를 늘어놓았다.

"어떤 일 때문에 셸이 사미에게 돈을 좀 빌려줘서 사미는 창고에 페인트칠을 해야 했습니다. 학교에서 경기를 마치고 집으로 돌아왔기에 알다시피 정말, 정말 피곤했지만 좌우간 나가서 페인트칠을 해야 했어요. 사미가 나가서 페인트칠하기에는 상처가 너무 따갑다는 등 이러쿵저러쿵 불평하자 셸은 내게 심하게 넘어져서 그랬다고 했습니다. 글쎄요. 난 멍든 것을 본 적이 없어요."

43장

사미 노텍은 혼란에 빠졌다. 1997년 여름이었고, 다음 단계를 어떻게 밟아야 할지 알지 못했다. 엄마가 입학 지원 서류를 기만적으로 방해하면서 에버그린 주립 칼리지 등록 시기를 놓쳤다. 그녀가 기억할 수 있는 한 대학은 오랫동안 꿈꿔왔던 것이었다. 가족 중에서 처음으로 학사 학위를 받는 사람이 되겠다고 꿈꾸는 데는 특별한 이유 같은 게 있었다. 그녀는 남자친구를 사랑했지만 결혼하고 싶지는 않았다. 다른 아이들처럼 부모를 그대로 답습하며 시내에서 일자리를 구하고 싶지 않았다. 사미는 그 이상을 원했다. 무엇이든, 더 원대한 것을 원했다. 할리우드에서 어떤 종류의 일자리를 구할 수 있을까 고민도 했다.

그녀는 두 차례에 걸쳐 도주를 계획했다.

첫 도주는 4월이었다. 그 계획은 설불렀다. 게다가 댄스파티에 가고 싶었다. 예쁜 새 드레스를 만들었기에 그것을 입을 기회를 놓치고 싶지 않았기 때문이다. 그래서 며칠 후 집으로 돌아왔다.

하지만 졸업반 마지막 달에 멋지게 탈출할 계획을 신중하게 세웠다. 동생 토리를 뒤에 남겨두고 떠난다는 사실이 괴로웠지만 다 괜찮을 거라고 확신했다. 언니는 떠나고 없었다. 동생은 엄마의 표적이 되지 않을 것으로 보였다. 한동안은 기이한 일들이 일어나지 않고 있었다. 사미가 계획에 끼워준 사람은 로렌과 리아 뿐으로, 믿을 수 있는 친구들이었다. 자신과 엄마,

동생이 애버딘으로 쇼핑하러 떠나기 직전에 갖고 있는 모든 것을 다섯 개의 검은색 대형 비닐봉지에 채웠다. 옷들, 부츠들, 그녀에게 큰 의미가 있는 자질구레한 소품들이었다.

그녀는 훗날 인정했다. "난 내 물건들을 아주 소중히 여겼거든요. 스웨터 하나도 남기지 않았어요."

가족이 집을 비운 동안 로렌이 집 안으로 몰래 들어가 사미의 물건을 챙긴 다음 로렌의 집에서 만나는 계획이었다.

사미는 토리에게 막연하나마 알려주고 싶었다.

"오늘 밤 늦게까지 돌아오지 않으면," 그녀는 토리에게 말했다. "내 베개 밑에 너에게—너만을 위한—쪽지를 남겨 놓을게."

그것이 사미가 제공할 유일한 정보였다. 그녀는 토리를 믿었지만 엄마가 여덟 살짜리 어린 소녀에게서 자세한 정보를 살살 캐내기 위해 어떤 일도 서슴지 않으리라는 것을 잘 알고 있었다. 협박할 터였다. 약속할 터였다. 꼬드길 터였다. 셸리는 절대 놓아줄 사람이 아니기에 사미는 어디로 가는지 알려지기를 바라지 않았다.

애버딘에서 돌아오자 사미는 위층으로 올라갔다. 물건이 모조리 사라지고 없었다. 그 계획은 이제 현실이 되었다.

"엄마, 로렌이 기름이 다 떨어져서 태우러 가야 해요." 사미는 거짓말을 했다.

"그래, 알았어." 셸리가 말했다.

사미는 하얀 작은 차에 올라타서 집을 한 번 더 쳐다보고는 로렌의 집을 향해 떠났다. 그곳에서 하루 동안 숨어 있었다. 그런 다음 남자친구 집에 가서 하룻밤을 보냈다. 셸리가 사방으로 찾으러 다닌다는 것을 알고 있었기에 자신을 잡으러 온다고 생각하자 속이 메스꺼웠다.

그렇지만 가족이 그녀의 발목을 붙잡고 있는 덫과 같긴 해도 그녀는 숲속에 나와 있는 동물이었다. 엄마에게 편지를 썼다.

"엄마를 떠날 수 없었던 모든 이유에 대해 생각해봤어요. 엄마를 너무나 많이 사랑하기 때문이었어요. 그리고 엄마를 그토록 사랑하기에 상처주고 싶지 않았어요. 저는 상처와 삶에 대해 생각하기 시작하면서 내가 얼마나 많이 상처를 입었고 또 얼마나 많이 상처를 입혔는지에 대해 생각해봤어요. 그래서 떠나는 게 좋겠다는 생각이 들었어요. 이제 좀 평온해지겠죠. 니키 언니가 떠났을 때 더 평온해졌듯이 내가 떠나면 모든 게 다 좋아질 거예요."

사미는 차에서 사는 것도 하나의 선택지라고 생각한다며 편지를 마쳤다.

"그것도 괜찮을 거예요. 만약 이것이 운명이었던 거라면, 이제 이 또한 운명인 거죠. 엄마가 이해해주기만을 바라지만 절대 그러지 못하리란 걸 잘 알아요."

사미는 니키에게 말을 하기 전까지는 어디로 가야 할지 갈지 몰랐다. 니키는 사미에게 그동안 라라 할머니와 연락하고 있었다며 할머니를 보러 갈 계획도 세우라고 했다.

"할머니한테 전화해." 니키가 말했다.

라라 할머니에게 전화하자 벨링햄에 있는 집으로 얼른 오라고 했다.

사미는 아빠가 차를 찾고 있다는 얘기를 들었다. 엄마가 차를 도난당했다고 신고한 것이었다. 벨링햄으로 가는 다른 방법이 필요했다. 케일리의 엄마인 바브 핸슨이 태워다주겠다고 했다. 셸리에 대해 많이 생각해 본 적은 없으나, 언젠가 한번은 한밤중에 전화를 걸어오더니 그들 부부가 돈을 얼마나 많이 버는지 물어보는 바람에 잠에서 깬 적이 있었다.

바브는 훗날 말했다. "나는 그 시간에 전화하는 게 전혀 반갑지 않을 뿐

더러 댁이 상관할 일이 아니잖냐고 했어요."

다음 날 바브는 사미를 벨링햄으로 태워다 주었다. 가는 길에 사미는 엄마가 자신과 언니에게 한 일에 대해 이런저런 얘기를 나누었다. 바브가 사미를 차에서 내려주었을 때 라라는 그들에게 셸리가 어린 시절과 사춘기 동안 한 일에 대해 추가로 충격적인 내용을 자세히 전했다.

사미는 이렇게 회상했다. "할머니 말로는 엄마가 집에 불을 지르려고 했대요. 이모에게 한 짓들. 토근(꼭두서니과의 관목으로 구토를 유발하는 독성이 있다-옮긴이)으로 우리를 중독시키려 했던 것을 할머니가 막았던 일 등등. (바브는) 앉아서 그 모든 걸 다 들었어요. 엄마가 한 짓을 나만 말하는 게 아니라 내 얘기를 뒷받침해주는 다른 사람이 있다는 게 한결 마음이 놓였죠. 게다가 나보다 훨씬 더 많이 아는 사람이었잖아요."

사미는 1997년 여름 내내 라라와 함께 지냈다.

니키의 캐나다에서의 경험처럼, 그것은 사미의 인생에서 가장 행복한 한때였다.

44장

니키는 삶에서 동생들이 부재하게 되자 애가 탔다. 떠난 것을 후회하지도 않았고 스스로를 구했다고 느꼈지만 동생들이 그리웠다. 토리가 아프다는 소식을 듣고는 카드를 보냈다.

"우리 꼬마, 얼른 나아졌으면 좋겠구나. 그곳에 눈이 온다는 소식을 들었어. 눈이 너를 좀 행복하게 해줄 거라 장담해. 엄마와 사미 잘 챙겨주고 있니? 음, 아프지 않을 때 말이야."

토리는 카드를 받은 적이 없었다.

셀리는 그 기간 동안 니키와 연락하려고 계속 시도했지만 니키가 답신 전화를 하지 않았다. 니키는 미치광이 같은 엄마와 아무런 관계도 맺고 싶지 않았다. 부모 중 한 사람을 다시 보든지 말든지 아예 관심을 끊었다. 그러자 셀리가 예고도 없이 나타났다. 세상 다정하고 걱정된다는 말투로 집으로 돌아와야 한다고 했다. 집에서 살라고 했다. 대학도 가라고 했다. 니키는 새빨간 거짓말이라는 것을 알고 있었다. 지금까지 엄마가 해왔던 말은 모두 거짓말이었다. 언젠가 한번은 아일랜드 카운티 보안관이 이동주택에 와서 니키에게 잘 지내는지 물었다.

"어머니가 걱정이 이만저만 아니더군요."

"전 잘 있는데요."

"어머니한테 전화하세요."

그러겠다고 했지만 전혀 그럴 계획이 없었다. 집을 나가 따로 사는 새로운 삶에 대해 엄마와 아빠가 불안해하고 있는 것이 분명했다. 니키는 그 이유를 알고 있었다.

'두려움.' 발설할까 봐 두려운 것이었다.

니키가 일하는 아이스크림 가게 창문으로 누군가가 벽돌을 던지는 일이 벌어지고 난 다음, 어떤 식으로든 니키가 연루되었다는 전화가 걸려왔다.

훗날 니키는 말했다. "아빠가 한 짓인 거 알아요. 엄마가 시켜서 그랬겠죠. 엄마는 내가 일자리를 잃어서 집으로 돌아오기를 바랐거든요. 감시할 수 있으니까."

벽돌 사건이 일어난 지 얼마 되지 않아 니키는 라라에게 전화 걸어 어쩌면 오크 하버를 떠나 벨링햄에 있는 요양시설에서 일자리를 얻을 수 있을지도 모르겠다고 전했다.

라라는 그 얘기를 듣자 감격했다. 그녀 또한 매우 행복한 소식을 갖고 있었다.

"니키야, 어쩜 이렇게 딱 맞춰 전화하니? 이런 재미있는 일도 다 있구나." 라라의 목소리는 잔뜩 흥분해 있었다. "사미도 여기 있어."

니키는 주체할 수 없었다. 다음 차편 그레이하운드 버스를 타고 벨링햄으로 떠났다.

니키를 보자 사미의 눈에 눈물이 주르륵 흘렀다. 자매가 서로 얼굴을 마주본 지 거의 1년이 다 되어 가고 있었다. 사미는 니키가 이처럼 예뻐 보이거나 행복해 보인 적이 없었다는 생각이 들었다. 니키는 딱 붙는 갭 청바지와 보라색 민소매 티를 입고 있었다. 화장도 하고 있었다. 엄마가 항상 보기 싫게 마구 잘라버렸던 머리칼은 이제 길고 약간 구불구불했다.

사미는 그때의 재회를 기억했다. "언니는 아름다웠어요. 무엇보다도 자신감이 넘쳤죠. 그때까지 전 진짜 세상에 나와 있는 언니를 상상해 본 적이 없었어요. 집에 있을 때는 내내 마당에서 구멍 난 추리닝을 입고 있었거든요. 친구도 없었어요. 남자친구를 사귄 적도 없었죠. 스물두 살 때 우리 집에서 탈출하기 전까지는 전혀 없었어요. 아무것도 없었어요."

#

니키는 라라가 일했던 요양시설에서 간호조무사로 일자리를 얻었다. 일은 힘들었지만 보수는 모텔이나 아이스크림 가게보다 더 좋았다. 더욱 좋은 것은, 부모님이나 과거 퍼시픽 카운티에서 일어났던 모든 일에서 자유로워졌다는 것이었다.

"배변 주머니를 가는 일을 했어요. 하지만 전혀 신경쓰지 않았죠. 집에서 떠나 있었으니까."

그곳에서 일하기 시작한 지 얼마 지나지 않아 시설의 관리자들은 니키가 노인 환자들을 보살필 때 불친절하다거나 일을 잘 못한다는 익명의 항의 전화를 받기 시작했다. 주에서 조사하러 나왔다. 그때마다 니키와 라라는 도대체 왜 누가 항의하는지 어안이 벙벙했다. 직원들, 환자들, 환자의 가족들까지 모두 그녀를 좋아했다.

최악은 익명의 전화가 아니었다.

데이브 노텍이 요양시설 주차장에 나타나기 시작했다. 어떤 때는 트럭에 타고 있었으며, 어떤 때는 덤불 속에 서 있었다. 소리 내어 부르지는 않았지만 자신이 그곳에 있다는 것을 니키가 보기 바라는 것 같았다. 니키는 그것을 일종의 암묵적 위협으로 여겼다. 그리고 혹시나 납치하려 들까 봐 걱정되기 시작했다. 데이브와 셸리가 무슨 꿍꿍이를 갖고 있을 터였다.

캐시에게 일어난 일처럼 말이다.

니키가 교대 근무를 마치고 집으로 차를 몰고 갈 때 데이브는 몇 번이나 뒤따라오기도 했다. 무서워 죽을 거 같은 니키는 집으로 가는 길에 계부를 따돌리려고 벨링햄 전역의 우회로로 멀리 돌아갔다.

"아빠가 나를 납치하려는 건 아닐까 싶었어요. 확실히는 몰라요. 나를 납치하려 했을 거라고… 거의 확신해요. 엄마가 아빠에게 나를 끈질기게 따라다니라고 시킨 게 뻔하죠." 나중에 모든 사실을 알게 되자 니키는 이렇게 말했다. "이렇게 아직 살아있다는 게 운이 좋은 거죠. 동생도 같은 생각이에요."

45장

1997년 여름이 절반 이상 지났다. 셸리는 다루기 힘든 둘째 딸이 어디로 갔는지, 또 누구와 함께 있는지 찾아내라며 데이브 노텍을 점점 더 들들 볶고 있었다. 당연히 셸리는 나름의 수단을 갖고 있어서 어떻게 해서든 사미가 벨링햄에서 라라와 니키와 함께 있다는 얘기를 들었다. 셋이 함께 있다는 생각을 하자 셸리는 그 어느 때보다도 화가 치밀었다. 사미가 사라진 배신 행위는 그녀를 더욱더 괴롭게 했다. 그랬기에 사미를 집으로 데려오는 일이 그 무엇보다 중요해졌다.

"걔들이 다른 사람한테 말할지도 몰라, 데이브."

"안 그럴 거야."

"그야 모르는 일이지."

데이브는 셸리의 각본에 질렸다. 그는 딸들이 이제 다 자랐으니 각자 알아서 살도록 내버려 두고 싶다고 말했지만, 셸리는 알아낼 수 있는 온갖 단서를 갖고 위드비섬의 현장에 있는 그에게 계속 전화했다.

하지만 늘 그랬듯, 그는 아내의 명령을 따르며 그들 뒤를 밟았다.

셸리는 왓컴호(워싱턴주 벨링햄 인근에 있는 호수-옮긴이) 호숫가에서 교회 수련회가 열리는 날 사미와 케일리가 참석한다는 소식을 들었다.

성공할 가능성이 커 보였다.

수련회 강사들과 참석자들을 헤치고 나아가던 중 사미는 낯익은 얼굴을 언뜻 보았다.

'아빠!'

명백히 변장을 하고 있었기 때문에 사미는 깜짝 놀라 잠시 멍해 있다가 뒤늦게 깨달았다. 평소와 달리 선글라스를 끼고 있었다. 야구모자와 후드 티로 우스꽝스러운 차림새를 완성하고 있었다.

'맙소사!' 역겨웠다. 그녀는 아빠를 사랑했지만 그곳에 온 데는 이유가 있다는 것을 알고 있었다. 필시 자신을 집으로 데려가려고 온 것이었다. 데이브가 다가왔다.

"사미." 근심에 가득 찬 낮은 목소리였다. "엄마가 얼마나 걱정하는지 몰라. 얼른 집으로 돌아와."

사미는 아무 말도 하지 않았다. 무슨 말을 할 수 있겠는가? 엄마는 괴물이었으며, 사미가 불신하는 데는 정당한 이유가 있었다.

대신 사미는 그네를 지나 한적한 길로 데려가 자리를 잡았다. 처음에는 둘 다 아무 말도 하지 않았다.

잠시 정적이 흐른 후, 사미가 마침내 떠난 이유를 말했다. 주로 캐시에 관한 얘기로 집중되었다.

"캐시가 죽었다는 거 알아요, 아빠. 내가 봤어요."

데이브는 한 방 맞은 듯한 표정으로 가만히 앉아 있었다. 아무 말도 하지 않았다.

또한 어린 시절 내내 지속적인 의학적 치료를 필요로 했던 미심쩍은 암 진단에 대한 생각도 밝히기 시작했다.

"암은 그렇게 오래가지 않아요. 엄마는 지금쯤이면 죽었을 거예요."

데이브가 반박했다. "엄마는 암에 걸렸어. 내가 알아."

"저기요, 아빠. 아니라니까요. 병원에 같이 가봤어요?"

"차에서 내려줬어."

"같이 들어간 적 있어요? 진료비 청구서 받아본 적 있어요?"

사미가 한 질문들은 라라가 몇 년 전에 했던 것과 같은 질문들이었다.

마침내 그는 모든 걸 다 이해한다는 듯한 태도로 사미에게 대답했다. 딱히 부정도 긍정도 하지 않았다.

"미안하다, 사미야. 그래, 알았어."

그들은 울었고, 오랫동안 이야기를 나누었다. 사미는 아빠가 완전히 망가졌다는 것을 알 수 있었다. 그건 자명했다. 엄마가 그를 붙잡고 있는 것이 캐시를 붙잡고 있던 것과 같은 것임을 알 수 있었다. 데이브 노택을 아는 사람이라면 누구도 그에 대해 나쁜 말을 하지 않았다. 동네 사람들 모두 그를 전형적인 착한 사람으로 여겼다. 그는 나무꾼의 자식이었다. 그들 중 하나였다.

하지만 그가 결혼한 여자는? 그녀는 침입자일 뿐만 아니라 그 이상이었다. 사람들은 심지어 그녀에게 별명도 붙였다.

'미치광이 셸리.'

혹은 커피를 마시며 흉보는 것을 더 좋아하는 사람들은 두운을 맞추어 '사이코 셸리'라고 불렀다.

"집에 갈게요, 아빠. 하지만 조건이 있어요. 엄마가 망쳐버린 것을 바로잡아주었으면 해요. 대학 진학 서류말이에요. 그 작업을 마무리해주면 좋겠어요."

"글쎄, 그건 잘 모르겠구나."

그러나 사미는 언니와 마찬가지로 용감하게 말할 수 있게 되었다. 교사 학위를 따기 위하여 에버그린 칼리지에 다니는 것이 악마와 거래하는 것을 의미한다면 기꺼이 그렇게 하겠노라고 결심했다.

45장

아빠가 수련회장에서 떠난 후, 사미는 엄마에게 전화 걸어 학교 다니는 데 금전적인 지원을 좀 받을 수 있다면 집으로 돌아가는 것을 고려하겠다고 말했다. 셀리는 잠시 망설이더니 장황하게 변명을 늘어놓았다. 늘 그랬듯, 돈이 부족하다는 것이었다. 이혼이 임박할 정도로 자신과 데이브 사이의 부부간의 불화도 악화되었다고 털어놓았다. 그리고 그것만으로 충분하지 않다고 여겼는지 몸도 좋지 않다고 했다. 암이 재발했다고 했다.

사미는 부모님이 이혼하기를 **바랐다**. 니키에게서 아빠가 일하는 동안 어떻게 살았는지 다 들었다. 거지 같은 천막과 무료 급식소를 오가며 하루 종일 뼈 빠지게 일하다 보니 폭삭 늙어버렸다!

암 이야기에 관한 한, 사미는 전혀 농담을 하거나 비웃을 만한 병이라고 여기지 않았지만, 솔직히 암일까? 그토록 오랫동안 그런 식으로 계속하는 것을 보면 엄마는 변종이 분명했다.

사미는 그 모든 이야기를 무시했다. 그녀는 원하는 바, 즉 대학에 대해서만 이야기했다.

"나더러 대학에 가도 된다고 했잖아요. 엄마가 고의로 방해했어요. 엄마도 알고 나도 아는 사실이에요."

"지금 무슨 말을 하고 있는지 모르겠구나."

'정말요, 엄마? 아직도 저랑 게임을 벌이자는 거예요?'

"엄마가 그랬잖아요." 사미가 말하자 그들 사이에 침묵이 흘렀다.

오랫동안 입을 꾹 다물고 있는 것은 엄마가 특히 좋아하는 기술 중 하나였다. 그녀는 그런 식으로 포식자처럼… 약자가 굴복하고 포기할 때까지 기꺼이 기다렸다. 그게 그녀가 원하는 것이었다.

마침내 사미가 말했다. "무슨 일이 있었는지 아무에게도 말하지 않을게요."

전화기 너머로 잠시 정적이 흘렀다. "뭐라고?"

사미가 기선을 제압했다. "알잖아요." 엄마의 얼굴이 상상이 갔다. 붉으락푸르락해지고 있을 터였다. 눈에서 열불이 나고 있을 터였다.

셸리 노텍은 자신의 잘못에 대해 누가 입 밖에 내는 것을 질색했는데, 그런 적이 있었다면, 그때가 유일했다. 그때까지는 아무도 셸리의 화를 더 돋우고 싶어 하지 않았다.

사미는 노골적으로 말하지 않았다. 그럴 필요가 없었다. 그것은 영리한 협박 기술로 효과가 있었다. 여름이 끝날 무렵 모노혼 랜딩으로 돌아오기 앞서 엄마는 서류를 작성했을 뿐만 아니라 제출까지 했다.

#

그해 여름, 사미는 시애틀의 플래닛 할리우드 레스토랑에서 깜짝 파티로 열아홉 번째 생일을 축하했다. 지금까지 생일 중 최고였다. 행복하고 자유롭고 희망에 찼다. 그간 엄마와 연락하면서 모든 일이 사미가 필요로 하는 방향으로 진행되고 있다는 것을 알았다. 사미와 니키는 엄마에게는 비밀로 하고 돈독한 관계를 유지하고 있었다. 비밀을 지킬 필요가 있었다. 셸리가 니키에게 앙심을 품고 있었기에 두 딸은 엄마가 얼마나 앙갚음하려 들지 알 수 없었기 때문이다.

사미와 남자친구 케일리가 모노혼 랜딩의 집 앞에 도착하자 셸리는 겁에 질린 채 당황한 표정으로 맞이했다. 라라와 캐롤이 방문했을 때와 똑같이 눈썹을 싹 밀고 얼굴엔 새하얀 분을 덕지덕지 바르고 있었다.

그녀가 슬픈 얼굴로 고개를 저었다. "암이 재발했어."

케일리와 사미는 서로를 쳐다보았다. 그들은 터져 나오는 웃음을 간신히 참았다. 그 광경은 우스꽝스러운 동시에 민망했다.

"왜 그런 생쇼를 하지?" 케일리가 나중에 사미에게 물었다.

"글쎄. 관심받는 걸 즐기나 봐."

케일리와 사미 둘 다 '암에 걸렸다고 주장하는 것보다 관심받는 더 좋은 방법이 있을 텐데'라고 생각했다.

케일리가 떠나자 셸리는 별안간 사미에게 달려들더니 호되게 꾸짖었다.

"네 아빠가 그러는데 너 내가 암에 걸린 것 같지 않다고 말했다며! 사미, 나 봐! 보라고! 머리카락이 빠지고 있다고!"

사미는 반발했다. 강력하게. 전에 없던 새로운 자신감이 넘쳤다.

"거짓말하고 있다는 거 다 알아요." 셸리는 화가 나서 씩씩대고 있었다. "캐시가 죽었다는 거 다 알아요. 엄마가 죽였다는 거 다 안다고요. 내가 그 자리에 있었어요, 엄마. 아주 가까이 있었다고요. 캐시는 죽었어요."

셸리가 손가락을 좌우로 흔들었다. "캐시는 구토물에 기도가 막혀 질식사했어."

"엄마가 학대했으니까."

"그렇지 않아."

"그랬어요. 엄마가 죽였어요. 엄마가 죽였다고요."

갑자기 셸리가 조용해졌다. "미안하다, 미안해."

사미는 그것을 인정하는 것으로 보았다.

"미안하다고 했어요?" 마치 외국인의 말을 제대로 이해했는지 확인하기 위해 되풀이하듯 물었다.

셸리가 고개를 끄덕였다. "걷잡을 수 없는 상황이었어. 어떻게 할 도리가 없었어, 사미. 나도 노력했다고."

그녀가 한 말의 일부는 사실이었으며 사미도 그것을 알고 있었다. 정말로 상황이 걷잡을 수 없이 악화되었다. 하지만 셸리는 그런 상황을 막으려 하지 않았었다. 그 모든 일이 일어나도록 했다.

5분 후, 돌연 낌새가 바뀌었다.

셸리가 자신이 한 말을 번복했다. 자신이 했던 모든 말을 거둬들였다.

"사미야, 너 뭔가 단단히 오해한 거 같구나. 난 그런 말을 한 적이 없어"라며 철회했다.

사미는 훗날 말했다. "엄마는 내게 아무것도 인정한 적이 없었던 것처럼 굴었어요. 뭐랄까, 꼭 나 혼자 미쳐서 엄마가 고백했다는 생각을 한 게 아닐까 싶었다니까요."

사미는 개의치 않았다. 에버그린 칼리지에 등록했다. 그녀도 그렇게 떠나버렸다.

46장

노텍 부부의 재정은 계속 바닥으로 추락하고 있었다. 대학 학자금에 도움을 주지도 않았으며 온 시내에 빚도 지고 있었다. 온수기 회사에서는 작업비를 지불하라고 했다. 전화회사는 서비스를 끊겠다고 위협했다. 셸리는 돈이 들어올 때까지 궁지에 몰린 상황을 막으려고 온갖 핑계를 대며 단단히 버티고 있었다. 온수기 회사에는 집안에 급한 문제가 생겨 지금 당장은 비용을 해결할 수 없다고 했다. 남편이 중증 심장질환을 앓았다고 썼다.

"남편은 이제 좀 괜찮아지고 있습니다… 쉼 없이 남편 수발을 들며 다른 여러 일까지 하려니 너무 힘에 부치네요…"

대출업체에 쓴 또 다른 편지에서는 대출금이 지연되는 문제를 가족의 질병 탓으로 돌렸다. 물론 꾸며낸 병이었다.

"올해 사는 게 너무 힘들었습니다. 큰딸이 다발성 경화증으로 투병하고 있는 데다 아버지까지 몹시 편찮으세요."

셸리는 도움이 될 거라고 생각할 때마다 질병 카드를 꺼내곤 했다. 사우스 벤드에서 주행 중 교통위반에 대한 변명을 할 때는 스트레스를 너무 많이 받아서—결국 차를 견인당하도록 이끈—위반을 하게 되었으니 용서해달라는 글을 즉결 재판소에 썼다.

"올해는 제게 힘든 한 해였습니다. 딸이 암에 걸렸습니다. 매주 두 번씩 올림피아 병원에서 치료받아야 합니다. 전 딸과 함께 있으려고 일까지 그만뒀습니다. 딸은 제게 전부이고, 저만 바라보고 삽니다. 저는 범죄자가 아닙니다."

워싱턴주 순찰대는 그녀의 곤경을 인정했다.

데이브가 중장비를 몰기 위해 졸지 않으려고 암모니아가 든 병의 마개를 따 흡입하고 차에서 잠을 자는 등 최선을 다하며 아득바득 일하는 동안 셸리는 애버딘에 있는 작은 쇼핑몰에서 끊임없이 돈을 흥청망청 쓰고 있었다. 물론 데이브는 알 길이 없었다. 그녀는 부부의 당좌예금 계좌 서명인에서 그의 이름을 없애버렸다. 데이브는 급료에 무슨 일이 일어나는지 전혀 알지 못했다.

급료만으로는 성이 차지 않았다. 셸리에게는 턱도 없었다.

데이브 몰래 용케 개인 대출로 36,000달러 이상을 조달하기도 했다. 뱅크오브아메리카 레이몬드 지점에서 얼마나 설득력 있었는지를 보여주는 증거이다. 그것은 대단한 성과였다. 부부는 담보물이 전혀 없었다. 모노혼 랜딩의 집을 담보로 최대한도로 대출받고 있는 데다 신용등급이 최하위였기 때문이다.

그런데도 끈질기고 수완이 좋은 셸리는 늘 방법을 찾아냈다. 신용 한도액을 두둑이 늘리면 즉시 잔액을 줄이는 일에 착수했다. 아주 미친 듯이 줄였다. 돈을 쓰는 것이 마약이 된 것 같았다. 아니, 어쩌면 마약을 대체하는 것일지도 몰랐다. 애버딘의 쇼핑몰 상점에서 하루에 30장이나 되는 수표를 썼다. 어느 날 오후에는 타겟 상점에서 해가 저물 때까지 계산대를 옮겨 다니며 아홉 장의 수표를 썼다. 큰 액수로 구매한 것은 아니었다. 대부분 5달러나 10달러였다. 셸리 입장에서는 전략적이었을 수 있다. 수표 금액이 적을수록 별문제 없이 넘어갈 가능성이 크다고 생각했을지도 모른다. 자신을 위해서만 펑펑 쓴 것은 아니었다. 주로 사미와 토리를 위한 물건을 구입했으며 때로는 집에 장식할 자질구레한 소품들을 사기도 했다. 셸리의 홍청망청 쏨쏨이는 매일 한 곳에서 얼마나 많은 수표를 썼는지 뿐만 아니라 일주일 내내 반복되었다는 점에서 이해할 수가 없었다. 하여튼 매일 썼다. 애버딘으로 다시 가서 갖고 있는 것이든 갖고 있지 않은 것이든 뭐든지 사는 데 다 썼다.

딱 하루 쉬었다가 다시 시작했다.

언제든 모든 게 다 붕괴될 수 있다는 것은 중요하지 않았다. 잔고가 바닥날 때까지 샀다.

그리고 실제로 바닥나자 온 시내에서 수표가 부도 처리되었다.

몇 달 동안 당좌예금 계좌를 초과 인출한 수수료로 250달러 이상을 내야 했다. 잔액이 급속도로 줄어들면 가뿐히 다른 지점으로 가서 새 계좌를 개설했다. 필요한 순간에 누구도 돈을 주지 않거나 물건을 사는 생명줄을 내려주지 않는 지경에 이르면 레이몬드의 지점으로 차를 몰고 가 딸들의 은행 계좌에서 돈을 인출했다.

훗날 니키는 말했다. "레이몬드라는 게 그런 곳이에요. 누군가의 엄마가 은행에 가서 딸 계좌를 텅텅 비울 수 있는 작은 마을이죠."

돈과 관련해 문제가 있는 사람들이 대출금이나 월세 보증금을 신청하려는데—사회보장번호를 필요로 하는 경우—셸리라면 확실한 조언을 해줄 수 있다.

언젠가 한번은 사미가 학교에서 엄마에게 전화를 걸어 사회보장번호에 문제가 있다고 했다.

"마지막 숫자를 계속 바꾸다 보면 될 거야." 엄마가 말했다.

사미는 그렇게 하는 게 꺼림칙하다고 말했다.

"그럼 동생 거 써." 마치 대단히 훌륭한 조언인 것처럼 셸리가 충고했다. "토리 거는 지금 깨끗하니까."

사미는 그렇게 하는 것도 거부했다.

셸리는 아주 오랫동안 다른 사람들의 돈과 사회보장번호로 연금술을 부렸다. 몇 년 후, 사미가 아파트를 얻으려고 했을 때 신용이 나쁘다는 이유로 신청을 거부당했다. 그녀의 사회보장번호와 관련된 부채가 36,000달러였다. 그렇지만 계좌명은 그녀의 명의가 아니었다.

엄마 계좌였다. 셸리 노텍이 사미의 사회보장번호를 자신의 번호라며 제시한 것이었다.

셸리는 변명하려 들었다. 딸에게 은행 측에서 혼선이 있었다고 했다. 사미는 그 말을 믿을 정도로 어리석지 않았다. 그렇지만 데이브는 계속 아내 편을 들었다.

"사미와 셸은 같은 계좌를 공유했습니다. 계좌에 명의 문제가 꼬였는데 그건 은행 측 잘못이었죠. 사미와 셸과 나 사이에 금이 좀 가긴 했었지만 모두 잘 해결되었습니다."

세월이 흐른 뒤, 데이브는 아내가 뒤에서 몰래 재정문제를 늘 끔찍한 위기에 처하게 했다는 사실을 맞닥뜨리자 머리를 긁적였다. 그는 어리석게도 몇 년 동안 셸리의 낭비벽이 사라진 지 오래라고 믿었다. 그럴 수밖에 없었다. 여윳돈이 조금도 없었기 때문이다. 결혼 초에 그런 문제가 있었지만 사랑의 쓴소리와 현실의 자각의 조합으로 해결했다고 믿었다.

"내 지출을 억제하긴 해야 했지만 그래도 어쨌든 몇 년 동안 많이 나아졌어요. 그리고 그 물건들은 집에 필요한 것들이었습니다. 사미 것도 많이 사주고 있었어요."

실제로 엘크 크리크 기슭에서 찢어지게 가난하게 자란 데이브는 딸들이 없이 지내는 것을 원하지 않았다. 셸리와 아무리 돈 문제로 언쟁을 벌였어도 니키, 사미, 토리가 원하는 것이라면 어떤 분야든 다 허용했다. 댄스 강좌,

46장

연극 강좌, 스포츠. 새 옷, 생일 파티, 애완동물 등 아무래도 다 좋았다.

그렇지만 데이브는 그 돈이 다 어디로 갔는지는 가늠할 수 없었다.

"대체 그 돈이 어디로 갔겠습니까? 그러니까 내 말은 셀이 분명히 차 같은 것을 샀을 거라는 뜻입니다. 좋은 차로 샀겠죠. 우린 몇 년 동안 고물차를 몰고 다녔거든요."

47장

이제 혼자 집에 남은 토리는 "술래잡기 놀이"를 하고 있었다.

사미가 대학에 간 직후 셸리는 토리에게로 관심을 돌렸다. 그녀는 사미가 완전히 떠나버리기 이전의 좋았던 상태로 되돌아가기도 했지만 좀 미묘했다. 일찍이 초등학교와 중학교 때 토리는 정신줄을 놓아버리고 있는 것은 아닐까 의아해한 적이 많았다. 숙제를 어디다 두었는지 찾지 못하기 일쑤였기 때문이다.

"엄마, 내 과제물 봤어요?"

셸리는 못 봤다고 했다.

"분명히 어디다 뒀는데 찾을 수가 없어요."

셸리는 토리를 째려보았다. "그럼 다시 해."

'엄마가 좀 수상해. 하지만 엄만데 설마.' 토리는 생각했다.

토리의 가장 큰 어려움은 아빠를 얼마나 그리워했는지에서 비롯되었다. 데이브는 집에 오면 피곤했지만 토리와 행복한 시간을 보내며 많은 일을 함께 했다. 훗날 토리는 텔레비전을 보거나 강에서 낚시하는 것과 같은 아주 사소한 일일지언정 아빠와 함께 시간을 보냈던 좋은 추억을 많이 간직하고 있었다. 그렇지만 때로는 아빠가 멀리 가 있는 것이 한결 마음이 놓일 때도 있었다. 아빠가 곁에 있는 것을 바라지 않아서가 아니었다. 집에 있을 때마다 엄마가 싸움을 걸었기 때문이다.

비명과 고함이 난무했다. 물건들이 내던져졌다. 위협이 가해졌다. 셸리는 데이브를 이 세상에 존재하는 온갖 추악한 이름으로 불렀다.

어떤 아이도 듣고 싶어 하지 않는 말이었다.

훗날 토리는 말했다. "어렸을 때 아빠가 집에 오면 무척 신났던 기억이 나요. 하지만 얼마 후, 내가 나이가 들면서, 음, 십 대가 되면서는, 집에 오는 걸 별로 좋아하지 않는 지경에 이르렀어요. 집에만 오면 싸웠으니까…. 좋은 때도 여러 번 있었죠. 비디오 게임을 하며 놀던 순간처럼. 내가 좀 더 어렸을 때는 아빠가 훌륭한 아빠가 될 수 있는 능력을 갖추었다고 생각했지만 그건 내게 상처만 주는 상황일 뿐이었어요. 아빠가 나를 많이 사랑했다는 건 알아요."

어떤 경우에도 아빠가 잘못해서 싸움이 벌어졌다는 기억은 없다. 항상 셸리가 선동했다.

"망할 급료 어딨어, 데이브?" 토리는 셸리가 전화기에 대고 소리지르던 모습을 기억했다. "이 빌어먹을 촌놈아! 오늘 받게 해준다고 했잖아!"

토리는 아빠가 전화선 너머로 보냈다고 주장하는 모습을 상상할 수 있을 뿐이었다. 미루거나 갖고 있으면서 일부러 안 준다고는 상상할 수 없었다. 아빠는 엄마가 원하는 모든 것을 다 주었다.

"빌어먹을 우편 사서함에 없어. 확인했다고. 지긋지긋해, 정말."

그러더니 마지막으로 보탰다. "당신과 이혼해야겠어. 이런 멍청이와는 결혼하는 게 아니었어."

데이브는 집에 오면 소파 옆 마룻바닥에서 잤다.

그 모든 것이 가슴 아프고 혼란스러웠다. "아빠는 내내 불행해 보였어요. 집에 있고 싶지 않다는 듯 늘 풀이 죽어 있었죠. 그런 아빠의 모습이 너무 슬퍼 보여서 엄마와 결혼한 게 무척 안쓰러웠던 기억이 납니다."

시간이 흐르면서 토리는 한창 전쟁 중인 부모님 사이에 껴 있다는 것을 알 수 있었다. 인정사정없는 싸움이었고, 부수적인 피해는 고스란히 토리에게 돌아왔다.

#

당연히 다른 일들도 있었다. 엄마가 토리에게 처음으로 잠행공격을 한 것은 어둠을 틈타서였다. 집은 비어 있었다. 평소 토리가 낮에 학교에 가 있을 때만 잠을 잤던 셸리는 딸에게 달려들더니 이불을 홱 잡아당겼다.

눈이 휘둥그레진 토리는 놀라서 말문이 막혔다. 도대체 무슨 일인지 알지 못했다. 집에 불이 났나? 엄마에게 심장마비가 왔나?

갑작스러웠다. 무서웠다. 난데없는 일이었다.

"자살 생각해 본 적 있어?" 셸리가 캐물었다.

"아뇨, 엄마."

셸리는 가만히 있었다. 아주 오랜 시간처럼 느껴졌다. 어쩌면 반응 같은 것을 찾고 있었을 수도 있다. 혹시 다른 반응을 찾고 있었던 것일까? 토리는 알 수 없었다. 아무 말도 안 하고 가만히 있었다. 너무 무서워서 대들 수도 없었다.

마침내 셸리가 방을 나갔다.

토리는 잠을 이룰 수 없었다. 머릿속으로 온갖 생각이 떠올랐다. 한 가지 생각이 맨 앞에 있었다.

'맙소사, 엄마가 날 죽이고는 자살한 것처럼 보이게 만들려는 걸까?'

#

47장

노텍 집안은 부엌의 아일랜드 식탁 밑에 커다란 아마추어 무선통신기를 넣어두고 있었다. 데이브의 것으로, 그만이 유일하게 그걸 갖고 만지작거리며 놀았다. 평소에는 데이브가 집에 없었기에 무선통신기는 그냥 그 자리에 박혀 있었다. 어느 날, 셸리는 당시 여덟 살이었던 토리가 한 무슨 일인가로 머리끝까지 화가 난 나머지 토리를 무선통신기로 휙 밀쳤다.

토리는 충격받았다. 엄마가 그러지 말았어야 했다는 것을 알고 있었다. 엄마가 그런 짓을 하는 것을 상상할 수도 없었다. 자신에게 그런 짓을 하는 게 상상이 안 되었다. 머리 옆통수를 만졌다. 젖어 있었다.

'피야.'

토리는 엉엉 울기 시작했다. 엄마는 사과하거나 도와주는 대신, 경멸스러워 죽겠다는 표정으로 꼼짝도 하지 않고 그냥 서 있었다.

"야, 이년아!" 셸리가 꽥 소리질렀다. "일어나!"

그 사건은 어린 소녀에게 깊은 영향을 미쳤다. 그 후로 황당하거나 잘못되었다고 알고 있는 것을 하라고 엄마가 명령할 때마다 토리는 머리를 터지게 했던 그 순간을 생각했다. 토리는 엄마가 원한다면, 무슨 일이 있어도, 정말로 자신을 해칠 수 있다는 것을 알았다.

#

셸리의 목소리만 들려도 막내딸은 지레 겁을 집어먹었다. 텔레비전에서 방영하는 「피어 팩터」에서는 도입부에 한 여성의 겁에 질린 비명소리가 나왔는데—방송 시작을 알리는 소리라는 것을 알고 있으면서도—매번 그 소리가 나올 때마다 토리는 엄마가 아래층에서 고래고래 소리지르고 있다고 생각하면서 겁이 나 몸을 움찔움찔했다.

자신에게 지르는 비명이라고 여겼다.

그녀는 속으로 생각했다. '어떡해, 오늘 밤에 또 야단맞을 거야.'

토리가 친구에게 엄마가 나무 숟가락으로 때렸다는 말을 하자 화가 난 셸리는 데이브의 낚싯대의 새로운 용도를 발견했다. 다른 아이의 엄마가 왜 애를 때리냐며 학교에서 정면으로 문제를 제기하자 집에 돌아온 셸리는 막내딸을 얼마나 세게 때렸던지 실제로 낚싯대가 부러지는 것으로 대응했다.

"이 못된 년! 배은망덕한 년! 널 낙태했어야 했는데!"

토리의 등 아래쪽과 엉덩이에는 얻어맞아 보기 흉한 붉은 줄이 여럿 나 있었다. 그 주 후반에 수영하러 갈 예정이라 자국이 보일까 봐 걱정되었던 토리는 뭐라도 변명거리를 지어내야 할 것 같았다.

"하지만 수영하러 가야 할 때쯤에는 자국이 없어졌어요. 엄마는 자국이 없어졌는지 확인했죠."

언제나 그렇듯 셸리에게 있어서 어떤 처벌은 육체적 고통보다는 굴욕을 주려는 것이었다.

토리가 학교에서 별 볼 일 없는 성적을 받고 집에 돌아오면 일주일 동안 매일 똑같은 옷을 입고 학교에 가도록 했다. 곰돌이 푸가 그려진 데님 멜빵바지와 트위티 새가 그려진 줄무늬 티셔츠로 지저분한 차림새였다. 외투는 없었다.

"너무나 추웠고, 그 때문에 엄마를 미워했던 기억이 납니다. 사람들이 나를 쳐다보면서 왜 그렇게 입고 다니냐고 물어봤죠. 빨래를 하지 않았기 때문이라고 대답했어요. 사나흘쯤 지나자 전 입을 꾹 다물었어요."

토리는 당시, 오히려, 엄마와 관련된 일들을 목격한 사람들이 무슨 생각을 하고 있었는지 의아했다. 사미처럼 토리도 항상 옷을 잘 차려입는 소녀였다. 항상 새 옷을 입고 다녔었다. 하지만 지금은 매일 같은 옷을 입고 걸어 다니고 있었다. 뭔가 이상한 일이 일어나고 있다고 생각하는 사람이 왜 아무도 없을까?

세월이 지난 후 토리가 말했다. "아주 하찮은 일처럼 들린다는 거 알아요. 하지만 저한테는 큰일처럼 느껴졌어요. 알다시피 학교에서는 그런 게 큰일이잖아요."

토리가 사춘기에 접어들었을 때 셀리는 정기적으로 몹시 거북한 일에 새로이 착수했다. 한 달에 한 번 토리에게 거실로 오라고 불렀다.

"어머나, 토리! 시간이 벌써 이렇게 됐네. 어디 얼마나 컸는지 좀 보자."

토리가 부름에 곧장 응하지 않으면 「피어 팩터」에 나오는 그 끔찍한 비명소리가 나오기 십상이었다.

셀리가 명령했다. "윗도리 벗어."

토리는 민망해서 벗고 싶지 않았다.

쭈뼛쭈뼛하면 셀리는 콧방귀를 뀌었다. 그건 극히 평범한 일이었다. 지극히 자연스러웠다.

"어디 얼마나 커지고 있는지 볼까. 모든 엄마들이 이렇게 해."

'알았어요. 하지만 그건 사실이 아니에요.' 토리는 생각했다.

친구 중 누구도 엄마가 강요하는 것과 같은 짓을 한다는 이야기를 한 적이 없었다.

"벗고 싶지 않아요, 엄마."

셀리가 표독스러운 표정을 지었다. 허리띠를 풀거나 주먹질을 하기 전에 흔히 나오는 표정이었다.

"야, 넌 내가 말하는 대로 하기나 해. 난 엄마야. 넌 내 새끼야. 토리, 윗도리 벗어."

"싫어요, 엄마."

"왜 그러는 거야, 토리? 너 내가 무슨 변태라고 생각하니?"

토리는 이길 수 없는 막다른 골목에 처했다는 것을 알았다. 다른 식구들 모두처럼. 그녀는 셔츠를 벗고는 엄마가 검사하는 동안 꼼짝 않고 서 있었다.

"좋아." 셸리가 마침내 말했다. "괜찮아 보이네."

그 일은 계속 반복되었다.

때로는 팬티도 벗으라고 해서 질을 검사했다.

그것은 발육 중인 가슴을 보여주는 것보다 훨씬 더 싫었지만 어쨌든 시키는 대로 했다.

언젠가 한번은 기괴하면서도 굴욕적인 요구를 했다.

"토리, 네 육아일기에 쓸 음모가 필요해."

토리는 그것만은 정말 하고 싶지 않았다. 도가 지나쳤다.

"그건 미친 짓이에요." 토리가 기어이 말했다. "아무도 그러지 않아요."

셸리는 어깨를 으쓱하고는 실망스럽다는 표정을 지었다. 심지어 약간 상처까지 받은 듯했다.

"네 언니들도 다 해줬어. 왜 그렇게 까다롭게 굴어?"

"엄마, 내가 까다로운 게 아니라 이건 정말 괴상한 거예요. 소름끼쳐요."

우선, 실망한 표정이었다. 그다음, 상처받은 표정이었다. 이제는, 완전히 분개한 표정이었다.

"소름끼친다고? 인체에 아무런 문제될 게 없어. 만약 문제가 있다고 생각한다면 너한테 심각한 문제가 있는 거야."

그러면서 토리에게 가위를 건네주었다.

"사미 언니랑 니키 언니도 했다고요?"

"그래. 그 골칫덩어리였던 니키도 했어."

토리는 가위를 들고 화장실로 가서 잠깐 뒤 엄마가 요청한 털을 들고나왔다. "여기요." 토리가 내밀었다.

셸리는 토리의 눈을 똑바로 쳐다보더니 깔깔 웃음을 터뜨리기 시작했다. "필요 없어."

눈물이 나왔다. 창피하기도 했지만 철저히 굴욕감을 느꼈다.

"뭐라고요?"

"시키는 대로 하는지 알고 싶었을 뿐이야."

토리는 철저히 혼자라는 느낌이 들었다. 그 기간 동안 사미가 대학에서 집으로 돌아오는 주말만을 기다리며 살았다. 니키가 다시 돌아오기를 바라는 것은 그만두었다. 엄마는 큰언니를 두려워하게 만들고 그런 다음에는 증오하게끔 만드는 작전을 펼치고 있었다.

셸리는 여러 차례 말했다. "그 아이는 괴물이었어. 너랑 사미가 있어 얼마나 다행인지 몰라."

자세히 물어볼 필요도 없었다. 엄마는 왜 그런지 거리낌 없이 말했다.

"그 아이가 날 때렸어, 토리. 딸이 자기 엄마를 때린다는 게 상상할 수 있는 일이니?"

셸리는 토리의 할머니인 라라도 못되고 해로운 여자라고 부르며 욕을 퍼부었다.

"어린아이였을 때 나를 쓰레기 취급하곤 했어."

토리는 그 얘기를 다 받아들였다. 엄마가 뜻하는 바를 받아들였다. 즉, 셸리는 세상에서 가장 좋은 엄마였고, 니키 언니와 라라 할머니는 철천지 원수들이었다.

48장

각 자매 사이의 관계는 깨지기도 하고 뒤얽히기도 했다. 둘째인 사미만이 유일하게 니키와 토리 둘 다와 연락했다. 인생을 새로 살기 시작하고 있던 니키는 막냇동생을 그리워하며 늘 막냇동생의 안부를 물었지만 양방향 관계가 아니었다. 토리는 니키의 안부에 관해 묻는 것을 그만두었는데, 이는 적어도 사미가 동생에게 거짓말을 할 필요도, 또 엄마와의 사이가 틀어지는 위험을 감수할 필요도 없다는 것을 의미했다. 엄마는 니키와 연락하는 것을 지상명령에 대한 배신으로 간주했기 때문이다.

사미가 대학에 간 뒤에도 손을 뻗치는 셸리의 능력은 놀라웠다. 둘째 딸의 삶의 모든 측면을 통제해야 하는 욕구는 에버그린 칼리지 기숙사에 있는 다른 사람들의 눈살을 찌푸리게 했다. 거의 매일 밤 열 시나 열한 시에 전화를 걸었는데 사미가 전화를 받지 않으면 화가 머리끝까지 치밀어서 기숙사 사감이나 남자친구인 케일리에게 전화했다.

최악의 전화는 새벽 세 시에 거는 것이었다.

"사미 거기 있지?"

케일리는 없다고 했지만 전화를 끊은 후 사미에게 고개를 돌렸다.

그들은 서로 눈짓을 주고받았다.

사미는 엄마와 타협했지만 그렇다고 해서 엄마와 계속 정면으로 부딪치는 것을 그만두었다는 뜻은 아니다. 사미는 넉 장에 걸친 편지를 썼다.

셀리는 집에서 일어났던 일에 대한 기억이 가물가물하다고 주장했지만 사미는 같은 운명을 겪지 않았다는 사실을 상기시켰다.

"잊을 수가 없어요, 아니, 캐시 애기를 하는 게 아니에요… 어리긴 했어도 무슨 일이 있었는지 기억해요. 이런 애기하게 되어 죄송하지만, 엄마, 전 엄마가 집에서 일어난 모든 일을 잊어버리고 다른 많은 것들처럼 편리하게 기억하고 싶은 것만 기억한다고 생각해요. 니키 언니와 셰인 오빠를 진흙탕에서 뒹굴게 하고 펄펄 끓는 물로 목욕시킨 거 같은 일들 말이에요. 엄마는 잊었나 보네요. 전 최고의 대우를 받았다고 말할 수 있겠지요."

니키가 멀리 떨어져 있으면서 엄마와 최대한 거리를 두고 있는 동안—그리고 언니들이 아는 한 토리는 엄마가 얼마나 심한 악행을 저질렀는지 알지 못하는 동안—사미는 계속해서 더 많은 기억을 되살리고 있었다. 집 안에서 일어난 일은 자매 모두에게 부담을 지웠지만, 사미는 언제나 유머로 매사를 일축할 수 있는 방법을 찾았었다.

사미는 계속해서 목소리를 높였다.

"전 다른 가정이 어떻게 돌아가는지 알아요. 다는 아닐지 몰라도요. 그리고 무엇이 옳은지 그른지도 알아요. 전 평생 거짓된 삶을 살아왔어요. 엄마는 내가 이렇게 말하는 것을 좋아하지 않겠지만 사실이 그래요. 전 모든 것에 대한 진실을 알고 있어요."

사미가 자신의 과거와 엄마의 행동에 의문을 제기하자 셀리는 전화상에서 사미를 다시 돌아오게 하는 새로운 방법을 강구했다.

한번은 전화를 걸더니 이렇게 말했다. "우리 딸, 나 루푸스 진단받았어. 상태가 아주 안 좋다는구나."

"어머나, 세상에, 엄마. 정말 안타까워요."

사미는 그 병에 대해 잘 알지는 못했지만 심각하다는 것은 알고 있었다. 엄마는 통화 내내 필요를 요하는 치료법에 관해 자세히 설명했다. 게다가 설상가상으로 건강과 관련해 큰 걱정거리가 하나 더 있다고 했다.

"난소에 커다란 물혹이 있다는구나, 얘야. 큰 수술을 받아야 할 거 같아."

사미는 엄마의 암이 일종의 게임이나 계략이라고 생각했지만 왠지 모르게 근래의 내과 문제는 거짓말이라는 생각이 들지 않았다.

거짓말이었다.

사미는 훗날 말했다. "웃기는 건 엄마가 루푸스에 대해 다시는 언급한 적이 없다는 거예요."

#

엄마가 거짓말쟁이라는 것을 사미는 잘 알고 있었다. 그렇지만 증거를 원했다. 증거가 **필요했다**. 엄마가 집에 없을 때 안방을 뒤져보기로 작정했다. 뭐라도 찾을 수 있는지 보기 위해서였다. 무엇이 기어나올지 보려고 바위를 뒤집는 것과 같았다. 제자리에 있던 물건들을 흐트러뜨리지 않도록 조심했다. 엄마는 안방에 있는 물건이 조금이라도 움직였는지 아는 데 비상한 재주가 있었다. 또는 방향이 바뀐 것도 알아냈다. 가끔 엄마는 딸들 중 한 명이 무언가를 **찾아봤는지도** 아는 것 같았다.

침대 밑에서 작은 쓰레기 봉지를 발견했다.

안을 들여다보았을 때, 처음에는 보고 있는 게 뭔지 확신이 안 섰다.

'흙인가? 조개껍질인가?'

그녀는 자세히 들여다보다가 내용물을 전등 쪽에 갖다 댔다.

재가 섞인 뼈 봉지였다.

사람 뼈였다.

캐시 로레노의 뼈가 틀림없다는 걸 알았다.

'아니면 달리 뭐겠어?'

#

데이브 노텍은 아주 오랫동안 레이몬드의 집으로 돌아오지 않았다. 그러는 데는 여러 이유가 있었다. 물론 일터가 멀리 떨어져 있기도 했지만 딸들 말고는 그를 집으로 향하도록 떠미는 게 없었다. 아내는 확실히 아니었다. 셸리는 드문드문 이혼하겠다고 위협했지만, 어떤 이유 때문인지—아마도 꾸준히 들어오는 급료 때문이겠지만—실행에 옮기지는 않았다. 데이브가 셸리에게 보내는 돈이 아무튼 그녀가 원하는 전부인 것으로 보였다.

장인어른의 새 아내가 전화로 데이브에게 왜 일 년 넘도록 토리를 보지 못했는지 의문을 제기한 것이 드디어 데이브를 올바른 방향으로 나아가도록 자극했다.

데이브는 즉시 반발하며 전혀 납득할 수 없는 여러 변명을 둘러댔다. 그는 집에 가지 않는 이유에 대해 딱 꼬집어 말할 수가 없었다. 마음이 없는 것은 아니었다. 십장은 금요일마다 집으로 가냐고 물었지만 데이브는 항상 다음 날 작업 현장에 있어야 한다며 말을 돌렸다.

십장은 말하곤 했다. "염병하네."

데이브는 훗날 말했다. "십장은 내 눈빛에서 집에 가고 싶어 한다는 것을 알았어요."

통화가 끝난 후 데이브는 한참 동안 생각에 잠겨 앉아 있었다. 그러다 끝내 하나님께 도움을 청했다.

'제게 응답해주세요. 도와주세요. 어떻게 해야 하나요?'

그는 무일푼인 데다 당시 차도 없었다. 그래도 하나님은 응답하셨다. 데이브는 "하나님이 결혼 서약에 따라 집으로 가야 한다고 말씀하셨다"라고 했다. 가정적인 십장이 낡은 캐딜락을 빌려준 것이었다. 최고 수준으로 기름을 잡아먹는 차였지만 데이브의 기도에 대한 응답이었다.

"금요일 오후 다섯 시에 퇴근했어요. 교통체증이 심했죠. 세드로-울리에서부터 회사가 있는 오크 하버까지 쭉 트럭을 몰고 갔어요. 연락선을 놓치기 때문에 거기서부터 다시 캐딜락을 몰고 왔던 길을 돌아와야 했죠. I-5 도로를 쭉 타고 왔어요. 금요일 밤이나 자정, 어떤 때는 아침에 집에 도착했어요. 셸은 나를 기다리며 저녁을 먹었죠. 토리도 내가 집에 갈 때까지 자지 않고 기다렸어요. 모든 게 잘 풀리고 있었어요. 토리는 행복해했죠. 셸도 행복했고, 나도 행복했어요."

모두가 행복했다. 아니면 행복해 보였거나.

그가 다시 시내를 떠날 때까지는.

48장

론

49장

엄마가 대학 기숙사로 전화를 걸어왔을 때 사미는 처음으로 "새 친구" 론 우드워스에 관해 들었다. 그레이스 하버 칼리지에서 멀지 않은 리버뷰 지역의 집에서 쫓겨나는 수십 마리의 고양이를 기르는 노부인을 도와주는 친구라고 했다. 셸리는 드디어 레이몬드에 있는 올림픽 노인복지서비스센터에서 사회복지사로 일자리를 얻었다. 고양이들을 기르는 그 노부인 사례를 다루면서 무주택자의 주거 해결을 위한 단체인 해비타트를 통해 론을 만났다.

"그 부인의 물건을 모두 창고로 가져왔어. 우리 집으로 거처를 옮기는 게 어떻겠냐 했더니 자기 집을 원한다고 하더구나."

'다행이야.' 사미는 속으로 생각했다. 천만다행이었다. 사미는 아무도 엄마와 함께 살러 들어오는 것을 원치 않았다.

셸리가 말을 이어갔다. "론은 그 부인의 고양이들을 입양할 집을 찾는 것을 도와주고 있어. 80마리 정도 되거든."

사미는 작은 집에 고양이 80마리는 너무 심하다고 생각했다.

"론은 좋은 사람처럼 들리네요."

"그래, 고양이도 아주 좋아해."

실제로 론도 고양이를 몇 마리 키우고 있었다. 그 무렵, 토리는 방과 후에 론의 이동주택을 찾아가기 시작했는데 고양이들이 이동주택을 얼마나 엉망으로 만들었는지 알아차렸다. 그곳은 악취가 풍겼지만, 다룰 수 있는 것보다 더 많은 고양이들과 함께 사는 많은 사람들이 그렇듯, 론은 그 냄새를 전혀 알아차리지 못했다.

론은 덩치가 큰 남자는 아니었지만 얼마 후 사미가 처음 만났을 때 배가 꽤 나왔다고 생각했다. 허리에 차는 작은 가방처럼 허리띠 위에 뱃살이 축 늘어져 있었다. 정수리에 머리숱이 별로 없었지만 긴 머리를 고무줄로 묶고 있었다. 귀걸이 등 여러 장신구를 차고 있었으며 외모에 자부심이 있어 보였다. 전직 지역신문 교열 담당자이자 자격증을 소지한 간병인으로 당시 "일이 좀 있어서" 실직 상태였다.

눈치가 빠르고 신랄해서 사미는 단박에 마음에 들었다.

방과 후에 론의 이동주택을 찾아가는 동안 토리는 그가 지대한 관심을 갖고 있는 이집트학 관련 책들을 훑어보았으며, 그들은 그 시대 역사 속의 신화와 신들에 대해 이야기했다. 이집트학에 푹 빠져있던 그는 토리에게 삶의 중요성과 내세의 역할에 대해 말했다.

훗날 엄마가 론이 자살했을 수 있다고 주장했을 때 토리는 이동주택을 찾아갔던 때를 돌이켜보았다.

"절대 그러지 않았을 거예요." 토리는 주장했다.

토리는 론을 굉장히 좋아하게 되었다. 가끔 카드놀이나 체커게임을 할 때면 그는 토리가 이기게끔 했다. 론 삼촌이라고 부르기 시작했다. 그는 친구였으며, 말한 적은 없었지만 아군이 되기를 바랐다.

#

론 우드워스는 17년 동안 연인이었던 게리 닐슨을 따라 1992년 늦여름에 사우스 벤드로 왔다. 게리의 누이가 이미 그 지역에 살고 있었으며, 1995년에 론의 부모인 윌리엄과 캐서린도 론의 주장에 따라 캘리포니아에서 해안가로 이사왔다. 당시 윌리엄의 건강이 좋지 않았기 때문이었다.

현실적인 면에서 볼 때, 퍼시픽 카운티로 이주하는 것은 압박감과 불화를 느끼고 있던 론과 게리의 관계에 있어 다소 새로운 시작이었다. 사실 이주 문제를 꺼냈을 때 게리는 론에게 싫으면 관두라고 했다. 론은 생각하고 자시고 할 것도 없었다. 게리는 그에게 일생의 사랑이었기에 떠나가게 할수 없었다.

그러나 1996년 6월 아버지가 죽은 후, 론의 행동이 변했다. 그것도 아주 급격히 변했다. 돌연 간병인으로서의 직업을 계속 유지할 수도 없었고, 정신이 산만해져서 대화를 계속 이어나갈 수도 없었다. 살면서 줄곧 외향적이었던 성격이 별안간 침울하고 내성적으로 되었다. 게리는 연인의 상심에 대해 연민을 느끼긴 했지만 더는 함께 살 수 없었으며, 1997년에 관계가 끝났다는 것을 알았다.

론은 파경을 잘 받아들이지 못했다. 슬픔에 짓눌려 있으면서 변덕스러웠다. 갈라선 직후 어느 날 게리가 퇴근해서 이동주택으로 돌아오자 자물쇠가 바뀌어 있었고 론은 그를 안으로 들여보내지 않았다.

게리는 훗날 말했다. "그는 내 소유물을 흥정하고 싶어 했어요. 그렇게나 원한다면 가지라고 했죠."

다음 날, 게리는 론이 넘겨줄 목적으로 창고에 보관해두었던 물건들을 몇 가지 챙기러 돌아왔다. 그들 두 사람은 다시는 말을 하지 않았다. 직접 얼굴을 마주하지도, 전화 통화도 하지 않았다. 그로부터 한 달 후, 론은 게리에게 자신도 어머니도 게리를 다시는 보고 싶어 하지 않는다는 내용의 편지를 보냈다.

갑작스럽게—그리고 무참하게—혼자라는 것을 알게 된 뒤, 론 우드워스의 악화일로는 좁은 인맥의 친구들 사이에서 우려를 불러일으키기 시작했다. 그 친구들 중 한 명은 산드라 브로데릭으로, 90년대 초 캘리포니아 새크라멘토에 있는 맥클레런 공군기지 보급부 시절부터 론과 알고 지냈다. 론이 태평양 연안 북서부로 옮겨간 후 산드라도 결국엔 그곳으로 이주했다. 지리적 요인이 우정을 온전히 유지하는 역할을 하긴 했지만 서로 진심으로 애틋한 정을 나누고 있었다.

론은 파경 후에 "죽지 못해 산다"며 은근히 위협하긴 했지만 노골적으로 자살하겠다고 위협하지는 않았다. 게다가 토리와 마찬가지로, 산드라는 고대 이집트 전통에 대한 론의 확고한 신념으로 인해 아무리 상황이 나쁘게 돌아가더라도 자살을 생각할 사람은 아니라고 판단했다.

그렇기는 하지만, 1999년 무렵 산드라는 론에게 여러 문제가 있다는 것을 알 수 있었기에 그와 그의 어머니를 그녀가 타코마에 소유한 방 다섯 칸짜리 집으로 이사오라고 제안했다. 론은 그 제안을 정중히 받아들여 검토차 찾아오기까지 했다. 그는 산드라에게 레이몬드나 사우스 벤드에서 지내지는 않겠지만 당분간은 그대로 있는 게 더 좋다고 했다. 게리가 애버딘에서 살고 있었기에 론은 시내에서 돌아다니다가 마주치고 싶지 않다고 했다. 그러면서 친구인 셸리와 데이브 노택 부부네 집에 살러 들어가게 될 것 같다며 그들이 오크 하버에 집을 한 채 살 예정이라고 했다.

하지만 2000년 7월까지도 여전히 오크 하버에 집이 없었으며, 산드라는 군대 동기인 론에게서 다시 한번 소식을 들었다. 그는 금전적인 어려움에 처해 있었다. 윌라파의 이동주택 주차구역에 밀린 임대료를 변상하려면 돈이 필요하다고 했다. 그녀가 500달러를 주어서 그는 노숙자 신세를 면할 수 있었다.

나중에 그녀는 다른 친구로부터 론이 이동주택을 잃지 않으려고 궁리한 끝에 변호사를 선임하기 위해 2,000달러를 빌려 갔다는 소식을 들었다.

산드라는 그 소식을 듣자마자 전화 걸었다.

론은 마치 일이 잘 풀리는 것처럼 행동했다.

훗날 산드라가 말했다. "변호사를 구하려고 셸리 노텍에게 1,000달러를 주었다고 했어요."

미심쩍은 산드라는 론에게 변호사의 이름을 물었다.

"셸이 변호사를 고용했기 때문에 셸한테 이름을 알아봐야겠다고 하더군요. 변호사를 선임했는지 안 했는지 여부는 전혀 아는 바가 없어요."

얼마 후, 산드라는 팀버랜드 레저용 차량 공원의 이동주택에 있는 론과 그의 어머니를 방문하려고 레이몬드로 갔다.

예기치 않게 셸리도 모습을 드러내면서 그 방문은 흐지부지 끝났다.

셸리를 아는 사람들은 훗날 그녀의 영역 표시 성향에 대해 언급하곤 했다.

50장

50대 중반의 론은 희망찬 인생에 재도전하기에는 늦었다. 그는 집과 아버지, 연인을 잃었다. 1999년에 이동주택이 압류된 후에는 함께 살았던 어머니와도 소원해졌다. 그중에서도 최악은 고양이들을 잃어버렸다는 것이었다. 셸리는 토리에게 론이 다시 일어설 수 있도록 도와주기 위해 집으로 데려와 지내게 하겠다고 말했다. 토리는 이것이 예전에 셸리가 데이브를 납득시켜 캐시 로레노를 그들 삶으로 끌어들인 것과 동일선상이라는 사실을 알지 못했다.

셸리는 데이브에게 캐시에 대해 이렇게 말했었다. "캐시를 도와주려는 거야. 그리고 동시에 캐시도 우리에게 도움을 줄 수 있어."

셸리는 론을 두 팔 벌려 환영하며 사미가 쓰던 방에 묵도록 했다. 침대, 서랍장, 침실등이 있는 탁자가 있었다. 론은 어머니 집에서 챙길 수 있었던 책과 개인용품들을 한 보따리 갖고 왔다.

데이브는 론 우드워스에 대해 별로 듣지 못했거나, 만약 들었더라도 한쪽 귀로 듣고 한쪽 귀로 흘려버렸다. 거기에는 그럴만한 이유가 있었다. 그는 여전히 위드비섬의 오크 하버에서 일하고 있어서 거의 집에 없었으며, 집에서 일어나고 있는 일은 무슨 일이든 교묘하게 그의 이목을 피해갔다. 어느 날 모노혼 랜딩의 집으로 돌아왔을 때 비로소 론이 거처를 옮겨왔다는 사실을 알게 되었다.

소개할 때 셸리는 상냥하면서도 들떠 있었다.

"이쪽은 내 친구 론이야." 그러더니 재빨리 덧붙였다. "게이야. 살던 곳에서 쫓겨나서 이제 우리 집에서 일하게 될 거야."

솔직히 데이브는 전혀 개의치 않았다. 론이 셸리에게 관심이 있대도 개의치 않았을 것이다. 사실, 그랬더라면 더 좋았을 것이다. 데이브는 벗어나고 싶었다. 평생 속이려고 조작해야 하는 온갖 이야기들과 더불어 셸리와 살면서 받는 스트레스를 감당할 수 없었다.

또한 숨겨야 할 비밀들도 감당할 수 없었다.

훗날 데이브는 말했다. "토리가 어서 자라서 떠날 수 있기만을 기다리고 있었습니다. 한 3~4년 정도만 버티면 떠날 수 있었거든요."

셸리는 계속해서 론이 토리를 몇 차례나 돌봐주었으며 매우 성실하고 믿음직스럽다고 했다.

론은 데이브와 악수를 나눴다. 두꺼운 안경을 쓴 자그마한 남자였다. 귀를 뚫었고, 목에는 앵크 십자(윗부분이 고리 모양으로 된 십자가. 고대 이집트에서 생명의 상징이었다-옮긴이) 펜던트를 포함한 금목걸이를 주렁주렁 걸고 있었다.

"좋은 사람 같아 보였어요. 난 그저 스트레스에서 벗어나고 싶은 마음뿐이었죠. 제때에 집에서 나오지 못했지만."

#

'이런, 젠장!'

론이 엄마와 동생과 함께 살려고 집으로 들어왔다는 소식을 들었을 때 사미의 마음속에선 불쑥 그 말이 튀어나왔다. 속으로 곱씹기도 전에 '이건 아냐'라는 생각이 먼저 떠올랐다. 평생 그런 생각을 하며 살아왔다. 사미는 앞날을 훤히 내다볼 수 있을 만큼 똑똑했지만 생존해야 한다는 일념은 그 모든 것을 옆으로 밀쳐낼 수 있는 특별한 능력을 주었다.

엄마가 어떤 사람인지 뻔히 알고 있음에도 불구하고 역사가 정말로 또 반복될 리는 없을 거라고 되뇌었다. 사미는 엄마가 캐시와 아빠 및 다른 사람들에게 어떻게 행동하는지를 봐왔었다. 셸리는 자신만이 주인공이었다. 그것은 가장 중요한 위치에 있어야 한다는 것을 의미했다. 언제나 통제했다. 다른 사람들은 모두 그녀의 필요를 충족시키기 위해서만 존재했다. 셸리는 대장이었다. 하지만 론은 론이었다. 그는 캐시가 아니었다. 데이브가 아니었다. 사미는 론이 꺾이지 않고 잘 버틸 수 있을 거라고 확신했다.

그렇게 생각했다. 그러기를 바랐다. 그러기를 기도했다. 미약했다. 사미가 틀렸다는 걸 깨닫는 데는 오랜 시간이 걸리지 않았다.

론이 오고 나서 처음으로 집에 갔을 때, 론과 엄마는 사미가 훗날 "알콩달콩했다"라고 묘사할 정도였다. 그런데도 사미는 론이 셸리를 어떻게 섬기는지, 또 그녀가 부탁하는 것은 무엇이든 한다는 것을 알아차렸다.

"알았어, 자기야." 그는 모든 요청에 대답했다.

셸리는 그를 꼭 껴안아 주며 자신에게 잘해줘서 무척 고맙다고 하거나 원하는 대로 일을 끝내지 않으면 혼내기도 했지만, 어머니가 시킨 것이나 마치도록 한 일의 중요성을 이해하지 못하는 어린애를 꾸짖는 식을 흉내내는 온화한 말투였다.

저녁 식사 때 셸리는 그를 식탁으로 오라고 불렀다.

"론, 와서 저녁 먹어!"

"어머나! 너무 맛있어 보여, 자기야."

접시에 무엇이 담겼는지는 중요하지 않았다. 론에게 그것은 「탑 셰프」

같은 텔레비전 프로그램에 나오는 도전자가 만든 고급 요리였다.

처음의 따뜻한 환대는 빠르게 식었다.

그곳에서 생활한 지 2주쯤 되자 상황이 바뀌기 시작했다. 토리는 엄마가 론에게 어떻게 성질부리는지 주목했다.

"눈깔 굴리는 거 다 봤어." 그녀가 쏘아붙였다. "난 그런 거 마음에 들지 않아."

"잘못했어, 자기야."

"그 말투는 지금 나를 모욕하는 거지?"

론이 물러섰다. "잘못했어."

곧 그녀의 대화에 욕설이 섞였다.

귀에 거슬리는 상스러운 욕이었다. 토리는 엄마가 친구에게 그렇게 말하고 있다는 것을 믿을 수 없었다.

"너처럼 아무짝에도 쓸모없는 호모 새끼와 말 섞고 싶지 않아. 역겨워 죽겠어. 내 눈앞에서 꺼져. 그리고 내 딸한테서 멀리 떨어져. 내 딸 물들게 하지 말고."

그리고는 점점 더 심해졌다.

훨씬 더 나빠졌다.

진실은 일단 론이 거처를 옮겨온 것이 토리에게는 다행이라는 것이었다. 엄마의 관심은 모노혼 랜딩 로드에 새로 들어온 식솔에게로 재빨리 옮겨갔다. 토리가 사소한 위반을 했을 때 학대의 대상이 되었던 그곳에서 이제는 론이 희생자가 되었다.

"엄마는 소름끼치는 눈빛으로 째려보다가 결국 그를 때리거나 다시 끌고 나가곤 했어요. 나는 방으로 올라가라는 말을 들었기 때문에 무슨 일이 일어났는지 모르겠어요."

매일 밤 펼쳐지는 시나리오였다.

그리고 매일 낮에도 그랬다. 론은 이제 더는 토리와 엄마와 함께 식사하는 것이 허용되지 않았다. 셀리는 그에게 토스트와 물만 주었다. 하루에 두 번, 알약도 한 줌씩 먹었다.

"삼촌한테 무슨 약을 계속 주는 거예요?" 토리는 여러 번 물었다.

"수면제야. 진정시키려고 주는 거야."

셀리가 학대하고 약을 먹이기 시작하자 론은 거의 즉시 변했다.

훗날 토리는 말했다. "론은 내가 아는 사람들 중 가장 똑똑한 사람이었지만 우리 집에서 살게 된 후에는 아무것도 모르는 사람이 되었어요. 예전의 론이 아니었죠. 우리 집에 있지도 않은 것 같았어요."

#

셀리는 론을 위층에 있는 방에서 내쫓았다. 마치 마술사가 쌓아 놓은 접시들 밑에서 식탁보를 홱 잡아당기는 것처럼 예의고 뭐고 없이 순식간에 행해졌다. 그가 갖고 있던 거의 모든 것을 빼앗더니 컴퓨터실 바닥에서 자라고 했다. 무슨 이유에서인지 론은 셀리가 하는 어떤 말에도 저항하지 않았다. 어쨌든 더는 집 안에 거의 없었다. 그녀는 해야 할 허드렛일을 산더미같이 주었고, 그는 대부분의 시간을 마당에서 보냈다.

그런 뒤, 다음 단계로 넘어갔다. 화장실 출입을 제한하는 것이었다. 셀리는 론에게 화장실을 사용하려면 허락을 맡아야 된다고 했다. 그의 방은 위층에 있었고, 그녀가 밤새도록 명령하는 소파와 화장실은 아래층에 있었기 때문에 일일이 허락을 구할 수 없었다.

"자기야, 화장실 가도 돼?"

대답은 곧장 "안 돼"였다.

다시, 마술사의 식탁보 차례였다.

"집 안에서는 안 돼."

"자기야, 그럼 어디로 가야 돼?"

"밖에서 볼일을 봐. 호모 새끼가 우리 화장실을 써선 안 되지."

그런 식이었다.

론은 밤에 소변이 마려우면 윈덱스(유리 세정제 브랜드명-옮긴이) 병에 오줌을 싸서 온종일 숨겨 놓았다.

어느 날 아침, 토리는 컴퓨터를 하고 있었고, 론은 아직 허드렛일을 하러 바깥에 나가지 않고 있었다. 토리가 오줌이 든 병을 봤다는 것을 그가 알아차렸다. 토리는 론이 왜 그렇게 어리석은지 의아했다. 셸리가 오줌병을 발견하면—그리고 발견하리라는 것을 추호도 의심하지 않았기에—필시 처벌받을 터였다. '왜 엄마 말을 거역할까? 자신에게 무슨 일이 일어날지 아는데.' 론이 그렇게 했다는 게 화가 치밀었다.

토리가 따지는 듯한 투로 물었다. "왜 오줌병을 이렇게 두는 거예요?"

론은 당황한 듯 보였다. "미안해, 토리. 미안해."

훗날 토리는 그 순간을 다시 떠올리자 마음이 아팠다. 기분 나쁘게 느껴서 그런 말을 한 게 아니었는데도 결과적으로 반대의 인상을 주었다. 토리가 바란 것은 그저 그가 혼나거나 얻어맞지 않는 것뿐이었다.

론에게 말하지는 않았지만 토리도 같은 것을 했다. 한밤중에 계단이 삐걱거리는 소리를 내 엄마를 잠에서 깨워 지긋지긋한 잔소리를 듣고 싶지 않았기에 용기에 오줌을 쌌다. 그리고는 아침에 창밖으로 오줌을 쏟아버리곤 했다.

토리는 단지 론이 그 문제에 대해 더 똑똑해지기만을 바랐다.

가끔 셸리는 막내딸에게 캐시를 기억하는지 묻곤 했다. 아기였을 때 캐시와 같이 찍은 사진들을 본 적은 있었다. 토리는 캐시가 인생의 한 부분이었다는 것은 알고 있었지만 가족과 어떻게 어울려 살았는지는 전혀 알지 못했다. 토리는 엄마가 왜 자꾸 캐시 얘기를 꺼내는지 이해할 수 없었다.

"누가 캐시에 대해 물어보디?"

"아뇨."

"학교에서나, 혹시 이웃이라든가?"

토리가 고개를 저었다.

"아무도 없었어요. 맹세해요."

51장

올림픽 노인복지서비스센터의 사무직원들은 셸리 노텍의 호전적이고 변덕스러운 행동을 감안할 때 어떻게 그곳에서 사회복지사로 일자리를 구하고 또 그 자리를 유지할 수 있는지 의아해했다. '사회복지사 맞아? 진짜로?' 그녀는 고객들을 전적으로 부적절하게 다루었다. 지나치게 관여하거나 아예 무관심하기 일쑤였다. 그녀의 상사는 2000년 12월 초에 두 가지 사건 기록을 작성했다. 셸리가 한 고객에게 의학적 근거 없이 약을 복용할 필요가 없다고 말함으로써 일부 직원들의 우려를 자아낸 것이었다. 그들은 셸리가 의사의 처방에 간섭하는 것은 비극적이고 돌이킬수 없는 결과를 초래할 수 있다고 지적했다. 또 다른 건은 셸리가 고객이 손수 만든 귀중한 식탁보를 갖고 달아났다고 불평하는 저소득층 고객과 관련된 것이었다. 셸리는 그 점에 대해 이미 변명할 만반의 준비가 되어 있었다. 즉, 고객이 집에서 쫓겨난 뒤 새로운 곳에 정착할 수 있도록 도와준 게 고마워서 식탁보를 선물로 주었다고 주장했다. 고객은 동의하지 않았다.

셸리는 동료들에게 곧장 거짓말을 하기 시작했다. 처음에는 사소한 거짓말로 시작하더니 시간이 지날수록 더욱 큰 거짓말을 했다. 초과 근무시간에 대한 보상으로 주어지는 휴가를 꾸며냈다. 만성적으로 지각했는데 때로는 바깥에서 고객을 만나고 왔기 때문이라고 주장했지만, 올림픽 센터의 어느 누구도 사회복지사가 그토록 이른 시간에 방문할 필요가 있는지 도무지 납득할 수 없었다. 동료에게 센터의 크리스마스카드를 발송했다고 말했지만 카드를 받은 사람은 아무도 없었다. 애버딘에서 열리는 회사 크리스마스 파티에 갈 때가 되자 셸리는 처음 듣는 얘기라고 했다. 근무 시간 동안 파티를 열었음에도 마침 데이브와 할 일이 있어서 갈 수 없다고 했다. 집에서 사무실로 온 메시지를 듣고는 해당 당사자들에게 그 내용을 전달하지 않고 메시지를 삭제한 사실도 적발됐다.

2001년 1월 말 직무능력 평가회의에서 셸리는 앞으로 일을 잘하겠다는데 동의했다. 우수한 직원이 되겠다고 약속했지만 그 후 몇 달 동안 직무능력은 계속 떨어졌다.

매니저는 한 여자 동료가 느끼는 점에 대해 작성했다.

"그녀는 미셸(셸리의 본명-옮긴이)을 신뢰할 수 없어 한다. 미셸이 거짓말을 하고 자꾸 말을 바꾼다고 한다. 지역사회에서 평판을 떨어뜨리고 있다고 느낀다."

한 남자 동료가 자신의 생일을 셸리에게 알려주지 않자 그의 아내에게 집으로 몰래 전화해 약속을 잡았다. 그다음, 앞서 정해놓은 점심 약속을 케이크와 풍선 등등의 깜짝 생일파티로 바꾸어 놓았다. 일 처리가 미흡하다며 자신에 대해 불평했던 사무실의 그 여자 동료를 제외한 모든 사람들을 초대했다. 뒤통수를 제대로 친 것이었다. 셸리와 그 여자는 한때 친구였다. 시내에 셸리가 친구라고 부를 수 있는 여자는 많이—실상은 아무도—없었다. 그것은 엄청난 배신이었다. 셸리는 다른 사람들에게 그 여자를 무척 좋아한다고 말한 적이 있었다. 아이들도 함께 놀았었다.

셸리는 개의치 않았다. 무시당했다며 이제 전쟁을 치르고 있었다. 가끔 셸리는 "누군가가 원하는 것을 얻기 위해 어디까지 갈지는 절대 알 수 없다"라고 했다.

2001년 1월 20일, 셸리가 형편없는 직무능력 평가를 받자 론 우드워스는 셸리의 책임자에게 자신의 어머니를 돌본 것을 칭찬하는 편지를 썼다. 잘 쓰여진 찬사 편지의 첫 부분은 셸리의 상사를 향하여 그간 얼마나 많은 도움을 주었고 친절했는지를 보여주고 있었지만, 이후에는 온통 셸리를 지지하는 말 일색이었다.

론의 평가에 따르면 셸리는 백만에 하나 있을까 말까 한 사람이었다.

"관료 조직에 있는 대부분의 직원들은 재빨리 일자리를 지키는 데 필요한 최소한의 일만 하는 법을 배웁니다. 그것뿐이죠! 이는 정말로 수치스러운 일이며, 분명 옳은 일이 아닙니다! 그렇지만 노택 부인은 진정한 공복은 고객들이 처한 여러 문제에 대처할 수 있도록 돕기 위해 각별히 애쓸 용의가 있어야 한다는 것을 아는(또 절대적으로 믿는) 사람입니다. 나는 레이몬드 주변에서 고객들의 잘못된 여러 문제를 바로잡는데 노택 부인이 흔쾌히 도움을 베풀었다는 이야기를 많이 들었습니다. 이웃을 방문한 한 방문객이 뜻하지 않게 우리 어머니의 이동식 주택 밑판자를 차로 쳤을 때 노택 부인은 어머니를 도와줬습니다."

그는 자신의 이름을 서명한 뒤 어머니의 서명을 위조했다.

시도는 좋았다. 하지만 결정적으로 이미 너무 늦어버렸다. 2001년 3월 27일, 셸리는 태도를 개선하든지 아니면 해고하겠다는 서면 경고를 받았다. 그녀는 상사와 요점을 조목조목 따진 후에야 평가 목록이 그간 진행되어 온 일을 공정하게 대변한다는 데 동의했다. 그 면담 이후 직무능력도 평판도 향상되지 않았다.

"… 미셸 노택은 논쟁적이고 방어적이었다. 내게 다시는 "벌 받고 싶지 않다"라고 했다."

그해 늦봄, 셸리와 셸리가 한 놀랍도록 훌륭한 일을 칭찬하는 전화가 사무실에 여러 통 걸려왔다. 직원들은 셸리가 일자리를 보전하기 위해 사람들한테 전화해 달라고 간청한 거라고 확신했다. 그것은 실패할 운명인 작전이었다.

2001년 5월 9일, 셸리는 상사로부터 약식으로 정직 처분을 받았다. 그것은 "피를 거꾸로 솟게 하는 조치"였다. 당시 그녀가 쓴 표현이었다. 그리고 진정한 셸리 방식답게, 다시 서면 진술로 모든 요점에 이의를 제기했다. 법에 호소하겠다고 주장했다.

상사는 그 만남에 대해 다음과 같이 기록했다.

"그녀는 내가 자신을 좋아하지 않는다고 했다. 나보고 비열하다고 했다. 나보고 꼭 경찰관 같다고 했다. 그녀는 울부짖었다. 혈압이 180/120이라고 했다. 남편과 헤어져서 일자리가 필요하다고 했다."

몇 주 후, 셸리의 행동은 더욱 잘못된 방향으로 나아갔다. 사무실은 이제 "적대적인" 일터였다. 일하는 방식을 개선하겠다고 약속하는 한편 동시에 점점 더 괴상해졌다.

상사는 당시 이렇게 기록했다.

"그녀는 부당하게 괴롭힘을 당하고 있다고 했다. … 내가 자신의 말을 귀담아듣지 않고 있으며 감시당하고 있다고 했다."

그 기간 동안, 상사는 또 다른 직원에 대한 불만을 터뜨리는 익명의 전화에 관해 그녀에게 질문했다.

"론 우드워스가 당신 친구인가요?"

"꼭 그렇진 않아요." 그녀가 얼버무렸다.

상사는 800번 번호로 전화가 왔을 때 모두 론의 전화로 추적되었다는 말을 셸리에게 하지 않았다. 또한 불만사항을 기록한 직원이 셸리의 딸 토리가 그를 론 삼촌이라고 불렀으며, 1998년에 론이 셸리를 "자매"라고 밝했다는 언급도 하지 않았다. 또 동료가 셸리의 집 앞에서 "론 삼촌의 주차 공간"임을 알리는 표지판을 본 적이 있다는 말도 하지 않았다.

상사는 셸리에게 불만사항에 대해 말했는데, 그게 사실상 좀 애매한 것이었다. 상사는 그녀의 동료가 전화 때문에 불안감을 느껴 "내 직업과 서류를 온전히" 보호하기 위해 낮 동안 사무실 문을 걸어 잠그는 습관이 생겼다는 사실을 언급하지 않았다.

셸리는 망설인 끝에 대답했다.

"음, 론은 이곳에 없어요." 그러더니 말을 살짝 바꿨다. "여기 없은 지 한참 됐어요."

5월 31일 새벽 3시 30분에 셸리는 회사의 자동응답기에 음성 메시지를 남겼다. 집안에 급한 일이 생겨서 출근하지 못할 거라고 했다. 그것이 필요 이상으로 오래 끌었던 고용이 끝나는 시점이었다.

3주도 채 지나지 않은 2001년 6월 19일, 올림픽 노인복지서비스센터는 그녀에게 4,849달러의 퇴직금 수표를 끊어주고, 나머지 잔돈을 몇 푼 지급했다. 아이러니하게도 셸리는 "귀한" 회원이었던 건강안전관리자 모임에서도 잘렸다. 셸리는 그 소식을 도저히 받아들일 수 없었다. 곧장 뛰쳐나갔다.

그날 아침 늦게, 셸리와 론은 차를 몰아 사무실 창문을 지나갔으며, 셸리가 자신에게 앙심을 품고 있다고 주장했던 여자 동료에게 론이 엿 먹으라며 가운뎃손가락을 날렸다.

52장

2001년 여름, 론이 복무할 때의 친구 산드라 브로데릭이 타코마 지역에서 워싱턴 연안의 코팔리스 비치로 이사왔다. 레이몬드에서 한 시간 조금 넘는 거리였다. 그녀는 노텍 집안에서 살고 있는 론과 다시 연락이 닿기를 바랐다. 여러 번 전화 걸었지만 그때마다 셸리는 론이 마당에 나가 있거나 어디 좀 멀리 있다고 했다. 그는 한번도 전화를 받지 않았다.

짜증나기도 하고 걱정스럽기도 했다.

그다음에 전화하자 어디 있는지 모르겠다고 냉담하게 대답했을 때 산드라는 그냥 넘어갈 생각이 없었다. 갖고 노는 게 확실하다는 생각이 들자 넌더리가 났다.

"최대한 빨리 전화하라고 하지 않으면 경찰을 부를 거예요, 셸리. 정말이에요. 안 그럴 거라고 생각하지 마세요."

"글쎄, 어디 있는지 모른다니까요."

"실종 신고서를 제출하고 있어요. 경찰이 당신 집으로 갈 겁니다."

24시간도 채 지나지 않아 산드라의 전화벨이 울렸다. 론에게서 온 전화였다. 안절부절못하며 속상한 것 같았다. 자금난이 악화되었다고 털어놓았다. 그 결과 법적 문제들이 발생했다고 했다.

"경찰을 피해 몸을 숨기고 있어. 셸리네 집 다락방에서 지내고 있어. 체포영장이 발부된 상태야."

산드라는 잡음을 들었다. 누군가가 수화기에 대고 숨을 쉬고 있었다.

"셸리! 당신이 다른 전화기 들고 있다는 거 알아요. 당장 끊는 게 좋을 거예요!"

전화기에서 갑자기 딸깍-하는 소리가 났다.

화는 났지만 도와주기로 결심한 산드라는 론에게 당시 자신이 소유하고 있는 레스토랑에서 일하는 게 어떻겠냐고 제안했다.

"그리고 나랑 같이 살자."

론은 단호히, 그것도 번개처럼 **빠르게** 거절했다.

"아니. 셸이 새 일자리를 찾는 것을 도와주고 있어. 주인이 집을 비운 동안 그 집에 살면서 봐주는 일이야. 시애틀에서 말이야."

그들은 조금 더 이야기를 나누었지만, 그 전화 통화―와 도움 제안―는 분명 아무 소용이 없었다.

산드라는 걱정되긴 했지만 어떻게 해야 할지 확신이 서지 않았다. 론은 성인이었다. 경찰과 문제가 있다고 주장하기에 그녀는 이미 제안한 것 이상을 할 수는 없었다.

일주일 후, 셸리에게서 전화가 왔다.

"론에게 스트레스를 주고 있어요. 당신은 그에게 도움이 안 돼요. 론의 인생에 끼어들지 마세요, 산드라."

"론은 돌봐줄 사람이 필요해요. 셸리, 당신은 그걸 하고 있지 않잖아요."

그러자 전화가 뚝 끊겼다.

당연히, 산드라가 옳았다. 론은 시시각각 바닥으로 가라앉고 있었다. 산드라에게 말하지는 않았지만, 셸리가 세상에서 제일 훌륭한 간병인이라는 것을 증명하려고 모색하는 과정에서 그는 한참 선을 넘었다. 실제로, 그해 여름, 올림픽 노인복지서비스센터를 변호하는 시애틀 법률사무소의 한 변호사는 레이몬드에 있는 센터의 직원들이 괴롭힘을 당하고 안전하지 않다고 느끼기 때문에 센터 부지의 접근을 금지한다고 알리는 편지를 발송했다. 그는 서면과 전화를 포함하여 어떠한 접촉도 허용되지 않는다고 통고받았다.

"직원들이 경찰에 신고해 당신을 불법 침입으로 체포하라고 요청할 것입니다."

셸리 노택이 론의 인생에 들어온 이래 그의 세계는 이제 돈 문제, 법적 문제, 가족 문제의 블랙홀이 되었다. 그리고 셸리는 바로 그곳에서 의도적으로 분란을 일으키며 상황을 점점 더 악화시키고 있었다.

53장

쉰여섯 살의 론은 어머니인 캐서린 우드워스와 겪고 있는 불화 때문에 제정신이 아니었다.

그리고 나중에 밝혀진 대로, 바로 새 친구 셸리 노텍이 상황을 악화시키는 데 일조하고 있었다.

캐서린은 다른 식구들에게 아들이 돌보는 수준이 잘해봤자 평균 이하라고 불평했다. 론은 분개했다. 셸리는 그에게 어머니를 방치한 혐의로 당국에 신고가 접수되었다는 말을 전하며 부추겼다. 낯 뜨거워서 이제 시내에서 얼굴을 들고 다닐 수 없을 거라고 했다. 어떤 혐의도 제기되기 전인데도 셸리는 반론을 준비하라고 설득했다.

셸리가 면밀히 감시하는 가운데, 론은 아들로서의 의무를 부당하게 규정화한 것이라고 주장하며 이에 반박하기 위해 항목별로 목록을 작성했다. 가장 실질적인 불만사항은 어머니의 이동주택의 청결성에 집중되었는데, 특히 어머니는 벼룩이 들끓는 원인이 론이 키우는 고양이들의 부산물 때문이라고 조사기관에 말한 바 있었다.

"저는 어머니 기준에 맞게 집을 유지했습니다. 언제라도 청소하기를 원하면 즉시 청소했습니다. 제 고양이들은 완전히 집고양이들이라 어머니 집으로 제가 거처를 옮겼을 때 벼룩은 전혀 없었습니다."

론은 벼룩이 우글거리는 원인이 이웃집 실내외에서 키우는 개들 탓이라고 했다.

"2000년 9월 말 제가 어머니 집에서 나왔을 때만 해도 어머니는 벼룩에 물린 적이 거의 없었습니다. 갑작스럽게 벼룩이 우글거리는 것에 대한 불만 사항은 제가 집에서 나오고 어머니가 고양이들을 집에서 일방적으로 쫓아낸 후에야 발생했습니다."

#

론이 모르는 사이에 셸리는 론과 나머지 가족들 사이 또한 최대한 틀어지게 하고 있었다. 캐시의 가족에게 한 짓이었다. 데이브의 가족에게도 한 짓이었다. 실상 셸리는 론의 은인이면서 **동시에** 적대자가 될 가능성에 들뜬 것 같았다. 그녀는 캐서린의 환심을 사며 미시간에 있는 론의 가족들과 함께 불난 데 부채질을 했다. 우드워스 가족에게 전화 걸어 론에게 벌어지는 일에 한탄하며 누구보다도 캐서린을 응원한다고 덧칠했다.

론 몰래 여러 통의 전화를 거는 동안, 론의 동생인 제프 우드워스에게 전화해 "두 살 때 어머니를 여의었다"라고 했다. 친엄마인 샤론이 열세 살 때 사망했기 때문에 다소 과장한 것이었다. 그러면서 "캐서린 같이 좋은 엄마를 본 적이 없다"라고 했다.

계속해서 남편인 데이브도 캐서린을 얼마나 사모하는지 말했다.

"캐서린이 남편 생일에 파이를 만들어줬는데 아주 맛있다고 했어요."

셸리는 론이 다시 일어설 때까지 자기집에서 함께 지낼 거라고 했다.

제프는 회상했다. "형이 그곳에서 지내는 대가로 무엇을 해야 하는지에 대해 툭 터놓고 말했습니다. 개들, 고양이들, 말에게 먹이를 주어야 한다고 했어요. 대수롭지 않은 일이었죠."

나중에 론은 가족에게 보내는 편지에서 노텍 집안에서의 의무에 대해 불평했다. 셸리 입장에서는 론의 가족에게 자신이 집을 비울 때 고양이 두 마리를 밖에 두는 것과 관련해 구체적인 지시를 내렸는데 사미를 태우고 집에 돌아왔을 때 론이 자신의 말을 거역한 것을 보고 기겁한 적이 있었다고 했다.

"고양이들을 바깥에 두라고 했잖아."

론이 큰 소리로 말했다. "괜찮아. 고양이들은 나랑 같이 있었어. 내가 지켜보고 있었거든."

셸리는 왕관앵무새 때문에 고양이들이 집 안에 있는 것을 원치 않는다고 하면서 화를 냈다.

론이 한 발짝 물러났다. "내가 지켜보고 있었다고 말했잖아."

"넌 내 말을 귓등으로도 안 들어. 난 고양이들이 집 안에 있는 걸 원치 않는다고!"

"내가 실수했어! 사과할게." 론이 마침내 대답했다.

바로 그때 사미가 거실로 들어왔다. "왜 엄마한테 소리지르는 거예요?"

론은 대답하지 않았다. 아무 말도 하지 않았다. 밖으로 확 뛰쳐나갔다.

#

2001년 10월 1일, 셸리가 지켜보는 가운데 론은 어머니의 가슴을 후벼파는 편지를 썼다. 어머니를 도와주려 한 모든 일을 후회한다는 편지였다.

"어머니와 아버지를 이곳으로 모셔왔을 때 모두들 내 뒤통수를 치리라고는 생각도 못 했어요. 어머니가 저와 제 고양이들에게 저지른 비정하고도 잔인한 짓에 아버지가 몹시 슬퍼하실 거라는 걸 우리 둘 다 알고 있어요.

아버지라면 생명이 달린 동물에게 그토록 잔인하게 하지 않았을 겁니다."

그는 엄마에게 꼴도 보기 싫을 뿐만 아니라 살인자로 여긴다고 했다.

"1997년 6월 8일, 게리 닐슨이 나를 버렸을 때 그는 한 사람으로서의 나를 매정하게 죽인 것이었습니다. 네, 축하드려요. 2001년 10월 1일, 어머니는 우드워스라는 내 자존심을 무너뜨림으로써 살인을 끝내셨군요."

그는 이제 자신에게는 어머니가 없다고 하면서 눈물 젖은 편지를 마무리했다.

"내 고양이들을 죽인 날, 어머니는 죽었습니다."

이틀 후, 론은 맹세코 마지막 편지가 될 거라며 게리에게 편지를 썼다.

"97년 6월에 나를 죽인 이래 당신은 내게 어떤 연민도 보이지 않았어. 당신은 탐욕스럽고 이기적이고 무정하고 정직하지 못해…."

편지를 보낸 지 불과 나흘 뒤에 그는 두 번째 편지를 보냈다. 이번에는 편지 서두의 인사말에서 어머니를 "부인"이라고 불렀다. 다시, 그는 고양이들을 저버린 것에 대해 더욱 격분하면서 시애틀로 이사갈 거라고 했다.

"그곳에서는 (아마도) 배반자 어머니를 잊을 수 있겠지요."

같은 날, 중서부에 사는 형제자매에게 석 장에 걸친 편지를 보냈다. 다시 한번, 그는 어머니가 자신에게 했던 모든 일, 즉 "내 소중한 고양이들을 차가운 길바닥으로 내쫓는" 이루 말할 수 없는 잔인함에 대해 자세히 설명했다. 그 때문에 더는 어머니를 모실 수 없다고 지적했다. 결국, 어머니를 믿을 수도 없고 얼굴을 보는 것도 참을 수 없다고 했다. 그는 이 모든 일이 셀리와 함께 살려고 거처를 옮겨왔을 때 일어났다면서 셀리가 고양이들을 받아들일 수 없다고 했기에 어머니가 일주일 동안 고양이들을 봐주겠다고 약속했다고 했다. 그렇지만 "사흘 만에" 고양이들을 내보냈다고 했다.

"한마디 하자면, 그래서 어머니나 어머니를 모시는 모든 책임에서 이제 손을 떼려 해. 사실은 어머니한테 너무 화가 나서 앞으로 몇 달 안에 공식적인 법적 절차를 밟아서 이름도 바꿀 거야."

그들에게 시애틀로 이사하여 새로운 이름으로 살 거라고 했다. 그들에게는 이름을 말하겠지만 어머니에게는 이름을 밝히지 말라고 했다.

셸리의 전화번호를 줄 테니 연락할 일이 있으면 전화하라고 했다.

"내 정서적 안정을 위해 향후에는 우리 은혜로운 미셸을 통해 소통하게 될 거야. 미셸은 어머니와 나 둘 다에게 괜히 마음을 쓰는 바람에 이 일에 끼어들었다며 몹시 후회하고 있어. 난 조금도 그녀를 탓하지 않아. 늘 그렇듯, 모든 책임은 내가 안고 가야겠지."

한 줄이 모두의 눈길을 끌었다.

"가슴이 아프지만 이럴 수밖에 없어. 그렇지 않으면 훨씬 더 심각한 일을 벌일 수 있는데, 지금 당장은, 그러고 싶지 않아."

론의 형제자매—와 항상 도움을 주는 셸리—는 그것을 자살 위협이 아니라 캐서린의 안전에 대한 위협으로 보았다.

2001년 10월 9일, 론은 어머니에게 손편지를 썼다.

"부인, 미셸 노택에게 부인의 집과 창고에서 내 모든 소유물을 처분하도록 허락했다는 사실을 알려드리고자 합니다. 미셸이 그걸로 무엇을 할지는 부인이 관여할 바가 아닙니다. 일단 그녀가 모든 것을 처분하면 더는 저한테서 연락받을 일이 없을 것입니다. 육체적으로나 정신적으로나 만수무강하시기를 기원합니다. 남은 여생 동안 내게 얼마나 잔인한 짓을 했는지를 매일 기억하기를 기도합니다. 부인은 이제 내 책임이 아니라 그들의 책임입니다. 나도 한때는 사랑하는 아들이었지요."

론은 혼자였다. 인생에 아무도 없었다.

셸리만 있었다.

54장

2001년에 병원 및 요양시설을 운영했던 직업에서 은퇴한 라라 왓슨은 새로운 프로젝트를 추진하고 싶었다. 오리건주 샌디에 있는 한 오래된 수도원을 숙박 겸 조식을 제공하는 결혼식장으로 개조할 수 있는 기회를 우연히 발견하자 즉시 그 기회를 잡았다. 꽤 오랫동안 셸리와 말을 섞지 않고 있었는데 그건 아무래도 상관없었다. 암이라든가 데이브와의 결혼 생활이라든가 알래스카에 있는 셰인이 어떻게 지내는지에 관해 이야기할 때마다 셸리는 아무 진전 없는 일방적인 얘기를 꺼냈다. 전화를 걸 때마다 늘 혼자 열변을 토하다가 전화를 끊는 식이었다.

2001년 7월 초, 니키가 전화를 걸어와 새 직업을 찾는 것도 알아볼 겸 오리건으로 내려올 생각을 하고 있다고 말했다. 당연히 라라는 감격했다. 라라와 손녀와의 관계는 끈끈했다. 아기 토끼 썸퍼는 그녀의 자식이 아니었지만, 니키는 그녀의 아기였다. 토리가 아주 어렸을 때부터 라라는 토리를 보지 못했지만 위의 두 자매와는 가깝게 지내고 있었다. 사미는 대학에 들어가 잘 성장하고 있었고, 니키는 벨링햄에 있었다. 둘 다 올바른 길을 가고 있었기에 라라에게 큰 위안을 주었다.

니키는 오리건주에 온 첫날 직장을 구했으며, 벨링햄 북쪽에서는 행복한 시간의 메아리가 울려 퍼지는 것만 같았다. 하지만 지각변동을 일으킬 정도로 상황이 급변했다. 바로 그 첫날 밤 늦은 시각, 니키와 라라가 케이블

TV에서 범죄 프로그램을 보고 있을 때였다.

니키는 늘 범죄 프로그램에 푹 빠져 있었다. 나쁜 사람들이 왜 그런 짓을 하는지 이해하고 싶었다. 그레이스 하버 칼리지에서 중퇴하기 전에는 법 집행 분야에서 이력을 쌓겠다는 포부도 갖고 있었다. 그녀는 엄마 역시 범죄 프로그램을 좋아한다는 것을 알고 있었다. 니키가 보기에 엄마는 살인범을 잡는 방법을 알아내는 것에는 별로 관심이 없고, 경찰보다 한발 앞서가는 방법에 더 관심이 많긴 했지만 말이다.

다시 돌이켜보면, 셸리는 그녀를 깜짝 놀래키기도 했다. 언젠가 그들이 「존경하는 어머니」를 시청하고 있을 때, 셸리는 딸들에게 고개를 돌리더니 기가 막혀 말이 안 나온다는 표정을 지었다. "어떻게 엄마가 자식들한테 저런 짓을 할 수 있어!"

니키와 사미는 믿겨지지 않는다는 눈길을 주고받았다. 강력 접착테이프에 대해 잊은 걸까? 얼음장과 펄펄 끓는 물도? 진흙탕에서 뒹굴게 한 것도?

그날 밤, 라라의 집에서 텔레비전을 보는 동안 니키가 갑자기 조용해졌다. 그때는 아무 말도 하지 않았지만 라라는 뭔가 이상하게 느껴졌다.

'워싱턴에서부터 장거리 운전을 해서 피곤한가?'

다음 날 아침, 라라가 사무실에서 서류를 정리하고 있을 때였다.

니키가 말을 꺼냈다. "할머니, 할 말 있어요." 라라는 니키가 밤을 지새웠다는 것을 알 수 있었다. 눈물 젖은 눈은 빨갛게 충혈되어 있었다. 밤새도록 울었던 게 분명했다.

"왜 그래, 아가야?" 라라는 손녀를 껴안았다. 작은 사무실에 긴 침묵이 흘렀다.

마침내 니키가 말했다. "엄마와 아빠가 캐시를 죽였어요."

"죽였다고?" 그 말을 반복하는 라라의 목구멍에 그 말이 걸린 것 같았다.

니키가 고개를 끄덕였다. "살해했어요."

두 사람은 여태껏 그렇게 울어본 적이 없을 정도로 펑펑 울기 시작했다. 흐느껴 울다가 멈추고는 니키가 얘기하기 시작했다. 먼저 라우더백 하우스에서 일어났던 일을 얘기하고, 그런 다음 모노혼 랜딩 로드에서 일어났던 일을 얘기했다.

라라는 산전수전 다 겪은 사람으로 살면서 수많은 얘기를 들었더랬다. 그렇지만 이번에는 귀가 의심스러웠다. 그렇다 해도 손녀가 그런 이야기를 꾸며낼 이유는 전혀 없었다. 니키가 거짓말쟁이가 아니란 것을 알고 있었다.

'그렇지만 셸리는 언제나 거짓말을 했어.'

라라는 정신을 가다듬고 계획을 세웠다.

"털어놓아야 해."

그리고는 오리건주 샌디에 있는 지역 경찰서장에게 전화를 걸었다. 경찰서장이 들르자 니키는 알고 있는 사실들을 말했으며, 그는 레이몬드, 사우스 벤드, 올드 윌라파를 관할하는 워싱턴주 퍼시픽 카운티의 보안관실에 전화 걸었다. 퍼시픽 카운티의 보안관보 짐 버그스트롬과 통화한 그는 라라에게 통화 내용을 전달했다.

라라는 훗날 말했다. "그는 내게 모든 사실을 적으라고 하고는 팩스 번호를 알려주었습니다. 니키와 나는 그렇게 했지요. 우리는 모든 사실을 적어 퍼시픽 카운티에 보냈습니다."

2001년 7월 11일, 라라 왓슨은 짐 버그스트롬에게 석 장의 팩스를 보냈다. 겉표지에 "긴급"이라고 표시하고는 응답을 기대했다.

응답을 받지 못했다.

라라는 팩스에다 어떻게 니키가 모노혼 랜딩과 윌라파에 있는 집에서 일어났던 일에 대한 이야기를 제보하게 되었는지 썼다. 니키의 원본 진술서도 한 부 포함시켰다.

"오래전, 그러니까 내가 열여섯 살쯤 되었을 때 엄마가 그랬습니다. 엄마는 항상 캐시에게 불 같이 화를 냈습니다. 캐시에게 정말 못되게 대했습니다. 벌목할 때 신는 쇠가 달린 아빠의 부츠로 캐시를 걷어차곤 했습니다. 캐시에게 온갖 종류의 약을 주자 캐시는 이상하게 행동했습니다. 어느 날 밤, 우리 아이들은 온갖 종류의 소리를 들었습니다. 그래서 캐시의 방을 훔쳐봤는데 아빠가 캐시에게 뭔가를 하는 것을 보았습니다. 캐시의 입에서 흰 거품이 쏟아져 나오고 있었습니다. 전 엄마가 독살했다고 생각했습니다. 아니면 캐시의 머리를 너무 많이 때려서 뇌 손상을 입혔을 수도 있겠다는 생각이 들었습니다. 캐시는 움직이지 않았습니다. 죽은 것 같았습니다. 우리는 얼른 방으로 되돌아와야 했습니다. 아래층에 있으면 안 되는 데다 우리가 봤다는 걸 엄마가 알기를 원하지 않았거든요. 우리가 봤다는 걸 알면 엄마는 우리를 두들겨 패는 등 폭력을 휘둘렀을 테니까요."

니키는 부모가 모노혼 랜딩 부지의 장작더미에서 캐시의 시체를 처리하는 동안 자신과 형제자매가 모텔로 갔던 경위에 대해서도 적었다.

"우리는 차를 타고 집으로 왔습니다. 뭔가 아주 역한 냄새와 고무 타는 냄새가 났습니다. 아빠는 타이어들 위에다 캐시의 물건들을 모조리 던지고 있었습니다. 장작더미를 계속 태우고 있었습니다."

마침내, 니키는 부모에 대해 고발했을 때의 두려움을 지적하며 끝을 맺었다.

"엄마는 내가 털어놓았다는 것을 알면 무슨 나쁜 짓을 저지를지 모릅니다. 아니면 아빠한테 책임을 떠넘기겠죠. 아빠가 나 때문에 자살하는 일이 없으면 좋겠습니다."

55장

라라 할머니에게 캐시 로레노에게 일어난 일을 말한 것과 이후 경찰과 나눈 대화에 대해 니키는 해야 할 옳은 일을 했다는 것을 알고 있었다. 캐시의 가족에게 아주 오랫동안 진실을 빚지고 있다는 것을 뼈저리게 느끼고 있었다.

그렇지만 그렇다고 해서 겁먹지 않았다는 뜻은 아니었다. 엄마와 아빠에게 법의 심판을 받게 하려는 생각에 자신의 이야기를 폭로하기로 작정했지만, 확실히 법적 처벌을 받을 거라는 보장은 없다는 것을 잘 알고 있다. '만약 그들이 저지른 짓에 대한 대가를 치르지 않으면 어쩌지?'라는 생각이 그녀를 괴롭혔다. '만약 그들이 계속 처벌을 모면한다면? 과연 토리는 어떻게 될까? 엄마가 토리에게 분풀이할까?'

그런 생각을 하자 니키는 겁이 난 나머지 새 직장에 나타나지 않고, 대신 벨링햄으로 돌아갔다. 레이몬드에서 320킬로미터 이상 떨어져 있으면 안전할 것 같았기 때문이다.

그렇지만 일단 말을 꺼내기 시작하자 다시 그 이야기를 할 수 있게 되었다. 이번에는 술을 몇 잔 마시고 혀가 풀린 뒤, 남자친구인 차드에게 그 이야기를 털어놓았다. 극도로 긴장한 상태에서 모든 것을 말하자 토할 것만 같았다.

그녀는 그에게 할머니가 다 처리했다고 말했다. 할머니가 퍼시픽 카운티의 경찰 당국에 진술서를 팩스로 보냈다고 했다. 차드는 자신이 듣고 있는 말이 순 엉터리라고 생각했다. 니키가 하는 말을 믿지 못해서가 아니라 그에게는 마치 폭탄을 투하하고 도망치는 것처럼 들렸기 때문이다. 그것은 살인범을 체포하는 올바른 방법이 아니었다.

설령 살인범이 그녀의 엄마일지라도.

그가 말했다. "경찰한테 직접 털어놓아야 해."

니키는 너무 무서웠다. "그럴 수 없어. 그곳에 다시 내려가는 것도 그렇고, 털어놓는 것도 그래."

"그럼, 네가 경찰에 털어놓지 않으면 내가 털어놓을게."

"난 할 수 없을 거 같아."

"할 수 있어. 해야 해."

다음 날, 그들은 그의 유콘 차를 타고 레이몬드를 향해 출발했다. 니키의 속은 조금도 나아지지 않았다. 그녀는 그들이 옳은 일을 하고 있다는 것을 알고 있었지만 엄마와 아주 가까이에 있게 된다는 생각은 받아들이기 힘들었다.

남쪽으로 차를 타고 가는 동안 너무 많이 와 버렸다는 생각이 머릿속을 스쳤다. 그리고 이제, 어렸을 때 자기를 중독시키려 했던 여자, 옷을 벌거벗긴 채 눈밭으로 혹은 유리문으로 밀쳤던 여자, 자신을 고문하고 감금했던 여자가 그녀의 남자친구에게 막 손을 뻗치려 하고 있었다.

이제 막 판이 뒤집히려 하고 있을 때였다. 셀리가 캐시에게 한 짓에 대한 대가를 치르게 하도록 마음을 다잡고 있을 때였다.

벨링햄에서 남쪽으로 몇 킬로미터 떨어진 마운트 버넌쯤에 이르자 차드의 전화벨이 울렸다. 알지 못하는 번호였다. 잠시 후 그가 니키에게 고개를 돌렸다.

55장

"네 엄마야."

니키는 믿을 수가 없었다. 어떻게 엄마가 차드의 전화번호를 알아냈을까. '어떻게? 혹시 사미한테서?'

엄마는 그 정도로 기이한 능력을 갖추고 있는 것 같았다. 모르는 게 없었다.

차드가 길 한쪽으로 차를 댔다. 니키가 통화하는 동안 차는 시동이 걸린 채 부르릉거렸으며 그녀의 심장은 쇠망치로 두들기는 것처럼 쿵쾅거렸다.

"디즈니랜드로 여행갈 계획을 세우고 있어." 전혀 사이가 멀어진 일이 없었다는 듯 아무렇지도 않게 뜬금없이 알려왔다.

그러나 이미 사이는 멀어진 지 오래였다. 아주 오래였다. 따로 나가서 사는 것은 니키에게 인생을 다시 살 기회를 주었다.

"너희들이랑 나랑 아빠랑 갈 거야. 아주 신날 거 같지 않아?"

니키의 손이 부들부들 떨리고 있었다. "네, 정말 기대돼요."

셸리는 계속 여행에 대해 이야기했고, 니키는 차드의 전화라서 끊어야 한다고 재빨리 변명하고는 통화를 끝냈다.

니키는 훗날 말했다. "식겁했어요. 무슨 일이 일어나고 있는지 거의 알고 있다는 식으로 다시 마수를 뻗치려고 했어요. 충격받았죠. 엄마가 한 일을 일러바치려고 레이몬드로 향하고 있었으니까요."

니키는 사미에게 전화 걸어 캐시에 대해 경찰에게 털어놓으러 가는 중이라고 했다. 거기다 또다시 폭탄을 투하했다.

"엄마가 셰인도 죽인 거 같아."

니키가 동생에게 그런 말을 한 것은 이번이 처음이었다.

사미는 어떻게 생각해야 할지 몰랐다. 셰인이 사라졌을 때 그녀는 열여섯 살이었다. 작은 새장과 쪽지와 걸려온 전화에 대한 엄마의 이야기를 곧이곧대로 받아들였었다.

"사미야, 셰인은 엄마한테 절대 편지를 남기지 않았을 거야."

"그럴 거 같아."

"우린 셰인을 거의 찾아다니지도 않았어…. 여러 번 도망쳤던 다른 때와는 다르잖아. 왜 그랬다고 생각해?"

사미는 알지 못했다.

#

니키가 캐시에 대해 알고 있는 것을 퍼시픽 카운티의 보안관보 짐 버그스트롬에게 말하는 동안 차드는 밖에서 기다렸다. 버그스트롬은 캐시의 가족의 요청에 따라 캐시와 그녀의 실종에 대해 셸리를 조사하려고 최근 몇 달 동안 모노혼 랜딩의 집에 몇 차례 다녀왔다고 했다. 인터뷰가 끝난 뒤 차드는 니키를 다시 벨링햄으로 데려다줬다.

그들은 그 후 얼마 지나지 않아 헤어졌다.

"부담이 컸을 거예요." 니키는 인정했다. "좋은 사람이었어요. 그리고 무슨 일이 일어났는지 말하는 것과 관련해 내가 가야 할 곳에 가도록 도와준 데 대해 고맙게 생각해요."

니키는 엄청난 일을 벌였다고 확신했다. 지진을 일으키기 시작했다고 느꼈다.

그런데 아무 일도 일어나지 않았다. 전혀 아무 일도 없었다. 니키가 아는 한, 보안관보는 후속 조치를 취하지 않았다. 사미와 이야기를 나누지도 않았다. 집을 수색하지도 않았다.

"엄마를 신문하려고 데려간 적도 없어요. 당연히 신문했어야죠."

55장

56장

퍼시픽 카운티 보안관보는 니키가 말한 내용이 사실인지 확인할 필요가 있었기에 실제로 사미에게 연락을 시도했었다. 사미는 메시지를 모두 들었지만 그에게 답신 전화하는 것을 단칼에 거부했다.

니키와 할머니가 경찰이 알아야 할 모든 것을 털어놓았을 거라고 판단했다. 그리고 셸리가 캐시에게 한 짓이 용서받을 수 없는 짓이라고 믿었지만, 셸리는 여전히 엄마였으며, 엄마와 아빠를 감방에 갇히게 하고 싶지는 않았다.

엄마가 데리러 오면 그때 얘기해 보겠다고 되뇌었다. 그전에는 아니었다.

또한 엄마가 체포될지도 모르는 위험을 미연에 방지하려고 자신이 일하는 유치원 관리자에게 구체적인 내용을 말하지는 않았지만 엄마가 좀 정상이 아니라고 말했다.

"엄마가 무슨 일로 곤경에 처할지도 몰라요. 어쩌면 큰 곤경에 처할 수도 있어요."

사미가 경찰과 이야기하는 것을 두려워하는 이유 중 일부는 진실을 공유했던 한 사람에서 받은 반응이 부채질한 것이었다. 갈팡질팡 종잡을 수 없는 남자친구 케일리 핸슨이 바로 그였다.

사미와 케일리는 에버그린 칼리지의 기숙사에서 별별 시답잖은 온갖 이야기를 나누며 맥주를 마시고 있었다.

사미가 케일리에게 몸을 기댔다. "지금까지 한 일 중 제일 나쁜 일이 뭐야?"

그는 사미가 다소 사악하다고 여기는 이야기를 폭로했지만 그것은 사미가 어린 시절부터 털어놓을 수 있는 이야기에 비하면 새 발의 피였다.

사미는 미적거리지 않기로 마음먹었다. 노텍 집안의 말 못 할 엄청난 비밀을 곧장 얘기했다.

"우리 엄마는 사람을 죽였어. 친구인 캐시를 죽였지. 우리 집으로 거처를 옮겨왔는데 엄마가 죽을 때까지 고문했어."

만약 그게 "진실게임" 같은 게임이었다면 사미가 승자였다.

케일리는 얼굴이 하얗게 질리더니 벌떡 일어나 문으로 달려갔다. 사미는 그런 반응을 예상하지 못했다. 이전에는 엄마가 한 짓을 누구에게도 밝힌 적이 없었다. 케일리라면 안심이 된다고 느꼈다. 그 얘기를 너무 오래 품고 살아서 그런지, 사실이지만 그렇다고 완전히 사실은 아닌 꾸며낸 이야기인 것만 같았다. 수시로 그 일―과 그러한 광기를 겪으며 살았던 것―에 대해 생각했기에 서론이 필요 없다는 듯 단도직입적으로 말한 것이었다. 엄청난 사실이 밝혀질 예정이니 "단단히 마음의 준비를 하라"는 신호조차 보내지 않았다.

'그녀가 방금 무슨 말을 한 거지?'

사미는 그를 쫓아가 기숙사로 다시 데려왔다. 충격을 받은 그는 속이 울렁거렸다. 맥주를 너무 과하게 마셨다.

현실의 공포 쇼는 너무 과했다.

"그냥 농담한 거야." 사미가 방금 한 말을 번복하려 애쓰며 말했다.

"농담이라고?" 그가 반복했다. "사미, 너 완전 돌았구나. 어떻게 그런 걸 농담이랍시고 해?"

리셋 버튼이 고장났다. 그 말은 상황을 더욱 악화시켰다.

"알았어. 거짓말 아니었어." 그녀가 불쑥 내뱉었다. "사실이야. 거짓말 아니야."

그녀는 계속해서 기억할 수 있는 모든 것을 케일리에게 털어놓았다. 캐시를 얼마나 좋아했었는지, 또 그녀가 얼마나 갇혀 있었는지를 포함해 할 수 있는 모든 정황을 얘기했다.

'다들 갇혀 있었어.'

케일리가 그 모든 것을 받아들이며 생각을 정리해 보려다가 두 번째로 나간 후, 사미는 누군가에게 털어놓는 것은 좋은 생각이 아니라는 것을 거듭 느끼며 어둠 속에 앉아 있었다. 기분이 좋지 않았다. 전혀 홀가분하다는 느낌이 들지 않았다. 도리어 속이 뒤집히고 화나고 혼란스러워졌다. 그것은 케일리를 믿느냐 안 믿느냐의 문제가 아니었다. 그녀가 불시의 충격을 받은 것은 그의 반응이었다. 어린아이였을 때이긴 했지만 그녀 또한 끔찍한 여러 사태의 일부였기 때문에 마치 자신에게 거대하고 추악한 낙인이 찍힌 것처럼 느껴졌다.

가족에게 찍힌 낙인. 자매들에게 찍힌 낙인.

'케일리는 그 이야기를 어떻게 할까? 누군가에게 털어놓을까?'

몇 년이 지난 후에야 사미는 그 비밀의 짐을 케일리에게 지운 것이 그에게 어떤 것이었을까 하는 생각이 불현듯 떠오르게 되었다.

훗날 사미는 말했다. "엄마가 한 짓을 그가 알고 나서 엄마 주위에 있다는 게 그에게 얼마나 영향을 미칠지에 대해 솔직히 생각해 본 적이 없었어요. 나는 평생 엄마가 했던 짓과 엄마 주위에 있었죠. 나는 여전히 엄마를 사랑했어요. 엄마가 정말로 어떤 사람인지 아는 다른 사람이 우리 집에 와서 엄마 주위에 있는 것이 어떤 기분일지 생각하지도 못했습니다."

#

사미는 몇 차례에 걸쳐 셸리에게 캐시에 대한 이야기를 꺼냈다. 더는 캐시가 록키와 달아났다는 환상을 믿지 않았다. 아무튼 진심으로 그 말을 믿지 않았다.

한번은 셸리가 니키에 대해 이야기하다가 니키가 어떻게 자신의 삶에서 멀어졌는지에 대해 이야기한 적이 있었다. 그런 다음 덧붙였다. "있잖아, 혹시 니키가 다른 사람한테 무슨 일이 있었는지 말했을까?"

사미는 속으로 생각했다. '엄마가 어떻게 캐시를 죽였는지에 대해서요? 그런 거라면, 아, 네, 라라 할머니와 보안관에게 말했어요.'

마침내 사미가 말했다. "아뇨, 엄마."

셸리는 흡족한 표정이었다. 그렇지만 사미는 계속 그 주제를 밀고 나가면서 자신이 진심으로 어떻게 느끼는지를 알도록 했다.

"엄마, 난 평범한 삶을 살지 못할 거예요. 일어난 일 때문에요. 이 일은 남편한테도 절대 털어놓을 수 없을 거예요. 영원히 엄청난 비밀이 될 거예요." 그러면서 계속했다. "어쩌면 우리가 털어놓는 게 더 나을 수도 있을 거예요."

"그게 무슨 소용이 있는데?"

"캐시의 가족이 그녀에게 무슨 일이 일어났는지 모른다는 건 옳지 않다고 생각해요. 우리가 경찰에 알려야 하지 않을까요?"

셸리는 둘째 딸에게 슬슬 화가 치밀었다. "진심이야? 너 인생 망치고 싶어?"

"엄마, 내가 과연 평범한 삶을 살 수 있을지 모르겠어요. 이렇게 계속 불안해하며 사는 건 아닌 거 같아요."

셸리가 경멸의 눈초리로 노려보았다. "넌 날 끊임없이 실망시키는구나."

사미는 물러서지 않았다. "캐시의 가족이 아직도 찾고 있다고요."

"그들이 모르는 게 더 나아." 셸리가 쏘아붙였다. "사랑하는 남자와 함께 있는 걸 더 기뻐할 거야."

"엄마, 캐시는 죽었어요."

"나도 알아, 사미. 하지만 이제 와서 그 사실을 이야기하면 우리 모두의 인생을 망칠 거야. 네 친구들이 알면 좋겠어?"

사미는 고개를 저었다. "아뇨, 하지만…"

그녀가 비장의 카드를 던졌다. "네 동생의 인생도 망칠 거야. 토리는 그 모든 일에서 아무런 잘못이 없어. 게다가 캐시는 자살했어, 사미. 너도 알잖아."

'자살이라…' 사미는 생각했다. '엄마는 어떻게 그런 생각을 해냈지?'

57장

셸리는 사람들을 떼어놓는 데 일가견이 있었다. 딸들을 서로 떼어 놓았다. 딸들에게서 아버지를 떼어 놓았다. 셰인과 캐시, 니키는 모두로부터 고립되어 있었다.

사람들 사이에 장벽을 세움으로써 자신이 원하는 것은 무엇이든 할 수 있는 기회를 얻었다. 사람들은 게임판의 말이나 주사위였다. 혹사당하는 장난감이었다. 누구인지는 중요하지 않았다.

셸리는 이따금 토리에게 음식을 주지 않았다. 길게는 아니고 보통 하루나 이틀 정도였다. 때로는 처벌이기도 했지만, 단지 셸리가 텔레비전을 보는 데 몰두한 나머지 상점에 가거나 식사를 준비하는 것이 귀찮아서 그럴 때도 여러 번 있었다. 토리는 창고에서 뚜껑을 위로 여는 오래된 냉동고를 속까지 뒤진 경우도 몇 번이나 있었다. 그 일은 아주 조용히 해야 했다. 언니들과 마찬가지로, 토리는 엄마가 자매들이 비밀을 지키려고 하는 어떤 것이든 밝혀낼 수 있는 사악한 초능력을 갖고 있다고 확신했다.

토리는 냉동 팬케이크를 먹고는 엄마가 발견하지 못하도록 포장지를 세심하게 숨겼다. 비축해놓은 음식이 점점 줄어드는 것을 엄마가 눈치채지 못하도록 너무 많이 먹지도 않았다. 냉동고의 내용물을 다시 이리저리 옮겨가며 정리해 놓고는 셸리가 놔두었던 그대로처럼 보이도록 했다.

예상대로 셸리는 알아챘다. 나중에 토리는 엄마가 포장지들을 발견한

게 틀림없을 거라고 추측했다. 다음번에 보니 냉동고의 내용물이 싹 다 없어진 상태였다.

"엄마는 음식을 모두 내버렸어요. 하나도 남기지 않고 싹 다. 그런 다음 왜 버렸는지에 대해서 아무 말도 하지 않았어요."

그러고 난 다음 잠행공격이 더 많이 이루어졌다.

캄캄한 방 안에 갑자기 불빛이 쏟아졌다. 돌연 침대에서 이불이 홱 잡아당겨졌다.

셸리가 옷자락을 반쯤 풀어 헤친 채 축 늘어진 젖가슴을 드러내며 서 있었다.

"일어나. 옷 벗어!"

'맙소사, 이번엔 또 어쩌려고?'

토리의 심장은 벌써부터 빠르게 쿵쾅거리고 있었고, 아드레날린이 몸에서 솟구치고 있었지만, 엄마와 싸우지는 않았다.

그들은 계단을 내려갔다. 얼마 지나지 않아 엄마가 소파에 앉아 있는 동안 토리는 마당에서 벌거벗은 채 점핑 잭을 하거나 거실에서 제자리 뛰기를 했다.

"더 빨리!" 셸리가 소리질렀다.

토리는 속도를 높였다. 때로는 울면서 했다. 대부분은 엄마가 시키는 대로 했다.

"열심히 안 하잖아!"

"열심히 하고 있어요, 엄마. 열심히 하고 있다고요. 약속해요."

"이 배은망덕한 년 같으니."

"잘못했어요, 엄마."

"더 높이 뛰어! 더 높이 뛰라고 했다!"

창피했다. 굴욕적이었다. 어떤 식으로든 거부하는 것은 처벌 시간이 더 길어진다는 것을 의미했다. 엄마가 시키는 대로 하는 동안, 토리는 엄마가 처벌을 **왜** 나체와 연결시키는지, 또는 **왜** 한밤중에 방을 급습하는지에 대해 생각하지 않았다. 그저 어서 끝나기만을 바랐다.

훗날 토리는 말했다. "엄마는 정말 무서웠어요. 나는, 음, 맞아요, 선택의 여지가 없다는 느낌이 들었죠. 나를 하찮은 사람처럼 느끼게 했어요. 창피했어요. 말대꾸를 하지 않은 것은, 그랬다가는 더 나빠질 것을 알기 때문이었죠."

토리는 무력했다.

그런데도 그 처벌이 끝나면 늘 똑같은 일이 벌어졌다. "두 시간 후에는 엄마를 다시 사랑하게 돼요. 나를 꼭 끌어안고 "미안해, 사랑해"라고 말하기 때문이죠."

언니들이나 셰인과 달리 토리는 반복적인 처벌을 많이 당하지 않았다. 실제로 셸리는 막내딸인 토리에게는 똑같은 벌을 두 번 준 적이 거의 없었다.

한번은 부지 뒤편에 있는 헛간 하나를 깨끗이 치워야 했을 때 셸리에게 엉뚱한 생각이 떠올랐다.

"얼른!" 토리에게 뜬금없이 말했다.

언제나 그랬듯, 토리는 벌떡 일어섰다.

엄마를 따라 마당을 가로질러 헛간으로 가자 신문지 등등의 쓰레기를 주우라고 했다.

"부츠에 넣어!"

말도 안 되었다. 도대체 이해가 안 되었다. 그렇지만 토리는 시키는 대로 했다.

"속옷에 쑤셔넣어, 이년아!"

토리는 엄마를 휙 쳐다보았지만 무슨 생각을 하고 있는지 얼굴에 표정을 드러내지 않았다. 그때 열 살이나 열한 살에 불과했어도 이게 괴상한 일이라는 것쯤은 알았다.

"제일 기이했던 부분은 거기 앉아서 내가 하는 걸 지켜봤다는 거예요. 그냥 보면서 즐기는 것 같았어요. 어렸을 때 그게 처음 몇 번 받은 벌 중 하나였는데 '진짜 이상해, 진짜 특이해, 이건 뭔가 잘못됐어'라는 생각을 했던 게 기억나요."

토리가 집에서 무슨 일이 벌어지고 있는지 아무에게도 말하지 않은 것은 문제를 일으키고 싶지 않은 데다 아무도 자신의 말을 믿을 거라고 생각하지 않았기 때문이다. 사미가 어떻게 지내냐고 물을 때마다 토리는 늘 잘 지낸다라고만 했다. 그녀는 자신이 언제나 그렇게 문제를 일으키는 나쁜 아이인 것이 아닐까 하는 생각이 들었다. 그럴 때마다 더 착한 아이가 되어야겠다고 다짐했다.

엄마의 사랑을 받으려고 애썼다.

토리는 열두 살 때 일기 숙제를 쓰기 시작했다. 일기에서 토리는 반에서 아빠가 어디 섬에 살고 언니들이 떠난 지 오래된 아이처럼 보이지 않으려고 안간힘을 쓰고 있었다. 또 엄마가 자신이나 그들과 함께 사는 남자를 학대하는 사람으로 보이게 하고 싶지 않았다.

어느 날 그녀는 일기에서 제일 좋아하는 영화는 진짜 영화가 아니라고 썼다.

"홈비디오이다. 난 홈비디오가 정말 좋다. 세 살 때 생일 선물로 엄마가 튜브 수영장을 사줬다. 난 그걸 무척이나 좋아하는 것 같았다. 아무도 쳐다보지 않을 때 생일 케이크를 가져다가 수영장에 빠트렸다. 엄마는 그게 아주 우스워죽겠다고 여겼지만 언니는 그렇지 않았다. 나를 위해 특별히 만들어 준 것이기 때문이다. 나는 홈비디오를 보는 게 그렇게 좋을 수 없다."

나중에는 다가오는 추수감사절 휴일에 관해 썼다.

"가족 모두가 한자리에 모이게 되어 감사하다. 알다시피 언니는 타코마에 살고 있어서 자주 보지 못한다. 아빠는 멀리, 아주 멀리 떨어진 곳에서 곳곳에 집을 짓는 데 필요한 땅 기초작업과 배선공사 일을 한다. 엄마는, 언제든 늘 본다."

그때쯤 다른 식구들과 마찬가지로 토리도 니키를 더는 언급하지 않았다. 니키—와 셰인—의 사진이 여전히 집 안 곳곳에 걸려 있었지만 엄마는 큰딸을 기억에서 지워버린 것 같았다.

아무도 니키를 보지 못했다.

사미 말고는 아무도.

둘이 연락하고 있다는 것은 큰 비밀로 남아 있었다.

세 자매 모두가 알다시피, 비밀은 집안 내력이었다.

57장

58장

셸리는 론 몰래 론의 가족에게 더욱 자주 전화 버튼을 눌렀다. 2001년 늦가을에는 그의 어머니 캐서린을 의사와의 진료 예약 시간에 데리고 다녀온 후 가족에게 전화를 걸었다. 셸리는 차에 앉아 있는 동안 캐서린의 얼굴에서 벼룩 세 마리를 제거해야 했다고 전했다. 게다가 론이 어머니에게 이래라저래라 명령하는 것을 여러 차례 목격했다고 말했다.

또한 캐서린 집 상태를 보건대 론이 꽤 오랫동안 어머니를 위해 아무것도 하지 않은 것으로 보인다며 한탄했다. "그 가엾은 부인의 텔레비전은 켜지지도 않더라니까요!" 그게 마음이 쓰였다며 캐서린에게 27인치 대우 텔레비전을 사주었다고 했다. 또한 전자제품 상점에 150달러의 신용 한도액도 설정했다고 했다.

캐서린의 집을 청소할 때가 되자 벼룩 폭탄을 맞는 동안 자신의 집으로 와서 지내도록 조치했다고 했다. 셸리는 제2의 어머니로 여기는 소중한 부인을 위해 할 수 있는 모든 것을 하고 있다고 했다.

동시에 제일 친한 친구를 헐뜯느라 바빴다. 가족들에게 론이 이동주택 주차구역의 임대료를 낼 돈이 충분한데도 내지 않기로 했다고 말했다.

론의 동생 제프는 훗날 말했다. "주차구역에서 출입을 통제했을 때 형은 600달러를 갖고 있었죠. 변호사에게 가자 변호사는 모든 게 합법이라고 말했습니다. 형은 그 일로 법원에 가야 했는데 법원이 한 차례 연기한 적도 있었기에 부주의로 인한 본인 과실로 패소했죠. 임대료 문제로 여러 차례 법정에 출석할 기회가 있었지만 출두하지 않자 임대주에게 유리한 판결을 내렸습니다."

2001년 11월 4일, 캐서린은 작은아들인 제프에게 전화해 더 가까이 있고 싶기도 하고 남편 묘지도 있어서 미시간주로 옮겨가고 싶다고 했다. 론이 부도수표로 법정에 서게 되었으며 "체포영장"이 발부되었다고도 했다. 나중에 그녀는 미시간주로 돌아가겠다는 생각에 대해 결정을 못 내리고 미적거렸다. 부담이 되고 싶지 않은 데다 그곳의 추운 기후를 언급했다.

셸리는 우드워스 집안 문제에 더 깊이 개입했다. 2001년 11월 29일에는 짧은 편지를 보냈다.

"어머니는 잘 지내고 있어요. 이번 주에는 여러분을 위해 어머니 사진을 찍고 있어요. 크리스마스 시즌을 맞이해서 이번 주에 머리도 손질했어요. 여러분 모두에게 내가 도움이 될 수 있으면 좋겠네요. 모두에게 행운이 깃드시길!"

2001년 12월 2일, 캐서린은 미시간에 있는 제프에게 전화해 셸리가 론의 옷을 가지러 왔을 때 론이 쓴 편지를 건넸다고 했다. 셸리는 제프에게 한동안 자신이 편지를 갖고 있었다며, 론에게 편지를 보내지 말아 달라고 애원했었다고 말했다. 그러나 론은 단호했으며 자신은 선택의 여지가 없었다고 했다. 셸리는 결국 캐서린에게 편지를 주면서, 자신과 론이 차에 타고 있을 때 론이 자신에게 이 모든 것을 받아들일 시간을 주었다고 했다. 크리스마스카드에는 이런 메모도 포함되어 있었다. "엄마가 내 우편 사서함을 아는 걸 바라지 않으니 이걸 엄마한테 직접 전해주세요."

편지는 이렇게 시작되었다.

"ㅅㅂ 이 멍청한 년아! ㅅㅂ 얼마 되지도 않는 내 소지품을 훔쳐 갈 권리가 있다고 생각하는 거 보면 정말이지 ㅅㅂ 믿을 수 없을 정도로 멍청해."

셸리는 며칠 후 자신이 추가로 쓴 메모와 함께 론의 동생에게 편지를
부쳤다. "론이 어머니에게 보냈던 편지를 동봉합니다. 이 모든 일이 너무 안
타깝네요."

론의 제수는 이런 평가로 대응했다. "이번 편지는 미셸(셸리)이 세어본
결과 ㅅㅂ이라는 말을 스물두 번이나 쓰는 등 지난번보다 훨씬 더 폭언이
심했습니다."

그리고는 론이 어머니에게 폭언을 가하지 못하도록 계획을 세웠다.
"2001년 12월 3일부로 론이 어머니에게 보내는 모든 우편물을 차단하고 노
인보호협회에 연락하는 권한을 셸리에게 전화로 허락했습니다."

#

제프 우드워스는 계속 셸리 노텍으로부터 전화를 받았다. 론의 가족 입장
에서 셸리는 친절하고 똑똑하고 성실했다. 그들은 멀리 미시간주에 있었기
에 셸리는 매우 어려운 시기에 구명밧줄이었다.

론은 노텍 집안의 자동응답기에 가족들이 음성 메시지를 남길 때 돌처
럼 앉아 있었다. 셸리가 집에 와서 메시지를 틀고는 론에게 들었는지 물었다.

그녀는 나중에 론의 가족에게 그다음에 일어난 일을 썼다.

"론은 무관심한 척 행동했지만… "나는 누구의 명령도 받지 않아"라고
방어적인 태도로 말하면서 성질을 부리기 시작했습니다."

나중에 론의 동생은 셸리도 어찌할 바를 모르는 것 같았다고 했다. 그
는 당시의 상황을 적어두었다.

"미셸(셸리)은 형에게 "이제 그만 놓아주고" 자신의 삶을 살라고 반복해

서 말했지만 형은 그러려 들지 않았다. 미셸은 자신이 친구가 아니라 꼭 엄마 같이 행동하고 있다며, 데이브도 이제 그만하라고 말했다고 했다."

#

겨울 방학이라 사미는 에버그린 칼리지에서 집으로 돌아와 있었다. 토리는 친구들과 어디 놀러 나갔고, 론이 창고에서 일하고 있을 때 퍼시픽 카운티 보안관의 순찰차가 와서 멈추었다. 보안관보가 차에서 내려 현관문을 두드렸다. 셸리가 곧장 대답했다. 사미는 무슨 말을 하는지는 들을 수 없었지만 캐시에 관한 것이라고 확신했다. 니키가 처음 경찰서에 간 지 몇 달이 지났을 때였다.

'경찰이 알고 있어! 이제 일이 벌어지는구나.' 사미는 생각했다.

엄마가 문을 닫았다.

"경찰이 왜 왔어요?" 별안간 공포에 질린 사미가 물었다. "캐시 때문이죠, 그렇죠? 경찰이 캐시에 대해 알고 있어요, 엄마!"

셸리가 눈이 휘둥그레져서 딸을 안으려고 뛰어갔다.

"아냐, 론한테 줄 서류 때문에 온 거야. 아무것도 아냐, 정말이야. 캐시 때문에 온 게 아니라고."

사미는 울음을 터뜨리며 안방으로 들어갔다. 잠시 후, 셸리가 들어와 모든 게 미안하다고 말하며 사미를 안았다. 그녀는 캐시의 죽음이 자신에게도 끔찍한 피해를 주었다고 했다. 통제불능 상태가 되도록 상황을 내버려둔 게 후회가 막심하다고 했다. 셸리는 판단에 실수가 있었다는 점을 마지못해 인정하면서도 대부분 니키와 셰인 탓으로 돌렸다.

"걔들이 캐시를 얼마나 학대했는지 몰라."

사미는 니키가 캐시를 학대했다고 단 한번도 생각한 적이 없었다. 셰인은 좀 학대했을지도 모르지만 그건 엄마가 옆에 서 있으면서 시켰기에 그대로 따랐을 뿐이었다.

'머리 걷어차, 셰인!'

셸리도 울면서 "네게 이런 일이 생기게 해서 처참한 기분이 드는구나"라고 했다. "정말, 정말로 미안해. 다시는 이런 일 없을 거야. 약속해. 만약 누군가가 알아내면 네 아빠와 난 확 죽어버릴 거야. 그러니 더 이상 그 일을 마음에 품고 살지 마."

#

론은 마당에서 노예처럼 온몸이 부서져라 일하고 있었다. 셸리는 그에게 이제 그만 떠났음 좋겠다고 했는데도 그가 거부했다는 말을 사미에게 반복하고 있었다. 셸리는 단지 인생에서 어려운 시기를 겪고 있는 그를 돕고자 하는 마음일 뿐 집에서 영원히 살게 할 생각은 없다고 했다.

셸리가 사미에게 말했다. "론은 가야 해."

"어디로요?"

"어디든 가야지. 직업을 구해야 하지 않겠어? 우리 집에서 나가야 해."

"그런데 왜 안 나가요?"

"우리에게 애착이 너무 심해. 우리가 자기를 필요로 한다고 생각한다니까."

"정말 열심히 일하는 분이에요."

"꼭 그렇진 않아. 내게 죄책감을 느끼게 하려고 맨날 열심히 일하는 척하는 거야. 여기서 계속 지내고 싶다고 말하더구나."

59장

이제 열두 살이 된 토리는 모든 것을 이해하게 되었다. 모두. 하나도 빼놓지 않고. 다.

론은 노텍 집안에서 살기 시작했을 때 입고 있던 짧은 반바지 하나와 러닝셔츠 두 개를 갖고 있었다. 그런데 얼마 후, 셸리는 옷을 빼앗더니 밖에서 속옷만 입고 일하게 했다.

토리는 모든 것을 다 듣기도 했다.

"넌 옷 입을 자격이 없어. 아무짝에도 쓸모없는 놈아. 그러니 옷에 대해 다신 묻지 마. 입을 생각일랑 하지도 마. 이 뚱뚱이 새끼 얼른 나가서 일이나 해."

아침 7시 30분부터 거의 밤 8시까지 론은 속옷만 입은 채 바깥에서 동물들에게 먹이를 주고, 마당의 잡초를 뽑고, 풀을 베고, 쓰레기를 태웠다. 셸리가 시키는 일거리가 얼마나 많든 간에 무엇이든 했다.

밤에는 위층에서 혼자 저녁을 먹었다. 대부분의 밤에 셸리는 수면제를 몇 알씩 주었다. 집에 빈 침대와 방이 있는데도 불구하고 마룻바닥에서 잤다.

밤에 조금이라도 소리를 내면 셸리는 그를 벌주려고 아래층으로 내려오라고 소리질렀다. 토리는 꼼짝도 안 하고 최대한 조용히 있었다. 그렇게 움직이지도 않고 누워있으면서 아빠에게 무슨 일이 벌어지고 있는지 말할까 생각도 해봤지만 아빠가 어디에 충성하고 있는지 잘 알고 있었다.

셸리에 대해 일러바치는 건 론의 상황을 더 악화시킬 뿐이었다. 토리는 엄마가 론에게 하는 짓이 싫었다. 그 문제에 대해 엄마에게 대들려고 한 적도 있었다. "엄마, 꼭 그렇게 매정하게 대해야 해요?"

"무슨 소리 하는 거야?"

"론은 착해요. 좋은 사람이라고요."

셸리가 역겨워 죽겠다는 듯한 표정을 지었다.

"토리야, 그렇게 좋으면 결혼하지 그러니?"

그 일이 있은 지 얼마 되지 않아 셸리는 토리를 거실로 불렀다. 론은 한참 동안 가만히 서 있은 다음에야 입을 열었다.

셸리가 재촉했다. "론이 너한테 할 말이 있다는구나."

마침내 론이 말했다. "토리야, 난 이제 널 사랑하지 않아."

토리의 눈에 눈물이 그렁그렁 맺혔다. "못 믿겠어요."

론은 용건을 전달하려고 계속 안간힘을 썼다. 눈물을 글썽거리며 토리를 제대로 쳐다보지도 못했다.

"사실이야." 마음을 추스르며 말했다. "널 사랑하지 않아."

훗날 토리는 말했다. "사실이 아니란 거 알고 있었어요. 우리 둘 모두를 아프게 하려고 엄마가 시킨 대로 말한 거였어요."

론은 그 후 절대 토리와 말하지 말라는 지시를 받았다. 전형적인 셸리 방식이었다. 그들이 어떤 식으로든 관계를 맺는 것에 대해 분개한다는 것 외에는 그러한 명령을 내릴 이유가 없었다. 그녀는 론이 막내딸을 점점 귀여워하게 되었고, 토리도 론 삼촌이라고 부르며 따른다는 것을 알게 되었다. 셸리가 보기에는 토리가 론을 좋아하고 걱정한다는 게 명백했다.

사미와 니키에게 했던 것처럼, 셸리는 대화를 단속하기 위해 자신이 토리와 론 주위에 없을 때 그들이 이야기하는 것을 원치 않는다는 점을 분명히 했다. 토리는 론 삼촌을 곤경에 빠뜨리고 싶지 않았다. 그는 똑똑했고 유머감각이 탁월했다. 머리를 뒤로 묶고 멋진 이집트식 장신구를 휘감는 등 토리가 동경하는 확실한 자기만의 스타일도 갖고 있었다.

토리의 방문 바깥에 있는 마룻바닥에서 대부분 잤음에도 그들은 거의 말을 하지 않았다.

훗날 토리는 말했다. "조용히 있는 게 최선이었죠. 아무 일도 일어나지 않기를 바랐으니까요. 엄마를 덜 성가시게 할수록 더 좋았어요."

그렇지만 엄마가 잠들어 있어 아무 소리도 들을 수 없다고 확신하면 방에서 론이 잠든 곳까지 까치발로 걸어갔다. 그리고는 허리를 숙여 그를 재빨리 조용히 끌어안았다. 그는 미소지으며 고개를 살짝 끄덕였다. 둘 다 아무 말도 하지 않았다.

론과 토리는 얘기를 나누다가 들키면 무슨 일이 일어날지 모른다는 두려움을 공유했다.

론 삼촌이 그 대가를 치르게 될 게 빤하기에 토리는 원인을 제공하고 싶지 않았다.

#

기억할 수 있는 한, 오랫동안 사미는 중간에 끼어 있었다. 누구에게나 사랑 받는 아이였다. 엄마가 어떤 사람인지 알았지만 극도로 잔인한 처벌의 대상이 되는 경우는 거의 없었다. 모든 점을 고려해볼 때 엄마와의 관계는 지극히 정상적이었다. 셸리는 식료품을 갖고 에버그린 기숙사로 오거나, 전화로 얘기하거나, 캐피탈 쇼핑몰에 인접한 타겟으로 가서 함께 쇼핑을 했다.

셸리의 방문은 대부분 예고 없이 이루어졌다. 론이 태워다 준 경우가 많았다. 그는 내내 차 안에서 기다렸다. 어떤 때는 몇 시간씩이나 기다렸다.

사미와 남자친구 케일리는 론의 외모가 급격히 나빠지는 것을 알아차렸다. 그들은 서로에게 말했다.

"지난번보다 더 나빠 보여." "그래, 더 홀쭉해졌어."

그것은 사실이었다. 론은 순식간에 껍데기만 남아있었다. 큼지막한 여성용 추리닝 상의를 입고 있었다. 너저분했다. 레이먼드 토박이들에게 그 지역 출신이 아니라는 것을 말해주던 반짝이는 장신구들은 사라지고 없었다.

사미는 무슨 일이 일어나고 있다는 것을 알아챘다. 하지만 엄마가 정말로 캐시에게 했던 짓을 론에게도 하고 있을까? 나중에 사미는 당당히 맞서지 않은 것에 대해 자책했다.

'하지만 과연 도와줄 수 있었을까?'

#

한편 니키는 상황을 바로잡으려는 시도를 끝내지 않았다. 보안관이 자신이 제공한 정보로 무엇을 하고 있는지 알지 못했지만 별 대단한 일을 하는 것처럼 보이진 않았다. 사미에게서 론이 그곳에 살고 있다는 사실을 알게 되자 엄마에게 전화했다.

자동응답기가 돌아가자 메시지를 남겼다.

"어떤 남자가 그곳에 산다고 알고 있어요. 또 같은 일이 되풀이되기 전에 얼른 그를 집에서 내보내세요."

곧장 셸리에게서 전화가 왔다.

"그 사람은 온 가족의 친구야. 토리와 아주 사이가 좋아. 아무 일도 없어."

사미는 엄마 말이 맞는지 입증하려 드는 것 같았다. 거의 주말마다 집에 갔다. 걱정되었지만 주의 깊게 지켜보는 수밖에 달리 도리가 없었다.

　사미가 니키에게 말했다. "다 괜찮아. 토리한테 계속 물어보고 있어. 토리 말로는 괜찮대. 우리보다 훨씬 수다쟁이잖아. 무슨 일 있으면 우리한테 말할 거야."

　"확실해?" 니키가 물었다.

　사미는 확신했다. "아주 잘 해내고 있어. 토리는 괜찮아."

　사미는 진실이기를 바라는 것을 말하고 있었다. 니키는 진실이기를 바라는 것을 듣고 있었다.

　'다 괜찮아. 론도 괜찮아. 토리도 괜찮아.'

　한번은 사미가 론이 신발을 신고 있지 않아서 좀 이상한 생각이 든다고 말한 적이 있었다.

　"그냥 그렇다고." 사미가 말했다.

　'이런 젠장.' 그 말을 머릿속에서 떨쳐버리려 하기도 전에 이런 생각이 들었다. '무슨 일이 벌어지고 있어.'

#

데이브 노텍도 알고 있었다.

　그는 여전히 위드비섬의 오크 하버에 있으면서 급료를 집으로 부쳤다. 셸리가 처음 그에게 론 우드워스라는 좋은 친구가 들어와서 집안일을 돕고 있다고 말했을 때, 그는 속이 울렁거렸다. 가뜩이나 메스꺼운 배를 주먹으로 힘껏 치는 느낌이었다.

　가까이서 보니 그가 알고 있는 것을 확인시켜줄 뿐이었다.

　"주말이면 집에 가곤 했는데 그 남자의 상태가 점점 더 나빠지고 있었

59장

어요. 반바지 차림에 맨발로 풀 베는 기계를 들고 진흙탕 웅덩이로 들어가라고 시켰습니다. 풀을 베라고요. 그에게 자기 뺨을 스스로 때리라고 반복적으로 시키는 것도 보았습니다. 신발도 숨겼어요."

데이브가 론이 왜 신발이 없냐고 정면으로 맞서며 신발을 한 켤레 사주자고 했을 때 셸리는 고개를 저었다. 그녀가 주장했다. "맨날 잃어버려."

#

론이 도망치자 한번은 토리에게 그를 찾으러 다녀야 한다며 차에 타라고 했다.

"왜 찾는 거예요?" 토리가 물었다. "엄마는 삼촌이 여기 있는 거 좋아하지도 않잖아요."

셸리가 쌀쌀맞은 눈빛으로 휙 쩌려보았다. "온몸에 자국이 있어. 내가 그랬다고 거짓말할 거야. 그럼 우리 모두 곤경에 처할 거야."

토리는 그때를 회상했다. "엄마가 그 말을 하자 난 기가 막혔어요. 그리고 지금까지도… 엄마가 그 점에 대해 그렇게 솔직하게 말한 게 정말 미칠 지경이지만, 어쨌든 그건 엄연한 사실이잖아요. 그래서 엄마는 누구도 론을 찾는 걸 바라지 않았던 거예요. 론이 다 말해버릴 테니까."

론을 발견하자 차에 탄 그는 잘못했다며 다시는 그러지 않겠다고 약속했다.

론은 도망칠 때마다—몇 달, 몇 년이 지날수록 횟수가 줄어들었는데—멀리 가지 못했다. 캐시처럼, 셰인처럼, 론도 갈 곳이 없었다. 셸리는 보통 나무 뒤나 숲속의 덤불에 숨어 있거나 노텍 집안의 딴채 중 한 곳에 가능하면 눈에 띄지 않도록 최대한 몸을 웅크리고 있는 그를 찾아내곤 했다.

60장

"토리! 당장 기어나와!"

셜리가 도끼를 들고 마당에 서 있었다.

그녀는 리지 보든(친부와 계모를 도끼로 십여 차례 내리쳐 잔혹하게 살해한 용의자-옮긴이) 그 자체였다.

"이리 와!" 그녀가 고함쳤다.

토리는 곧장 엄마에게 갔다. 입에서 나오는 모든 음절에 「피어 팩터」의 그 무서운 말투가 배어있을 때는 단 1초도 지체할 틈이 없었다.

"무슨 일이에요?"

"토 달지 마. 이리 와."

도끼는 정말로 무서웠다. 엄마가 도끼로 그녀에게 무슨 짓을 할지, 혹은 다른 사람에게 무슨 짓을 하도록 시킬지는 아무도 몰랐다. 토리는 무슨 일로 엄마를 그토록 화나게 했는지 전혀 눈치채지 못했지만 여하튼 잘못했다고 빌었다.

셜리는 토리에게 불쑥 도끼를 내밀었다.

"이걸 하룻밤이나 놔두었어. 이것들 치우라고 도대체 몇 번이 말해야 해?"

"잘못했어요, 엄마."

짜증나 죽겠다는 듯한 표정이었다. "이거 바지 안에 넣어."

다른 사람이라면 누구라도 그 명령이 너무 황당해서 그녀가 의미하는 바를 이해하지 못할 터였다. 토리는 바로 알았다. 도끼를 바짓가랑이로 넣고는 부츠에까지 쭉 밀어 넣었다. 도끼날이 옆구리에 얹혀 있었다.

셸리는 만족스럽다는 듯 재빨리 고개를 끄덕였다. "이제 허드렛일 해. 일을 다 마칠 때까지 바지에서 도끼 꺼내지 마. 알겠어?"

당연히 시키는 대로 했다. 엄마는 미쳤다. 토리는 이후 두어 시간 동안 마당 주위에서 절뚝거리며 지시받은 일을 했다.

거기서 멈추지 않았다. 엄마에게는 멈춤이란 게 없었다.

한번은 침대가 울퉁불퉁해 보였다. 토리가 이불을 잡아당기자 화장실과 부엌의 쓰레기들이 드러났다. 토리는 쓰레기들을 엄마가 거기에 두었다는 것을 알았다. 왜 그랬는지도 알았다.

"쓰레기 버리는 걸 깜빡했거든요. 다신 그렇게 하지 말라고 상기시키는 엄마만의 방식이었죠."

토리는 쓰레기들을 수거해 밖으로 가져간 다음 다시 올라와 침대보를 갈았다.

화장실에서는 팬티를 흔들어 하얀 먼지를 바닥에 털어내곤 했다. 엄마가 팬티 안에 일상적으로 뿌리는 골드 본드(전신용 파우더-옮긴이)였다. 토리가 열 살쯤 되었을 때 엄마는 이따금 항균 파우더를 들고 화장실에 나타나 다리를 벌리라고 하고는 질에다 뿌렸다. 파우더가 화끈거렸기에 토리는 싫다고 비명을 질렀다.

"이건 약이야. 너한텐 이게 필요해. 여자들은 다 이렇게 해."

토리가 눈물을 되삼키며 말했다. "엄마, 너무 아파요."

"맙소사, 힘내, 토리야."

토리에게 샤워를 시켜야겠다고 작정한 때가 몇 번 있었다.

"아이구, 더러워라. 밖으로 나가자."

토리는 엄마를 따라 호스가 있는 곳으로 갔다.

"옷 벗어."

밖은 추웠지만 토리는 엄마에게 아무 대꾸도 하지 않았다. 엄마가 말하듯 "입방정"을 떠는 것은 좋은 생각이 아니었다. 토리가 옷을 벗자 엄마는 호스로 물을 뿌렸다. 고압세척기를 사용한 적도 있었다. 그래도 적어도 토리에게는 다른 형제자매들과 달리 진흙탕에서 뒹굴게 하지는 않았다.

토리는 가끔 론이 물에 젖어 추위에 오들오들 떠는 것을 보았는데 이런 식으로 야외에서 샤워를 한 게 아닐까 추측했다. 그들은 그것에 대해 말한 적이 없었다. 그 어떤 것도 말하는 것이 허용되지 않았기 때문이다.

그리고 그런 식의 학대는 계속되었다. 그렇지만 일단 론이 나타난 후 토리에 대한 학대는 줄었다. 최악의 순간들이 줄어든 것이었다. 최소한 토리에게는.

61장

론은 노텍 부지 어딘가에서 일을 하고 있든지 간에 항상 바짝 경계태세를 갖추고 있어야 했다. 셸리가 외칠 때마다 만사를 제치고 최대한 빨리 가야 했기 때문이다.

어떤 이유로든 곧장 응답하지 않으면 셸리는 길길이 날뛰었다. 그곳에 서서 씩씩대며 주먹을 불끈 쥐었다. 목 근육을 팽팽하게 당기고 눈살을 잔뜩 찌푸렸다.

"내가 부르면 잽싸게 뛰어오는 게 좋을 거야!"

론은 공포에 질려 그녀가 있는 곳으로 출발했다.

"가고 있어, 자기야!" 겁에 질려 바들바들 떠는 론의 목소리를 들으면 토리는 오싹했다.

"그때까지 들어본 소리 중 가장 겁에 질린 소리였어요." 토리는 몇 년 후 그때를 생각하면서 몸서리쳤다. "그가 그 말을 할 때마다 죽어가고 있는 것처럼 들렸습니다. 두려움에 떨면서 다급하게 "자기야"라고 하는 말이 인생에서 할 수 있는 마지막 말 같았어요."

셸리가 "론이 나아지도록 도와주기 위해" 쓰는 유일한 전술은 그를 바짝 긴장시키고 겁에 질리게 하는 것뿐이었다. 상당량의 굴욕을 주는 것 또한 그녀의 뒤틀린 처방의 일부인 것 같았다.

한번은 론이 그들과 함께 거실에 함께 앉아 있는 동안 셸리가 토리를 옆으로 끌어당겼다.

"론한테 아기가 있다는 거 알고 있었어?"

토리가 론을 쳐다보았다. 그는 시선을 피했다.

"베트남에서 말이야. 한 아가씨를 임신시키고 애를 낳았다지 뭐니. 그래, 예쁜 아기였겠지. 하지만 론은, 정말 나쁜 놈이지, 아기에게 도움을 주려는 어떤 일도 하지 않아서 결국 죽었다는구나. 아마 아기에게도 최선이었을 거야. 어쨌든 누가 론이 아빠이길 바라겠니?"

토리는 이제 몸을 공처럼 웅크리고 있는 론을 쳐다보았다.

"론은 좋은 사람이에요, 엄마."

셸리의 낯빛이 붉으락푸르락해졌다. 얼굴을 확 찌푸렸다.

"토리, 넌 론에 대해 다 알지 못해." 셸리가 꾸짖었다. "론이 최악 중의 최악이라는 건 두말하면 잔소리지."

셸리가 계속해서 폭탄을 투하하는 동안 론은 몸을 움츠리고 있었다. 뚱뚱하다는 둥 게이라는 둥 이동주택을 잃었다는 둥 끝없이 질책했다. 생각나는 거라면 무엇이든 말하는 특유의 자유연상법 학대 방식이었다. 특히 좋아하는 공격은 그녀에 대한 헌신이나 토리에 대한 사랑에 의문을 제기하는 것이었다.

"론, 넌 우리 따위는 신경도 안 쓰잖아. 그렇잖아. 우리 집에서 하는 걸 보면 알 수 있어. 우리한테 무슨 큰 호의라도 베푸는 것처럼 굴잖아. 이 뚱보야. 넌 인간말종이야. 넌 날 신경도 안 써. 날 이용해 먹는 것 뿐이야. 이용해 먹는 나쁜 놈, 그게 바로 너라고."

때로는 이집트학에 대한 관심도 왜곡하곤 했다.

"오, 론, 신들이 그러는데 너한테 정나미가 뚝 떨어진대. 어쩌나. 넌 지옥에 갈 거야, 이 멍청한 놈아."

몇 년 후에 토리는 말했다. "그때 론의 눈에서는 생명이 쭉 빨려나가는 것 같았어요." 당시 그녀는 캐시에게 일어났던 일과의 유사점을 인식하기에는 너무 어렸지만, 론이 들어온 후 어느 시점이 되자 그가 정신줄이 나가 있다는 것을 한눈에 알 수 있었다. "그는 웃지 않았어요. 울지도 않았죠. 그냥 앉아만 있었어요."

제6부

맥

62장

─────────

그렇지만 셸리는 여전히 론을 써먹을 용도를 갖고 있었으며, 그 용도는 중요한 것이었다. 셸리는 제임스 "맥" 맥린톡이라는 이름의 진주만 생존자를 돌보는 일을 돕는 데 그를 써먹었다. 맥은 캐시 로레노의 어머니인 케이 토머스 가족과 친구였다.(공교롭게도 케이가 맨 처음에 사우스 벤드로 가족의 거처를 옮긴 이유이기도 했다.) 싸구려 위스키와 목공을 좋아하는 덩치 큰 남자였다. 검은색 래브라도 리트리버 개인 시씨를 애지중지했으며, 윌라파강이 내려다보이는 집 주변을 타고 다니는 데 요긴하게 쓰인다며 스쿠터의 이동성을 고맙게 여기는 사람이었다.

셸리는 맥을 우리 아버지면 좋겠다며 치켜세웠다. 그의 메마른 손에 로션을 발라주었고 필요한 것이 다 구비되어 있는지 확인했다. 맥이 자신을 얼마나 아끼는지 다른 사람들에게 떠벌렸다. 잘 있는지 확인하려고 하루에도 몇 번씩 전화를 했다. 그의 집에 매일 한두 번씩 나타나는 것도 드문 일이 아니었다. 토리도 점점 맥을 좋아하게 되었다. 그는 꼭 할아버지 같은 모습이었으며, 토리가 그의 집에서 노는 동안 엄마는 간병인으로서의 업무를 보았다. 그가 하는 말을 잘 들어주었으며, 몇 번인가는 거리에서 스쿠터 경주를 벌이기도 했다.

그녀는 항상 맥이 이기도록 했다.

맥은 셸리에게 함께 살고 싶다고 여러 번 말했다.

대신 그녀는 론을 맥의 집에 들어가 살게 했다.

토리는 엄마가 맥에게 론이 게이라고 말했다는 것을 알고 있었다. 맥은 론을 도우미로 두기를 망설였다. 셸리는 끈질기게 고집부렸다. 자신은 그곳에 내내 있을 수 없지만 론은 그럴 수 있다는 것이었다. 처음에 맥은 론이 자신을 목욕시키거나 개인적인 욕구를 뒷바라지한다는 생각이 썩 내키지 않았다. 하지만 시간이 흐르면서 두 사람 사이가 잘 풀렸다. 론은 거의 매일 그곳으로 갔고 때로는 자고 오기도 했다.

맥의 집에는 방이 여럿 있었지만 토리는 론이 그 방들 중 어느 것도 쓰고 있지 않다는 것을 알아차렸다. 그녀는 과감하게 지하실로 들어가 창문이 없는 작은 보관용 창고를 열었다. 그곳에서 담요를 포함해 론의 물건들을 발견했다. 그 공간은 거의 교도소 독방처럼 아주 작았다.

'엄마가 삼촌을 여기서 자게 하는구나.'

또 한번은 집으로 들어가는 입구에 있는 땔감 보관창고에서 침구를 발견했다. 지하실과 달리 그 공간은 개방되어 있었다. 흙바닥은 축축했다.

멀리 떨어진 맥의 집에서도 셸리가 여전히 론을 조종하고 있는 것이 분명했다.

'어디서든 엄마가 말하는 곳에서 자는구나.'

#

라라 왓슨은 사미를 통해 셸리가 맥이라는 노인을 돌보고 있다는 소식을 들었을 때 화가 머리끝까지 났다. 그녀는 론이 노텍 집안에서 맴도는 것도 영 달갑지 않았다. 무슨 일이 일어나고 있는 것이었다. 라라는 확신했다. 즉시 퍼시픽 카운티 보안관실의 버그스트롬 보안관보에게 전화 걸었다. 캐시 로레노 사건에 관해 묻자 버그스트롬은 미결 사건으로 남았다고 했다.

그는 현재 대형사건 재판이 한창 진행 중이라 바쁘다며 가능한 한 빨리 재개하겠다고 했다.

"시간이 좀 나면 계속 조사하겠습니다."

셸리의 계모에게는 전혀 용납되지 않는 말이었다. 지역 경찰서장인 데일 쇼버트에게 전화 걸자 그는 퍼시픽 카운티 당국에 증거를 수집할 기회를 줄 것을 촉구했다.

"아마 은밀히 수사하고 있을 겁니다." 서장이 말했다.

라라는 만족스럽지 않았다. 그녀는 셸리가 얼마나 상상도 할 수 없는 짓을 저질렀는지, 또 다음번에는 무슨 짓을 벌일지 걱정만 가득했다.

셰인에 대해 걱정하는 것으로 알고 있는 셰인의 외조부모에게 확인한 결과 그들도 같은 말을 했다. 그들 역시 누구에게서도 셰인 소식을 들은 바가 없다고 했다. 사미 또한 직접 연락을 받은 적이 없었다고 말했는데, 그것은 엄밀히 말하면 사실이 아니었다. 그녀는 단지 보안관보에게 회신 전화를 건 적이 없었던 것이다. 그리고 니키는 캐시에 대한 진술서에 이어 두 번째로 경찰과 접촉한 후에 어떤 연락도 받지 못했다.

일언반구도 없었다.

63장

토리에게 소식을 전하는 셸리는 잔뜩 들뜬 분위기였다. 제임스 맥린톡은 늙은 검은색 개 시씨에게 재산을 물려줄 거라고 했지만, "시씨가 죽은 후"에는 "맥의 집을 비롯한 모든 게 다 내 차지가 된다"고 했다.

토리는 그 소식이 더할 나위 없이 좋다고 생각했다. 엄마가 사회복지사 일에서 해고된 후 망연자실한 것으로 보였기 때문이다. 그러자 확실히 더욱 폭력적이 되어 있었다. 맥의 재산을 상속받는다는 생각은 다소 심경의 변화를 가져왔다. 엄마는 잔뜩 계획을 세웠다.

맥은 2001년 9월 7일 셸리에게 위임장을 주었다. 자금 사정이 매우 심각했던 노텍 집안에 아주 좋은 시기였다. 셸리는 거짓말을 감당하기 어려울 정도로 장부를 교묘히 조작해 왔다. 데이브는 아내가 전화를 걸어와 임금을 가불해 달라고 부탁해야 한다고 말할 때까지 자금난이 얼마나 심각한지 알지 못했다. 그가 주저하자 셸리가 직접 나서서 해결했다. 그녀는 2001년 9월 25일 애버딘에서 급여 대출을 신청했다. 가족의 월 소득을 3,500달러로 기재했다.

데이브가 주말에 더 자주 집에 돌아오기 시작하자 고함치는 횟수도 더 늘어났다. 토리는 일부러 방에서 시끄러운 소리를 냈다. 소란을 피우면 부모님이 정신이 번쩍 들어 싸움이 수그러들지 않을까 바라는 마음에서였지만 전혀 효과가 없었다. 토리는 아빠를 다른 무엇보다 사랑했지만 집에 돌아오는 것을 원망하기 시작했다. 엄마는 아빠가 도착할 때까지 론에 대한 분노를 억누르는 것 같았다. 아빠는 지시받은 거라면 어떤 처벌이든 수행했다.

고함소리는 언제나 두 가지에 관한 것이었다. 하나는 돈이고, 또 하나는 식솔인 론이었다.

"론에게 뭔가 조치를 취해야 해." 셸리가 데이브에게 말했다.

데이브로서는 더 묻고 말고 할 것도 없었다. 셸리는 론이 저지른 것으로 추정되는 여러 위반사항을 장황하게 늘어놓으며 데이브를 몰아붙였다.

"마당에서 똥을 쌌어. 내가 **봤어**. 모퉁이를 도는데 거기 론이 있더라니까. 그럼 안 되지."

아내가 지켜보는 가운데 데이브는 부리나케 론을 뒤쫓아가 셔츠를 와락 움켜잡았는데 너무 세게 잡아당긴 나머지 그만 균형을 잃었다.

"앞으로 여기서 절대 그런 짓 하지 마."

론은 어안이 벙벙했지만, 아니꼽다는 표정을 지으며 짜증난다는 식으로 피했다.

'실실 웃었어?'

그것이 무엇이든 간에 데이브는 더 화가 치밀었다.

론을 더욱 바짝 끌어당기며 물었다. "내 말 듣고 있어?"

론이 대답하지 않자 데이브는 옆통수를 후려쳤다. 론은 더욱 충격을 받은 것처럼 보였다.

"안 그럴게." 마침내 말했다. "앞으로는 절대 안 그럴게."

#

이윽고 셸리는 론 우드워스에게서 순응하는 희생자의 모습을—어쩌면 **만**

들어냈을 수도—찾아냈다. 그녀가 아무리 터무니없고 끊임없고 잔인한 요구를 해도 나무라지 않았다. 자신에게 무슨 짓을 해도 별로 놀라지 않았다.

혹은 자신에게 직접 무슨 짓을 하라고 시켜도.

셸리의 비명은 어둠 속의 총성 같았다.

"이 망할 놈아! 얼른 해!"

느닷없이 잠이 깬 토리는 화들짝 놀랄 만한 시끄러운 소리가 뭔지 알아보려고 침대에서 나왔다. 그 특정한 처벌이 실제로 행해지는 것을 직접 본 것은 그때 한 번뿐이었다. 훗날 그녀는 그 소리를 여러 차례 듣긴 했다고 회상했다.

론은 속옷 바람으로 현관에 서 있었다. 몸은 뻣뻣하게 경직되어 있었고 눈동자는 게슴츠레했다. '두려움 때문일까? 약 때문일까?' 셸리는 그에게 양손으로 자신의 얼굴을 있는 힘껏 때리도록 위협하며 마주보고 서 있었다.

"더 세게!" 그녀가 호통쳤다. "론, 네 잘못을 깨우쳐야 해!"

토리는 어떻게 자기 자신에게 그렇게 할 수 있는지 이해할 수 없었다. 그는 얼굴을 너무 세게 반복적으로 치는 바람에 한 번씩 칠 때마다 고개가 뒤로 획 젖혀졌다.

셸리는 욕설과 명령이 뒤섞인 추악한 파티를 계속 벌였다.

"동성애자! 게으른 호모! 내가 직접 때리게 하지 마! 잘못했다고 말해!"

론은 울고 있지는 않았지만 이번에는 겁먹은 것 같았다.

"자기야, 잘못했어."

"내가 그동안 너한테 어떻게 해줬는데 그깟 변명으로 보답해? 정말 질린다, 론. 아주 질려 죽겠어. 넌 모두를 질리게 해. 니네 엄마가 너보고 꺼지라고 한 게 옳았어. 너를 들인 내가 멍청이였지. 이 배은망덕한 호모 새끼!"

토리는 엄마가 온갖 추잡한 말로 계속 소리지르는 것을 들었다. 그러나 론은 "잘못했어, 자기야"만 반복하고 있었다.

얼굴이 새빨개진 그는 울고 있었다. 그런데 어떤 이유에서인지 그녀가 명령하는 대로 계속했다. 마치 최면에 걸린 것 같았다. 적어도 꼬박 5분 동안 계속되었다. 더 길었을 수도 있다. 이전에 언니들이 그랬던 것과 마찬가지로 토리도 엄마가 희생자들을 고문할 때 시간이 멈춰 있다는 것을 알았다.

토리는 침대로 되돌아가 담요를 움켜쥐고 베개를 뒤집어썼다. 전에 수백 번 그랬듯이 귀를 막으려고 애썼다. 엄마가 하고 있는 것은 너무나 잘못된 것이었다. 너무나 가혹했다.

다시 뺨을 때리는 소리와 호통치는 소리가 들려오자 토리는 용기내어 엄마에게 대들었다.

"엄마, 대체 삼촌한테 왜 그러세요?"

부아가 치민 셸리는 숨을 씩씩 몰아쉬었다. 자신의 행동이 아니라 딸의 질문이 기이하다는 투였다.

"론이 나쁜 짓 한 거 봤어? 저놈은 벌 받아야 싸."

토리는 납득이 안 갔다. 설령 론이 나쁜 짓을 했다 해도 그런 벌을 받을 정도로 나쁜 짓을 하지는 않았을 터였다. 게다가 셸리의 요구는 충족시킬 수 없는 것들이었다.

'아침까지 마당의 잡초들 다 뽑아!'

'집 안의 화장실 쓰지 마!'

'왜 밖에다 똥을 싸?'

토리는 다른 접근법을 시도했다. 누가 생각해도 명백한 것, 즉, 엄마의 인간미에 호소하는 것이었다.

"하지만 삼촌을 아프게 하고 있잖아요."

셸리가 노려보았다. "위층에 올라가 있어. 이건 너하고는 상관없는 일이야."

토리는 방으로 올라갔다. 누군가가 론을 위해 목소리를 내야 한다는 것을 깨달았지만 엄마를 더 몰아붙이는 것은 상황을 더 악화시킬 뿐이라고 판단했다. 엄마는 인간미가 없었다. 그러한 접근법을 시도하는 것은 멍청한 생각이었다. '도대체 엄마는 무슨 생각을 하고 있는 걸까?'

론은 계속 실수를 했고, 계속 "나빴다." 적어도 셸리는 그렇게 생각했다. 그는 독 안에 든 쥐였고, 그녀의 분노를 피할 길이 없어 보였다. 토리는 체액을 두고 또다시 대립하는 장면을 목격했다.

"론, 이게 뭐야?" 셸리가 물었다. 그녀는 소변이 든 컵을 들고 있었다.

론은 컵을 쳐다보고는 눈을 내리깔았다. "화장실에 가야 했는데 깨우고 싶지 않았어."

'그건 엄마의 규칙이잖아! 그게 바로 엄마가 원했던 거잖아!'

"역겨워 죽겠다. 우리 집에선 이런 일이 일어나선 안 돼. 여긴 내 집이야, 론! 네 고약한 버릇은 정말 구역질 나."

"잘못했어, 자기야."

그녀가 그에게 컵을 건넸다.

"마셔!"

론은 망설이지 않았다. 컵을 입술에 대더니 한 방울도 남기지 않고 마셨다.

몇 주 후, 토리는 론이 컵에 든 소변을 창밖으로 버리는 것을 보았다. 시선이 마주쳤다.

"걱정 마세요. 엄마한테 말 안 할게요."

그리고 토리는 말하지 않았다.

아무도 셸리의 화를 돋우고 싶어 하지 않았다.

토리가 론에게 한마디도 건네지 않은 것은 그를 사랑했기 때문이다. 토리는 자기 때문에 그가 고통받는 것을 원치 않았다.

한번은 론이 잡초를 제거하고 있을 때로, 엄마는 그가 느릿느릿 일하고 있다며 언짢아했다. 그건 그의 잘못이 아니었다. 기계가 애를 먹이고 있었다. 엔진이 멈추었다가 다시 시동이 걸리는 소리는 셀리를 점점 더 미치게 만들었다. 토리는 그 분노의 에너지를 느낄 수 있었다. 무서웠다. 그녀는 론에게 가스로 작동되는 정원용 기계를 작동시키는 방법을 보여주려고 마당으로 나갔다.

'엄마가 또 무슨 짓을 할지 모르니까 어떻게든 막아야겠어.'

론에게 다다랐을 때 토리는 말문이 막혔다. 론은 잡초제거기를 작동시키려고 안간힘을 쓰며 등을 구부리고 있었다. 알몸이나 마찬가지였고, 대머리와 등이 햇볕에 벌겋게 타 있었다. 하지만 최악은 그게 아니었다. 발은 피투성이였고 손의 살갗은 갈기갈기 찢어져 있었다.

"론 삼촌." 엄마가 들을 수 없을 정도로 낮은 목소리로 말했다. "정말 죄송해요."

토리는 그가 달아나기를 바랐다. 다시는 돌아오지 않기를 바랐다. 될 수 있는 한 멀리 가기를 바랐다. 엄마에게서 멀리, 아주 멀리 떨어져 있기를 바랐다. 론에 대한 공격이 악화되면서 자신에 대한 학대가 완화된 직접적인 연관관계는 더 이상 중요하지 않았다. 토리는 더 강해졌다. 살아남을 수 있을 터였다.

엄마가 24시간 내내 돌봄이 필요한 맥의 집으로 론의 거처를 옮겨야겠다고 결정했을 때 토리는 안도감이 밀려왔다.

'거기서는 더 안전할 거야. 모든 게 정상으로 돌아올 거야. 그게 뭐든 간에.'

64장

정상적이라는 것은 상대적인 것이며, 정상적인 것은 모노혼 랜딩 로드에서
는 그다지 버틸 힘이 없었다.

2002년 2월 9일, 토리가 월라파 밸리 고등학교에 축구 경기를 보러 갈
준비를 하고 있을 때 엄마가 병원에 있다며 연락이 왔다.

"맥이 넘어졌어." 셸리가 약간 떨리는 목소리로 말했다. "심하게 다쳤어.
지금 바로 데리러 갈게."

토리는 맥을 따랐다. 꼭 론처럼 따랐다. 그녀는 주위에 자상하게 돌봐
주는 가족이 있기를 무엇보다 원했다. 언니들은 다 커서 나갔고 아빠는 대
부분 집에 없었다. 식구나 다름없는 맥과 론은 그녀에게 전부를 뜻했다.

최소한 엄마가 의도했던 만큼이거나.

엄마가 태우러 왔을 때, 이성을 잃은 정도까지는 아니었지만 초조해 보
였다. 사고에 대해 뭐라고 중얼거리며 맥이 살 수 있을 것 같지 않다고 했다.

"안 좋아." 그녀가 반복했다. "맥이 넘어졌을 때 론이 거기 있었어."

토리는 론이 안쓰러웠다. 여린 사람이었기에 틀림없이 걱정에 사로잡혀
있을 터였다. 그들이 다시 병원에 왔을 때쯤 간호사들은 맥이 정말로 사망
했다고 알려줬다. 토리는 울음을 터뜨리며 엄마 품에 안겼다.

셸리는 전혀 가슴 아파하는 것 같지 않았다. 실상, 거의 좋아서 들뜬 것
같았다. 그녀 앞으로 5,000달러를 남겨두었다. 당연히, 개 시씨의 문제도

있었다. 하지만 시씨는 늙었다. 오래 살 수 없었기에 셸리가 14만 달러 이상의 가치가 있는 맥의 집을 상속받을 터였다.

맥이 어떻게 죽었는지는 좀 수수께끼였다. 처음에 셸리는 그의 죽음에 대해 모호한 태도를 취했다. 론이 911에 전화해 맥이 넘어지면서 머리를 부딪쳤다고 했다. 당국도 크게 관심있는 것 같지 않았다. 나중에 토리는 맥이 머리에 둔상으로 인한 충격을 받아 급성 경막하 출혈로 사망한 것을 확인한 담당 의사가 이 사건에 대해 검시관과 검찰청에 추가 조사를 요청했다는 이야기를 들었다. 추락으로 인한 충격이었을 **가능성**이 있었다. 그렇지만 최종적으로 추가 조사는 없었다.

그런 다음 사건은 종료되었다. 맥은 세상을 떠났다. 갑자기 셸리는 현금이 넘쳐났다. 확실히 상황이 좋아지고 있었다.

실제로 맥이 죽은 지 며칠 후인 밸런타인데이에 토리가 아래층으로 살금살금 내려왔을 때 엄마가 지금까지 본 것 중 가장 훌륭한 초콜릿 상자를 포장하고 있는 것을 발견했다.

하루 뒤, 토리는 일기장에 다음과 같이 썼다.

"그 초콜릿은 나를 위한 것이 분명했다. 나는 아무것도 못 본 것처럼 발끝으로 살금살금 위층으로 올라간 다음 10분쯤 뒤에 아래층으로 내려왔는데 아니나 다를까 나를 위한 것이었다!"

유산—돈, 사우스 벤드의 집, 지금은 바깥에 쇠사슬로 묶여 있는 개 시씨—에도 불구하고, 커다란 초콜릿 상자에 남아있는 마지막 초콜릿을 먹어 치우기도 전에 셸리는 예전 방식을 재개했다. 행운을 한 모금 크게 들이마신 것 같았다. 그녀가 평생 쫓아다녔던 돈은, 당연히, 아주 좋았다.

하지만 그녀가 즐기던 오래된 게임들은?

그게 훨씬, 훨씬 더 만족스러운 것이었다.

65장

사우스 벤드에 있는 맥의 집에서 일어난 일은 비극을 함께 나누는 것에서 개인적인 기회로 재빨리 변모했다. 셸리는 그 일을 론에 대한 새로운 공격의 기폭제로 삼았다. 혀를 내두를 만큼 잔인했고 빈번하게 벌어졌다. 한번은 론이 돌아와 모노혼 랜딩의 마당에서 일하고 있을 때로, 토리는 엄마가 그 일에 대해 그에게 소리지르는 것을 우연찮게 들었다.

"네가 맥을 죽였어! 넌 살인자야!"

론이 방어하려고 하자 엄마는 땅바닥으로 그를 밀치고 난 다음 집 안으로 돌아왔다.

"론이 맥을 죽였어." 셸리가 발을 쿵쾅거리고 돌아다니며 토리에게 말했다. "난 살인자와 함께 살 수 없어!" 토리는 어떻게 생각해야 할지 몰랐다. 맥의 죽음이 사고 같은 거라고 생각했었다. 게다가 론이 누군가를 해친다는 것을 상상할 수도 없었다. 결단코.

또 한번은 그들 셋이 부엌에 앉아 있을 때였다. 토리는 자기 볼일을 보고 있었고, 늘 그렇듯 엄마는 론과 한창 신경전을 벌이고 있었다.

"살인자가 니네 집에 살고 있으면 기분이 어떨 것 같아?" 그녀가 론에게 물었다.

론은 대답하지 않았다. 눈만 내리깔고 있을 뿐이었다.

"기분 더럽겠지." 셸리가 말을 이어갔다. "당연히 그렇겠지. 넌 맥을 죽였어. 넌 빌어먹을 살인자야."

다시, 응답이 없었다.

토리는 그 말을 조금도 믿지 않았다. 셸리는 론이 살인자라는 말에 토리가 수긍하기를 꺼려하는 것을 감지했을 수 있다. 그래서 그녀는 계속해서 그 얘기를 꺼내기 위해 새로운 방법을 썼다.

그런데 시간이 흐르면서 너무도 이상한 일이 일어났다. 론이 셸리의 말에 동의하기 시작한 것이었다.

"맞아. 내가 죽였어. 제발 말하지 마."

셸리는 더욱 악의적인 방법으로 상황을 악화시켰다.

"론, 나를 실망시키지 마. 그럼 안 되지. 이런 말까지 하고 싶진 않지만, 넌 니가 얼마나 역겨운지 알아야 해. 넌 살인자야."

어느 날은 텔레비전 시청을 잠시 멈추더니 토리에게 맥이 죽던 날 그의 집에서 일어났던 일에 대한 최신판 소식을 들려주었다.

"맥은 휠체어에서 넘어지면서 머리를 세게 찧었어. 론은 거기 그냥 가만히 서서 그냥 내버려뒀어. 오래 기다리지 않고 전화해서 제때에 도움을 요청했으면 맥을 구할 수 있었을 거야. 토리야, 론은 쓸모없는 놈이야. 네가 론에 대해 좀 좋게 본다는 건 알지만 너도 한번 생각해 봐. 그는 살인자야! 그가 우리 맥을 죽였다고! 맥은 네게 할아버지와 같은 분이셨어!"

셸리는 맥의 죽음에 대해 또 다른 이야기도 했다. 그 참전용사 어르신이 혼수상태에 빠지자 론이 죽게 내버려두었다고 했다.

"돌이키기엔 너무 늦을 때까지 론은 내게 전화조차 하지 않았다니까. 토리야, 난 그걸 살인이라고 불러. 그렇잖아. 그 호모 새끼 면상을 보는 것만으로도 구역질 나."

'론을 그렇게 부르지 마세요'라고 토리는 속으로 생각했지만, 할 수 있는 말이라곤 "그건 몰랐어요, 엄마"가 전부였다.

셀리는 론과 론이 맥에게 한 일을 경멸한다고 주장하는 한편, 맥의 유언을 두고도 독설을 퍼부었다.

"변호사들이 다 망쳐놨어. 난 변호사들한테 시씨가 차에 치여 죽었다고 말할 거야. 네가 날 좀 도와줘야겠어. 별거 아니지만 그 이야기가 우리 가족에게는 아주 중요하다는 점을 이해해줬으면 해."

"알았어요, 엄마." 토리는 그게 좀 이상하긴 하지만 그렇게 터무니없다는 생각이 들지는 않았다. 결국엔 어쨌든 엄마가 그 집을 갖게 될 터였기 때문이다. 엄마는 자신과 론에게 상상할 수도 없는 짓을 저질렀지만 개를 진짜로 해치지는 않을 터였다.

"일단 맥의 집을 수리해서 팔면 오크 하버로 이사가서 다시 한 가족으로 살 수 있는 돈을 갖게 될 거야."

대부분의 아이들에게 그것은 꿈이 실현되는 것일 수도 있다. 토리는 부모님이 함께 지내면 또 얼마나 지독하게 싸울까 하는 생각만 가득했다.

매일 한 지붕 밑에서 같이 산다는 것은 악몽이 될 터였다.

완전히 최악이었다.

#

2002년 3월 19일, 맥이 죽은 지 한 달이 조금 넘고, 라라와 니키가 캐시 로레노에게 일어난 일에 대해 처음으로 경종을 울린 지 9개월이 지난 후, 라라 왓슨은 짐 버그스트롬 보안관보에게서 연락달라는 메시지를 받았다.

'드디어 올 것이 왔구나.' 라라는 생각했다.

라라는 셀리가 돌보던 노인이 죽었다는 소식을 이미 들은 터였다.

"셸리가 그를 죽였어요." 보안관보에게 말했다.

"그걸 어떻게 알아요?" 그가 대답했다.

"내 장담하건대, 그를 독살했을 거예요."

"그 사람은 늙었어요. 오랫동안 아팠고요."

"누가 개를 돌보고 있어요?"

"셸리가 돌보죠."

"그는 개한테 집을 남겼어요."

"맞아요. 그리고 셸리가 그 개를 돌보고 있고요."

라라가 계속해서 밀어붙였다. "그 개도 아마 독살당하고 있을 거예요."

"개는 괜찮아요. 순찰대가 개를 봤습니다."

라라는 계속해서 셸리가 맥을 죽였을 거라고 판단했다. 캐시는 살해당했다고 전적으로 확신했다. 니키는 거짓말쟁이가 아니었다. 절대로 아니었다.

라라가 마침내 말했다. "퍼시픽 카운티에서는 어떻게 일을 처리하는지 모르겠지만 이건 전혀 옳지 않아요. 조치를 좀 취해야 합니다. 캐시 로레노에게 무슨 일이 일어났는지 알아내야 한다고요. 사미와는 얘기해봤어요?"

그는 아직도 연락이 닿지 않는다고 했다.

라라는 그 어떤 것도 믿지 않았다.

"사미는 주말마다 레이몬드에 있어요, 보안관보님. 동생을 걱정하고 있어요. 토리가 괜찮은지 확인하려고 그곳에 가는 거라고요. 다치지나 않았는지 보려고요. 계산이 안 되나요?"

버그스트롬 보안관보는 무슨 말인지 알겠다고 주장했지만 더 이상 뭘 어떻게 할 수 있단 말인가? 사미는 그에게 회신 전화를 거부했다.

라라는 전화를 끊었다. 그가 전화 통화를 시도했다는 것도 전혀 믿지 않았다.

#

사미는 언니와 비밀스러운 관계를 지속했다. 그녀는 니키가 얼마나 무례하고 형편없는지 앵무새처럼 말하는 토리에게 니키를 옹호했지만 딱 거기까지였다. 그들이 친하게 지낸다는 사실에 주의를 끌게 하고 싶지 않았다. 토리가 털어놓을 수도 있기 때문이었다. 그들이 자랄 때 후회스럽게도 사미 본인이 니키와 셰인에 대해 일러바쳤던 것처럼 말이다. 엄마는 세세한 내용을 미꾸라지처럼 요리조리 빠져나간 다음 그 말을 전달하는 메신저를 비난하는 버릇이 있었다.

2002년 5월, 라라가 버그스트롬 보안관보에게 전화한 지 몇 주 후, 사미는 오리건주 샌디로 몰래 내려가 라라의 결혼식장에서 열린 니키의 결혼식에 참석했다. 언니를 보자 행복했다. 감격해서 울컥했다. 니키는 훌륭한 남자를 찾아 그들이 자랄 때는 상상도 할 수 없었던 삶을 살고 있었다.

강제로 진흙탕에서 뒹굴던 때가 있었다.

아무것도 될 수 없다는 말을 들었던 때가 있었다.

아무도 그녀를 사랑하지 않을 거라는 말을 들었던 때가 있었다.

여전히 엄마를 다른 무엇보다 사랑하고 싶었던 사미는 셸리가 결혼식에서 제외되었다는 사실이 속상했다. 물론 이면의 이유는 이해했다. '왜 고문자를 초대하겠어?'

그렇기는 해도 사미는 훗날 "엄마와 언니 사이가 멀어져서 안타까웠다"라고 했다.

아무에게도 말하지 않은 채 사미는 손가락에 특별한 반지를 끼고 있었다. 금반지에 니키와 토리와 자신의 탄생석이 박힌 "어머니 반지"였다. 다음 날인 어머니날에 셸리에게 주려고 계획한 선물이었다. 그 반지는 셀 수 없이 많은 비밀을 간직하고 묻어온 가족의 또 하나의 작은 비밀이었다.

사미는 반지를 끼고 있으면서 "엄마가 결혼식장에 있는 것 같다"고 느꼈다.

#

맥이 죽은 후, 데이브 노텍은 타이어의 고무가 닳도록 집으로 더 자주 왔다. 과거에 그들의 결혼 생활은 문제가 있었지만 지금은 한층 견고한 발판을 다지기 위해 함께 노력하고 있었다. 데이브는 셸리 없이는 구실을 할 수 없었다. 사실이 그랬다. 그는 그들이 독이 되는 관계라는 것을 알았지만 그녀를 향한 사랑을 멈출 수 없었다.

셸리 역시도 그에게 없어선 안 되는 존재라고 말하고 있었다. 그 어느 때보다도 지금이 다시 시작하기에 가장 좋은 시기였다. 퍼시픽 카운티를 영원히 떠나 다시는 뒤돌아보지 않는 것이 그들이 살아남을 수 있는 유일한 길이었다. 그녀는 유산으로 남겨진 부동산 때문에 스트레스를 받는 데다 론 때문에 갖은 애를 먹고 있었다.

2002년 6월에 있었던 주말 재회 후에 데이브는 셸리에게 미사여구로 가득찬 사랑의 편지를 남겼다. 종종 그랬듯이 그녀를 애칭인 버니로 불렀다.

"여기 당신을 남겨두고 가는 게 너무 싫어. 가슴이 미어지는 것 같아. 평생 언제나 당신 가까이에 있고 싶어."

그는 오크 하버에서 임대 가능하거나 임대차 계약이 만료되는 곳이 있는지 확인해보겠다고 했다. 그들은 레이몬드를 벗어나 새로운 출발을 할 필요가 있었다.

"난 어디에 있든 항상 당신의 손길을 느낄 수 있고 그 손길은 곧장 내

가슴으로 와 닿아. 난 사랑받을 자격이 없는데도 나를 향한 당신의 사랑이 느껴져. 당신을 영원토록 영원히 사랑해."

데이브는 크게 소리내어 말한 적도 없고, 특히나 아내에게는 말한 적도 없었지만, 큰 변화가 없이는 결혼 생활을 더 오래 견뎌낼 수 없다는 것을 마음속 깊이 알고 있었다.

#

남편은 확고히 그녀 편이었으나, 다른 사람들이 그녀가 당연히 받아야 한다고 하는 것에 대해 의문을 제기하면서 문제가 훨씬 더 복잡해졌다. 실상 그녀와 남편이 맥의 집을 소유할 거라는 추측이 돈 후 그녀는 자신이 얼마나 푸대접을 받고 있는지 억울해서 할 말을 잃을 지경이었다. 은퇴한 퍼시픽 카운티 보안관의 주도하에 이웃들은 노텍 부부가 고인의 부동산에 대한 권리를 갖고 있는지 의문을 제기했다. 그 보안관은 맥의 집에서 무슨 일이 있었는지 의심을 품고 있었다.

셸리는 자신이 왜 그렇게 가혹하게 취급받고 있는지 전혀 알 수 없었다. 자기가 한 거라곤 맥에게 친절했고, 아버지처럼 대한 것밖에 없다고 했다. 수프도 가져다주었다. 론을 시켜 돌보게 했다. 론에게 맥의 마당 일까지 시켰다. 자기보다 더 친절한 사람은 세상에 없을 거라고 생각했다.

셸리는 2002년 9월 4일에 다시 변호사에게 전화를 걸었다. 변호사는 통화 내용을 적은 뒤 셸리의 또 다른 변호사에게 괴롭힘에 대해 뭔가 조치를 취해야 한다고 통지했다.

"사우스 벤드 경찰은 신원 확인을 위해 여러 차례 들르면서 전반적으로 미셸(셸리)과 남편의 생활을 계속 불편하게 했다. 한 경찰관은 심지어 데이브에게 오늘 밤 운전할 때 조심해야 할 거라는 말을 하기도 했다."

사람들이 꼼꼼히 따지는 것 하나하나가 셸리의 모든 사람과 모든 것에 대한 분노, 특히 론에 대한 분노를 부채질하는 것 같았다. 맥이 죽은 지 몇 달 후에도 그녀는 계속 론에게 비난을 퍼부었다.

"론, 네가 맥을 죽였어. 네가 죽였다고!"

"난 안 죽였어, 셸리. 맥은 넘어졌어. 휠체어에서 넘어졌다고."

"거짓말쟁이! 난 네가 무슨 짓을 했는지 알아. 경찰이 와서 널 잡아갈 거야. 당연히 그러겠지. 맹세해!"

맥의 살인죄로 체포되어 투옥될 거라는 지속적인 협박은 론에게 위협적이었다. 그들이 차에 타고 있을 때 순찰차가 지나가면 그는 바닥으로 털썩 주저앉곤 했다. 집 현관문을 두드리는 소리가 날 때마다 셸리는 숨으라고 했다.

"소리내지 마! 저들이 너를 데려가서 평생 감옥에 처넣을 거야!"

토리는 엄마의 속셈을 알고 있었다. 경찰이 체포하면 자신에게 한 모든 짓을 말할지도 모른다는 걱정 때문에 론을 두려움에 떨며 살게 한 것이었다.

66장

산드라 브로데릭이 오랜 친구 론 우드워스를 마지막으로 본 것은 2002년 여름 레이몬드에 있는 슬레이터스 다이너에서 식사할 때였다. 론은 몸이 약해지고 건강도 좋지 않아 보였다. 산드라는 정신적으로나 육체적으로나 완전히 바뀐 모습에 충격받았다. 론은 재치있고 예리했었다. 친화력이 좋은 따뜻한 성격의 소유자였다. 그런데 지금의 론은 그런 모습과는 거리가 멀었다. 그는 우울증 치료를 위해 셸리한테서 세 가지 약을 받아 먹고 있다고 했다. 산드라는 그가 식사 자리에서 약을 삼키는 것을 경계의 눈초리로 지켜보았다.

"이 약들이 도움은 되는데 두통은 여전해." 식당에 앉아 있는 동안 그는 초록색 알약을 먹은 다음 갈색 알약을 먹더니 또 하얀 캡슐을 먹었다. "의사와 정신과 의사에게 진찰도 받고 있어."

"더럽고 너저분했어요"라고 산드라는 기억했다. "예전에는 외모에 신경 쓰곤 했죠. 그런데 이제는 약에 취해 멍해서는 분별력도 없고 횡설수설했어요."

론이 말을 더 많이 할수록 군대 동기인 오랜 친구는 걱정이 더 커졌다. 심각한 곤경에 처해 있다는 것을 한눈에 알 수 있었다. 그래서 걱정된다는 말을 했다.

론은 멍하니 그녀를 바라볼 뿐이었다. 그녀가 하는 말을 전혀 듣지도 않는 것 같았다. 자신이 얼마나 야위고 약해졌는지 도통 모르고 있었다.

"내가 20년 동안 알고 지냈던 론이 아니었습니다."

슬레이터스 식당에서 식사를 한 지 얼마 되지 않아 산드라는 론에게서 뜻밖의 매우 반가운 전화를 받았다. 그때가 처음이자 유일하게 셸리가 자신을 괴롭히는 짓들을 벌이고 있다는 뜻을 내비쳤다.

"셸리가 내 차들을 가졌는데 돌려주지 않아."

산드라는 믿을 수 없었다. "돌려주지 않는다고?"

"응. 계속 물어보고는 있어."

이 폭로로 인해 걱정이 된 산드라는 모노혼 랜딩의 집을 감시하려고 아이언 스프링스에 있는 집에서 차를 몰고 갔다. 그녀는 천천히 운전하면서 론의 황갈색과 파란색 차가 앞쪽에 주차되어 있다는 것을 주목했다.

산드라는 조사해보려고 차를 세우지는 않았다.

"(셸리와) 직접 대면하고 싶지는 않았어요"라고 산드라는 인정했다.

만약 그때 차를 세웠다면 셸리가 숨길 수 있던 것을 봤을지도 모른다.

사미도 론의 변화를 보고 놀라움을 금치 못했다. 엄마에게 론이 왜 그렇게 살이 빠졌는지 물었다.

"론 괜찮은 거예요?"

셸리는 전면적인 방어 자세에 돌입했다. "그게 무슨 뜻이니?"

"아프거나 뭐 그런 거 없어요?"

"없어."

"살이 많이 빠져서 그래요, 엄마. 그게 다예요."

"사미야, 론은 살을 뺄 필요가 있었어. 뚱뚱했잖아. 지금은 건강에 좋은 음식을 먹고 있단다. 인스턴트 음식 같은 건 이제 안 먹어. 그 어느 때보다도 몸집이 좋아. 전에는 있는 줄도 몰랐던 근육까지 생겼지 뭐니."

엄마는 집안일이 론의 몸 관리를 하는 데 얼마나 도움이 되는지 모른다며 의기양양해 했다.

"론은 바깥에서 이런저런 허드렛일하는 걸 얼마나 좋아하는지 몰라."

그런 다음 론이 애용하는 스타일인 말총머리를 포함한 모든 머리카락을 잘라버렸다. 사미는 론을 마당 한구석으로 데려가 엄마가 엿듣지 못할 거라고 확신하자 어떻게 된 거냐고 물었다.

"이 스타일 마음에 들어. 다 잘라버리니까 좋아."

사미는 치아 문제에 대해서도 물었다. 앞에 남은 이 하나까지도 주저앉은 것으로 보였다.

"아, 어쨌든 다른 이들은 다 가짜야"라고 그는 일축했다. "틀니를 하려고 기다리는 중이야."

당연히 그런 일은 일어나지 않았다. 론의 이가 빠지기 시작했을 때 토리는 셸리에게 왜 치과에 데려가지 않느냐고 물었다.

"엄마, 론은 틀니를 해야 해요."

셸리는 단칼에 그 제안을 일축했다.

"체포영장이 너무 많아서 치과에 갈 수 없어. 의사들이 론을 치료할 수 없다고. 게다가 틀니는 너무 비싸."

67장

니키가 엄마를 마지막으로 본 것은 맥이 사망한 해인 2002년 올림피아에 있는 올리브 가든에서였다. 니키는 가족 모임에 가는 것을 망설였지만 잃을 게 없다는 생각이 들었다. '어쩌면 상황이 좀 나아졌을 수도 있잖아?' 사미는 계속 토리가 잘 지내고 있다는 말을 전했었다.

"토리 말로는 엄마가 좀 이상하긴 하지만 잘 대해준대. 우리와는 달리 말이야."

그 자리를 위해 옷을 차려입은 셸리는 멋져 보였다. 그러나 그 근사한 외모는 단지 위장에 불과하다는 것이 단번에 분명해졌다.

늘 그래왔던 같은 여자였다.

니키가 전했다. "점원에게 너무 무례했어요. 그녀를 얕보고, 음식을 되돌려보냈죠. '이런 자리 필요 없어. 이렇게 같이 있을 필요 없잖아.' 계속 그런 생각이 들었어요. 비열하고 추잡했어요. 엄마를 만난 것은 끔찍한 실수였죠."

니키는 엄마에게 어떻게 살고 있는지에 대해 어떤 것도 말하지 않았다. 디저트를 먹기 전에 자리를 떴다.

"그 후로 다시는 엄마를 보지 않았어요."

#

토리 노텍은 계속해서 의연한 척했다. 언니들이나 그 누구에게도 집에서 벌어지고 있는 일들에 대해 입도 뻥긋하지 않았다. 엄마가 하고 있는 짓에 대해 책임을 물어야 하는 것을 원치 않았기 때문이 아니라, 잠자는 사자를 건드린 것에 대한 끔찍한 결과를 두려워했기 때문이었다.

그간 봐왔던 모든 일들로 인해 토리는 엄마가 자신에게 무슨 짓을 할지도 모른다며 무서워했다. 그리고 하여튼 모든 게 다 자기 잘못이라며 걱정했다.

토리는 일기장에다 엄마에게 글을 썼다.

"가끔은 내가 엄마를 이해하지 못하거나 아니면 이해하기를 원하지 않는 것처럼 보일 수 있다는 것을 알지만, 틀렸어요. 완전히 틀렸어요. 나는 언제나 엄마를 이해할 수 있고, 또 언제나 이해하고 싶을 거예요. 엄마와 아빠한테 걸핏하면 실망을 안겨 주는 내가 너무 싫어요. 다 내 잘못이란 거 알고 있어요."

말로 표현할 수는 없었지만 토리는 어떤 면에서는 엄마가 다른 누군가가 고통을 겪고 있을 때만 행복해한다는 것을 알고 있었다. 타인의 고통에서 기쁨을 찾는 사람에게 어울리는 말이 있어야 했다. 그 말이 무엇이든 엄마에게 맞는 말은 없었다. 누군가가 비명을 지를 때 미소짓는 사람? 몸을 칼로 베거나 불태우는 극한의 고통을 보며 희희낙락하는 사람?

'왜 엄마는 그런 식으로 연결이 되는 걸까?'

토리는 몇 차례에 걸쳐 엄마가 론에게 거실의 커다란 책상 밑으로 들어가라고 말하는 소리를 들었다. 안방에 인접한 곳이었다. 가구가 움직이는 소리가 나자 무슨 일이 일어나고 있는지 보러 갔다.

'이번엔 또 뭐지.'

셸리가 말했다. "너 우는 소리 날 때까지 거기 찌그러져 있어."

론은 책상 밑으로 몸을 쑤셔넣었다. "미안해, 자기야."

"미안하려면 멀었어, 이 아무짝에도 쓸모없는 호모 새끼야!"

론이 우는 소리를 내기 시작했다.

그러자 셸리가 불같이 화를 냈다.

"어디서 농간을 부려!" 셸리가 격분했다. "농간 부리는 거 다 알아!"

토리는 엄마에게 론을 내보내 줄 수 없냐고 물었다.

"안 돼." 셸리가 딱 잘라 말했다. "지금 벌 받는 중이야. 내버려 둬. 론은 아주 나쁜 짓을 했어. 구구절절 말하고 싶지도 않구나. 그냥 놔 둬."

잠시 후, 토리는 론이 풀려난 것을 보았다. 그렇지만 오래 가지 않았다. 얼마 안 가 다시 책상 밑으로 기어 들어가 울고 있었다.

토리는 그때 그 눈물이 진짜라고 확신했다.

68장

퍼시픽 카운티의 보안관보 짐 버그스트롬은 론의 어머니가 제기한 론을 상대로 한 금지 명령서를 송달하려고 노택 주소지에 차를 댔을 때 현관에서 론을 언뜻 보았다. 2003년 봄이었다. 비쩍 마른 거미 같은 모습의 론은 보안관보를 보고는 화들짝 놀라더니 울타리의 좁은 틈새 사이로 빠져나가 들판으로 도망쳤다.

버그스트롬이 소리쳤다. "어이, 론! 난 그냥 서류만 주려고 온 거야."

론이 집 뒤편 숲속으로 사라진 후, 보안관보는 포기하고 문을 두드렸다. 그리고는 기다렸다. 또 기다렸다. 집에 분명 사람이 있다고 확신했지만 아무도 대답하지 않자 결국 그곳을 떠났다.

누군가가 있었다.

15분 후, 셸리 노택에게서 다급한 전화가 왔다. 그녀는 안달나 있었다. 불안해하고 있었다. 걱정하고 있었다. 무슨 일 때문에 그러는지 알아내려고 레이몬드 우체국 앞에서 보안관보를 만나고 싶다고 했다. 그곳에서 버그스트롬은 그녀에게 금지 명령과 론에게 송달해야 하는 필요성에 대해 말했다.

셸리는 버그스트롬의 눈을 빤히 쳐다보며 "론은 지금 우리와 함께 살고 있지 않아요. 타코마에 살고 있어요"라고 했다.

버그스트롬이 쏘아붙였다. "거짓말하는 거 달갑지 않군요. 당신 집에서 봤어요. 도망치더군요. 거기 있는 거 다 알아요."

셸리는 언제나 그랬듯 재빨리 응수했다. 언제나 말을 바꾸는 데 노련한 선수였다.

"아마 영장이 발부되어 있기 때문에 도망쳤을 거예요. 론은 지금 아파요. 내가 돌봐주고 있어요. 심장질환이 있거든요."

그녀는 론에게 전화 걸라고 하겠다고 약속했다.

떠나기 전에 버그스트롬은 캐시 로레노에 대해 물었다. 캐시의 가족이 그녀가 트럭 운전사 남자친구와 함께 사라진 것에 대해 여전히 걱정하고 있다고 말했다. 캐시의 남동생이 사립탐정과 함께 누이를 찾으려 했었고 엄마는 신문에 실종자 광고를 냈었다고 했다.

셸리가 말했다. "소식 못 들은 지 오래됐어요."

아무도 소식을 들은 바가 없었다.

보안관보와의 만남은 론의 문제와는 상관없이 셸리를 동요하게 하는 것 같았다. 캐시의 가족들 사이에 퍼진 캐시의 행방과 법 집행에 관한 문제들이 여전히 남아 있다는 생각 때문이었다.

얼마 후, 셸리는 사미에게 식료품점에서 캐시의 엄마 케이와 우연히 만났다고 말했다.

그녀는 둘째 딸에게 전했다. "변함없이 다정하더구나. 새로운 소식을 주고받으니까 너무 좋았어."

사미는 그 만남이 있기나 했는지 대단히 의심스러웠다. 처음에는 엄마가 거짓말을 해야 한다는 강박에 사로잡혔기 때문일 거라고 받아넘겼다. 셸리에게 거짓말은 숨 쉬는 것과 같았으니까. 아무 말도 하지 않는 편이 더 현명한 방책이 될 텐데 왜 군이 거짓말을 해야 한다고 느끼는지 도무지 이해되지 않았다.

그러다가 비로소 깨닫게 되었다. 엄마가 캐시의 엄마와 소위 우연히 만났다는 말을 하게 된 동기는 캐시 이야기를 다시 논하기 위한 핑계로 그저 떠보려는 수작에 불과하다는 것을 말이다.

"캐시 남자친구 이름 기억나?" 셸리가 물었다.

사미는 머뭇거렸다. "록키요?"

그것은 예고 없이 행해지는 쪽지 시험이었다. 텔레비전의 퀴즈 게임이었다. 진실을 날조하기 위한 전류가 흐르는 소몰이 막대였다.

셸리가 덥석 달려들었다. "생각해 봐! 직업이 뭐였는지 기억나?"

사미가 실력을 향상시켰다.

"트럭 운전사요!"

그런 식으로 계속되었다. 셸리는 사미에게 록키가 어떻게 생겼는지 반복적으로 훈련시켰다. 캐시가 얼마나 사랑에 빠졌었는지도. 캐시가 늘 꿈꿔왔던 삶을 살기 위해 어떻게 떠났는지도.

"경찰이 오면 뭐라고 해야 하는지 알지?"

"네, 엄마. 알아요."

그 게임은 계속 이어졌다. 직접 만나서 하거나 전화 통화로도 이어졌다. 셸리는 딸에게 질문을 퍼붓거나 시나리오를 던졌다. 때로는 데이브도 동일한 취급을 받곤 했다. 모든 경우에 있어서 모든 사람이 관련된 이해관계를 파악하도록 확실히 해두는 것이었다.

"우리 집안은 망할 거야. 토리 생각을 좀 하라고! 토리는 위탁보호를 받게 될 거라고!"

그렇지만 화덕의 열이 중온에서 고온으로 올라가듯, 셸리로서는 아무리 대비를 해도 다음에 일어날 일을 대비하지는 못할 ──**할 수 없을**── 터였다.

토리와 셀리가 차에 앉아 있는 동안 셀리는 우편물을 샅샅이 살폈다. 남편에게서 온 수표라든가 정말로 필요하지도 않은 싸구려 물건들을 파는 카탈로그를 뒤적일 때 정작 그녀에게 중요한 것, 즉 청구서들은 거의 항상 무시되었다.

그리고 대부분은 당연히 살 형편도 안 되었다.

셀리가 편지를 한 통 열자 즉시 차 안 분위기가 확 바뀌었다. 얼굴이 하얗게 질리며 손을 바들바들 떨기 시작했다. 시선은 편지에 고정되어 있었다. 2003년 4월 18일 올림피아의 소인이 찍힌 편지로, 주소가 타자기로 쳐져 있었다.

"어젯밤 당신이 들었던 총소리는 캐시가 쏜 것이다. 주 예수 그리스도처럼, **그녀도** 죽은 자 가운데서 살아나 당신에게 복수하러 돌아왔다. 재는 재로…"

셀리는 기겁했다. 그들 모두 전날 밤 누군가가 이웃의 방범등을 쏘는 총소리를 들었기 때문이다.

다음 며칠 동안 셀리는 토리에게 누가 슬쩍 들러 캐시에 대해 물어보았는지 반복해서 물었다.

"중요한 문제야, 토리. 누가 물어봤어?"

"아뇨, 엄마. 약속해요."

"생각 좀 해봐!"

"아뇨, 아무도 없었어요."

토리는 엄마의 지나친 걱정이 이해가 되지 않았다. 토리가 거의 기억할 수도 없는 캐시는 죽지 않았다. 남자친구와 달아났다. 행복한 삶을 살고 있었다. 아니 그런 캐시가 왜 무엇 때문에 엄마에게 복수하고 싶어 할까? 캐시는 엄마의 가장 친한 친구였잖은가.

셸리는 그 편지에 대해 데이브에게 알렸다. 그는 어떻게 된 일인지 도통 감이 잡히지 않았다. 둘 다 니키가 가족을 배신할 거라고는 생각하지 않았다. 혹시 캐시의 가족 중 누군가가 무슨 말을 듣고는 캐시의 죽음에 대한 복수를 하고 싶어 하는 걸까? 하지만 만약 그런 경우라면 데이브와 셸리는 진즉에 경찰서에 가 있을 거라는 데 동의했다.

그들이 아는 한, 그런 일은 전혀 일어날 수 없는 것이었다.

미치고 팔짝 뛸 노릇인 셸리는 몇 시간 거리에 있는 시애틀에서 아이들을 가르치는 일을 하고 있는 사미에게 전화 걸었다.

사미의 상사가 옆으로 살짝 다가왔다.

"엄마한테서 전화왔어."

"수업 중이에요."

"중요한 용건인 거 같아."

사미는 모든 매니저나 상사에게 엄마에 대해 이야기했었다. 엄마가 어떻게 될 수 있는지 알고 있었기에 그것을 선제공격이라 여겼다. 사미는 통화 내용이 뭐든 간에 전화받을 때까지 엄마가 계속 전화하리라는 것을 알았다.

사미가 전화를 받았다.

"캐시!" 셸리가 소리질렀다. "누가 캐시에 대해 물어본 적 있어?"

퍼시픽 카운티의 보안관보가 시도했었지만 사미는 경찰 당국을 피했었다.

"아뇨, 엄마."

셸리가 집요하게 물었다. "아무도 없었어?"

"네, 엄마. 아무도 없었어요. 무슨 일이에요?"

셸리가 편지에 대해 말했다.

사미는 그 편지에 겁먹었다. 그것은 노텍 가족 외의 누군가가 엄마와 아빠가 한 일을 알고 있다는 것을 의미했다. 누군가가 무슨 일이 벌어졌었는지 파헤쳐서 익명의 편지로 위협해 상황을 뒤흔들겠다는 것이었다.

"말도 안 돼요"라고 사미는 말하면서도 속으로는 말이 된다는 생각이 들었다. 만약 자신이 누군가를 잃었는데 당사자를 알고 있다면 자기도 정의를 구현할 방법을 찾을 거라고 생각했다.

'캐시에게 정의가 구현되어야 해.'

사미는 생일날 캐시가 준 목걸이에 대해 생각했다. 캐시가 어떻게 항상 자매들을 위해 시간을 내어 머리를 손질하고, 재미난 얘기로 웃음을 터뜨리게 했는지에 대해 생각했다. 캐시에 대해 셀 수 없을 정도로 좋은 점을 생각할 수 있었다.

"알았어. 뭐가 어떻게 돌아가는지 모르겠네. 넌 뭐 좀 알겠니? 사미?"

"아뇨. 정말로 전혀 모르겠어요."

사미는 전화를 끊었다. 그녀는 캐시의 가족이 그 편지를 우체통에 **넣었기를** 바랐다. 캐시의 가족이 실제로 무슨 일이 일어났는지 알아야 한다고 생각했다.

69장

셸리는 법의학 검사관처럼 "캐시 편지"를 자세히 살폈다. 불빛에 비추어 보았다. 요리조리 돌려도 보았다. 우체국 소인을 뚫어지게 보았다. 그런 후에도 누가 그 편지를 보냈을지 그럴싸한 추측을 할 수가 없었다.

누구라도 보낼 수 있을 터였다. 셸리 본인조차도 레이몬드에서 인기투표를 하면 전혀 우승할 가망이 없다는 것을 잘 알고 있었다.

위협이 담긴 익명의 편지가 왔다고 해서 셸리가 론에게 하고 있는 짓을 거두어들이거나 누그러뜨리거나 하지는 않았다. 도리어 반쯤 풀어헤친 목욕 가운을 입고 집 안을 돌아다니며 론에게 욕설로 융단폭격을 가하고 있었다. 론은 아무리 애를 써도 아무것도 제대로 할 수 없었다.

셸리를 기쁘게 하는 데 무수히 실패했다.

어느 주말 아빠가 집에 왔을 때 토리는 마당에서 엄마와 아빠를 염탐했다. 지붕널을 청소하는 곳이었던 지붕에서 떨어진 론은 온몸이 만신창이가 된 채 땅바닥에 쓰러져 있었다. 데이브는 도움의 손길을 뻗치는 대신 일어나서 다시 하라고 명령했다.

론은 한마디 항의도 없이 몸을 추스르고는 난간으로 다시 올라갔다가 다시 뛰어내렸다. 토리는 다리가 부러졌다고 확신했다.

"위층의 내 방으로 다시 갔는데 론이 또 떨어지자 아빠가 때려눕히는 소리를 들었던 기억이 나요. 정말 세게 때리는 소리였어요. 론이 아파서 비명 지르는 소리가 들렸죠. 엎어져 있던 거 같은데 잘은 모르겠어요. 도대체 왜 그랬을까요? 이유를 모르겠어요."

'너무 느리게 움직였거나 너무 서툴러서 그랬나?' 그녀는 생각했다.

다시 한 번 떨어졌다.

그리고 또 다시.

그때 말고 또 다른 때, 토리는 엄마가 론에게 남자답게 뛰어내리라고 하는 말을 들었다. 무슨 일인지 보러간 토리는 론이 속옷만 입은 채 난간으로 올라가서 기둥을 붙들고 있는 모습을 볼 수 있었다. 발은 피투성이였고, 울고 있었다.

론은 이번에는 특유의 조용하고 기운이 하나도 없는 식으로 약간 저항했다.

"뛰어내리고 싶지 않아, 자기야." 그가 애걸했다.

"얼른 해치우자고. 밤새 이러고 있을 시간 없어."

그러자 그는 올라간 곳에서 맨발로 자갈밭에 쿵 소리를 내며 떨어졌다.

"일어나! 다시 해! 이 쓰레기 새끼, 넌 벌 받아야 해."

론은 어떻게든 간신히 난간으로 올라가서 처음부터 다시 했다.

토리는 론이 어떻게 걸을 수 있는지 어리둥절했다. 발걸음 하나하나가 몸부림이었다. 단지 마당 구덩이에 파묻힌 깨진 유리조각에 발을 베이게 하거나, 지붕이나 현관 난간에서 뛰어내리게 한 것만 어리둥절한 것은 아니었다. 엄마가 그의 부상을 돌보는 방식 또한 말문이 막혔다.

토리는 자동차 충돌 사고가 났을 때 다른 운전자가 속도를 늦추어 목을 길게 빼고 유심히 보듯 엄마와 때로는 아빠가 하는 짓을 지켜보았다. 딱히 보고 싶지는 않았으나 안 볼래야 안 볼 수가 없었다.

셸리는 난로에서 김이 펄펄 나는 뜨거운 물이 담긴 냄비를 들더니 창고로 가져갔다. 셸리와 데이브가 타박상 입은 피투성이 발을 표백제를 섞은 뜨거운 물에 처넣자 론이 꽥꽥 악쓰는 소리가 들렸다.

훗날 토리는 말했다. "그 냄새가 내 생애 최악의 냄새였던 것으로 기억해요. 표백제 냄새와 타들어 가는 살냄새가 났죠. 마치 살갗을 태워 없애는 것 같았어요. 정말 끔찍했어요. 론은 자신이 썩어들어 가는 것과 같은 냄새를 맡았어요. 그야말로 죽어가는 육체의 냄새였죠. 론은 한 달 동안 그 냄새를 맡았어요. 마지막 바로 그 순간까지도."

론이 거부했음에도 셸리는 마당일이나 야외에서 맨손체조를 시키는 동안에도 신발을 신지 못하게 하는 관행을 계속했다. 새로운 제자리 뛰기 벌로 인해 자갈에 발이 쿵쿵 부딪히자 발바닥이 갈라 터지며 피와 고름이 흘러나왔다.

그녀는 표백제 통을 꺼내더니 발바닥에 수산화나트륨을 붓고는 입 닥치고 질질 짜지 말라고 했다.

"알았어, 자기야."

난로 위에 물을 끓여 욕조에 채우고는 그 뜨거운 물에 발을 담그라고 한 적도 있었다.

"어느 날 밤은 물이 너무 뜨거웠던 것 같아요. 살갗이 벗겨져 나갈 지경까지 발을 데었죠. 그때부터 엄마는 천으로 발을 동여매기 시작했어요."

살갗이 벗겨진 그날 밤이 론이 2층에 있는 토리의 방 밖 컴퓨터실에서 마지막으로 잠을 잔 날이었다. 당시 열네 살이었던 토리는 그가 계단을 거의 오르내릴 수도 없었기 때문이라고 생각했다. 그 후에는 주로 세탁실이나 창고, 또는 바깥의 현관에서 잠을 잤다. 발은 묶여서 붕대가 감겨 있었으며 거의 말을 하지 않았다. 전혀 불평하지도 않았다.

세월이 지난 후, 데이브 노텍은 표백제가 실제로 사람의 피부를 손상시킨다는 말을 들었을 때 진심으로 놀란 것처럼 보였다. 셸리는 캐시와 론, 심지어는 딸들에게도 표백제를 들이붓곤 했었다. 실제로 그들은 식료품점에 갈 때마다 표백제를 사와 집에 쟁여 놓았다. 그렇지만 데이브는 자신이 목격한 모든 것에도 불구하고 아내가 고의로 누군가를 해치려고 그랬다는 것을 여전히 납득할 수 없었다.

셸리도 표백제가 나쁜 줄은 몰랐을 거라고, 그는 말했다.

70장

10년 전 캐시처럼 론은 조금도 나아지지 않았다. 셸리가 그의 등에 발을 단단히 올려놓은 상태에서 그는 블랙홀의 가장자리에 있었다. 그녀는 걱정스럽다는 듯 굴었다. 더는 아버지나 다름없는 맥을 죽였다며 몰아세우지 않았다. 심지어 욕할 때 말투도 좀 누그러졌다.

셸리는 2003년 여름 데이브의 일터로 전화를 걸어 걱정된다고 말했다. 그녀도 좀 당황스러웠을 수 있다. 론을 애버딘에 있는 노숙자 쉼터에 데려다 놓으려고 손쓰고 있었다. 론은 그 말을 들으려 하지 않았다. 단호히 거부했다.

그녀는 그를 억지로 떠맡고 있는 것 같았다. 가버렸으면 했다. 이미 감당할 수 없는 지경이 되었기 때문이다.

통화 도중, 셸리는 론이 오리나무 가지에서 뛰어내려 자살을 시도했다고 했다.

"어떻게 된 거야?" 데이브가 물었다.

"자살하려 했다고 말하더라고."

"정말?"

"응. 우리가 쉼터로 데려가는 걸 얼마나 진지하게 생각하는지 알고 있어."

데이브는 어느 쪽이든 론에게 별로 감정이 없었다. 내내 속옷 차림으로 토리 주위에 있는 거나 그의 존재가 셀리에게 얼마나 무거운 짐이 되는지에 대해서만 주로 걱정했다.

셀리는 밑밥을 좀 더 깔았다.

"론은 떠날 마음의 준비도 안 되어 있는 데다 모두를 위해서 스스로 목숨을 끊고 싶었대. 미안하다면서 이렇게 말하지 뭐야. "난 짐만 될 뿐이고 내 인생은 완전히 실패했어. 너와 데이브와 토리에게 짐만 되기 시작했어. 달리 어떻게 해야 할지 모르겠어.""

론은 며칠 동안 뒤 베란다의 벤치에 누워 있었다. 셀리는 토리에게 론이 아프다고 하며 위스키를 먹이는 한편 나아질 거라고 약속한다고 했다. 토리는 엄마를 믿고 싶었다. '하지만 그 발은.' 발은 퉁퉁 부어 있어서 거의 움직일 수도 없었다.

"론이 좀 쉴 수 있게 내일 맥의 집으로 데려갈 거야."

"아무도 없이 혼자서요?"

"론은 괜찮을 거야. 그렇지, 론?"

론은 기력이 다 빠진 데다 술에 취해 있었다. 간신히 고개를 살짝 끄덕였다.

"정말로요, 엄마?"

"매일 확인할 거야. 걱정 마."

다음 날 아침, 잠에서 깨어난 토리는 론이 어디에도 없다는 것을 알아차렸다.

엄마에게 물었다. "론 어디 있어요?"

셀리가 빤히 쳐다보았다. "오늘 아침에 맥스네 집에 데려갔어."

토리 방의 창문은 진입로 위에 있었다. 자갈이 깔린 진입로는 특유의 덜거덕거리는 시끄러운 소리를 내지 않고서는 누구도 몰래 드나들 수 없었다.

"아." 그 말을 듣자 거짓말임을 알면서 토리가 말했다. "나가는 소리 못 들어서요."

#

론이 집을 비운 지 며칠이 지났다. 토리와 엄마는 텔레비전 앞의 소파에 앉아 있었다.

셸리가 말했다. "론 얘기 아무한테도 하면 안 돼."

'헐, 이건 또 뭐지?'

토리는 어떤 얘기를 하지 말아야 하는지 전혀 감이 안 잡혔다. 얘기하면 안 되는 목록이 100페이지는 되어야 했다.

"네?"

셸리는 토리에게 거의 위협에 가까운 엄한 표정을 지었다.

"만약 누구한테라도, 특히 사미한테 말하면, 너랑 연을 끊을 거야. 맹세해. 평생 안 볼 줄 알아."

'협박이야.'

거실이 정적에 휩싸였다.

"아무 말도 하지 않을게요." 토리가 말했다. 그녀는 엄마에게 왜 콕 집어 사미라고 했는지 묻지 않았다. 사미는 엄마에 대해 전혀 나쁘게 말한 적이 없었다. 적어도 토리한테는 그랬다. 물론, 엄마가 이상하다고는 말했지만, 십 대에게 좀 이상하지 않은 엄마가 어디 있을까?

"토리, 경찰이 오면 론이 우리 집에서 나가서 타코마에서 살고 있다고 말해야 해."

토리는 침을 꼴깍 삼켰다. 거짓말이었다. 새빨간 거짓말이었다.

"알았어요, 엄마. 그렇게 말할게요."

명백히 '완전 뻥'인 그 일이 일단 해결되자 토리는 엄마의 심경에 변화가 있다는 것을 알아차렸다. 더욱 친절해졌다. 토리는 다시 엄마의 "금쪽같은 내 새끼"로 돌아와 있었다. 다음 며칠 동안 맛있는 식사를 했다. 토리에게 옷을 벗으라고 하여 몸이 어떻게 변하고 있는지 드러내 보이라고 강요하지도 않았다.

하지만 론에 대해 물어볼 때마다 일축했다.

"론은 잘 있어."

토리가 좀 더 밀어붙였다. "보고 싶어요."

"쉬고 있어. 론은 휴식이 필요해, 토리."

"알았어요, 하지만 그리워요."

"잘 있다니까. 내가 매일 보고 있어. 어떤 때는 하루에 두 번도 봐. 매일 아침 일곱 시에 음식을 갖다주면서 어떤지 확인하고 있어."

토리는 당장이라도 엄마의 거짓말 목록을 만들 수 있었다. 론은 타코마는 커녕 어디에도 가지 않고 있었다. 맥의 집에 틀어박혀 있었다. 엄마가 돌보고 있다는 말은? 그건 또 하나의 거짓말이었다.

토리는 훗날 말했다. "엄마가 아침에 차에 시동을 걸고 집을 나서는 소리를 한 번도 들어본 적이 없어요. 그랬더라면 엄마의 소리를 들었겠죠. 게다가 엄마는 무슨 일이 있건 누구를 위해서건 그렇게 일찍 일어난 적이 없어요. 밤을 꼬박 새우기 때문에 늦잠을 잤거든요."

토리는 날마다 론에 대해 물었다.

"왜 자꾸 론에 대해 물어보니?"

"론 삼촌이 좋으니까."

"잘 있다니까 그러네. 이제 그만 물어봐."

토리는 끈질겼다.

"론 삼촌 보고 싶어요."

"알았어." 셀리가 마침내 말했다. "좋아. 하지만 지금은 내가 너무 바빠. 론도 너무 바쁘고. 하루나 이틀 뒤에 보러 가자."

그런 다음 행복한 시간들, 맛있는 식사들, "사랑해"로 끝났다.

론이 없는 동안 셀리는 토리에게 허드렛일을 시켰다. 잡초를 뽑고, 동물들에게 먹이를 주고, 부엌일을 했다. 론이 했던 일은 무엇이든 해야 된다는 말을 들었다. **전부 다.** 하는 일마다 엄마의 특이한 만족감 역시 충족시켜야 했다.

셀리가 말했다. "론이 여기 있으면 좋겠구나. 너보다 허드렛일을 훨씬 더 잘하거든."

엄마가 만족할 만큼 개집을 청소하지 않자 셀리는 토리에게 안으로 기어 들어가라고 말한 다음 문을 잠갔다.

"따끔한 맛을 봐야 알지! 네 소중한 강아지처럼 취급받는 기분이 어때? 이 멍청한 년아! 개가 똥밭에 눕는 걸 좋아한다고 생각해? 어때? 우라질! 똥밭 어떠냐고! 토리, 넌 정말 게을러터진 년이야!"

토리는 개집의 철망 사이로 엄마를 쳐다보았다. 어쩌면 이런 취급을 받아도 싸다는 생각이 슬금슬금 들었다. 일을 제대로 하지 못했던 것은 아닐까? 엄마가 늘 그렇다고 했으니까.

"잘못했어요, 엄마!"

셀리는 호스를 켜더니 토리가 개똥에 뒤섞여 흠뻑 젖을 때까지 찬물을 뿌렸다.

"아무짝에도 쓸모없는 년 같으니!"

71장

때가 되었다. 사미는 엄마가 뜬금없이 전화를 걸어와 동생 토리가 시애틀로 가서 며칠 보내는 것을 끝내 허락하기로 결정했다고 했을 때 깜짝 놀라면서도 기뻤다. 처음 있는 일이었다.

세 사람은 올림피아에 있는 올리브 가든에서 식사하려고 만났다. 만나기에 딱 좋은 중간 지점이었다. 만나자마자 사미는 엄마의 오른손에 심각한 문제가 있다는 것을 알아차렸다. 퉁퉁 부어 있었다. 엄지손가락은 보통 크기의 두 배가 넘었고 꼭 마디가 꺾인 것처럼 보였다.

"병원에 가야겠어요." 사미가 말했다.

셸리는 대수롭지 않게 여기는 것으로 보였다. "정말로 사미야. 난 괜찮아."

괜찮지 않았다. 식사 내내 셸리는 직원에게 퉁명하게 대했다. 신경이 곤두서 있었다. 건강도 안 좋아 보였다. 셸리는 항상 자신의 외모에 자부심을 갖고 있었지만 살도 찌고 머리 모양도 엉망이었다. 이도 좀 빠진 것 같았다.

"미친 사람처럼 보였어요." 사미는 회상했다. "완전히 정신이 나가서 안절부절못했죠. 무슨 일이 일어나고 있었어요."

시애틀로 차를 몰고 돌아오는 길에 사미는 동생에게 두 가지 놀라운 소식을 전했다.

"오늘 저녁 넌 처음으로 초밥을 먹어볼 거야. 그린우드에 있는 벤토 스시로 데려갈게."

토리가 얼굴을 찌푸렸다. "글쎄, 난 좀 그런데."

사미가 미소를 지었다. "굉장히 좋아하게 될 걸!"

"또 다른 소식은 뭐야?"

"내일 니키 언니 보러 갈 거야."

토리는 갑작스럽게 공포에 휩싸였다. 7년 만에 처음으로 언니를 만나는 것도 두려운 데다가 엄마를 거역하는 부담을 지고 싶지 않았다. 엄마는 몇 년 동안 니키가 얼마나 사악한 사람인지, 얼마나 이기적이고 아무도 신경 쓰지 않는 사람인지를 말했더랬다. 최악의 언니라고 말해왔었다.

"아니, 언니 보고 싶지 않아."

"언니는 널 사랑해. 너도 알잖아, 그렇지?"

토리는 정말 몰랐다. "모르겠어. 하지만 엄마한테 말하고 싶지 않아."

사미가 불안감을 없애주는 미소를 지었다. "네가 무슨 말을 해도 언니를 보게 될 거야."

초밥은 반은 성공적이었다. 토리는 캘리포니아 롤은 잘 먹었지만 다른 건 별로였다. 식당 안에서 토리는 혼란에 빠져 있었다. 그날 밤 거의 잠을 이룰 수 없었고, 니키를 다시 만난다는 생각에 몹시 긴장되기도 했다. '니키 언니가 나를 좋아하지 않으면 어쩌지?' 니키는 토리의 삶에 지대한 영향을 끼쳐왔다. 자신을 돌보고 함께 놀았었다. 그리고는 휙 사라져버렸다! 돌연 사라진 니키를 엄마는 끔찍한 사람이라고 규정했다. 토리는 사미와 니키가 몇 년 동안 계속 연락하며 지냈다는 것을 전혀 알지 못했었다.

하지만 그날 밤 토리가 깨어있었던 것은 꼭 니키를 다시 만난다는 생각 때문만은 아니었다. 집으로 돌아온 론에게 무슨 일이 일어나고 있는지도 걱정되었다. 그녀는 올리브 가든에서 식사하는 내내 엄마가 사미에게 론이 윈록이나 윈스럽, 혹은 타코마로 이주한다는 거짓말을 하는 것을 들으며 곰곰이 생각했었다. 토리는 론의 몸이 너무 약해서 아무 데도 갈 수 없다는 것을 알고 있었다. 병원에 입원해 있어야 했다.

어쩌면 엄마가 병원에 데리고 갔기를, 바랐다.

#

다음 날, 시애틀의 유니언호에 있는 듀크 해산물 식당에 노텍 자매 셋이 모였을 때, 토리는 이제껏 본 중 가장 멋진 여자를 만난 것 같았다. 스물여덟 살의 니키는 이제 성인이었다. 무척 아름다웠다. 몸매도 좋았다. 근사한 향기까지 났다.

토리는 나중에, 몇 년 만에 처음으로 큰언니를 본 것이 인생에서 제일 큰 사건이었다고 했다. 엄마가 사이를 멀어지게 하려고 계속 퍼부은 거짓말에 폭격당한 후였을지라도 큰언니를 본 순간 진심으로 그리워했었다는 것을 알았다.

"언니 너무 예뻐." 토리가 말했다.

"너도 그래."

사미는 자매들을 끌어모았다. 서로 분리된 양쪽을 오가며 살았던 둘째 딸이었다.

식사하는 동안 아무도 엄마가 얼마나 끔찍한지에 대해 말하지 않았다. 그간 아빠가 얼마나 현혹되어 잘못된 길을 갔는지도 말하지 않았다. 다시 연결된 재회의 순간만을 한껏 즐겼다.

"토리야, 기억해 둬." 사미가 말했다. "엄마한테 말할 필요 없어. 이번 니키 언니와의 점심은 우리끼리만 말할 수 있는 거야. 알았지?"

토리는 동의하긴 했지만 말처럼 쉽지 않다는 것을 알고 있었다. 엄마는 자매들이 비밀로 해두고 싶어 하는 것을 찾아내기 위해 삶의 구석구석을 파헤치는 데 비상한 재주가 있었다. 셸리 노텍과 함께 있을 때 비밀은 없었다.

셸리 자신의 비밀만 빼고는.

72장

2003년 7월 22일 새벽 두 시가 넘은 시각, 위드비섬의 현장에 있던 데이브는 전화벨이 울려 잠에서 깼다. 깊이 잠들어 있었기에 무슨 말인지 이해하기가 어려웠다. 당연히 셸리였다. 평소의 셸리가 아니었다. 요구하는 셸리가 아니었다. 이번의 셸리는 자꾸 멈칫거리는 지친 목소리였다.

목소리를 약간 키우며 말했다. "집에 와야 해." 그녀는 침착하게 말하고 있었다.

"무슨 일인데?" 별안간 잠이 확 깬 데이브가 물었다.

아내가 빙빙 돌려 말했다.

"좋지 않아. 집에서 일이 좀 벌어지고 있어. 론에 관한 거야."

데이브는 그때까지 15년을 함께 산 아내에게 어떤 구체적인 사항도 묻지 않았다. 셸리가 선뜻 밝히고자 하는 것 이상을 아무도 물어봐선 안 된다는 것을 알 정도로 그들은 오랫동안 함께 살았다. 토리는 시애틀에서 사미와 함께 시간을 보내러 갔다면서 데이브에게 최대한 빨리 레이몬드로 와야 한다고 했다.

데이브와 셸리의 주장에 따르면, 론은 나무에서 떨어졌다. 데이브는 그전 주 일요일에 집에 있으면서 론이 회복하는 모습을 보았다. 손가락도 떨어지면서 부러졌을 거라고 했다. 또 데이브는 론의 발에 붕대가 감겨 있었다는 것을 떠올렸으며, 셸리는 론이 마당에서 잡목을 태울 때 사고로 인해 론의 머리와 가슴에 화상을 입었다고 했다. 멍도 있었다. 수없이 많았다. 다시 말하지만, 모두 다 사고에서 비롯된 거라고 진술했다.

셸리가 재촉하자 데이브는 또다시 론에게 집에서 나가라고 말했지만 그가 모노혼 랜딩을 떠나기를 거부했다. 한번은 데이브가 현금 270달러를 제안하며 마을에서 떠나라고 했지만 론이 요지부동으로 거부했다. 셸리를 떠나고 싶지 않다고 했다.

데이브가 자신의 생각을 분명히 밝히려고 언성을 높였다. "론, 우리 집에서 당장 나가."

론은 나가기를 거부했다. 그가 유일하게 응수한 말은, 떠나야 한다면 자해하거나 자살하겠다는 것이었다.

데이브는 이런저런 일로 십장과의 사이가 곤경에 처했기에 레이몬드로 돌아가기 위해 휴가를 내달라고 부탁하는 게 엄두가 나지 않았다.

"금요일까지는 집에 갈 수 없어." 금요일은 한참 멀었다.

셸리는 초조하고 속상해하는 것 같았지만 늦어지는 것을 별 망설임 없이 받아들였다.

데이브는 훗날 아내가 새벽에 전화한 것에 대해 말하며 "아내는 론이 죽었다고 말한 적이 없습니다"라고 했다. 그녀는 말할 필요가 없었다. "알고 있었거든요. 그 이유도 알고 있었습니다."

그의 직감은 정확했다.

론은 정말로 죽었다.

셸리는 론이 뒤 베란다에서 죽어있는 것을 발견했다고 주장했다. 그녀 말로는 며칠 폭염이 이어지면서 론이 상처에 신선한 공기를 쐬어주려고 바깥에 나와 앉아 있곤 했다는 것이었다. 그녀는 남편에게 론의 몸에 난 모든 상처들, 즉 화상 자국들, 자상들, 멍들에 대해 사람들이 자신에게 책임을 돌릴까 봐 걱정된다고 했다.

셸리는 론이 세상을 떠났다는 사실을 깨닫기 전에 다시 살려내려 애썼다고 주장했다. 그렇지만 일단 죽었다는 사실을 받아들이자 론의 시체를 창고로 질질 끌고 가서 문을 닫았다고 했다. 그곳에서—살아있을 때는 입지 못하도록 했던—깨끗한 추리닝 바지를 입힌 다음 시체를 침낭에 넣었다. 그런 다음 냉동고 위에 있던 캠핑 장비를 모두 치우고는 냉동고 뚜껑을 열고 시체를 안에 넣었다. 캠핑 장비를 냉동고 위로 다시 올려놓고는, 아무도—특히 토리가—장비를 옮겼었다는 것을 눈치채지 못하도록 완벽하게 정돈했다. 셸리는 온갖 자잘한 세부사항을 고려했다.

그 모든 작업을 끝낸 후, 데이브에게 전화를 건 것이었다.

73장

데이브가 일주일간의 노동을 끝내고 집에 돌아왔을 때 셸리는 론의 시체를 창고의 냉동고 안에 침낭으로 꼭꼭 싸서 숨겨 놓았다고 했다. 데이브는 좀비가 된 기분이었다. 이런 일이 다시 일어나고 있다고 생각하자 견딜 수 없었다. 이렇게 될 줄 알았다. 론이 모노혼 랜딩 주위에서 머무는 한 끝이 좋을 리 없다는 것을 알고 있었다. 셸리가 말한 그대로 그는 사고뭉치였다. 사고뭉치들은 사고를 치기 마련이었다.

'젠장, 론! 셸리한테 어떻게 이럴 수 있어?'

데이브는 냉동고에서 론의 시체를 꺼내느라 아득바득 애를 썼다.

'셸은 도대체 어떻게 넣을 수 있었던 거야? 초인이 분명해!'

데이브는 시체를 쳐다보지 않았다. 보고 싶지 않았다. 대신, 전에도 했던 일을 묵묵히 계속했다. 론의 시체와 씨름하며 위드비섬의 작업 현장에서 가져온 대형 검은색 비닐봉지 두 개에 밀어 넣으려 할 때 아내의 놀라 자빠질 만한 체력이 다시 머릿속에 떠올랐다. 론의 시체를 담으려는데 비닐봉지들이 자꾸 미끌거리자 데이브는 몸을 후들후들 떨었다.

시체를 치우는 것은 더 많이 연습한다고 해서 더 쉬워지는 것은 아니었다.

그는 셸리와 딸들과 함께한 삶의 잡동사니들이 쌓여있는 창고 안에 서 있었다. 헌 옷들, 딸들이 나이가 들면서 흥미를 잃은 장난감들, 한 가족으로서 함께 했던 시절의 캠핑 장비와 같은 것들이었다. 셸리는 냉동고 옆에 론의 소지품을 쌓아 놓았는데, 론의 인생과 관심사가 담긴 광경이었다. 이 집트학에 관한 책들. 안경들. 자기 자신을 박탈당하기 전의 시절에 자랑스럽게 뽐냈던 장신구들이 있었다. 셸리가 옷을 어떻게 입으라고 지시했기에 입지 못했던 옷들도 있었다. 모두 무더기로 쌓아 놓아 재빨리 치울 수 있도록 만반의 준비를 해놓았다.

"론의 목숨을 구하려고 애썼다고." 누가 볼 새라 근처에서 숨어 있던 셸리가 초조한 듯 두 손을 비비며 주장했다. "심폐소생술을 했지만 효과가 없었어. 몸이 너무 약했어. 젠장! 얼마나 열심히 했는지 몰라. 데이브, 무서워 죽겠어."

데이브 역시 무서웠다.

"사람들은 우리가 론에게 모종의 학대를 했다고 생각할 거야. 경찰이 우리 탓으로 돌릴 거라고."

데이브는 그녀 말이 맞다는 것을 알았다. '왜 안 그렇겠어? 애초에 어떻게 이런 일이 일어나도록 놔뒀을까 싶겠지?'

그는 본인이 혼자 처리할 테니 셸리에게 안으로 들어가서 마음을 추스르라고 했다. 그는 론의 시체를 뒷문으로 옮겼다. 미끄러운 비닐봉지를 꽉 붙잡느라 발자국을 뗄 때마다 곤욕을 치렀다.

한 가지 걸리는 장애요소가 있었는데, 그것은 큰 문제였다. 퍼시픽 카운티는 무덥고 건조한 여름 날씨 때문에 소각 금지령이 발령 중이었다. 캐시에게 했던 것처럼 론을 화장할 수 없었다. 워시어웨이 해변에 재를 유기할 수도 없었다. 다른 한편으로는, 소각 금지령을 떠나 화장은 실제적이지 않을 터였다. 한때 마당의 시야를 가렸던 헛간은 없어졌으며, 인근에 가로등이 설치되어 있어 현장을 비추고 있었다. 불태우는 것을 누군가가 보면 당국에 신고할 수 있었다.

데이브는 창고에서 중간 크기의 각삽과 파란색 비닐 방수포를 가져와서는 공사장 인부의 실력을 살려 매장할 구덩이에 대한 계획을 짰다. 시체를 평평하게 눕힐 충분한 너비와 90~120센티미터 정도의 깊이가 필요했다. 더 깊이 파고 싶었지만 땅이 너그럽지 않았다. 단단한 모래와 돌멩이 따위로 지층이 굳어 있었다. 흙을 방수포 위로 퍼내면 무덤임을 알아챌 수 없을 터였다. 그 땅이 늘 그랬던 것처럼 보이게 할 계획을 갖고 있었다.

론의 시체를 반듯이 눕히고 흙으로 덮었다. 흡족할 정도로 덮은 뒤, 소각장에서 나온 재를 갓 파낸 땅 위에 깔았다. 그다음 맨 위에 전나무 가지들을 겹겹이 쌓아 놓았다.

남편이 당면한 임무에 착수하는 동안 셸리는 멀찌감치 떨어져 있었다. 궂은일에 절대 가담하고 싶지 않았다.

그는 어둠 속에서 약간 뒤로 물러서서 작업용 장갑을 벗고 자신이 한 일을 자세히 살펴보았다. 괜찮아 보였지만 임시방편에 불과했다. 좀 더 영구적인 해결책이 필요했다. 그것은 소각 금지령이 풀릴 때까지 기다려야 한다는 것을 뜻했다. 그는 방수포를 사우스 벤드에 있는 맥의 집으로 가져가 그곳에 숨겨 놓았다.

늘 그렇듯, 모든 게 다 밝혀진 후에도 데이브는 셸리를 옹호하면서 그녀를 탓하는 말을 하지 않았다.

"저는 그녀를 끔찍이 사랑합니다. 론이나 캐시에게 학대를 가했을 리가 없어요. 론이 세상을 떠났을 때 그녀는 전화도 하지 않았어요. 과거에 일어난 일에 대한 두려움 때문이었죠. 그리고 아내는 모든 것을 걱정하는 순간에도 다시 가족만을 보살피고 있었습니다. 언제나 그렇듯 충실한 보호자였어요. 그녀가 뭘 잘못했다는 건지 저는 당최 모르겠군요."

74장

시애틀로 돌아온 사미와 토리는 니키와의 재회로 한껏 들떴다가 차츰 진정되고 있었다. 여태껏 최고의 날이었다. 토리는 몇 년 동안 니키를 그리워하기도 하고 두려워하기도 했지만, 니키를 만난 그 순간, 엄마가 자신들을 교묘하게 조종해왔다는 것을 알 수 있었다. 토리를 놀라게 하면 안 됐었다.

셸리는 사람들을 통제하고 싶어 했다. 그녀는 자신이 주인공이 아닌 시나리오는 어떤 것이라도 질색했다. 가족은 마치 광적인 종교집단 같았다. 그 종교집단에서 니키가 먼저 탈출했고 그다음엔 사미였다. 레이몬드의 바깥세상은 토리가 그럴 거라고 생각했던 것보다 더 아름답고 행복한 곳이었다. 그녀는 『오즈의 마법사』에 나오는 캔자스 출신의 도로시가 무지개 너머의 다채로운 세상으로 바람에 실려간 듯한 기분이 들었다. 그 시나리오에서 엄마가 어떤 사람이었는지는 명백했다.

'엄마.' 셸리를 생각하자 토리는 가장 두려운 곳으로 용수철처럼 튀어 돌아왔다. 재회를 비밀로 간직할 수 없을 거라는 생각에 사로잡혔다.

"아냐, 넌 할 수 있어." 사미가 단언했다. "나도 하잖아. 넌 할 수 있어."

"잘 모르겠어." 토리가 말했다.

사미는 긍정적으로 용기를 북돋고 있었다. "난 알아. 널 아니까."

사미가 건조기에서 세탁물을 가져왔다. 둘은 앉아서 개기 시작했다.

"웃기는 얘기 하나 해줄까?" 사미가 계속했다. "엄마는 한밤중에 나를 깨워서는 내 서랍에 있는 걸 모조리 와르르 쏟곤 했었어. 진짜로 바닥에 왕창 쏟았지. 양말 짝이 다 맞는지 확인하길 원했는데 짝이 안 맞으면 난리가 나는 거야. 밤새도록 찾아야 했으니까. 새벽 세 시까지 말이야."

토리는 잠시 말없이 앉아 있었다.

"엄마는 나한테도 그렇게 해." 토리가 마침내 고개를 들더니 언니의 눈을 마주보며 말했다.

사미의 심장이 쿵쾅쿵쾅 뛰었다. '안 돼. 젠장. 안 돼. 안 된다고. 이럴 순 없어. 토리에겐 안 돼.'

사미는 훗날 말했다. "나는 토리를 볼 때마다 괜찮은지 물어봤었어요. 그 아이를 보호하는 게 제 일이었거든요. 하지만 실패했습니다. 그래요. 올바른 질문을 하지 않았어요. 내가 아는 것을 말하지 않았어요. 그냥 괜찮은지만 물어봤을 뿐이었어요. 엄마가 괜찮은지 그런 것만."

"토리야, 엄마가 너한테 또 무슨 짓을 해?"

토리는 자신의 눈앞에서 무너지고 있는 사미를 쳐다보며 엄마가 자신에게 한 짓에 대해 일부는 생략한 채 짤막하게 들려주었다. 그것은 셰인, 캐시, 니키, 그리고 사미 자신에게 했던 모든 것과 동일한 셸리의 표준적인 처벌로 일종의 빙고게임 같은 것이었다.

"엄마가 잠은 자게 해?"

"아니."

"알몸으로 일 시켜?"

"응."

"들어오지 못하게 밤새 문 잠가 놔?"

"응."

"현관 앞에서 자?"

"그래."

그때쯤 사미는 울고 있었다. 그녀는 동생을 두 팔로 끌어안았다.

"토리야, 왜 말 안 했어?"

"모르겠어. 나만 그런 줄 알았어. 엄마가 전에도 그런 짓을 한 줄 몰랐어. 언니와 니키 언니는 행복한 어린 시절을 보낸 줄 알았어."

사미는 다음 질문이 어디로 가야 할지 알았다. 이번이 쓰라린 현실에 대해 터놓고 물어볼 수 있는 기회였다. "엄마가 론에게 무슨 짓 했어?"

토리가 울음을 터뜨리기 시작했다. 언니의 질문이 사실은 전혀 질문이 아니라는 것을 알 수 있었다. 진술이었다.

진실이었다.

토리가 숨을 크게 들이마셨다. "응. 그 모든 것을 다 했어. 다른 것도 했어." 토리는 언니의 반응을 살폈다. 별로 충격받지는 않았다. 언니가 이미 알고 있을 법한 것에 대해 확인차 물어보는 것으로 받아들였다.

"어떻게 알았어?" 토리가 물었다.

사미는 침을 삼켰다. "전에도 그랬어. 우리 모두에게 그랬어. 캐시에게도 그랬고."

사미는 늘 마음속으로 캐시를 생각하고 있었다. 라우더백 하우스나 모노혼 랜딩의 농가에서 자라면서 좋은 것이든 추악한 것이든 그간 머릿속에 차곡차곡 모아 놓은 모든 이미지들을 떠올릴 수 있었다. 최근 들어 상황이 더욱 분명해졌다. 누구든 그런 편지를 보냈을 수 있을 터였다. 니키가 경찰서에 갔을 때 진술을 뒷받침하지 않은 것에 대해 느꼈던 죄책감이었을 수도 있다. 보안관보가 조금 더 세게 밀고 나갔더라면 자신도 진술했을 거라고 되뇌었다. 토리가 학대당하고 있다는 것을 단 한 순간만이라도 생각했더라면 자신의 세계가 무너져 내리는 것을 각오했을 터였다.

토리는 괜찮아 보였었다. 그리고 경찰은 그 사건을 끝까지 파헤치지 않았었다.

그래서 그녀는 말하지 않았었다.

사미가 더 깊이 파고들었다. "론이 도망치려고 한 적 있어?"

토리가 고개를 끄덕였다. "응, 여러 번. 하지만 엄마와 내가 항상 찾아내서 데려왔어."

"캐시도 그랬어." 사미가 말했다.

"엄마가 캐시에게 이상한 짓 시켰었어? 허드렛일할 때?" 토리가 물었다.

"응. 발가벗고 설거지해야 했어."

토리는 잊고 있었던 어린 시절 기억을 떠올렸다. 올드 윌라파의 집에 살 때 캐시에 대한 기억이었다. 당시 토리는 두 살쯤이었다. 캐시는 1층 화장실에 있었다. 노란빛이 도는 얇은 녹색 잠옷을 입고 있었다. 머리카락이 빠지고 있었고 아주 천천히 움직였다.

"무슨 일 있어요?" 토리가 물었지만 대답하기도 전에 엄마가 토리의 팔을 휙 낚아채더니 휙 잡아당겼다. 셸리는 아무 말도 하지 않았지만, 그 일 이후 토리는 그런 종류의 질문을 하면 안 된다는 것을 알았다. 캐시에게 말을 걸어서는 안 되었다. 그래서는 안 되었다.

이제 사미와 토리는 서로 부둥켜안고 울었다. 그들은 아무것도 비밀로 하지 않았다.

한 가지만 빼고.

사미는 말을 꺼낼 수가 없었다. 속으로는 동생에게 그 말을 해야 한다는 것을 알고 있었다.

사미가 목이 메어 간신히 말했다. "엄마가 캐시를 죽였어. 그들은 마당에서 캐시를 불태웠어."

75장

부엌 싱크대 앞에 서 있던 셸리는 허물어지고 있었다. 어느 때보다 나빠 보였다. 지난 일 년 동안 체중이 9킬로그램 이상 늘었다. 붉은 머리칼은 새로 염색해야 했다. 물론 그것은 외형상이었다. 속으로는 익명의 편지와 론의 죽음이 결합되어 거들먹거리는 허세, 즉 눈 하나 깜짝하지 않고 상상도 할 수 없는 일을 저지르도록 자신감을 심어주었던 전형적인 자기 확신이 허물어지고 있었다.

데이브는 론이 모노혼 랜딩에서 돌연 떠난 이유를 설명할 무언가를 생각해내야 할 필요성이 있음을 처음으로 제기했다. 거짓 이유를 꺼내는 것은 노텍 부부의 전공 분야였다. 캐시는 남자친구 록키와 함께 전국을 여행하며 멀리 떨어져 있었다. 셰인은 알래스카의 코디악섬에서 어선을 타고 있었다. 니키는 시애틀에서 새로운 삶을 찾으려고 레이먼드를 떠났다. 그들은 단순히 사라진 게 아니었다. 항상 가고 싶어 했던 곳으로 간 것이었다.

하지만 론에게 관심이 있는 사람은 없어 보였다. 좋은 일이었다. 노텍 부부에게 유리하게 작용할 터였다.

결혼 생활에서 항상 수동적이었던 데이브는 셸리가 허우적거리고 있다는 것을 알 수 있었다. 그는 처음으로 계획을 짜냈다. 속에서는 자신도 만신창이였지만 둘 다 감정에 휘둘려서는 안 되었다. 둘 중 하나라도 정신을 차려야 했다.

데이브가 제안했다. "론은 지난 몇 주 동안 맥의 집에서 지내고 있었어. 일자리를 찾고 있었거든."

"맞아." 셸리가 거의 암기하듯 말했다. "우리가 버스비로 쓰라며 돈을 좀 줬잖아."

데이브가 호흡을 가다듬었다. 셸리와 함께 산다는 것은 거짓말을 배우는 것을 의미했지만 그는 소설의 대가는 아니었다.

그가 계속 이어갔다. "나는 그가 버스를 탈 수 있도록 올림피아까지 태워다줬어. 샌디에이고로 가겠다고 작정했거든."

셸리가 약간 밝아졌다. "맞아. 론이 그런 얘기를 하고 있었어." 그 생각은 그녀를 조금 진정시킬 수 있을 만큼 충분히 그럴듯해 보였다. 그녀는 토리가 어떻게 생각할지 걱정했지만 딸은 자기가 하는 말을 모두 믿는다고 확신했다.

"사미네 있다가 집으로 돌아오면 말할게."

데이브는 그게 최선이라고 생각했다.

그날 밤 그들은 대화를 나누던 중 논리적으로 아주 작은 흠이 생기면 앞뒤를 조금씩 꿰맞추면서 반복적으로 연습했다. 론은 돈이 필요했다. 음식도 좀 필요했다. 새 옷도 필요했다. 모노혼 랜딩에서 그에게 하나도 없었던 모든 것을 줄거리에 짜 넣었다.

그런데도 여전히 의심의 여지가 있었다. 그 이야기에 아주 사소한 오류, 아주 작은 문제라도 있으면 실패의 원인이 될 수 있었다.

그 시나리오를 뒷받침하기 위하여 셸리는 다시 예전 연인이었던 게리 때문에 자살 충동을 느꼈었다는 구상을 전개했다. 그녀는 데이브에게 론이 죽기 직전에 화장실에서 발에 붕대를 감아주고 있을 때 론이 열린 약장을 봤다고 했다.

또한 그녀는 딴채 중 한 곳에서 약병들을 발견했다고 했다.

"이 약병들을 닭장에서 찾아냈어." 그녀는 호박색 약병 한 쌍을 내밀었다. "론이 이 약을 먹은 게 틀림없어."

데이브는 병을 자세히 들여다보지 않았다. 그럴 필요가 없었다. 셀리가 하는 말은 일리가 있었다. 론은 완전히 맛이 갔었다. 사실 여러 차례 자살하겠다고 위협했었다. 데이브는 과거 론이 어머니로부터 금지 명령을 받았을 때 얼마나 망가졌었는지에 대해 생각했다. 그때도 그 문제로 자살하겠다고 위협했었다. 데이브에게 자기가 없는 게 더 나을 거라면서 그냥 확 죽어버렸으면 좋겠다고 말한 적도 있었다.

론이 말했었다. "내 심정이 그래."

76장

'이럴 순 없어. 다신 안 돼.' 셸리가 위의 두 자매에게 했던 짓을 토리에게도 하고 있었다는 사실을 깨닫자 사미는 엄청난 충격을 받았다. 그들은 새벽까지 이야기를 나누었다. 그것은 이전에 일어났던 일과 지금 벌어지고 있는 일을 일치시키는 끔찍한 짝맞추기 게임이었다. 눈물과 분노가 대화를 부채질했다. 후회 역시도.

그리고 두려움도 있었다. 두려움이 컸다.

사미가 다른 무엇보다 두려워하는 질문이 있었다. 론이 어떻게 새로운 일을 구하려고 어딘가로 떠날 수 있을까에 대해 생각해오고 있었다. 마지막으로 봤을 때 어떤 일도 할 수 없을 것 같아 보였기 때문이다.

"론은 어때?" 사미가 물었다.

토리는 구구절절 대답할 필요가 없었다. 표정만으로도 사미가 알아야 할 것을 말해주고 있었다.

"죽은 것 같아. 엄마가 삼촌한테도 무슨 짓을 한 것 같아."

그 말을 듣자 사미 역시 눈물이 앞을 가리며 북받쳐오는 감정을 주체할 수 없었다. 그녀는 최근 엄마와의 통화를 떠올렸다. 지난 몇 주 동안 연락을 더 자주 했더랬다. 셸리는 론이 타지역에서 일자리를 찾고 있다고 말했었다.

셸리가 말했다. "원록의 이동주택 주차장에 있어. 론이 꼭 일자리를 얻었으면 좋겠구나. 너도 기도해줘. 일자리 꼭 얻게 해 달라고 말이야."

엄마의 이야기는 뭔가 앞뒤가 맞지 않는 것 같았다. 사미가 토리와 이야기를 나눌 때마다 토리는 엄마 말로는 론이 맥의 집에 머물면서 집을 팔 준비를 하는 것을 돕고 있다고 했다.

"이제 제 발로 걸어 나갈 때도 됐지." 셸리가 말했었다.

"제 생각도 그래요." 사미는 달리 무슨 말을 해야 할지 몰라 맞장구쳤었다. 마지막으로 봤을 때 론은 엉망진창이었다. 어디서든 혼자 살아나갈 수 있는 길이 없어 보였었다.

사미는 필요한 조치를 취하지 않았다는 이유로 자책했다. 그녀는 론에게 무슨 문제가 있는지 알고 있었다. 경고 신호를 알고 있었다. 그런데도 자신이 살아남기 위해 부정의 바다에서 헤엄치고 있었다. 구명 튜브 같은 것은 없었다. 거대한 파도가 아래로 집어삼킬 때까지 수면 위에서 고개만 까딱거리고 있을 뿐이었다.

그리고 그녀를 익사시키고 있었다.

사미는 정신을 가다듬었다. 새벽 두 시가 지난 시각이었다.

"니키 언니에게 말해야 해."

#

아무도 그 시간에 걸려오는 전화가 좋은 소식일 거라고 기대하지 않는다. 자동차 사고. 심장마비. 아침이 밝아올 때까지 기다릴 수 없는 비극 같은 것.

니키가 전화를 받았다.

상상할 수 있는 그 어떤 것보다도 더 나쁜 소식이었다.

사미는 그간 계속되어 온 학대에 대해 말했다. 그녀가 놓친 모든 것에 대해 말했다. 어떻게 토리가 개집에 갇혀서 호스로 물세례를 받았는지에 대해 말했다. 벌거벗은 상태로 집안일을 한 것. 음식을 주지 않았던 것. 그리고 론 우드워스에 대해서도 말했다.

"언니, 엄마는 캐시에게도 같은 짓을 했어."

"어떻게 해야 할지 모르겠구나." 니키가 말했다. 니키는 거의 2년 전인 2001년 7월에 레이몬드로 가서 처음으로 엄마에 대해 불만을 제기했을 때와는 완전히 다른 세상에 살고 있었다. 그녀는 행복했다. 평생 사랑할 남자가 생겼다. 엄마가 했던 짓을 또다시 이야기하여 배를 뒤흔들고 싶지 않았다.

"토리를 그곳에서 **빼내야 해**." 사미가 말했다.

니키는 사미가 옳다는 것은 알고 있었지만 이전에 경찰이 개입했어도 달라진 게 없었다. 게다가 엄마나 아빠는 할 수만 있다면 능히 복수하고도 남을 사람이라고 생각했다. 엄마는 한 여자를 고문해 사망에 이르게 하고는 그것에 대해 거짓말했다. 캐시의 가족에게 록키와 전국 여행을 떠났다고 생각하도록 속임수 계략을 짜는 데 니키를 공모시켰다. 진흙탕에서 알몸으로 뒹굴도록 강요했었다. 데이브 역시 다를 바가 없었다. 자신을 일터에서 해고시키려고 창문에 벽돌을 던졌었다. 벨링햄에서는 미행했었다. 데이브는 어머니 히틀러에게 힘러 같은 존재로, 셸리가 요구하는 어떤 사악한 명령도 맹목적으로 수행했다.

"지난번에 경찰에 신고했는데도 아무런 효과가 없었어." 니키가 말했다.

사미도 그것이 사실이라는 것을 알고 있었다. 또한 부모님을 고발하면 생지옥 같은 대가를 치르게 되리라는 것도 알고 있었다. 어떤 식으로든 그들 모두 불구덩이 속으로 타들어갈 것이다. 사람들은 왜 더 일찍 경찰에 알리지 않았는지 의아해할 것이다. 그동안 어떻게 못 본 척할 수 있었는지 납득할 수 없을 것이다.

사미가 호흡을 가다듬었다. "언니, 있잖아, 우리처럼 토리도 이 난관을 헤쳐 나갈 수 있을 거야."

니키는 모든 가능한 결과를 감안할 때 확신할 수는 없지만 그게 최선책이라고 믿기로 했다. 자매는 다 괜찮을 거라고 굳게 믿었다.

"토리는 열네 살이야." 사미가 말을 이었다. "몇 년밖에 남지 않았어."

"내가 알아. 토리는 잘 이겨낼 수 있어."

"할 수 있어."

"하지만 언니, 토리가 그럴 수 없으면… 우리가 거기서 빼내야 해."

니키도 동의했으며, 결국엔 셰인에 대한 이야기까지 꺼내기에 이르렀다.

사미는 셰인이 달아났다는 이야기를 받아들이긴 했었지만 별로 찾아나서지 않은 게 이상했었다.

"사미야, 엄마가 셰인에게도 무슨 짓을 한 게 분명해." 니키가 주장했다.

셰인의 부재에 관해 이야기할 때면 그때까지 두 자매는 귓속말로 속닥거리만 했었다. 이제 자매는 엄마에게 다정한 쪽지와 함께 새장을 남기고 떠났다는 엄마의 주장에 대한 얘기로 돌아갔다.

니키는 언제나 대단히 회의적이었다. "셰인은 새장은 고사하고 그런 쪽지를 남겼을 리가 없어. 엄마를 얼마나 끔찍하게 싫어했는데."

사미가 추론했다. "맞아, 언니. 하지만 엄마는 정말로 우리를 해칠 리는 없어. 셰인과 우리는 남매였잖아."

#

사미는 전화를 끊고 토리에게 돌아갔다.

"우린 뭐가 최선인지 따져봐야 해. 이 일이 끝나기를 기다리려면 시간이 좀 필요할 거 같은데 괜찮겠어? 넌 4년 후에나 성년인 열여덟 살이 될 텐데."

토리는 모두에게 최선이 되는 쪽을 선택하고 싶다고 말하면서 의문에 차 있었다. 무엇보다도 엄마가 그들 모두에게 저지른 짓에 대한 대가를 치르기를 원했다.

"이제 멈추도록 해야 해. 언니도 알잖아. 엄마는 악마야. 아마 세상에서 제일 나쁜 사람일 거야. 엄마가 한 짓을 봐. 캐시와 론과 언니와 니키 언니에게 한 짓을 보라고."

동생이 말하는 동안 사미의 머릿속에서는 엄마의 엄청난 폭력범죄가 반복적으로 그려졌다. 그간 일어났던 모든 일을 생생하게 떠올릴 수 있었다. 그들의 엄마가 아마도 세상에서 제일 나쁜 사람일 거라는 데는 이견이 없었다.

'하지만 우리 엄마야. 우리에게는 단 하나밖에 없는 엄마야.'

사미는 침묵했고, 토리가 그들 사이에 흐르는 정적을 메웠다.

"언니, 난 더는 이렇게 못 살겠어."

사미는 동생을 끌어안았다. 그녀는 필사적이었다. 세상에 진실이 드러나면 모두의 삶이 불구덩이에 휩싸이리라는 것을 알고 있었다. 그렇기는 해도 엄마의 기만적 행위를 처리할 방법을 찾아야 했다.

사미는 토리도 그럴 수 있기를 바랐다.

#

올리브 가든 주차장에서 셸리와 만나기 위해 올림피아로 내려가는 차에서 눈물이 왈칵 쏟아졌다. 그해 여름 최고의 추억으로 예상되었던 방문은 캐시 로레노에게 행해졌던 일이 론에게도 행해졌다는 것을 깨달으면서 악몽으로 변했다.

엄마가 대기 중인 차 옆에 주차하기 전에 사미는 동생한테 마지막으로 한 가지를 말했다.

"만약 론이 떠났다고 하면 그건 죽었다는 뜻이야."

사미는 내내 울고 있었다. 눈이 빨갛게 된 것을 엄마가 알아차린 것은 당연했다.

"다들 괜찮아?" 셸리가 물었다.

항상 농담이나 모면하는 방법을 재빨리 구사하는 사미가 곧장 대답했다. "그럼요. 동생이랑 작별 인사하는 게 너무 힘들어서 그래요."

셸리가 운전석에서 지켜보는 동안 자매는 서로 부둥켜안고 울었다. 길고 고통스러운 작별의 시간이었다. 마침내 그들은 포옹을 풀었고, 토리는 엄마의 차에 탔다.

셸리가 시동을 걸었다. "대체 왜 난리야, 토리?" 레이몬드로 돌아가려고 기어를 넣으면서 물었다.

"그냥 즐거운 주말을 보내서 그래요. 언니가 그리울 거예요."

셸리가 좀 더 캐묻자 토리는 몸이 좋지 않다고 했다.

"엄마, 머리가 너무 아파요." 토리는 조수석 유리창에 머리를 기대어 눈을 감고는 잠든 척했다.

'엄마랑 말하고 싶지 않아.'

모노혼 랜딩 진입로에 차를 세웠을 때 마치 낯선 땅에 온 것 같은 기분이 들었다. 토리는 겨우 며칠밖에 떠나 있지 않았지만 마음속에서 이곳은 이미 집이 아니었다. 이해조차 할 수 있는 곳이 아니었다. 모든 것이 기이하게 보이고 느껴졌다.

"론이 일자리를 얻었어."

토리는 거짓말이라는 것을 알았다.

'죽었구나.'

엄마는 운전 중에는 대부분 조용하게 말했지만 토리에게 개들 먹이를 주라고 말할 때의 목소리에는 악독함이 배어있었다. 언니들의 말투와는 정반대였다.

냉랭했다.

천박했다.

신경질적이었다.

토리는 개집으로 가서 시키는 대로 했다. 속으로는 역겨우면서도 겁이 났다. 그녀의 세상은 뒤집혀졌다. 하지만 혼자가 아니었다. 두 언니가 있었다. 언니들은 그녀를 사랑했으며 자신들의 엄마가 진정 어떤 괴물인지 알고 있었다. 무엇보다도 그 점이 용기를 주었다. 경찰 당국에 가서 모든 사실을 말하고 싶어지도록 했다.

그렇지만 사미가 기다리라고 거듭 간청했다. 토리는 사미가 왜 그런 말을 하는지 이해했다. 치러야 할 대가가 있다면 **자신도** 꼼짝없이 물게 되리라는 것 또한 알고 있었다. 그녀를 겁먹게 하는 것은 처벌이 아니었다. 그녀는 그때까지 무사히 잘 살아남았다. 그녀가 걱정하는 것은 큰언니와의 재회가 일회성에 불과할지도 모른다는 생각이었다.

훗날 토리는 말했다. "내가 아무것도 말하지 않으면 니키 언니를 더는 만나지 못할까 봐, 그게 걱정됐어요."

그것은 용납되지 않는 일이었다. 결단코. 두 번 다시 큰언니를 잃지 않을 터였다.

경찰서에 간다는 것은 오로지 엄마로 하여금 대가를 치르게 한다는 것만은 아니었다. 복수심도 아니었다. 그 모든 광기를 멈추게 함으로써 다시 언니들과 함께할 수 있는 유일한 길이었다.

셸리는 토리를 위아래로 훑어보며 면밀히 살펴보았다. 며칠 동안 집에 있으면서 그리워했던 딸에 대한 관심의 시선이나 사랑의 눈길이 아니었다. 셸리는 최상위 포식자와도 같은 눈길을 갖고 있었다. 사람의 심리를 재단하는 방법을 갖고 있었다.

"괜찮아?" 셸리가 물었다.

"괜찮아요, 엄마."

"거짓말하고 있어."

"아뇨. 거짓말 아니에요."

"이리 와, 안아줄게."

"컨디션이 안 좋아요. 몸이 좀 안 좋은 거 같아요. 콧물도 나요."

셸리가 차가운 눈길로 쳐다보았다. "아, 그래? 그럼 내가 도와줘야겠네. 이럴 때 딱 맞는 게 있지."

셸리는 사라졌다가 알약을 두 알 갖고 돌아왔다.

"이거 먹어."

#

사미는 그날 밤 늦게 토리가 전화를 걸어와 엄마가 알약을 두 알 먹이려 했지만 한 알만 먹었다고 말했을 때 제정신이 아니었다.

"뭐? 엄마가 뭘 줬다고?"

"알약."

"어떤 알약이야?"

"노란색이야. 콧물약이라고 줬어."

사미는 엄마가 준 알약을 먹은 다음 걷지도 못했던 때를 기억하며 절망적이 되었다. 캐시에게 알약을 먹이자 몇 시간 동안 몽롱한 상태로 있었던 것도 기억났다. 엄마는 항상 약을 건네면서 이걸 먹으면 몸이 나아질 거라고 말했지만 오직 그들을 시키는 대로 고분고분 따르게 하는 데만 일조할 뿐이었다. 혹은 집에서 굳이 이래라저래라 요구할 필요도 없이 누구의 방해도 받지 않고 텔레비전을 보거나 빈둥거리며 앉아 있을 수 있도록 그들을 치워버리는 방법이었다.

"토해야 해, 토리. 지금 당장."

토리가 조금 망설였다. "설마 엄마가 날 해치기야 하겠어."

사미는 한숨을 푹 쉬었다. 모든 이야기를 나눈 뒤, 사미가 사실임을 알고 있는 것들의 세부사항을 모두 알고 난 뒤, 사미는 셸리가 할 수 있고, 하려 했고, 해왔던 것들을 더 잘 파악할 수 있었다. 니키는 사미에게 일찍이 부모가 자신을 죽일 계략을 짰던 적이 있었다고 털어놓았었다. 셰인이 온데간데없이 사라진 후 자신을 없애려는 계략이었을 거라고 생각했다. 부모는 그녀가 영원히 침묵을 지킬 거라고 믿지 않았기 때문이었다.

아무도 할 수 없는 일이었다.

"토리, 넌 엄마를 몰라. 당장 뱉어내야 해!"

언니가 다급하게 말하자 정신이 번쩍 들었다.

"알았어. 어떻게?"

"토 나오게 해봐!"

토리는 그러겠다고 했지만 속으로는 그럴 수 없다는 것을 알고 있었다. 만약 게워낸다면 엄마가 알아내 화를 낼까 봐 두려웠다. 어쩌면 해칠 수도 있었다. 토리는 잠시 방에 앉아 있었다. 몸이 축 늘어지는 것 같았다. 엄마가 준 것이 무엇이었든 기분이 묘했다. 마당으로 나가 이곳저곳 들쑤시며 다녔다. 그러는 내내 혹시 엄마가 자신의 속내를 알아차리지나 않을까 싶었다.

그날 밤 언니에게 두 번째 전화를 걸었다.

"어서 나 좀 여기서 꺼내줘. 론을 찾을 수 없어. 언니, 론은 죽었어. 틀림없어."

"확실해?"

"응. 제발 꺼내줘."

사미는 토리에게 조금만 더 애써보라고 밀어붙였다. 그녀는 경찰서에 가고 싶지 않았다. 니키가 경찰에게 캐시에 관해 얘기했을 때 어떻게 되었는지 봤더랬다. 그것은 성공을 기대할 수 없는 일이었다.

"정말로 몇 년만 더 이렇게 지낼 수 없겠어?"

터무니없는 요청이라는 것을 둘 다 알고 있었다.

"응, 안 돼, 언니. 엄마는 살인자야. 엄마가 알게 될 거야. 나도 죽일 거라고. 언니도 엄마가 뭘 할 수 있는지 잘 알잖아."

"알았어. 우리가 널 꺼내줄게."

"지금 당장 꺼내줘. 이대로 계속 가면 안 돼. 이제 멈추게 해야 해."

77장

다음 날 아침, 엄마가 텔레비전 앞에서 꼼짝도 안 하는 동안 토리는 창고로 들어가 론의 흔적을 찾기 위한 조사를 계속했다. 오래 걸리지 않았다. 속옷을 포함해 개인용품들이 무더기로 냉동고 위에 놓여 있었고, 표백제를 탄 끓는 물에 발을 담그게 한 뒤 발에 감아 놓았던 피 묻은 붕대들도 있었다. 핏자국은 오래되어 갈색빛을 띠었지만 토리는 보자마자 그게 뭔지 알았다.

'이런 젠장! 이게 왜 다 여기 있는 거지?'

토리는 잠시 가만히 서서 자신이 보고 있는 것을 머릿속에 담아두려 했다. 엄마가 모조리 없애러 올 경우에 대비하여 하나도 빼놓지 않고 물품 목록을 만들고 싶었다. 그리고는 계획이고 뭐고 세울 겨를도 없이 피 묻은 물건 몇 개를 갖다가 닭장에 숨겨 놓았다.

그다음, 론의 소지품이었던 또 다른 물건들이 있는지 찾으려고 집을 뒤졌다. 그때까지 책 몇 권에 서랍 하나도 채우지 못하는 옷가지밖에 없었지만 그마저도 모두 사라지고 없었다. 너무 헐렁해서 언니의 서랍에 처박아 두었던 청바지를 찾으려 했으나 그 역시도 사라지고 없었다.

소각장으로 향했다. 부모의 행동이 어딘가 좀 이상한 데다 소각장 가까이 가지 말라는 엄마의 훈계는 경고 이상의 것이었다. 사미에게서 캐시에 대한 이야기를 듣긴 했어도 워낙 어렸을 때라 캐시에게 무슨 일이 일어났는지 도무지 기억할 수조차 없었다.

토리는 더 많은 증거가 필요했다. 경찰이 론이 어떤 식으로든 살해된 뒤 유기되었다고 단정짓는 데 쓰일 수 있는 것이어야 했다.

언니들은 캐시에게 했던 것과 동일한 방식으로 했을 거라고 말했다.

잽싸게 조용히, 그녀는 몸을 숙여 아빠가 불태운 더미 위에 놓아두었을 것으로 의심되는 나뭇가지들을 들추어냈다. 땅은 고르게 펴져 있었다.

'이미 싹 다 치워 놓았어. 누군가가 올 걸 알고 있었던 거야.'

마침내, 그 어느 때보다도 더 심장이 쿵쾅거리면서, 토리는 재가 섞인 흙을 퍼낸 뒤 서둘러 닭장으로 돌아갔다. 언니들이 말한 것처럼 캐시에게 했던 것과 동일한 방식으로 론이 유기되었을 거라고 추정했다. 손이 부들부들 떨렸지만 울고 있지는 않았다. 지금 하고 있는 일이 꼭 해야만 하는 일이라는 것을 알고 있었다.

엄마를 멈추게 해야 했다.

집 안으로 들어가자 아무 일도 없었던 것처럼 보였다. 엄마는 소파에 앉아 있으면서 제일 잘하는 일, 즉 아무것도 하지 않고 있었다. 토리는 위층으로 올라갔다.

셸리가 업무에 착수하기 시작했다. 론의 로우스 신용카드 계좌에 모노혼 랜딩을 이전 거주지로 해놓고 거주지 변경서를 작성했다. 새로 바뀐 주소의 번지수는 없었지만 어쨌든 도시로 결정했다. 윈록도 윈스럽도 혹은 멀리 떨어진 다른 곳도 아니었다.

그녀는 타코마라고 적었다.

78장

레이몬드는 백만 킬로미터나 떨어져 있는 것 같았다. 적어도 가끔은 그렇게 느껴졌다. 니키는 지난날을 돌아보는 것을 좋아하지 않았다. 그녀는 결혼했다. 부모가 그녀에게 한 짓에도 불구하고 가정을 꾸리려고 했다. 하지만 진흙탕에서 뒹굴었다는 것을 누구에게 어떻게 설명할 수 있을까? 엄마가 캐시에게 얼마나 잔인한 짓을 했는지에 대해서는 또 어떻게 설명할 수 있을까?

혹은 셰인에 대해서는.

'셰인은 어때?'

2003년 8월 6일, 니키와 사미는 사실로 알고 있는 것을 보안관에게 털어놓기 위해 퍼시픽 카운티로 차를 몰았다. 살면서 그 어느 때보다도 무섭고 긴장되었다. 차를 타고 가는 내내 만약의 일들에 대한 이야기가 간간이 나오면 한참 동안 고뇌에 찬 정적이 흘렀다. 눈물도 많이 흘렀다. 지금 벌어지고 있는 일은 중대했다. 그들 자신보다 더욱 중대했다. 론을 살리기에는 어쩌면 너무 늦었을 수도 있다는 것을 알고 있었기 때문이다. 니키가 보안관보 짐 버그스트롬 앞에 앉아 있는 것은 이번이 두 번째였다. 첫 번째는 대실패였다. 아무런 성과도 없었다. '왜 아무도 도와주지 않았었지?' 보안관보에게 말하지 않았다는 이유로 사미에게 책임을 돌릴 수만은 없는 것이었다. 실제로 버그스트롬과 또 다른 보안관보는 론에 대해 조사하기 위해 모노혼 랜딩에 다녀왔었다. 그들은 론이 그곳에 숨어 있다는 것과 셸리 노텍의 과거가 별로 좋지 않다는 것을 알고 있었다.

시내 주위에서 사람들은 그녀를 "사이코 셸리"라고 불렀다.

경찰은 캐시 로레노가 셸리의 식솔로 살아있는 것이 마지막으로 목격되었다는 것 또한 알고 있었다. 그리고 맥이 추정상 휠체어에서 넘어졌을 때 911에 전화한 사람이 론이었으며, 셸리가 2차대전 참전용사인 맥의 최종 재산 수령인이 된 것도 알고 있었다.

자매는 눈물만 흘리며 오랫동안 말 없이 있다가 드디어 용기내어 꼭 털어놓아야 하는 이야기를 전했다. 전에 니키가 털어놓았던 것과 동일한 이야기였다. 그렇지만 이번에는 달랐다. 이번에는 경찰이 믿어줬다. 퍼시픽 카운티 보안관실의 취조실로 검찰청과 사법당국에서 나온 사람들이 드나들었다. 버그스트롬 보안관보와 검찰청 직원들이 자매가 말하는 것을 모두 녹음했다. 소름끼치면서도 고통스러웠다. 니키와 사미는 결과를 두 부분으로 보았다. 하나는 동생 구출작전이고, 또 하나는 그간 저지른 모든 짓에 대해 부모가 책임지는 것이었다.

"만약 론이 죽었다면…" 보안관보의 눈을 똑바로 바라보는 니키의 목소리가 잠시 끊겼다. "경찰관님이 막을 수 있었을 텐데."

버그스트롬은 대답하지 않았지만 니키는 괜찮았다. 이제 와서 그가 무슨 말을 하더라도 어차피 달라지는 것은 아무것도 없을 테니.

간담을 서늘케 하는 세부사항들을 거의 모두 폭로한 후, 자매는 시애틀의 집으로 돌아가려고 니키의 차에 다시 탔다. 칠흑같이 어두웠고 달이 하늘 높이 떠 있었다. 그들은 감정적으로 흠씬 두들겨 맞은 것 같았다. 슬프기도 하고 화가 나기도 했다. 그리고 무서웠다. 하지만 주로 동생과 다음 날 아침 아동보호기관에서 동생을 데리러 갔을 때 동생의 세계가 어떻게 뒤흔들릴지에 대해 생각했다.

니키가 말했다. "토리는 괜찮을 거야."

사미도 동의했다. "그래, 토리는 우리보다 더 강해."

니키는 그 생각들을 마음속에서 떨쳐낼 수 없어서 밤새 뒤척였다. 피로에 지쳐 침대에서 느릿느릿 나와서는 자랄 때 늘 유일한 아군이라고 불렀던 라라 할머니에게 전화 걸었다. 할머니와 통화가 안 되자 이메일을 보냈다.

"전화 부탁드려요. 어젯밤 새벽 1시까지 레이몬드에 있었어요. 아동보호 기관에서 오늘 아침 8시에 토리를 집에서 데리고 나올 거예요. 엄마와 데이브가 **또다시** 극악무도한 짓을 저질렀어요! 저는 퍼시픽 카운티 검사와 함께 있었는데 이번에는 사미도 같이 갔어요."

토리는 니키에게 여러 차례 전화 걸어 경찰서에 간 일이 어떻게 진행되고 있는지 궁금해했다.

"난 어떻게 해야 해?"

"조금만 기다려, 토리야."

"얼마나? 여기 더는 못 있겠어."

"우리가 널 꺼내줄게. 약속해."

같은 날 늦은 시각, 사미의 다가오는 생일 계획에 대해 의논하려고 셸리에게서 전화가 왔다.

"아빠가 너를 서핑에 데려가겠단다!"

"정말 신나요." 사미는 자신이 한 일이 드러나지 않도록 목소리를 짜내느라 안간힘을 썼다. 그 모든 일에도 불구하고, 엄마에게 경고하지 않자니 힘들었다. '큰일났어요. 당장 짐 싸서 도망가세요. 거기서 나가야 해요, 엄마! 경찰이 엄마를 잡으러 가고 있다고요!'

당연히, 그런 말은 하지 않았다. 평생 이렇게 겁먹은 적이 없었다. 그렇지만 지금 막 벌어지고 있는 일을 멈출 수는 없었다.

토리는 열네 살밖에 안 됐지만 강했다. 다음 날 부모님이 체포될 때까지 밤새도록 기다리는 동안 사미에게 계속해서 전화했다.

"아직까지는 아무것도 안 했어." 토리가 보안관에 대해 말했다. "엄마는 아직도 집에 있어. 난 아직도 여기 있고. 뭐가 이렇게 오래 걸려?"

사미는 확신이 안 섰다. 일단 경찰이 나서면 일이 빨리 진행될 거라고 생각했다. 다들 그렇게 생각했다. 사미도 걱정되었다.

"사건을 수사하고 있는 것으로 알고 있어."

"언니는 계속 그렇게 말하지만, 글쎄, 난 잘 모르겠어."

사미는 동생을 진정시키려고 최선을 다했다. 사미는 토리가 신경이 곤두선 동안에도 명확한 목적의식을 갖고 있었다는 것을 알 수 있었다.

"론의 옷을 닭장에 숨겨놓았어."

"좋아. 잘했어."

토리는 경찰 당국이 증거를 찾으려고 집을 샅샅이 뒤질 경우에도 대비했다. 상단에 호박벌이 쾌활하게 날아가는 분홍색 줄이 그어진 종이에 메모를 적어 놓았다.

"FBI와 경찰 등등의 분들께.

조사하실 때 제 물건들을 엉망으로 만들지 말아주세요. 여기에는 관심 가질 만한 것이 하나도 없습니다. 제 개인 소지품들은 모두 그냥 놔두세요. 제발 동물들에게 좋은 집을 찾아주시기를 부탁드리겠습니다."

79장

다음 날 아침 문을 두드리는 소리가 났을 때 토리는 현관문 옆에 서 있었다. 토리는 곧장 문을 열지 않았다. 드디어 보안관보가 도착해서 얼마나 기쁜지 엄마가 알기를 바라지 않았다. 열네 살의 토리는 짐 버그스트롬 보안관보가 다가오는 것을 지켜보면서 일전에 론에 대해 물어보려고 집에 들렀던 사람임을 알아보았다.

셸리가 오더니 토리에게 몸을 숙이며 속삭였다. "뭐 하는 거야? 무슨 말 했어?"

토리는 엄마를 똑바로 쳐다보았다. 겁을 내 움찔하지도 않았다. 눈 하나 깜짝하지도 않았다.

"아뇨, 엄마. 아무 말도 안 했어요."

보안관보는 셸리에게 아동보호기관 담당자들과 함께 토리 때문에 왔다고 했다. 그들은 그녀를 아동 학대로 의심되는 사건에 연루하고 있었다. 셸리는 즉시 광분하기 시작했다. 토리는 엄마 역시 겁먹었다는 것을 알 수 있었다. 그녀는 다른 말은 하지 않고 도대체 무슨 영문인지 모르겠다는 말만 되풀이하고 있었다.

버그스트롬은 토리를 따라 위층으로 올라갔다. 토리는 갈아입을 옷과 개인용품들을 챙겼다. 얼굴은 하얗게 질려 있었고 귀 옆에서부터 목 아래쪽까지 붉게 달아올라 있었다. 흔히 나타나는 표시였다. 얼마나 무섭고 걱정되는지 말할 수조차 없을 때면 몸으로 어떻게 느끼는지를 보여주는 것이었다.

토리가 보안관보의 귀에 대고 속삭였다.

"수색 영장을 갖고 다시 와야 해요. 창고에 론의 물건들이 많이 있어요. 부모님이 다 태워버릴 게 확실해요. 닭장에도 물건을 좀 넣어놨어요. 그곳에 숨겨두었거든요."

문 바로 밖에서 토리는 다른 경찰관에게 엄마가 몇 주 전에 노란 알약을 두 알 주었다며, 하나만 먹자 불같이 화냈다고 했다.

"흠, 그래? 날 믿지 않는다는 거지"라고 말했었다.

그날 오후 토리는 퍼시픽 카운티의 수사관들에게 자신에게 일어났던 대부분의 일을 최소화하여 말했다. 론에 대해 알고 있는 것과 그가 왜 죽었다고 생각하는지에 대해 말했다. 당시 너무 어려서 캐시에 대해서는 아무것도 모른다고 했다. 속으로 수사관들이 자신을 엄마에게 다시 돌려보낼 가능성이 항시 존재할지도 모른다고 생각했기에 말을 아꼈다.

'경찰이 나를 다시 집으로 돌려보내면 엄마가 내게 어떻게 할까?'

훗날 토리는 경찰에게 들려준 것은 "나쁜 일의 10퍼센트 정도로 새 발의 피"에 불과했다고 말했다.

그렇지만 수사관들은 그 10퍼센트의 악몽도 여전히 악몽이라고 이해했다.

#

사미는 전화기를 쳐다보며 침착하려고 애썼다. 몹시 두려워하던 전화였다. 음성메시지로 돌아가게 하거나 전화를 못 받은 척할까 생각도 해보았다.

엄마의 번호였다.

퍼시픽 카운티 전역에 이제 막 엄청나게 충격적인 비밀이 터지려는 참이었다.

"엄마?"

"안녕, 우리 딸"과 같은 인사말은 없었다. 무슨 일이 일어났는지 속사포처럼 쏘아댔다.

사미와 토리가 벌인 일에 대해서였다.

"사미야, 방금 토리를 데려갔어! 경찰이 말이야!" 셸리가 외쳤다. "경찰이 오더니 아동 학대 때문이라며 데려갔다고. 도대체 어떻게 된 영문이야? 너 아는 거 있니?"

사미는 호흡을 가다듬고는 아무것도 모르는 척했다.

"무슨 일이에요, 엄마?"

셸리는 씩씩거리며 입에 거품을 물고 있었다. 그녀의 진술은 계속되었다. "난 토리한테 손도 댄 적 없어. 여자애인데도 외출 금지 시킨 적이 없다고! 그리고 그런 말할 때마다 취소했어."

엄마의 거짓말은 언제나 대단히 설득력이 있어 보였다.

"어머나, 엄마. 정말 안타까워요."

여러 면에서 그것은 거짓말이 아니었다. 사미는 여러 일들이 무척 안타까웠다. 동생이 학대당하고 있다는 경고 신호를 보지 못했던 것이 안타까웠다. 론이 괜찮다고 말했을 때 더욱 의심하지 않았던 것이 안타까웠다. 니키 언니와 할머니가 경찰에 캐시에 대해 이야기했을 때 언니의 증언을 뒷받침해주지 못했던 것이 안타까웠다.

사미는 엄마에게도 안타까운 마음이 들었다. 셸리의 목소리는 발악하는 것처럼 들렸다. 그녀는 자신의 상황, 즉 자업자득인 상황의 덫에 빠져서는 벗어나려고 전화기를 움켜잡고 있었다. 그냥 다 토리에 관한 문제라고만 생각했다. '오, 이런!' 그녀는 모노혼 랜딩에서 토리를 데려가고 있는 것이 창끝으로 겨누는 것에 불과하다는 사실을 생각하지도 못했다.

그때쯤 셸리는 크게 동요하고 있었다. "토리가 너랑 같이 있을 때 무슨 말 했어? 나랑 사이가 안 좋았다든가?"

다시, 평화 중재자이자 둘째 아이이자 엄마가 대부분은 아꼈던 딸인 사미는 거짓말을 했다.

"아뇨, 엄마. 아무 말도 안 했어요."

"니키가 경찰에 신고했다거나 캐시에 대해 뭐라고 했을까? 그래서 토리를 데려간 걸까?"

"아뇨, 엄마. 그러지 않았을 거예요."

사미는 재빨리 니키에게 전화했다.

"엄마가 지금 제정신이 아니야."

"그래? 당연히 그래야지." 니키가 말했다.

니키는 그만 전화를 받는 실수를 저질렀다. 엄마는 그간 자기가 토리를 어떻게 학대해 왔는지에 대해 누군가가 고발해서 토리가 아동보호기관에 끌려갔다며 열변을 토했다.

"아무 이유 없이 내 품에서 억지로 떼어냈어!" 셸리가 비명을 질렀다.

니키는 무슨 말을 해야 할지 몰랐다. 자신과 사미가 고발했다거나, 토리 본인도 모노혼 랜딩에서 해방되는 데 한몫했다는 말을 하고 싶지 않았다.

"안타까워요, 엄마."

당연히, 안타깝지 않았다. 실상, 자신과 캐시, 셰인, 토리, 사미, 론에게 한 그 모든 짓 때문에 자업자득으로 곤경에 빠진 셸리에게 어떻게 어느 누가 동정할 수 있단 말인가?

"당장 이 일의 진상을 파헤쳐야겠어!" 셸리가 이를 악물었다.

셸리는 경찰이 자신에게 고의로 해코지한다고 말했다. '토리는 학대받는 아이가 아니었어. 정반대였다고. 너무 오냐오냐 키워서 버릇없는 아이였어. 온갖 혜택을 다 누렸다고.' 셸리는 당국이 제시한 추악한 방식으로 누군가가 왜 토리에게 해를 끼치고 싶어 하는지 그 이유를 알 수 없었다.

셸리는 한참이나 분노와 변명과 부인의 말을 쏟아낸 다음 다행히도 통화를 끝냈다.

니키는 자신이 한 일, 즉 자신과 동생들이 진실을 말함으로써 일으킨 폭풍에 대해 약간 불안한 마음이 들기 시작했다. 할머니에게 이메일을 보내 의지가 약해지고 있다며 엄마가 저지른 범법행위가 무죄로 끝날지도 모르겠다는 생각이 든다고 했다.

라라가 곧장 답장을 보내왔다. 그녀는 경찰과 자치주의 검사와 두 시간 넘게 이야기를 나누었으며 수사가 거듭 진행되다말다 하는 것이 모두에게 미치는 영향을 느끼기 시작하고 있었다.

"어젯밤에 셸리가 너에게 전화했다는 얘기를 했더니 그들이 말하기를… 전화를 받으면 **안 된단다. 절대로**… 필히!!! 셸리는 모든 사람들에게 그들을 비난하며 미쳐 날뛰고 있어. … 궁지에 몰린 **쥐**와 같아. … 금지 명령을 받아 전화를 차단해…"

라라는 누구보다 셸리를 잘 알고 있었다. 의붓딸이 진실과는 완전히 상반되는 방식으로 조작하고 손을 쓰는 것을 지켜보았었다. 파란 하늘도 녹색이라고 생떼 쓰는 데 도가 튼 딸이었다. 조종의 달인이었다. 그렇지만 이번에는 그녀가 한 짓에 대한 처벌을 모면하지 못할 터였다.

"네 엄마는 지금 너한테 온갖 헛소리들을 주입시키면서 자신에 대해 이야기하는 다른 사람들에게 죄를 씌우고 있어. 경찰은 **절대 속지 말라**고 했어."

경찰은 역시나 말을 안 해주고 있었다. 집에 전화하는 것 외에는 어떻게 돌아가고 있는지 알 길이 없었다. 사미와 니키는 새로운 소식이 필요했다.

날이 저물 즈음 사미는 용기를 쥐어짜 레이몬드에서 무슨 일이 일어나고 있는지 알아보려고 엄마에게 전화를 걸었다.

예상대로 엄마는 기진맥진해 있었다.

엄마가 말했다. "경찰이 토리와 얘기를 나누지 못하게 할 거야. 우린 아직도 무슨 일인지도, 또 왜 그러는지도 몰라."

사미는 엄마가 그렇듯 분개하고 당황해서 횡설수설 말하는 것을 들어본 적이 없었다. 위드비섬에서 집으로 돌아온 데이브가 사미에게 전화 걸어 뭐 좀 아는 게 있는지 물었다.

"아뇨. 모르겠어요."

데이브 역시 초조하고 혼란스러워서 정신이 나가 있었다. 마치 그런 예사롭지 않은 일이 왜 일어났는지 전혀 모르겠다는 투였다. 사미는 아빠를 사랑했다. 아빠가 그곳에 있었기 때문에 알아야만 한다고 생각했다! 엄마가 어떤 개소리를 해서 그런 짓을 하게 했든 아빠의 잘못이 아니라고 확신했다. 적어도 완전히는 아니었다. 사미는 아빠를 공범인 동시에 희생자로 보았다.

"그럼 내가 뭘 할 수 있는지 알아보러 카운티로 가봐야겠구나."

그날 밤, 텔레비전에서 흘러나오는 푸른빛이 마당을 가득 채우고 있을 때 퍼시픽 카운티의 순찰차들이 노텍 부지를 구불구불 지나갔다. 셸리는 장시간에 걸쳐 범죄 프로그램을 보면서 좋은 변호사를 찾으려고 전화번호부를 획획 넘기고 있었다. 데이브는 술을 마시고 위장약을 입에 털어 넣고는 트럭에서 잤다. 아니, 잠들려고 했다. 셸리는 게임의 진짜 끝이 무엇인지에 관해 의식하지 못하고 있을지 모르지만 데이브는 알고 있었다. 토리 문제가 다가 아니었다. 그리고 그는 자신들이 캐시의 흔적을 감추기 위해 얼마나 조심스럽고 영리한 방법을 취했는지에 대한 아내의 허세가 론 우드워스에게는 적용되지 않는다는 것을 알고 있었다. 론은 냉동고에서 옮겨져 뒷마당의 커다란 구덩이에 묻혀 있었다. 실제로 사라진 게 아니었다. 데이브는 론의 시체가 발견될 거라고 확신했다.

그랬을 때, 모든 게 끝날 터였다.

다음 날, 데이브는 셸리를 맥의 집에 남겨두고 토리에게 무슨 일이 일어나고 있는지 알아보러 갔다. 텔레비전을 시청하며 변호사를 찾아보는 사이에 셸리는 아동보호기관에 있는 토리에게 데이브가 가져갈 파란색 꽃무늬 가방 안에 브랫츠 상표의 포스트잇을 끼워 넣었다. 거기에는 두 가지 메시지가 적혀 있었다.

첫 번째: "무슨 일이래?"

두 번째: "무슨 말 했어?"

#

토리는 정말로 무슨 말을 했었다. 니키도 마찬가지였다. 사미도 그랬다. 라라 또한 무게를 실었다. 그들은 다른 사람들도 그랬다는 것을 알게 되었다. 케이 토마스는 「윌라파 하버 헤럴드」 신문에 딸의 사진과 함께 "실종자를 찾습니다"라는 제목으로 광고까지 실었었다.

그런데도 그들 중 누구의 말도 체포로 이어지지는 않았다.

데이브 노텍은 이제 모든 일을 혼자 처리해야 했다.

토리가 어디 있는지 알 수 없어서 퍼시픽 카운티 보안관실로 갔다. 그는 지쳤다. 의기소침했다. 극도로 긴장도 되었다. 수사관들이 취조에 응하겠느냐고 물었을 때 데이브는 응하지 않을 이유가 없었다. 변호사도 필요 없었다. 어린 딸을 학대한 적도 없었고 아내 역시 그런 적이 없었기 때문이다.

결과적으로 수사관들이 물어본 것은 그것이 아니었다. 그들은 론과 캐시에 초점을 맞췄다. 데이브는 자신과 셸리가 아무 잘못도 하지 않았다며 완강하게 버텼지만 얼마 안 가 그의 이야기에서 작은 흠들이 떨어져 나오자 이윽고 울부짖기 시작했다. 어느 순간, 그는 화장실을 써야겠다고 했다. 취조관들이 그러라고 했고, 한 경찰이 그를 따라 복도를 내려갔다.

화장실 바로 밖에서 데이브는 감정을 주체 못 해 무너져 내리더니 경찰에게 론이 어디에 묻혔는지, 또 캐시의 시체를 소각장에서 태운 뒤 재를 어디에 뿌렸는지 털어놓았다.

보안관보들이 맥의 집에서 셸리를 검거했다. 그녀는 당황했다. 불같이 성질을 냈다. 사람들이 왜 자기가 잘못을 저질렀다고 생각하는지 도무지 이해할 수 없었다.

어쨌든 자기는 사람들을 도와준 게 다라고 했다.

니키는 부모님이 체포되었다는 소식을 듣고 울음을 터뜨렸다. 아빠는 캐시와 론의 시체를 유기한 것은 인정했지만 그 외에는 없다고 했다. 그는 셸리에게 책임을 돌리지 않았으며, 셸리는 입을 꾹 다물고 있었다.

그 날짜에는 비극적인 아이러니가 있었다. 바로 캐시 로레노의 생일이었다. 10년 동안 실종되었던 그 여자는 노텍 집안의 딸들에게 자신을 돕지 말라고 했었다. 행여나 그 아이들에게 무슨 일이 생길까 봐 두려워서였다. 그날이 마흔다섯 살이 되는 날이었다.

니키는 할머니에게 이메일을 보냈다.

"경찰이 오늘 집과 부지를 수색할 예정이에요. 물증을 꼭 찾기를 빌어주세요. 하지만 제 생각에는 아빠가 시체를 유기했다는 자백에다 우리 진술까지 더해지면 충분할 것 같아요. 우리 모두는 엄마가 상당히 똑똑하다는 점을 기억해야 해요. 그 **많은** 사건들에서 교묘하게 빠져나갈 수 있거든요. 이번에는 제발 그런 일이 없기를 바라며."

진실의 소용돌이가 셸리와 데이브에게 몰아치기 시작하자, 밤에 사라진 또 한 사람에 대한 문제가 대두되었다.

셰인이었다.

셰인

80장

부모가 체포된 다음 날, 사미와 남자친구 케일리는 저녁에 사미의 스물다섯 번째 생일을 축하하려고 시애틀의 메트로폴리탄 그릴 식당으로 스테이크를 먹으러 갔다. 지금 벌어지고 있는 모든 일에도 불구하고, 사미는 생일축하를 하는 것은 거센 파도가 휘몰아치는 바다에서 작은 구명보트가 될 거라고 되뇌었다. 많은 사람들에게는 그러한 반응이 이상하게 보일 테지만 사미는 적어도 평범한 삶을 사는 것처럼 보이도록 애쓰는 데 평생을 보낸 아이였다. 무슨 일이 벌어지고 있든지 간에 말이다. 그녀는 두들겨 맞은 뒤 흔적을 숨기려고 레깅스를 입고 운동했었다. 엄마가 차로 태우러 오지 않을 때는 집으로 꼭 걸어가야 할 일이 있다는 듯 변명했었다.

한 입씩 베어 물때마다 속으로 지금 벌어지고 있는 일들을 조금씩 더 삼켰다. 농담을 좀 던지려 했지만 하나도 재미있지 않았다. 생각하는 것조차 힘들었다. 여러 신문과 텔레비전에서는 부모님에 관한 이야기가 쏟아져 나왔다. 캐시 가족이 제공한 캐시 사진과 론의 운전면허증 사진이 텔레비전에 나왔다.

"레이몬드 시골에서 펼쳐지는 학대와 죽음에 관한 이야기."

"레이몬드 부부와 친구가 된 낯선 사람들 3인 실종."

"레이몬드 검찰, 독극물 국면으로 가닥잡나."

레이몬드에서 일어났던 실상은 결국 생일축하 자리를 망쳤고, 사미와 케일리는 식당을 나섰다.

차를 타고 타코마를 달리고 있을 때 사미의 휴대폰이 울렸다.

할머니였다.

라라는 어떻게 하면 상처주지 않는 말을 꺼낼까 망설이느라 통화는 잠깐 멈추었다가 시작되었다. 그렇지만 상처주지 않을 도리가 없었다.

"셰인이 죽었어." 라라가 너무 놀라 말문이 막힌 목소리로 말했다. "데이브가 죽였다고 자백했다는구나."

사미의 손에서 휴대폰이 떨어지며 비명을 지르기 시작했다. "정말 죽었어! 죽었다고! 셰인!"

케일리가 위로하려 했지만 운전하는 것 외에는 할 수 있는 일이 없었다. 사미는 목이 아플 때까지 비명을 질렀다.

사미는 몇 년 동안 셰인이 어디론가 떠나서 행복하게 잘 살고 있을 거라 생각하며 위안 삼았다. '어쩌면 아이들을 낳았을지도 몰라. 전에 모노혼 랜딩에서 지냈던 아이가 이제 다 큰 어른이 되어 일하며 살고 있겠지.' 이제 그 환상은 연기처럼 사라졌다. '죽어버렸어.'

그것은 자위하는 게임이었다. 결국에는 거짓이었던 희망이기도 했다.

훗날 사미는 말했다. "몇 년 동안 찾았어요. 길거리에서 걸어 다니는 사람들 속에 있지나 않을까. 뭔가 잘못되었고 그냥 사라지지는 않았을 거라는 걸 알고 있었지만 다른 세상에서 행복하게 살고 있다고 믿고 싶었어요."

#

데이브 노텍은 자신이 저지른 많은 짓들을 시인했다. 그렇지만 셰인 왓슨에 대한 살해는 완전한 자백으로까지는 나아가지 못한 한 가지 문제였다. 끝내 조카가 세상을 떠났다는 것을 인정하자 데이브와 보안관실 수사관들은 노텍 부지로 갔다.

"셰인은 바다에 있어요." 과학수사대와 수색견들이 부지를 샅샅이 뒤지고 있을 때 데이브가 들판 가장자리에 서서 말했다.

나중에, 그는 수사관들에게 창고 안으로 들어갔을 때 셰인한테 총을 갖고 놀지 말라고 분명히 말했었는데 총을 갖고 노는 모습을 발견했다고 했다.

"셰인, 총 이리 줘!" 그는 총을 달라고 요구했다고 주장했다.

셰인은 거부했다.

"내놔." 데이브가 반복했다.

셰인이 계속 꺼리자 그가 총을 빼앗으려고 몸싸움을 벌이는 동안 별안간 총알이 발사되었다고 했다. 그는 자신이 저지른 것을 본 뒤 공포에 질려 집 안으로 돌아갔다.

세 딸은 위층에 있었다. 그는 아무도 총소리를 듣지 못한 게 분명하다고 확신했다. 즉시 셸리에게 무슨 일이 일어났는지 말하자 그녀가 울부짖기 시작했다. 두 사람은 밖으로 나왔다.

셸리가 말했다. "직접 보고 싶어."

데이브가 셰인의 시체를 보지 말라고 말렸다. 그도 울부짖기 시작하자 셸리는 아기처럼 그를 꼭 껴안았다.

그녀가 물었다. "이제 어떻게 해야 하지?"

그 순간에는 어떻게 해야 할지 알지 못했다. 겁에 질려 벌벌 떨고만 있었다. 나중에 주장하기를, 너무 무서운 나머지 창고에서 일어난 사고를 신고할 수 없었다고 했다.

정말로 그게 사실이라면.

#

최악이었다. 니키는 셰인 역시 살해당했다는 사실을 알고는 할머니에게 이 메일을 썼다.

"정말이지 이제 더는 감당할 수 있을 것 같지 않아요. 좀 조용한 삶을 살 수 있으면 좋겠어요. 저는 절대 끔찍한 일을 하지도 않았고 말썽을 일으키지도 않고 살았어요. 텔레비전만 켜면 엄마가 나와요."

셰인이 살해당했을 가능성이 대단히 크다는 걸 항상 알고는 있었지만 그래도 어디선가 잘 있다고 믿고 싶은 마음이 무엇보다 컸다. 그녀는 자신이 셸리에게 한 말이 셰인에게 벌어진 일로 이끌었을지도 모른다는 생각을 하자 섬뜩했다.

81장

_____

1994년 여름 캐시 로레노가 죽은 다음 날, 셸리는 자신과 가족에게 만들었던 덫에 빠져서 헤어 나올 길이 없어 보이는 우리에 갇힌 짐승과 같았다. 그녀는 모노혼 랜딩의 마룻바닥에서 초조하게 서성거렸다. 울부짖었다. 책망했다. 대부분은 결연해 보였다. 심지어 다짐까지 했다.

"누구도 우리 가족을 무너뜨리도록 가만 놔두지 않을 거야."

아내가 시키는 온갖 처참한 궂은일을 한 데이브는 다 잘될 거라고 말했다. "아무도 그러지 못할 거야. 약속해."

확신이 서지 않은 셸리는 즉각 나이든 두 아이에게 집중했다. 셰인과 니키는 친했다. 그들은 함께 마당에서 일하며 얘기를 나누고 있었다. 셸리는 남편에게 그들이 무슨 말을 하고 있는지 잘 알고 있다며 영 마음에 들지 않는다고 했다.

"쟤들이 일러바칠 거야." 셸리가 말했다.

데이브는 수긍하지 않았다. "아니, 그러지 않을 거야. 니키는 우리 피붙이야. 셰인도 마찬가지고."

"셰인은 우리 핏줄이 **아니야**. 저 자식이 말할 거야. 저 자식이 우리 가족을 망칠 거라고."

"그러지 않을 거야"라고 데이브는 말했지만 셰인이 식구 중에 진짜로 가장 약한 연결고리인 것은 분명했다.

셸리는 남편을 물고 늘어졌다. 그녀는 트랙을 건너뛰는 레코드판이었다. 일터에 있는 남편에게 전화했다. 남편이 집에 돌아오자마자 상기시켰다. 폭풍이 다가오고 있는데 집 안에 있는 그 아이가 그 원인이라는 것이었다. 그들을 완전히 집어삼킬 거라고 했다.

"녀석을 치워 버려야 해." 셸리가 말했다.

데이브는 머리를 긁적이며 고심하거나 왜 그런지 더 이상 물어볼 필요도 없었다. 셸리가 의도하는 바가 무슨 뜻인지 정확히 알고 있었다. 나머지 가족이 살아남는 것을 보장하는 유일한 해결책은 셰인을 가족 사진에서 제거하는 것이었지만 데이브는 그 생각이 전혀 내키지 않았다. 셰인은 그에게 아들 같았다.

"글쎄, 잘 모르겠어."

셸리는 나약함과 양가적 감정을 질색했다. "해야 해. 당신은 방법을 찾아낼 수 있을 거야. 반드시 치워 버려야 한다고."

#

셰인은 노텍 집안에서 일어나고 있는 일에 대해 뭔가 조치를 취할 준비가 되어 **있었던** 것으로 밝혀졌다. 절친한 친구 니키에게 꼭 보여주고 싶은 게 있다고 했다.

아주 심각하게 최대한 목소리를 낮춰 말했다. "하지만 꼭 비밀을 지켜야 해." 그는 니키에게 창고에서 만나자고 했다. 니키가 지켜보는 동안, 남매 이상이라고 여기는 사촌이 작고 폭신한 곰 인형의 배를 갈라낸 틈에서 사진 석 장을 꺼냈다.

온몸이 시퍼렇게 멍든 채 벌거벗고 마룻바닥에서 기어 다니는 캐시를 찍은 폴라로이드 사진들이었다.

"그들이 캐시를 살해했어." 그가 사진을 내려놓으며 말했다. "너도 알고 있잖아. 나도 알고 있고. 경찰에 알려야 해. 너희 엄마는 사이코이고 아빠도 완전히 정신이 나갔어."

"이 사진들 어디서 났어?"

"니네 엄마한테서 슬쩍했어."

니키는 계속 사진에 시선을 고정시켰다. 무슨 말을 해야 할지 몰랐다.

"경찰한테 가져갈 거야." 셰인이 말을 이었다. "너도 낄래?"

니키는 그 어느 때보다도 무서웠지만 마침내 대답했다.

"좋아. 그러자."

그들은 적절한 시기를 찾는 것과 경찰이 와서 셸리와 데이브를 체포할 때에 대비한 계획을 확실히 세우는 것에 대해 이야기했다. 니키는 셰인에게 모든 걸 다 걸겠다고 했다. 엄마가 감옥에 갇히기를 바랐다. 그들 모두에게 한 짓, 특히 캐시에게 한 짓에 대한 대가를 치르게 하고 싶었다.

피투성이 눈밭. 캐시의 머리를 발로 걷어찼던 일. 캐시의 피로 빨갛게 흐르는 샤워 물. 엄마가 캐시에게 만들어 준 스무디에서 나는 코를 찌르는 악취.

"난 엄마를 증오해." 니키가 셰인에게 말했다.

"나도 그래."

됐다. 그들은 합심했다.

셰인은 항상 니키 편이었다. 그녀는 그가 말하는 모든 것에 맞장구쳤지만 속으로는 걱정되었다. "경찰이 우리가 하는 말을 믿지 않으면 어떡하지?"

셰인이 사진을 봉제 인형의 푹신한 뱃속으로 다시 밀어 넣었다.

"사진들이 증거야."

니키는 계속해서 그 계획과 그로 인한 결과를 정리해 보았다. 대학에 진학하여 레이몬드로부터 멀리 떨어진 인생을 만들어내고 싶었다. 엄마가 자존심을 가차없이 짓밟았지만 그래도 마음 한켠에는 잘 해낼 만큼 충분히 강하다고 생각하고 있었다. 진실만이 그들을 살 수 있게 할 것이고, 엄청나게 큰 잘못을 바로잡을 것이다. 그 모든 것은 이론의 여지가 없었다. 그녀는 형제자매들에 대해, 또 위탁 돌봄으로 서로 어떻게 분리될지에 대해 생각했다. 그들에겐 어떤 일이 일어날까? 결국엔 친인척과 지내게 될까? 아니면 낯선 사람이 맡게 될까? 지금보다 더 나빠질까? 토리는 사랑받는 행복한 아이였다. 사미는 니키보다 셀리의 학대를 좀 더 효율적으로 처리하는 것으로 보였다. 사미는 문제를 일으킨 적이 없었다.

니키와 셰인에게 상황은 나쁘게 돌아가고 있었다. 그때 당장은 끔찍하지 않았을지라도.

니키는 그날 밤 셰인의 계획을 갖고 씨름하느라 거의 잠을 이룰 수가 없었다. 그녀는 그가 신고하는 것을 바라지 않았다. 가족이 생이별하는 것을 바라지 않았다.

다음 날 아침, 엄마를 보았다. 긴장한 나머지 속이 울렁거렸다.

"엄마, 셰인이 사진을 갖고 있어요."

셀리가 하던 일을 멈추고 니키를 골똘히 쳐다보았다. "무슨 사진?"

"캐시 사진이요."

셀리가 불같이 화를 냈다. "어디 있어?" 그녀는 니키에게 가서 어깨를 움켜잡았다.

"방에요." 니키가 조금 뒤로 물러서며 말했다. "곰 인형 속에 있어요."

니키는 바로 그때 알았다. 도화선에 불을 붙인 것이었다. 바로 그 순간,

자신이 한 말을 취소할 수만 있다면, 하고 바랐다. 엄마의 눈에서 상어의 눈초리를 보았다. 셸리가 개들을 사과나무에 묶어놓고는 아이들에게 괜찮다고 말했을 때 개들의 눈초리와 동일한 표정이었다. 한두 끼를 거른 개들의 눈초리.

'허기져 딱 한 입만 물었으면 하는 결연한 눈초리.'

니키는 그날 무엇이 엄마에게 셰인을 고자질하도록 이끌었는지 이해하려 하는 데 20년 이상을 보냈다. 니키는 셰인을 무척 좋아했다. 남매로 여겼다. 셸리와 데이브를 증오하며 똘똘 뭉쳐 있었다. 부모 둘 다 감옥에 가기를 바랐다. 감옥에 가야 마땅한 사람이 있다면 바로 그들이었다. 자신에게 한 짓 때문에도 아니었다. 캐시를 위한 것이었다.

니키는 셰인을 배신한 이유가 무엇인지 거듭 자문했다.

"셰인을 곤경에 빠뜨리고 싶었던 건 아니었어요. 셰인이 다 말해버리면 모든 사람들이 무슨 일이 일어났었는지 알게 될 것 같아서, 그게 너무 무서웠어요. 나는 셰인이 경찰에게 사진을 보여줄 거라고 말하진 않았어요. 사진들을 갖고 있다고만 말했어요."

#

니키가 셰인의 사진에 대해 말하자마자 셸리는 데이브에게 경보를 발령하는 전화를 걸었다. 처음에 데이브는 셸리가 무슨 말을 하는지 이해하지 못했다.

그것이 셸리를 더욱 짜증나게 했다.

"셰인이 캐시 사진을 갖고 있단 말이야. 경찰서에 사진을 갖고 갈 거라고. 얼른 사진을 찾아야 해!"

"뭘 찍은 사진인데?" 데이브가 물었다.

"캐시가 죽은 뒤 찍은 사진 같아. 폴라로이드 사진 말이야. 우리를 나쁘게 보이게 할 거야. 우린 잘못한 게 없지만 그런 사진은… 우리를 망쳐놓을 거야. 당신이 얼른 찾아야 해."

위드비섬에서 운전해 온 데이브는 피곤해서 진이 다 빠졌다. 하지만 캐시에게 일어난 일에 대한 사진 증거가 있다고 생각하자 갑자기 정신이 번쩍 들었다. 집에 도착한 순간부터 찾기 시작했지만 어디에서도 곰 인형을 찾을 수 없었다. 딴채들을 뒤진 다음, 셰인이 사진을 숨겼을 법한 마당 구석구석까지 파헤쳤다. 동시에 셸리도 집안을 발칵 뒤집어 놓았다.

둘 다 사진을 찾지 못했다.

그러자 데이브는 셰인과 정면으로 부딪쳤다.

82장

니키는 장작을 쌓아두는 헛간에서 나오는 고함소리를 들었다. 엄마의 목소리였다. 아빠의 목소리도 들렸다. 그 목소리는 크고 사나웠으며 정말로 무시무시했다. 어른들이 소리를 지르다가 잠시 멈춘 사이 이따금 셰인이 아파서 꽥꽥 악을 쓰는 소리가 들려왔다.

동물이 두들겨 맞는 소리 같았다. 전깃줄로 맞는 소리. 삽자루로 맞는 소리. 주먹으로 맞는 소리.

"어쩔 셈이었어, 셰인?" 셸리가 소리지르고 있었다. "이 배은망덕한 쓰레기 새끼야! 넌 우리 가족을 망치지 못해. 네 동생들을 거지 같은 시설에 보내는 원흉이 되게 놔둘 순 없어!"

"아니에요." 셰인이 말했다.

"고자질하려고 했잖아!" 데이브가 고함쳤다. "우리 가족을 망쳐놓으려고 했어! 이 개새끼! 대체 뭐 때문에 그러려고 했던 거야?"

그런 식으로 계속되었다. 그런 다음 정적이 흘렀다.

그다음에 니키가 셰인을 보았을 때는 시퍼렇게 멍이 들어 있었다.

"그들이 두들겨 팼어. 캐시 사진 때문이야."

"엄마는 원래 그런 사람이잖아, 셰인. 미안해. 정말 미안해."

니키가 아는 한 셰인은 자기가 부모에게 일러바친 장본인이라는 것을 알지 못했지만 그 일로 인해 뼈저리게 죄책감을 느꼈다.

훗날 니키는 그때 일어난 일에 대해 자책했다. "내 잘못이었어요."

#

셸리는 누그러지지 않았다.

데이브에게 계속해서 물었다. "셰인을 어떻게 해야 하지?"

데이브는 그 말이 무엇을 하라는 것을 뜻하는지 알고 있었다. 아들 같은 십 대 아이를 죽이라는 것을 의미했다.

데이브가 집에 올 때마다 셸리는 살인 계획에 대해 다그쳤다. 무슨 말을 해야 할지, 혹은 어떻게 화를 달래야 할지 몰라 멍하니 그냥 앉아 있을 때면 셸리는 살인 계획을 완수할 수 있는 방법을 몇 가지 제안했다.

"사고처럼 보여야 해." 셸리가 지시했다.

"맞아." 데이브는 그 대화가 다른 주제에 관한 것이기를 바랐다. "사고? 글쎄, 셸. 할 수 있을지 모르겠어."

셸리는 셰인을 숲으로 데려가 나무를 베어 그에게 나무가 쓰러져 덮치도록 하라고 제안했다.

"그런 사고 말이야."

다시, 데이브는 자신이 없었다. "그렇게 하는 건 상당히 어려울 거야."

'대답을 잘못했구나.'

셸리가 버럭 화를 냈다.

"남자답게 굴란 말이야. 배짱을 키워. 맙소사! 당신 대체 뭐 하는 사람이야? 지금 우리가 얼마나 위태로운지 알아? 우리 딸들을 생각해 봐! 셰인이 캐시에게 한 짓을 경찰한테 다 불어서 우리 인생을 망치면 좋겠어?"

셸리는 비난받을 짓을 전혀 하지 않았다고 했다. 모두에게 캐시를 학대한 것은 셰인이었다고 말했다. 남편도 그런 생각을 갖고 있었다. 캐시를 돌보는 자리에 없었을 때 무슨 일이 있었는지 그녀는 전혀 몰랐다는 것이었다.

"셰인이 우리 캐시를 죽인 거 당신도 알잖아! 우리 둘 다 알고 있다고. 셰인이 한 짓을 보면 죽어도 싸. 데이브, 남자답게 굴어!"

데이브는 그 일을 해내겠다고 약속했다. 셸리에게 최선의 계획을 짜낼 테니 충분히 생각할 시간을 달라고 했지만 속으로는 그녀가 잊어버리기를 바랐다.

그녀는 잊어버리지 않았다.

#

오랫동안 아무 일도 일어나지 않았다. 셸리의 지시에 따라 셰인과 니키는 이웃집 밑에 숨어서 캐시에 대해 듣거나 보았을지 모르는 어떤 단서가 있는지 엿듣고 있었다. '물고문하는 동안 마당에서 비명소리가 나는 것을 듣지는 않았는지? 불태울 때 나는 매캐한 냄새를 맡지는 않았는지?'

아무것도 없었다.

여름이 훌쩍 지나가고 아이들은 다시 학교에 다녔다. 크리스마스가 다가오자 셸리는 늘 하던 대로 선물 더미를 쌓아 놓고는 다시 빼앗아 가는 소동을 피웠다. 셸리가 술을 마시지 않았기에 새해 전날 밤의 집은 조용했다.

캐시가 죽은 지 6개월이 지난 2월까지는 모든 것이 비교적 평온했다.

니키는 한밤중에 잠에서 깼다. 소음이 잠을 방해했다. '무슨 일 있나.' 잠결에 방을 이리저리 둘러보고는 귀를 쫑긋 세웠다. 집은 고요했다. 꿈속에서 들은 소리인가 보다 하면서 다시 잠들었다.

꿈이 아니었다.

83장

1995년 2월이었다. 늦은 시각이었다. 조용했다. 밖은 칠흑같이 어두웠다. 데이브는 트럭 운전석에서 22구경 권총을 갖고 온 다음 셰인을 찾으려고 창고로 들어갔다. 그는 로봇처럼 기계적으로 앞으로 한 발짝씩 나아갔다. 문이 닫혀 있었다. 손잡이를 돌려 안으로 들어갔다. 전등을 켰다. 그는 한마디도 하지 않았다.

데이브는 조카의 뒤통수에 대고 총알을 발사했다.

시멘트 바닥 위로 피가 줄줄 흘렀다.

셰인은 죽었다.

데이브는 허리를 숙이면서도 감각이 없었다. 그 아이를 죽이고 싶지 않았다. 죽일 수 **있을** 거라고 생각하지도 않았었다. 하지만 그가 결혼한 예쁜 빨간 머리로부터 오랫동안 지긋지긋하게 이야기를 들었기에 마치 예정된 일인 것만 같았다.

모든 것에도 불구하고 사랑했던 여자였다.

은행 계좌의 잔액이 부족한데도 한도 이상으로 계속 쓰는 것에 대해 그를 똑바로 쳐다보며 다 은행 잘못이라고 말할 수 있는 여자였다. "은행이 우리 계좌를 깽판치고 있어! 내일 항의하러 갈 거야!"

그의 아버지가 그녀를 만난 순간 사기꾼이자 말썽꾼임을 알아챈 여자였다. "그 여자와 살면 머리가 돌아버릴 거야."

그는 집 안으로 돌아가 셸리에게 자신이 한 짓을 말했다.

"셰인을 죽였어."

셸리의 입이 10층 건물에서 내던져진 금고처럼 딱 벌어졌다. 엄청난 충격을 받은 것으로 보였다. 남편이 난데없이 저지른 행위라는 표정이었다.

"어쨌다고?" 눈이 휘둥그레지며 물었다. "당신이 우리 조카를 죽였다고? 왜?"

'진심이야, 셸리?'

데이브는 그때 그녀를 어떻게 이해해야 할지 몰랐다. 캐시가 죽은 날 이후로 내내 애원하고 괴롭히고 꼬드겨서 한 일이었다.

"이제 어떻게 해야 하지?" 그녀가 물었다.

"캐시에게 했던 일을 해야지."

셸리는 그 생각이 마음에 들었다.

이전에 효과가 있었다.

심란한 마음을 가라앉힌 후 데이브는 창고로 돌아와 셰인의 시체를 침낭에 넣어 작업대 근처의 공간으로 옮겼다. 홈 디포에서 산 양동이에 물과 표백제를 붓고는 최선을 다해 유혈이 낭자한 바닥을 치웠다. 그는 아내에게 아무런 흔적도 남기지 않을 거라고 약속했었다. DNA를 찾을 수 없을 거라고 했었다. 무슨 일이 일어났는지 알 수 있는 어떤 것도 남기지 않을 터였다.

그런 다음, 딸들이 집을 비울 때를 기다렸다가 시체를 태우기로 했다.

다음 날 아침, 잠에서 깬 딸들은 셰인이 새장을 남기고는 어선을 타려고 알래스카로 달아났다는 이야기를 들었다. 하루 남짓 후에, 셸리는 딸들에게 친구들과 함께 하룻밤을 보내도 좋다고 허락했다. 딸들로서는 이게 웬일이냐며 덥석 받아들일 정도로 드문 일이었다.

이번에 데이브는 캐시의 시체를 태울 때 사용했던 산화재라든가 금속 판 따위 등의 보조물 없이 처리했다. 타이어도 필요 없었다. 디젤유 역시 없 었다. 오직 장작만 땠다. 조카의 시체가 잿가루로 사라질 때까지 장작을 계 속 더 얹었다. 꼬박 밤을 새우고 다음 날 아침까지 걸렸다. 캐시를 화장했 던 시간보다 더 오래 걸렸다.

캐시에게 사용했던 금속판이 매우 효과적이었다는 생각이 들었다.

재가 충분히 식자 삽으로 떠서 봉지에 담고는 익숙한 워시어웨이 해변 으로 차를 몰았다. 트럭을 주차하고, 아무도 보는 사람이 없는지 주위를 둘 러본 다음, 태평양의 하얀 거품이 밀려오는 파도에 재를 뿌렸다.

니키와 사미, 토리가 하루 뒤 집에 돌아왔을 때 장작더미는 불에 다 타 고 없어졌다.

얼마 후, 데이브는 굴착기를 몰고 와서 블랙베리 덩굴이 뒤엉킨 언덕 아 래로 흙을 밀어냈다.

셸리는 퍼시픽 카운티 보안관에게 셰인이 달아났다는 것을 신고했다고 주장했다. 데이브는 보안관보에게 전화 걸어 조카가 종종 며칠씩 사라진다고 했다.

"완전히 콩가루 집안 출신"이라며 자신과 아내가 온 사방을 다 찾아봤 다는 말도 덧붙였다.

보안관보는 신고해 줘서 고맙다는 말을 전했으며, 데이브는 셸리에게 " 그냥 내버려두라"는 지시를 들었다고 했다.

셰인은 사라졌다. 시체도 사라졌다. 데이브와 셸리가 다음으로 염두에 둔 것은 그 아이를 죽이는 데 사용한 무기였다.

#

셰인을 쏘는 데 사용한 22구경 권총은 정말 골칫거리였다. 데이브는 총을 집 주변에 두고 싶지 않았다. 누군가가 찾아내어 어떻게든 셰인에게 일어난 일에 대한 진실을 알아낼 거라고 확신했다. 그는 셸리가 좋다고 인정한 섣부른 계획을 생각해 냈을 때 초조해 죽을 지경이었다.

그는 레이몬드에서 멀리 떨어진 북쪽의 외딴 벌목 도로로 트럭을 몰고 간 다음 아무도 보는 사람이 없다고 확신하자 트럭에서 내려 무기를 땅에 묻었다. 셰인을 죽인 총은 늘 데이브를 조롱하며 조카에게 한 짓을 상기시키는 에드거 앨런 포의 『고자질하는 심장』과도 같았다. 셸리 역시, 그 장소가 얼마나 외떨어진 곳이고, 남편이 얼마나 조심했는지에도 불구하고, 누군가가 틀림없이 우연히 총을 발견하여 무슨 일이 일어났는지 필시 알아낼 거라고 확신했다.

"가서 가져와야 해." 셸리가 말했다.

그래서 그 말을 따랐다. 2주 후, 데이브는 총을 회수하려고 숲으로 돌아간 다음 집으로 가져왔다. 총을 소각장에 넣고 태웠다.

훗날 데이브는 말했다. "개머리판이 녹거나 뭐 그러기를 바랐는데 안 그렇더라고요."

데이브가 살인 무기의 잔해를 셸리에게 건네자 셸리는 찬장 안쪽에 보관했다. 그는 다시는 그것을 보지 못했다.

84장

셰인을 살해한 후에도 셸리는 캐시 사진들을 수색하는 일을 계속했다. 셰인이 가지고 있던 사진들은 뭐라고 제대로 해명할 수 없는 증거였다. 여하튼 쉽지 않을 터였다. 그녀는 딸들이 학교에 가고 없을 때 집 안을 샅샅이 뒤졌다. 창고에서 널빤지 밑을 쿡쿡 찔러보고 잡동사니를 끄집어내는 등 딴채들을 재빨리 살펴보았다.

분명 근처 어딘가에 있어야 했다.

셸리는 그 당시에는 몰랐지만 캐시 사진이 최소한 한 장은 더 존재했다. 현상하지 않은 필름 한 통이 거실 서랍장에 감춰져 있었던 것이다. 셰인은 캐시가 벌거벗은 채 거실 바닥에서 기어 다니는 사진을 찍었었다. 소름끼치는 역겨운 사진이었다. 캐시는 분명 몸부림치고 있었다. 추웠음에 틀림없었다. 이 방 저 방으로 움직이려 했으나 학대를 심하게 받아 기력이 다 빠진 나머지 서 있을 수도 없는 것으로 보였다.

캐시는 사람에서 동물로 전락해 있었다.

"사진들을 찾아야 해." 셸리는 아이들 방과 잡동사니를 넣어두는 주방 서랍들을 뒤지며 데이브에게 상기시켰다. 자신들을 망가뜨릴 사진을 찾으려는 끝없는 수색을 포기할 수 없었다.

"누군가가 그걸 수중에 넣는다면 우린 곤경에 처할 거야."

'곤경에 처해?' 그것은 아내가 즐겨쓰는 전형적인 절제된 표현이었다. 그렇지만 데이브는 그들이 알고 있는 삶이 끝나리라는 것을 알고 있었다. 그는 셸리와 얽혀 구렁텅이에 빠져 있었다. 수색을 돕고 나서 몇 주 뒤, 그녀는 셰인의 배신을 질책하며 다시 온 사방을 찾아 헤맸다.

"그냥 놔뒀으면 그 자식이 우리를 배신했을 거야."

그 무렵, 그녀는 딸들에게 셰인이 방금 전화왔었다고 말하면서 셰인이 달아난 이야기를 꾸며내기 시작했다.

"다시 전화하겠다는구나."

집을 나서기 전에 딸들에게 이렇게 말한 적도 있었다. "내가 없는 동안 셰인이 전화오면 어디 있는지 꼭 알아내야 해."

데이브는 아내를 살짝 옆으로 끌어당겼다.

"이야기를 단순하게 할 필요가 있어. 계속 추가하지 마. 녀석은 달아났어. 떠나버린 거라고."

그렇지만 제아무리 셸리라도 어쩔 수 없었다. 앞날의 일을 생각하면서, 그녀는 조카가 언제 달아났는지 달력에 표시해 두었다. 시간이 흐르면서 조카를 찾으려고 딸들을 차에 태워 퍼시픽 카운티 주변을 오갔던 몇 번 안 되는 기록들도 추가로 메모해 두었다.

과거에 그녀는 셰인을 수색하는 데 뛰어난 기량을 발휘했었다. 그런데 이번에는 아무런 소득도 없었다.

심지어 데이브는 결근하면서까지 셰인을 찾으려는 헛된 노력을 몇 차례나 했다. 딸들은 아빠가 사촌을 찾는 데 최선을 다하고 있다고 믿었다.

세월이 지난 후, 그는 매일 셰인에 대해 생각한다고 주장했다. 밤에도 날마다 생각난다고 했다.

"누군가를 죽이는 것은 절대 잊을 수 없는 일입니다. 단 1초라도 잊을 수 없어요. 늘 생각이 나요."

85장

니키와 사미는 부모가 체포된 후에도 계속 연락을 취하며 할 수 있는 한 텔레비전을 안 보려고 했다. 거의 불가능하긴 했지만 말이다. 엄마와 아빠의 범죄를 요약한 일명 "레이몬드 고문 살인사건"은 그들 주변의 모든 공간을 침범했다. 텔레비전에서는 시골 해안가 마을 한가운데 있는 집의 각도를 과장되리만치 공포스럽게 잡았다. 그것은 「독약과 노파」(1944년 작 캐리 그랜트 주연의 영화-옮긴이)였다. 「존경하는 어머니」였다. 「사이코」였다. 모든 사람이 노텍 부부에 대해 이야기하고 있었다.

노텍 자매들만 빼고는 말이다. 니키와 사미와 토리는 언론에 한마디도 하지 않았다. 그들이 서로에게 한 약속이었다.

셸리와 데이브에게는 수백만 달러의 보석금이 책정되었으며 살인에서부터 사망을 은폐한 것에 이르기까지 온갖 혐의에 직면했다.

노텍 자매들은 캐시와 셰인과 론에게 정의가 구현되기만을 바랐지만 언론의 시선을 통해 한 사람의 인생을 보는 것은 그래도 기분이 썩 좋지는 않았다. 언론에 비친 그들의 모습은 낯설기도 하고 익숙하기도 했다.

그들의 부모는 여러 사람을 죽였다.

그들은 다른 사람에게 할 수 있는 가장 잔인하고 악랄한 짓을 했다.

그리고 그중 많은 일이 바로 그들 눈앞에서 일어났다.

당시 스물다섯 살이었던 사미가 토리의 후견인 자격을 얻는 데는 2주

밖에 걸리지 않았다. 시애틀의 그린우드 애비뉴에서 떨어진 원룸에 혼자 살고 있던 사미는 방 두 칸짜리 아파트를 마련했다. 동생에게 부모로부터 벗어나 새 출발을 할 수 있는 기회를 줄 수 있어 이제서야 마음이 놓였다.

#

셸리는 사미가 제일 좋은 대상이라는 것을 알았다. 데이브도 감옥에 있었고, 토리는 미성년자였으며, 그간 니키에게 한 모든 일을 감안했을 때 니키는 가망이 없었다. 셸리는 큰딸의 인생에 다시 끼어들 방법이 없다는 것을 깨달을 수밖에 없었다. 그래서 시도조차 하지 않았다.

하지만 사미는 전형적인 둘째로 평화 중재자이자 남의 기분을 잘 맞추는 아이였다.

아직 재판이 계류 중이었지만 수감된 첫날부터 셸리는 사미에게 구치소에서 필요한 물품 목록을 편지로 보냈다. 제공할 수 있는 것이라면 어떤 것이든 모두 보내주길 바란다면서 매우 구체적으로 적었다. 특정한 브래지어. 특정한 가운. 특정한 로션. 요구하는 식의 업신여기는 말투였다. 철창에 갇혀 있으면서도 셸리는 자신이 원하는 것은 무엇이든 다 자신에게 빚진 것이라는 듯 굴었다.

사미는 보내라고 말한 것을 충실하게 쌌다. 셸리가 당연히 있어야 할 곳에 있다는 것을 알고 있음에도 그곳에 있는 다른 사람들은 모두 편한 속옷과 좋은 목욕가운을 입고 있는데 엄마만 홀로 주에서 지급한 것들을 얻어 입고 있다는 생각이 들면서 그 모습을 상상하자 슬퍼졌다.

언니나 동생에게 엄마를 도와주고 있다고 말하지는 않았지만, 어느 때인가 니키가 그 사실을 알아차렸을 때 사미는 엄마가 철창에 갇혀서 고생하고 있다는 말을 무심코 뱉었다.

"엄마한테 물품 보내고 있어?" 니키가 물었다.

사미는 처음에는 질문을 회피하다가 사실은 그러고 있다고 시인했다.

"두어 번 보냈어. 별거 아니었어."

니키는 귀를 의심했다. "제정신이야? 우리한테 그 모든 짓을 했는데도? **도와주고** 있다고?"

어떤 면에서, 사미는 여전히 선택의 여지가 없다고 느꼈다.

"엄마는 널 조종하고 있어." 니키가 말했다. "그걸 모르겠어? 항상 했던 대로 하고 있는 거라니까."

#

체포된 지 6개월 후인 2004년 2월, 데이브 노텍은 셰인 왓슨을 살해한 혐의에 대해 1급살인에서 2급살인으로 한 단계 격하되었으며, 시체 불법 유기 및 범죄에 조력한 죄가 인정되었다. 한편 노텍 딸들은 아빠가 엄마를 돕는 것은 그간 자신들과 맺어온 어떤 관계도 끝난다는 뜻을 의미한다고 분명히 밝혔지만, 데이브는 셸리를 기소하는 데 조력하지 않겠다고 주장했다. 셸리 입장에서는 데이브가 입을 꾹 다물고 있는지 확인하고 싶어 안달이 났다. 워싱턴주의 배우자 증인면책권(배우자끼리 서로에게 불리한 증언을 하지 않아도 되도록 보호받는 특권-옮긴이)으로 인해 데이브를 증인석으로 소환할 수 없음에도 말이다. 여하튼 그는 딸들이 목격하고 말했던 것을 뒷받침하기만 하면 되었다.

그리고 그렇게 했다.

그는 15년 이하의 징역형을 선고받았다.

이제 셸리 차례였다.

퍼시픽 카운티 검찰은 희생자 가족들에게 셸리에 대해 1급살인 혐의를 입증할 수 없다고 했다. 캐시의 시체가 없었다. 침대 밑에 잿가루도 없었다. 론을 부검한 결과, 정확히 얼마나 또는 누가 상처를 입혔는지 입증할 수 없었다. 유해 상태를 감안할 때 실제로 무엇이 그를 죽음에 이르게 했는지 말하기 어렵다고 했다. 캐시와 론의 지지자들은 카운티가 정말로 해야 할 일을 하기에는 사건이 너무 크고 복잡하다고 판단했다.

니키와 사미와 토리는 엄마가 영리하고 사악하며, 자신이 저지른 어떤 짓에 대한 비난도 받아들이지 않는 부류의 사람이라는 것을 잘 알고 있었다.

'끓는 물.'

'표백제.'

'펌프실에서 보낸 날들.'

'음식도 없었다.'

'옷도 없었다.'

거짓말로 일관하거나, 있는 사실도 곡해했다.

셸리는 체포된 지 10개월 후에 이른바 알포드 플리(Alford plea, 무죄를 주장하지만 검찰의 기소에 충분한 증거가 있었다는 혐의는 인정하는 것-옮긴이)로 혐의를 인정했다. 알포드 플리는 다소 복잡할 수 있다. 피고가 죄를 인정하면서 동시에 결백을 주장할 수 있기 때문이다. 이는 거의 확실히 유죄로 판결나는 재판을 피함으로써 피고 측과 검찰 측이 체면—과 돈—을 지킬 수 있도록 하는 제도이기도 하다. 이로 인해 어느 정도는 퍼시픽 카운티도 난처함을 덜었을 것이다. 언론은 셸리와 데이브가 극악한 행위에 연루되었다는 경찰의 놓쳐버린 경고 신호를 재탕하지 않았다. 진즉에 경찰이 캐시의 살인에 대한 니키의 제보를 보다 적극적으로 추적했더라면 론이 여전히 살아 있었을 거라는 사실을 누구도 부인할 수 없을 것이다. 어쩌면 맥도 더 오래 살았을지 모른다.

최종적으로 양측은 17년형의 잠정적인 양형 합의를 이끌어냈다.

두 달 후 선고받는 자리에 나온 셸리는 의기소침해 보였다. 머리칼은 들쭉날쭉했고 붉은색 염색은 불그스름한 회색 금발로 바래진 지 오래였다. 죄수복인 주황색 점프슈트는 몸에 헐렁하게 걸쳐져 있었다.

법정에 그녀를 응원하러 온 가족은 아무도 없었다.

판사가 선고를 내리기 앞서 그녀가 법정에서 진술했다. 눈물을 글썽이며 씩씩거리며 말했다.

"이 감옥, 이 법정, 이 공동체, 그리고 다른 모든 곳에서 나는 끔찍한 괴물로 알려져 있습니다. 난 괴물이 아니에요. 끔찍한 실수를 좀 저지르긴 했습니다. 캐시는 내 친구로, 그녀는 가치도 있었고 목적도 갖고 있었습니다. 나를 위해 우리 집에 있었겠지요. 나는 그녀를 위해 많이 있지는 못했습니다. 캐시가 죽었을 때도 나는 거기에 없었습니다. 그 자리에 없었다고요."

셸리는 십 대 아이들이 캐시의 학대범이었다고 주장하면서 셰인과 니키를 공공연히 비난했다.

자신의 잘못은 하나도 없다고 했다. 캐시에게도. 론에게도.

"나는 고의로 그녀를 죽게 하지도 않았고 살인에 대해 죄가 있다고 여기지도 않습니다. 하지만 엄마는 가정환경에 가장 큰 책임이 있는 사람입니다. 그녀는 우리 집에서 학대당해서 이제는 세상을 떠났습니다. 나는 절대 그것을 잊지 못할 것이고 잊을 자격도 없습니다."

양측이 각자의 견해를 피력하는 동안 선고하는 판사는 묵묵히 다 듣고 있었다. 검사는 이 사건이 얼마나 난해한지, 또 일어난 일의 진실이 어떻게 알려지지 않았을 수도 있었는지에 대해 언급했다.

알포드 플리는 다른 많은 사전형량조정제도(피고가 유죄를 인정하거나 다른 사람에 대해 증언을 하는 대가로 검찰 측이 형을 낮추거나 가벼운 죄목으로 다루기로 거래하는 제도. 통상 양형거래라고 한다-옮긴이)와 달리, 그녀가 한 일을 법정에서 굳이 말할 필요가 없었다.

셸리는 자신의 말이 선고하는 판사에게 의도한 효과를 내지 못한 것에 깜짝 놀란 것 같았다. 판사는 그녀를 동정하는 대신 몇 년을 더 보탰다. 셸리의 입이 딱 벌어지게도 판사는 캐시 사건에 대해서는 2급살인을, 론의 죽음과 관련해서는 과실치사 혐의를 적용하여 22년형을 선고했다. 그녀가 동의했던 17년형보다 5년이 더 많은 형이었다.

아무도 행복하지 않았다. 모두가 만족했다.

다른 사람들을 통제하기 위해 살았고, 사람들에게 무엇을 어떻게 하라고 말하는 것을 한껏 즐겼던 여자에게 그것은 적절한 정의였다.

셸리 노택은 20년 이상 그 누구도 혹은 그 어떤 것도 제어하지 못할 것이다.

데이브 노텍은 2016년에 출소했다. 건강상의 어려움에도 불구하고 워싱턴 연안에 살면서 해산물 가공처리 공장에서 장시간 일하고 있다. 몸이 비쩍 말랐고, 하루 종일 서 있는 게 힘에 부친다. 그를 계속 버티게 하는 유일한 것은 딸인 토리와 사미와의 관계이다. 니키는 그를 보는 것을 사절하지만 충분히 이해한다. 라우더백과 모노혼 랜딩 집에서 벌어졌던 일에서 자신이 맡았던 역할에 대해 한시도 후회하지 않은 적이 없다고 한다. 앞으로도 그러리라는 것을 알고 있다.

니키는 용서할 수도 잊을 수도 없다. 엄마인 셸리는 도저히 이해할 수 없는 방식으로 자식들을 키우면서 과거를 잊고 앞으로 나아갈 뿐이다. 사랑으로. 존중하는 마음으로. 자신에게 일어난 일이 눈에 보이지 않는 방식으로 인생을 바꾸었다는 것을 알고 있고, 사람들의 가장 선한 면을 생각하겠다고 결심했지만 부모님에 관한 한 그렇게 할 수가 없다. 니키는 엄마에 대해 생각하지 않으려 애쓴다. 나이가 좀 든 자식들에게 외할머니가 아주 나쁜 짓을 해서 감옥에 있다고 말하면서도 자세한 내용은 일체 털어놓지 않는다. 셰인과 캐시에게 일어난 일을 생각하면 아직도 마음이 무겁고 후회가 막심하다. 니키는 자신도 피해자였다는 것 자체가 변명이 된 적이 없다.

셸리 노텍은 2022년에 출소할 것이고, 그때쯤이면 예순여덟 살이 될 것이다. 그녀는 계속해서 알포드 플리를 제대로 이해하지 못했다고 주장하며 유죄 선고가 잘못되었다고 한다. 그녀가 퍼시픽 카운티를 떠난 이래 딸들 중 누구도 그녀를 만난 적이 없다. 워싱턴주 긱 하버에 있는 여성전용 교도소를 방문한 한 방문객이 셸리의 머리칼이 이제 하얗게 셌고 암 투병 중이라고 말하긴 했지만 말이다.

적어도 그녀의 말로는 그렇다.

레이몬드의 커다란 주택에 사는 사미는 엄마가 불행히도 번성할 기회가 주어진 악한 본성을 가진 나쁜 씨앗이었다고 생각한다. "만약 엄마가 다른 가정, 다른 도시에서 태어나 좀 강한 남자와 결혼했어도 과연 다른 사람을 죽였을지 모르겠네요"라는 논리를 폈다. "엄마는 사람들을 고문하는 것을 좋아했어요. 도가 지나치면서 그걸 즐긴다는 것을 알게 된 거죠. 잘은 모르겠지만요."

아빠에 대한 생각은 어떨까? 그녀는 아빠를 사랑하지만 오늘날까지도 과거에 일어난 일과 씨름한다고 한다.

"나는 엄마가 무슨 짓을 했든, 또 얼마나 막강했든 신경 안 써요. 엄마가 내 머리에 총구를 들이대며 오빠를 쏴야 한다고 말했다면 난 그럴 수 없었을 거예요. 니키 언니도 마찬가지일 거예요. 절대 그럴 리 없죠. 하지만 아빠는 그랬어요."

지금은 새로운 일을 하는 토리는 한때 사랑했던 엄마에 대해 향수를 느끼는 순간들이 있다. 셸리를 그리워하는 것은 전혀 아니지만 엄마라는 존재는 그리워한다. 다행히도 언니들이 그 역할을 채워줄 수 있다. 아빠와는 그래도 친밀한 관계를 맺어서 최근에는 크리스마스를 함께 보내기도 했지만 셸리와는 어떤 관계도 맺고 싶어 하지 않는다.

셸리는 당연히 시도했다.

감옥에 들어간 후 셸리는 살면서 막내딸을 사랑하고 아끼며 돌보는 사람들이 너무나 많다는 게 얼마나 기쁨에 넘치는지에 대한 편지를 써서 사미 편으로 보냈다.

"나는 살면서 아주 형편없는 선택을 해왔어. 실수와 잘못된 선택이 너무 많았지. 얼마나 후회되는지 몰라. 하지만 넌 나와 달라. 네가 들은 말들을 절대 믿지 마. 그게 다가 아냐."

사미는 그 편지를 전달하지 않았다.

"동생은 편지를 볼 필요가 없었어요. 동생은 똑똑하고 행복해요. 엄마가 동생의 인생에 설 자리는 없어요."

노텍 자매들은 일 년에 여러 차례 모인다. 주로 시애틀 근처에 있는 니키의 집에서. 니키는 그 사건이 터진 이후 처음으로 2018년에 레이먼드로 다시 와봤다. 힘들었지만, 니키가 엄마에 대한 기억을 되살리는 동안 사미가 있었다. 니키는 몇 번인가 엄마가 다정했던 때를 기억했다. 심지어 세심하게 배려한 적도 있었다. 그 좋은 추억들이 눈물을 자아냈다. 사미 또한 그해 가을 처음으로 라우더백과 모노혼 랜딩 집을 다시 찾아가 봤다. 그녀는 라우더백의 화장실과 니키를 뒹굴게 했던 곳에서 본능적인 반응이 나왔다. 눈물이 주르륵 흘렀다. 미소도 지어졌다. 그녀는 케일리가 만든 물고기 연못과 차를 세워 그녀를 내려주고 경적을 빵빵 울리고는 셸리가 포기하고 집 안으로 들여보낼 때까지 전조등을 비추던 곳을 가리켰다.

자매들은 항상 문자 메시지를 보내거나 통화한다. 그들은 부모가 저질렀던 온갖 광기와 그들이 자라는 동안 벌어졌던 공포를 본다. 셸리는 그들을 영원히 통제하기 위하여 서로 떼어놓으려고 했을지 모르지만 그들의 유대의 힘을 과소평가했다.

자매들은 영원하다. 더 이상은 희생자가 아니다.

내부에서 보면 폭력적인 가정은 외부인들에게 보이는 것과는 확연히 다르다. 냉혹하고 자아도취적이거나 가학적인 부모 밑에서 자란 아이들은 극도로 잔인할 가능성이 있는 보호자가 표준이 아니라는 것을 알지 못한다. 심지어 자신의 가족과 대조적인 친구들 가족을 보면서도 이미 부모의 권위에 도전할 수 있는 능력을 박탈당한 상태이다. 그들은 도움을 구하는 대신 기존의 행동이나 방식을 고수하며 상황에 적응한다.

점점 더 많은 연쇄 살인범들의 자식들—대부분 딸들—이 모든 범죄자들 중에서도 가장 괴물 같은 범죄자와 관계가 있다고 공개적으로 밝히고 있다. 그들은 자신들 역시 희생자라고 말하며, 실제로 희생자이다. 토크쇼라든가, 팟 캐스트, 회고록 등에서 그들을 찾을 수 있다. "웃는 얼굴의 살인마" 키스 제스퍼슨의 딸 멜리사 무어는 연쇄살인범들의 일가들을 사랑하는 사람이 희생자였던 식구들에게 소개시켜주는 텔레비전 시리즈물까지 만들어냈다. 그들 모두 치유되기를 바라는 마음에서였다.

캔자스주의 위치타에서 일명 "BTK(Bind, Torture, Kill.-묶고, 고문하고, 살해한다는 의미로 본인이 지은 별명-옮긴이) 연쇄살인범"이라고 알려진 데니스 레이더의 딸 케리 로슨과 같은 일부 자식들은 뒤통수를 맞았다. 2005년에 아버지가 체포된 지 10년이 지난 후, 그녀는 평생 사랑했던 딸바보 아버지가 고향에서 아이들을 포함하여 열 명을 살해했다는 사실을 알게 된 것에 대해 기자에게 극심한 괴로움과 굴욕감을 표현했다. 『연쇄살인범의 딸』에서 그녀는 아버지가 왜 그랬는지 이해하려 하고, 또 앞으로 자신의 인생은 어떻게 살아가야 할지 애쓰는 지난한 과정을 묘사하고 있다.

그렇지만 또 다른 사람들은 범죄자 부모의 이중생활에 놀라지 않는다. 대놓고 학대와 분노를 드러내는 모습을 목격했기 때문이다. 일부는 경찰을 집으로 불러들이기까지 했다. 배신감에 수치심을 느끼고 겁을 먹으면서도 잘못을 바로잡고 괴물을 저지하기를 바라는 마음에서다.

학대 살인범인 미셸(셸리) 노텍의 딸들의 이야기가 바로 그렇다. 미모의 여성이라는 점으로 인해 의심을 피해 가는 한 여자가 가정을 지배하며 자녀와 식술들에게 소름끼치는 고문을 가했다. 가학적인 잔인성을 감추려고 거짓 이야기를 만들어내고 보호자라는 특성을 이용하여 수년간에 걸쳐 폭력적인 행동을 서슴지 않았다. 세 번째 남편을 조종해서 자신의 범죄를 은폐하는 것을 돕게 하고 심지어는 자신을 위해 살인까지 저지르게 했다.

누구든 그렇듯 극단적인 순응을 명령하는 것은 불가능해 보이지만 성공적인 포식자들은 성공을 보장하기 위해 다양한 수단을 사용한다. 그들은 인내심이 강하고 관찰력이 뛰어나며, 계획을 세우고 준비한다. 먼저, 자녀나 연로한 부모, 어려움에 처한 친구, 노숙자, 정신질환자, 가족 간의 유대 관계가 없는 사람들 등 자원이 거의 없어서 순응하는 사람들을 찾는다. 그런 다음, 희생자들의 저항력을 지속적으로 약화시키는 계획을 강행한다. 그러한 사람들은 잔인무도한 행동에 직면해도 잔뜩 겁을 집어먹거나 고분고분 따르거나 혼란스러워 하거나, 무력해져서 보복하거나 도움을 청할 수도 없다.

진실과 도덕적 행동에 대해 피상적인 감정적 애착만을 가진 포식자들은 사람들이 기대하는 것을 악용할 수 있도록 정직함이라든가 연민과 같은 신뢰할 수 있는 행동을 모방하는 훈련을 한다. 곤란한 상황에 정면으로 맞닥뜨리면 그들은 눈 깜짝할 사이에 거짓으로 꾸민 이야기를 재빨리 쉽게 끼워 넣을 수 있다. 그들은 자신들이 무엇을 원하는지 그리고 어떻게 해야 원하는 것을 얻거나 성취할 수 있는지 안다. 미셸(셸리) 노텍은 잠재적인 새로운 희생자들에게 거짓으로 신뢰를 불러일으키기 위해 성공한 매력적인 인물로 꾸며냈다. 그리고는 일단 파리들을 거미줄로 끌어들이면 독침을 쏘았다.

일부 포식자들은 특이범죄의 백상아리로 묘사되는 가학 성애자들이다. 범죄의 교활함에 대한 그들의 능력은 타인을 해치는 능력만큼이나 타의 추종을 불허한다. 주변 사람들에게 대개 정신적, 육체적 학대를 가하여 그들의 삶을 짓밟았을 때만 행복해한다. 채찍질, 묶기, 불태우기, 매달기, 전기 고문하기, 짓밟기, 찌르기, 혹은 희생자들을 질식시켜 무의식 상태로 몰아넣은 다음 되살려내는 것을 즐긴다. 고통으로 남을 통제했을 때 그들은 권능을 느낀다.

통제력이 필요하고 양심의 가책이 결여된 냉담한 기질은 사춘기 초기에 있었던 어떤 일과 연관되어 가학증 취향이 형성된다. 그렇긴 하지만 가학 성애자의 3분의 1 이상이 도착적인 성향을 성인이 되어서야 발견한다고 전한다. 그들은 취약하고 순종적인 인간을 마음대로 다룸으로써 생겨나는 권위의식을 즐기며, 그들의 환상은 점점 더 정교해지고 왜곡되어 간다. 그들은 자극을 추구하기 때문에 타인에게 가하는 잔혹함의 형태에 있어서 상당히 창의적이 된다. 부모된 사람이 수행하는 일반적인 양육은 그들에게는 아무런 의미가 없다.

법의학 정신과 의사로 22단계의 "악의 등급"을 만들어낸 마이클 스톤 박사는 우리가 안전과 보호의 궁극적 영역으로 여기는 가정환경에서의 문제점을 설명할 때 "최악의 부모"의 사례를 포함한다. 그는 다른 사람이 없는 데서 가하는 해악을 감추기 위해 평범한 사회적 얼굴을 하는 부모들을 악으로 분류한다. 그들은 일가친척들, 특히 자녀들을 희생시키면서 자신들의 욕구와 욕망을 채운다. 고통을 안겨주는 행위에서 더욱 쾌감을 얻고 그럴수록 더욱 탐닉한다. 실제로 스톤은 고문을 주된 동기요인으로 삼는 사이코패스적 고문-살인범들을 22단계 중에서 "최악의 등급"으로 결정짓는다. 그들은 고통을 가하는 것을 기쁘게 즐긴다. 어떤 한 가지 고문을 하다가 싫증날 때마다 또 다른 고문을 찾아내거나 만들어낸다. 희생자들을 최대한 오래 살려두어 최악으로 훼손하는 환상을 실행하는 것을 더 선호하지만, 궁극적으로는 그 사람들이 죽어야 한다는 것을 알고 있다.

도움을 받고자 하는 희생자들은 가학 성애자의 행동을 당국에 납득시키는 것이 얼마나 어려운지 인식하고 있다. 그러한 시도를 하다가 실패하면 처벌이 가혹하다는 것을 알고 있다. 그래서 그들은 종종 기회가 올 때까지 꾹 참고 기다리고 있다가 언젠가는 달아날 수 있기만을 바란다. 가학 성애자의 공범들조차도 일단 얽히고 난 뒤에는 어떻게 자신들이 넘을 거라고는 생각지도 못했던 선을 넘었을까 의아해할 수 있다. 그들은 가학 성애자의 명령에 따라 고문을 하거나 악랄한 만행을 저지르는 동안 모르는 척함으로써 이미 타협한 것이다. 그래서 계속하는 것 외에는 선택의 여지가 없다. 숙련된 포식자들은 통제력을 유지하는 법을 잘 알고 있다.

가학적인 부모가 붙잡혀 유죄 판결을 받고 형기를 치르고 있을 때조차도 자녀에게 악몽은 계속된다. 일부는 언론을 피하고, 이름을 바꾸고, 치료를 받고, 가능한 한 평범한 삶을 살기를 희망한다. 일부는 공론의 장을 찾는다. 그들이 어떤 경로를 취하든 범죄자는 그들의 영혼에 씻을 수 없는 오점을 남긴다. 수면 장애나 섭식 장애, 건강한 관계를 유지할 수 없는 장애,

또는 끊임없는 외상 후 스트레스 장애를 겪을지도 모른다. 어쩌면 자기도 모르게 자녀들을 학대하거나 사랑하는 사람들에게 화풀이하고 싶은 억제할 수 없는 충동을 느낄 수도 있다. 비정상적인 어린 시절에 대해 더 많이 알게 될수록 그 피해가 성인기에 크게 영향을 미칠 가능성이 더 커진다. 심지어는 유전적 전염으로 나아가지 않을까 두려운 나머지 자녀들을 더욱 경계하며 지켜본다.

가학적인 포식적 "보호자"는 살아남은 희생자들의 삶에 엄청난 손상을 가하는 파급효과를 줄 수 있는데 이는 치유하는 데 오랜 세월이 걸릴 수 있다. 희생자들은 마침내 자신들에게 무슨 짓이 저질러졌는지 이해했을 때조차도 죄책감에 시달리는 경우가 많다. 심지어는 학대의 심각성을 제대로 받아들이지 않고 자신들을 해친 부모를 여전히 사랑할 수도 있다. 부모가 그들을 감옥에서 여전히 통제하려고 할 때 응답할 수도 있다. 이는 외부인들은 이해하기 어렵지만, 어떤 형태를 취했든 간에 가정은 여전히 가정이다.

학대의 희생자들은 여전히 그 괴물을 사랑할 수 있다. 이 양가적 충성심이야말로 포식자가 궁극적으로 피해를 입히는 형태일 것이다.

_ 범죄심리학 박사 캐서린 램스랜드

주제는 어둡고 무섭지만, 이 책을 쓰는 동안 압도하는 감정은 희망과 감사였다. 니키와 사미, 토리, 이들 모두의 덕이다. 용감한 노텍 자매들이 나를 믿고 이야기를 들려준 데 대해 실로 감사드린다. 나는 남자형제들만 있는 집안에서 자랐지만 운이 좋아 누이가 한 명 있었더라면 이 세 사람 중 어느 누구라도 좋았겠다 싶다. 세 자매는 저마다 내게 인생의 출발점은 끔찍할 수 있지만 정말 중요한 것은 결국은 종착점이라는 것을 상기시켜준다. 그리고 그들 각자는 무슨 일이 있어도 가족의 사랑이 우리가 언제나 의지할 수 있는 유일한 것이라는 살아있는 증거이다.

또한 셸리와 함께한 최악의 인생 여정에 대해 이야기하기 위해 나를 만나준 그들의 아버지 데이브 노텍에게도 신세를 졌다. 솔직히 뭘 기대해야 할지 몰랐지만 이제 사미와 토리의 시선으로 그를 보게 되었다. 나는 그가 레이몬드에서 일어난 일에 대해 결코 자신의 잘못에 대한 책임을 최소화하거나 없애려 하지 않으리라는 것을 안다. 그는 자신이 한 일에 대해 평생 속죄하며 살 것이며, 오직 딸들이 원한다는 이유로 이 이야기를 쓰는 것을 도와주었다.

라라 왓슨은 우리 할머니면 좋겠다고 모두 바라는 그런 할머니이다. 포틀랜드에서 나눈 인터뷰와 햇살이 좀 더 많이 비치는 지역으로 이사 간 이후에도 이 이야기를 시종일관 뒷받침해준 것을 잊지 못할 것이다. 또한 말로만 듣던 식구들의 사진을 볼 수 있게 도와준 라라의 막내딸에게도 감사를 전한다.

셸리는 늘 그래왔듯, 게임을 계속하고 있다. 우리는 여러 통의 편지를 주고받았고 나를 만나겠다고 동의했지만, 그런 뒤에는 계속 미루다가 너무 바빠서 시간을 낼 수 없다고 했다. 짧은 통화도 했다. 나는 1년 넘게 인터뷰가 성사될 거라는 희망을 품고 있었다. 이런 바보. 그녀는 다른 많은 동종의 학대범들처럼, 지금까지 자신이 저지른 일과 자신은 어떤 상관도 없으며 마치 상황의 희생자인 것처럼 군다.

언니에 대한 잊을 수 없는 여러 기억을 말해준 (또 뉴욕에서 가져온 쿠키에 대해서도) 켈리 파나넨에게도 감사의 말씀을 전한다. 캐시를 잃어서 아직도 상심이 크다는 것을 알고 있다. 결코 사라지지 않는 상처이다. 동생인 제프 로레노도 고맙다. 여러 차례 레이몬드를 방문했을 때 일부러 시간을 내서 관점을 제공한 케일리 핸슨과 그의 어머니 바브에게도 감사의 마음을 전한다. 그리고 서류가 행방불명되었을 때 곤경에서 구해준 퍼시픽 카운티의 제임스 월튼 서기님께도 무한한 감사의 말씀을 드린다.

이제 이 책의 출판과 관련해 감사의 인사를 드릴 분들이 남아있다. 섀넌 제이미슨 바스케즈가 편집 과정에서 제공한 세심한 배려와 통찰력에 대해 깊이 감사드린다. 그녀는 내게 더 깊이 파고들자고 했는데 그것은, 인정하건대, 때때로 고통스러운 한편 정확히 내가 해야 할 일이었다. 그리고 토마스&머서와 아마존 출판사 팀에게는… 더 이상 무슨 말이 필요할까? 그레이시 도일과 리즈 피어슨즈, 두 분 정말 굉장하다. 뭐가 중요한 이야기인 줄 아는 분들이다. 나는 역대급으로 운이 좋은 작가이다.

여러 해 동안 실화 범죄물을 쓰지 않았기에 사람들은 이렇게 묻는다. 왜 이 책을, 왜 지금 쓰는가? 셸리 노텍은 실화 범죄의 연대기에서 약간 기이한 자리를 차지하고 있다. 그녀는 괴물과도 같은 만행을 저질렀다. 그만큼 끔찍했고, 그만큼 잔인했다. 그런데도 그만큼 알려지지 않았다. 그녀는 시간의 경과와 알포드 플리로 인해 별로 주목받지 않으며 가볍게 언급되었다. 세상을 떠들썩하게 하는 재판도 치르지 않았다. 그녀가 저지른 모든 짓이 공적인 방식으로 토론되지도 않았다.

니키와 사미, 토리는 엄마가 저지른 짓을 세상에 알리고 싶어 했다. 엄마가 마침내 석방되었을 때 우연히 만나게 될 취약한 사람들에게 경고하기 위해서다. 모두들 엄마가 다시 그런 만행을 저지를까 봐 걱정하고 있다.

광기와 공포의 집에서
용감하게 탈출한 세 자매 이야기

엄마에게서
살아남았습니다

그렉 올슨
지은현 옮김

초판 1쇄 발행 _ 2021년 12월 15일
펴낸이 강경미 **| 펴낸곳** 꾸리에북스 **| 디자인** 앨리스
출판등록 2008년 8월 1일 제313-2008-000125호
주소 121-840 서울 마포구 합정동 성지길 36, 3층
전화 02-336-5032 **| 팩스** 02-336-5034
전자우편 courrierbook@naver.com

ISBN 9788994682426